D1697559

» LA GAJA SCIENZA «

VOLUME 1365

UNA DONNA NORMALE

Romanzo di
ROBERTO COSTANTINI

Gruppo editoriale Mauri Spagnol

www.longanesi.it

ISBN 978-88-304-5450-7

UNA DONNA NORMALE

a mia moglie, ai miei figli

Sei una donna normale dell'Occidente, senza veri valori, senza cuore. Devi solo mentire e tradire ancora una volta, lo fai da una vita. Poi vai a prendere i tuoi figli, li porti a casa, scaldi le lasagne e ti sdrai sul divano con loro a guardare la TV senza pensare a cosa faranno a JJ, alle sue mogli, ai suoi figli.

Sono di nuovo lì, nella casa di JJ a Sabratha, seduta sulla solita stuoia, alla tremula luce della lampada a petrolio... Little boy non dice nulla, ma so cosa pensa di questa donna, corpo senza cervello, che l'ha portato dove non sarebbe mai arrivato, sino al suo obiettivo finale: farò saltare in aria i tuoi stupidi figli viziati.

DOMENICA

Il giovane arabo sullo schermo del PC era visibilmente agitato. La voce femminile invece era calmissima. Gli parlava nella sua stessa lingua, per metterlo più a suo agio.

« Allora, Kebab, hai portato a Tripoli qualcosa per conto di Omar? »

Kebab non era il suo vero nome, ovviamente. Durante quelle comunicazioni, che erano intercettabili nonostante la linea criptata, si usavano sempre nomi in codice.

« Sì, signora. Una busta. Dovevo portarla sul volo da Roma via Tunisi. »

« L'hai aperta? »

« Non ho potuto, signora. Era sigillata. »

Kebab fece una pausa, come se attendesse un rimprovero. Ma lei non disse nulla.

« Ho dovuto fare così, signora. »

« Certo, capisco. Continua, Kebab. »

« Omar me l'ha data all'aeroporto appena prima dei controlli. Mi ha detto di andare alla toilette appena salivo in aereo, lasciarla lì e sedermi subito al mio posto. »

« Quindi non sai cosa c'era dentro. »

« No. Ma ho provato un po' a tastarla. Era leggera ma non si piegava del tutto, come se non contenesse solo dei fogli. Forse anche un piccolo quaderno. »

Ci fu una breve pausa, urla giocose di adolescenti. Per fortuna le regole di sicurezza proteggevano la sua privacy: lei vedeva Kebab, ma lui non poteva vederla. Il che le consentiva anche la tuta sudata dopo il tapis roulant e la crocchia dei capelli tenuta su col mollettone. La donna pose la domanda successiva con tono leggero.

« Hai visto chi ha preso il pacchetto sull'aereo? »

« No. La toilette era vicina alle prime file, il mio posto era in fondo. Ma cosa sono queste risate? »

Menti solo se è indispensabile. Le bugie portano guai, meglio le omissioni.

« Ragazzini che giocano. »

« È in un parco, signora? Non piove, lì da lei? »

Quando non puoi o non vuoi dire la verità, cambia discorso.

« Kebab, mi avevi già parlato di Omar e della busta nel nostro ultimo colloquio prima di Natale. Perché non hai aspettato l'appuntamento di fine gennaio ma hai voluto parlarmi oggi? »

Il volto del giovane arabo si rabbuiò.

« Due giorni fa, in moschea, ho incontrato di nuovo Omar. Mi ha ringraziato per aver consegnato la busta. Poi ha detto che voleva vedere le armi. Sa, quelle che gli avevo detto di aver rubato con il furto all'armeria, quelle che mi avete... »

Lei lo bloccò subito.

Non parlare mai di cose pericolose se già le conosci.

« Perché voleva vederle? »

Lui capì di aver sbagliato. « Mi scusi, signora. Sono un po' agitato. »

« Tranquillo, Kebab. Continua. »

« Siamo andati a casa mia. Gli ho mostrato le tre pistole e il mitra e Omar mi ha chiesto se sono capace di usarle. Gli ho raccontato che ho combattuto contro Gheddafi, gli ho fatto vedere le foto a Misurata. »

« Bravo. Poi? »

« Abbiamo fumato la shisha, io ci ho aggiunto l'hashish come lei mi ha suggerito... »

« Basta che lo usi solo per lavoro, Kebab. Fa male al cervello. »

« Certo, signora, solo per farlo sciogliere, io non ho neanche aspirato. Dopo un bel po' di fumo, Omar ha detto che le mie armi e la mia esperienza potevano servire. Vuole presentarmi i suoi amici, che di armi ne hanno già parecchie. Dice che possiamo fare una cosa insieme. »

A quel punto il giovane arabo si azzittì. Si portò alle labbra una sigaretta e la accese. La donna che lo osservava sullo schermo a centinaia di chilometri di distanza notò che gli tremava la mano.

Lei invece aveva fretta, come sempre. Era domenica e aveva incombenze personali e familiari. Doveva ancora farsi la doccia, un salto al supermercato, preparare il pranzo per il marito e i figli. Non poteva cucinare per loro negli altri giorni e nemmeno la sera, a causa del lavoro, ma aveva difeso quel rito domenicale con tutta sé stessa. E si rifiutava di agire come alcune sue conoscenti, che compravano teglie di lasagne e arrosti per poi spacciarli come propri.

Si trattenne dall'incalzare il giovane arabo, sarebbe stato poco razionale. Era stato lui a chiedere l'incontro urgente: si trattava solamente di attendere. Infatti, dopo due o tre boccate di sigaretta, lui riprese spontaneamente il racconto.

« Forse Omar voleva stupirmi con un grande segreto. Era strafatto e mi ha detto che c'è un ragazzino che sta per arrivare da Tripoli e che... »

Lei avvertì immediatamente la piccola accelerazione del proprio cuore e lo interruppe. « Ha detto *walad saghir?* »

Di nuovo si udirono risate in sottofondo, ma questa volta il giovane arabo le ignorò.

« No, signora. Ha detto *little boy*, in inglese. »

Lei trattenne il fiato e fu enormemente sollevata dal fatto che Kebab non potesse vederla. Quando parlò, per la prima volta la propria voce le suonò un po' troppo impaziente.

« Kebab, sei sicuro che abbia detto proprio così? »

L'arabo aggrottò la fronte. Ormai faceva quel lavoro da

qualche anno e conosceva bene quella donna. Non l'aveva mai sentita apprensiva, era sempre calmissima.

« Sì, sono sicuro. Ha detto che il *little boy* partirà su uno dei barconi e arriverà in Sicilia, poi raggiungerà gli amici al Nord per fare un colpo grosso. »

« Colpo grosso? »

« Anche quello lo ha detto in inglese: *big bang.* »

Kebab spense la sigaretta e subito se ne accese un'altra.

« Per questo ho pensato di avvertirla subito, altrimenti non avrei mai disturbato di domenica. »

La donna fece un altro respiro profondo per eliminare l'ansia dalla voce.

Non devi mai spaventare chi ha già motivo di esserlo, impara dai bravi medici.

« Hai fatto benissimo, Kebab. Forse Omar è solo uno sbruffone. Quando partirebbe questo little boy secondo il tuo amico? »

« Ha detto che partirà non prima di domenica prossima, ma che noi dobbiamo organizzarci per accoglierlo e fargli trovare ciò che serve per il big bang. »

« Come sei rimasto con Omar? »

« Vuole che domattina io prenda il treno che arriva alle nove a Piacenza. Mi aspetterà nel parcheggio dietro la stazione. E dovrei portare con me la borsa con le armi. »

« E poi? »

« Poi lui mi porterebbe in macchina dai suoi amici. Non mi ha voluto dire dove. »

La donna capì che il ragazzo era pieno di dubbi e non era affatto tranquillo. Si chiese se fosse giusto rassicurarlo. Poi concluse che nel suo lavoro, nel loro lavoro, l'aggettivo *giusto* andava sostituito con *opportuno.*

« Hai ancora l'orologio che ti ho regalato, quello identico al tuo, vero? »

« Sì. »

« Mettilo al posto del tuo. Così noi da qui saremo in quella macchina con te. Tutto chiaro? »

Kebab tacque un istante, poi per la prima volta parlò in italiano.

« Mi sono sposato un anno fa. Ho una moglie incinta a Misurata, signora. Nel caso mi accadesse qualcosa vorrei... »

Lasciò la frase in sospeso. Forse sperava che lei lo esentasse da ciò che evidentemente non voleva fare. La donna vide nella propria mente la ragazza col pancione che lo aspettava. Ma subito l'immagine fu sostituita da quella di little boy con uno zainetto in mezzo a un gruppo di adolescenti che ridevano.

« Non aver paura, Kebab. Ci siamo noi a proteggerti. »

La donna interruppe la comunicazione. Non si sentiva né felice, né orgogliosa, né tranquilla. Solo efficiente. Per lei, che viveva la fede quasi come una ribellione al razionalismo assoluto con cui era stata allevata, c'era qualcosa di profondamente giusto e di profondamente ingiusto in ciò che aveva appena fatto.

Una delle tante questioni irrisolte con mio padre. Ma il mio lavoro è uno solo: proteggere chi vive in questo Paese.

Chiudo il notebook, ma ho ancora davanti agli occhi il volto spaventato di Kebab quando, alla fine, mi alzo dalla scrivania. Sono nel piccolo studio che mio marito usa per concentrarsi. È qui dentro che Paolo per lavoro crea i suoi slogan pubblicitari e, per passione, cerca da tempo di terminare il suo romanzo, di usare la sua creatività per qualcosa di intelligente. Parole sue, che da un po' ripete più spesso. Vorrei risolvere anche questo problema, come faccio con tutto, ma è decisamente fuori dal mio campo di competenza. Ogni tanto ho la tentazione di entrare nel suo computer per leggere ciò che ha scritto. Mi frenano due cose: la cronica mancanza di tempo e il timore di ritrovarmi davanti pagine e pagine tutte con la stessa frase, *Il mattino ha l'oro in bocca*, come la moglie di Jack Nicholson in *Shining*.

Esco dallo studio e in quel momento Ice torna a essere Aba, moglie e madre. Di solito il passaggio è naturale, ma oggi è più complicato per via delle notizie che ho ricevuto da Kebab.

New York, Londra, Berlino, Madrid, Barcellona, Parigi, Nizza, Bruxelles... Quanti morti toccheranno a noi?

Killer mi si fa incontro zoppicando, si struscia contro la mia caviglia e io le accarezzo quelle morbidissime orecchie. È una cocker dolcissima, chiamata Killer in omaggio allo slogan con cui Paolo convinse una notissima casa di profumi per il lancio del loro nuovo profumo femminile. Ricordo benissimo lo spot: una modella molto mascolina con in mano una frusta con cui fa giocare un gattino e poi, nell'altra mano, appare la boccetta di profumo.

Killer, la dolcezza che non ti aspetti.

Certo, capisco bene la frustrazione di Paolo.

Killer è il mio terzo figlio, a maggior ragione dopo la scoperta della displasia dell'anca che, secondo i veterinari, la porterà presto alla paralisi.

Ma non accadrà, non lo permetterò.

Mi affaccio nel soggiorno, da cui arrivano ancora le voci e le risa dei miei due figli. Sono sdraiati davanti al PC da cui arriva quella musica trap che io trovo volgare e violenta. Cristina è sul divano, con la vestaglia che non trovavo da giorni, Francesco è in poltrona con i piedoni scalzi taglia 46 poggiati sul tavolo in marmo che ci ha regalato la madre di Paolo.

È vero che è domenica ed è vero che hanno l'esempio di Paolo e almeno per metà i suoi geni, ma mi domando che fine abbia fatto la mia metà. La loro idea che la vita sia troppo facile o troppo difficile per battersi proviene solo da Paolo. E anche se a volte mi sfiora il dubbio che sia meglio così, i vecchi insegnamenti di mio padre mi impongono di attrezzare i miei figli per la vita che inevitabilmente verrà, più simile a Sparta che ad Atene.

« Francesco, non è che per caso tocca a te apparecchiare? »

Francesco, quindici anni e centottantaquattro centimetri per novanta chili di muscoli, peli, qualche brufolo, vocione gutturale e ormoni, mi guarda, stupito.

« Quel mollettone che hai in testa sembra un ragno, mà! »

È sempre attento al mio aspetto, come se fossi una specie di fidanzata.

« Lo tolgo dopo mangiato. Sempre che uno dei miei innumerevoli figli apparecchi. »

« Ma oggi tocca a Shrek! »

« Shrek » sarebbe Cristina. Diciassette anni, centosessantacinque centimetri per sessanta chili di insicurezza che alimentano una continua e imprevedibile alternanza di rabbia e dolcezza.

Devo spiegare a Francesco che ironizzare sui chili in più della sorella non va bene. Anche se tra loro ci scherzano sopra, non va bene.

Lei gli tira una pedata amichevole. « Non è vero, oggi tocca a te! E poi io devo ripassare, domani ho la prova per le Olimpiadi di matematica. »

« Anche io ho un compito in classe domani, Shrek. »

Intervengo col solito metodo: cambio discorso, anche per bloccare la lite nascente. « A proposito, non ti scordare il dizionario. »

Francesco mi fissa come se avessi pronunciato una parola sconosciuta. « Che dizionario? »

« Quello di latino. »

« Domani ho il compito di matematica, mamma. Latino è lunedì prossimo. »

« Matematica è lunedì prossimo, domani hai latino. »

Francesco si rabbuia subito. « Come te lo devo dire di non guardare il mio diario? »

« Prova a dirmelo in latino! »

Lui scoppia a ridere, ed è bellissimo quando quest'orso peloso passa in un attimo dalla rabbia alla risata.

È meraviglioso quando li vedo ridere. È ancor più meraviglioso quando a farli ridere sono io, la madre troppo seria col mollettone in testa e la tuta da ginnastica.

Quanto al suo diario, non intendo fare la parte della madre che scopre tutto per caso: compiti in classe, interrogazioni, gite. L'informazione mi serve, per aiutarli a organizzarsi. Ho scelto una soluzione bieca ma efficiente: sbirciare nel diario di mio figlio.

Educarli è davvero faticoso, ma è importante farlo.

Mi ripeto questa frase ogni giorno e, ogni tanto, mi guardo intorno cercando il mio socio, o almeno un complice, un attendente, un aiutante. Ma Paolo ha un approccio diverso dal mio: « Dai loro tempo, spazio e fiducia, Aba. Non crescono se gli stiamo sempre addosso ».

Dove « gli stiamo » vuol dire « gli *stai* ».

Così, i nostri figli ricevono due educazioni, una interventista e una permissiva. Chiedere a Paolo di cambiare non ha senso, visto che il suo *vivi e lascia vivere* è uno dei motivi per cui mi sono innamorata di lui e per cui siamo ancora insieme. In fondo, per i figli è come imparare due lingue, saranno utili entrambe.

Intanto, i ragazzi non staccano gli occhi dallo schermo e non accennano ad alzarsi.

Sono passati a uno di quei serial americani interminabili dove risate in sottofondo sottolineano battute demenziali. Ora c'è un tipo che pone quesiti esistenziali.

Chiedereste a Picasso di giocare a Pictionary? Chiedereste a Rockefeller di giocare a Monopoli?

« Chi è Rockfellow, mà? »

« Rockefeller è un miliardario pieno di maggiordomi che apparecchiano per lui. Noi invece restiamo digiuni. Francesco, su, apparecchia. »

« Ma oggi è sabato, tocca a Shrek! »

« Oggi è domenica, non sabato. »

« Ah, pensavo che era sabato. »

« Che fosse. »

« Che fosse cosa? »

« Niente. Papà dov'è? »

Cristina solleva il musetto carino e un po' paffuto. « Chiuso in camera vostra a scrivere, dato che gli hai occupato il suo studio. »

« Va bene. Francesco, apparecchia. Cristina, porta giù Killer. Fra mezz'ora si mangia. »

Trenta minuti dopo siamo tutti e quattro seduti a tavola. I ragazzi scherzano e ridono con Paolo, Killer è accucciata tra i miei piedi. Io li guardo, in silenzio, tutti e quattro. La mia vita.

Sono sola nella piccola chiesa all'ingresso del parco. Ci vengo ogni domenica, dopo la messa, quando il silenzio, la debole luce, l'odore d'incenso rendono possibile quel dialogo senza alcun suono, senza un confessore, senza una penitenza.

Io credo che arriverà il giorno in cui Dio porrà fine a ogni ingiustizia, in cui il male e la sofferenza scompariranno. Ma oggi è così difficile usare la libertà, discernere il bene dal male.

Little boy potrebbe farsi saltare in aria nella discoteca dove va Cristina o nel pub dove va Francesco. O in quello dei figli di chiunque di noi, distruggendo in un solo istante tutto ciò che abbiamo costruito in una vita.

So che è questo timore a sopprimere l'altro timore, la voce incerta di Kebab, un ragazzo che ha pochi anni più dei miei figli.

Ho una moglie incinta a Misurata, signora.

LUNEDÌ

Quando il lavoro me lo consente, accompagno a scuola i ragazzi in auto. Così almeno so che arrivano in orario, di che umore sono, e a volte carpisco persino qualche notizia inedita sulla loro vita privata. Oggi c'è anche Paolo: piove e non può prendere il suo scooter elettrico a tre ruote, come fa di solito.

Sono in ritardo e sto cercando di districarmi velocemente nel traffico di Roma quando un SUV guidato da un uomo con il cellulare all'orecchio mi taglia la strada costringendomi a una brusca frenata e perdo il verde al semaforo.

Adesso passo col rosso, lo inseguo, gli taglio la strada, lo costringo a scendere e lo riduco ai minimi termini.

Saprei farlo, sono stata addestrata anche a questo, ma ovviamente non posso davanti ai miei familiari. E non potrei comunque.

Però come fantasia è molto attraente. Magari un giorno, quando i miei figli saranno adulti, Paolo in giro a presentare i suoi romanzi e io in pensione...

Memorizzo automaticamente la targa. Grazie alla genetica familiare ho una memoria formidabile, allenata sin da bambina da mio padre che mi faceva ripetere canti interi delle tragedie greche, della *Divina Commedia* e persino elenchi dei numeri di telefono di tutti i suoi innumerevoli collaboratori.

Al verde riparto di scatto e Cristina si lamenta. « Ma perché corri così? »

« Perché anche io ho una riunione. »

Francesco le dà man forte. « I miei amici dicono che chi lavora al Ministero non fa un tubo dalla mattina alla sera. Che devi fare tu, sempre di fretta? »

È Paolo a difendermi, ma a modo suo. « Al Ministero mamma deve timbrare il cartellino ogni mattina entro le nove, ragazzi. »

Ecco, appunto. Il vantaggio del *vivi e lascia vivere* è questo: mio marito si accontenta di sapere *chi* sono senza chiedersi *cosa* sono. Ma forse è così per ogni amore che dura nel tempo, basato inevitabilmente sul fragile equilibrio tra il visibile e l'invisibile, tra il detto e il non detto.

Forse siamo tutti un po' come le spie.

Aba fece scorrere il badge e digitò il codice per entrare nel parcheggio sotto il palazzo dei Servizi segreti italiani.

Il confine invalicabile. Per tutti, anche per Paolo, Cristina e Francesco. Qui Aba diventa Ice.

Stava per entrare in ascensore quando si sentì puntare qualcosa in mezzo alla schiena.

« Mani in alto. »

Si voltò e sorrise a Pietro Ferrara, il vicedirettore dell'AISI per il terrorismo, il suo capo diretto, l'ex assistente di suo padre che oltre trent'anni prima le insegnava i trucchi per vincere a nascondino con i suoi cugini maschi.

« Una volta o l'altra mi giro e ti sparo. »

« Non sei armata, Aba. E comunque, tra noi due, l'unico che sa usare la pistola sono io. »

Aba pigiò il pulsante del terzo piano.

« Ho fatto tardi. »

Ferrara aveva ancora quel sorriso affettuoso che Aba ricordava sin da bambina.

« Sei in ritardo solo di pochi minuti, Aba. »

« Con la pioggia gira troppa gente che non sa guidare. »

« Se dipendesse da te saresti l'unica al mondo ad avere la patente. Perché non vieni a piedi in ufficio, come faccio io? »

« Tu abiti nello scantinato di questo palazzo, Pietro. »

Il che era quasi vero. Ferrara abitava in fondo alla via, nello stesso appartamentino in cui era andato a vivere con la sua Emma quando si erano sposati. E non si era più mosso da lì, nemmeno quando Emma era morta tanti anni prima e lui era rimasto solo.

Entrarono insieme nella screen room, l'ampia sala riunioni circondata di schermi alle pareti. Intorno al grande tavolo erano sedute tre persone molto giovani. Avevano già le cuffie con il microfono.

Ferrara si sfilò con calma l'impermeabile imbottito, più adatto alla Siberia che a Roma. Sotto, indossava uno dei suoi soliti spezzati che combinavano velluto, tweed e fustagno dai colori improbabili, come se ogni mattina un maggiordomo non vedente scegliesse i suoi abiti. Era da un po' che ad Aba sembrava davvero invecchiato, i capelli grigi diventati bianchi e più radi sul cranio, la fronte ampia solcata da profonde rughe orizzontali, il viso pallido solcato da rughe verticali che andavano dalle borse sotto gli occhi sino ai baffi grigi. Lei provò una fitta di apprensione. Quell'uomo era stato il sostituto emotivo di suo padre, e la sua Emma, sino a che era viva, la sostituta di sua madre.

È come un Alzheimer fisico, i sassi che cominciano a cadere prima della frana.

Aba si tolse il trench nero che portava sopra la sua tipica tenuta da ufficio: giacca, tailleur, scarpe con poco tacco, tutto rigorosamente in tinta unita con variazioni di sfumature dal grigio al blu. Nulla che attirasse l'attenzione, nulla di firmato, tutto comprato ai saldi, tutto riassumibile in un concetto che le era stato inculcato sin da bambina dal suo maestro.

La vera eleganza è la sobrietà.

Forse quell'abbigliamento e il trucco molto leggero invecchiavano un po' i suoi quarant'anni, ma per lei era meglio così. Era persino felice che la bellezza dei vent'anni fosse ora inquinata dalle piccole rughe agli angoli di occhi e labbra, dalle leggere occhiaie, dalle guance più scavate.

Lo specchio mi rassicura, mi dice che quel tempo è molto lontano. Ora pensiamo a Kebab e little boy.

Si sedette e guardò lo schermo che occupava per intero la parete di fondo, mise le cuffie e si rivolse all'analista responsabile del collegamento.

« Dove si trovano, Tony? »

Antonio, detto Tony, era uno dei tre giovani che lavoravano direttamente per lei nel Servizio gestione infiltrati. Era snello, muscoloso, grandi occhi dolci, lineamenti scolpiti, capelli a spazzola cortissimi tranne che per un ciuffo tenuto su dal gel. Indossava una giacca di marca su una maglietta giro collo e jeans stinti. Tutti capi costosi, frutto di una famiglia facoltosa.

« Sono sulla statale da Piacenza verso Milano, dottoressa. Omar è alla guida e non vuole fare l'autostrada per via delle telecamere. Hanno passato Casalpusterlengo, ma Omar non ha ancora detto dove sono diretti. »

Tony indicò il monitor. Il puntino rosso che indicava la posizione della Clio si muoveva molto lentamente. Aveva davanti un puntino giallo, altri puntini dello stesso colore sfrecciavano in direzione opposta e altri li superavano.

Quel puntino così lento la infastidiva. Aba si rivolse al ragazzo magro e ossuto coi capelli rossi legati in un codino.

« Albert, Omar ha chiamato qualcuno da quando sono partiti? »

« No. »

Dentro la Clio con targa francese si alternavano due voci. Aba riconobbe quella di Kebab, l'altra era stridula, acuta, quasi in falsetto. Parlavano tra loro in arabo mentre Leyla traduceva simultaneamente. I suoi grandi occhi neri ben truccati e contornati dal velo bianco erano bassi, sulle sue dita con le unghie smaltate di bianco. Il suo italiano era perfetto, così come il suo arabo. Di entrambe le lingue conosceva anche termini gergali e sfumature.

« Kebab, gli italiani se ne fottono della doppia striscia, adesso lo sorpasso anche io questo carro funebre! »

« No, Omar, non vuoi che ci fermino per farci la multa. »

Aba capiva l'arabo abbastanza bene e non era convinta della traduzione.

« Ha detto 'non vuoi' o 'non voglio', Leyla? »

La ragazza arrossì. « Ha detto 'non voglio', dottoressa. Mi scusi. »

« 'Non voglio.' Quindi Kebab ci sta suggerendo di non intervenire per il momento. Sei d'accordo, Pietro? »

Ferrara rispose con la sua voce roca da fumatore incallito, tra un colpo di tosse e l'altro. « Sembra in gamba il tuo Kebab. Lo hai addestrato bene. »

La seconda frase è in realtà una domanda: Kebab è in grado di reggere la tensione? Fino a che punto?

Ferrara aveva trascorso vent'anni nei carabinieri, prima dei venti nei Servizi, in AISE e in AISI. Lei sapeva bene quale principio basilare ispirasse le sue azioni, era quello che il loro comune maestro aveva inculcato a entrambi.

Prudenza. Ovvero: prendere in considerazione tutte le possibilità.

Ma Aba era tranquilla, non aveva agito di impulso, aveva soppesato i pro e i contro, come faceva sempre già da bambina. Sulla lealtà e la tenuta nervosa di Kebab, Aba non aveva dubbi.

« Kebab ha i nervi saldi. Ha combattuto contro le truppe di Gheddafi e ci ha quasi rimesso la pelle. »

In quel momento comparve un altro puntino giallo sullo schermo. Era circa cento metri più avanti, immobile sul lato della statale, nella stessa direzione di marcia della Clio. Udirono la voce concitata e acuta dell'autista. « Porca puttana, i carabinieri fanno segno di fermarci. »

Subito giunsero le parole di Kebab, cui si sovrapponeva la traduzione di Leyla Salem.

« Fermati, Omar, è solo un controllo stradale. Prepara la tua patente e il libretto. »

Aba era protesa verso lo schermo. « Forse sarebbe meglio se... »

Ferrara la interruppe. « Tranquilla. I miei ex colleghi saranno rapidi. »

Sullo schermo videro il puntino rosso della Clio rallentare e arrestarsi poco prima di quello giallo fermo sul bordo della strada.

Ad Aba quel controllo non piaceva affatto, come qualunque mossa non prevista dai manuali di Risiko, scacchi, Servizi segreti.

Si rivolse a Tony. « Tienti pronto a chiamare il loro comando. »

Ferrara scosse il capo. « Aba, non precipitare la... »

Udirono dei rumori nell'auto, un cassetto che veniva aperto e richiuso. Subito dopo arrivò la voce allarmata di Kebab.

« Sei pazzo, Omar? Perché tiri fuori una pistola? Mettila subito via! »

« Abbiamo una borsa piena di armi nel portabagagli, cazzo! »

Mentre Leyla finiva di tradurre, Aba entrò in azione.

« Tony, dammi il canale audio con il comando. »

Il giovane impiegò una decina di secondi a stabilire il contatto. « È in linea, dottoressa. »

Aba prese il microfono. Il tono era calmo, nonostante la situazione. « Avete un'auto sulla statale, appena dopo Casalpusterlengo, direzione nord. »

Rispose una voce maschile, tranquilla. « Un attimo, verifico. »

« Non ho un attimo e non c'è nulla da verificare. Ordinate di interrompere immediatamente qualunque controllo. »

« Cosa? »

« Sa da dove chiamo, vero? »

Il tono di voce cambiò. « Certo, mi scusi, faccio subito la comunicazione. »

Ma non ci fu il tempo.

Nella cuffia, Aba udì le urla e il crepitio degli spari.

Gli avevi detto di non preoccuparsi. Ora un bambino nascerà e non vedrà mai suo padre, una giovane donna non vedrà mai più il suo sposo.

Aba seguì Ferrara nello spazio coperto che dava sul cortile quadrato interno del palazzo. Scendeva una pioggia fitta e sottile, l'aria era densa di umidità.

Ferrara si accese una sigaretta, poi aspirò una lunga boccata e iniziò subito a tossire.

« Per fortuna non ci sono feriti tra i carabinieri, Aba. »

« Meno male. Ma abbiamo perso sia Kebab che Omar. »

« Non te ne fare una colpa, era imprevedibile. »

Aba scosse il capo. Sapeva benissimo che Ferrara stava cercando di consolarla, ma non le piaceva che lui lo facesse, né oggi né trent'anni prima.

Il nostro comune maestro diceva che non esiste l'imprevedibile.

« Pietro, non è stata una coincidenza. »

« Che vorresti dire? »

« Qualcuno sapeva. Qualcuno... »

« Ci sarà un'indagine. Noi siamo analisti, non investigatori e tanto meno indovini. »

« Da quando ho la patente, e sono passati più di vent'anni, non mi hanno mai fermato. Quindi... »

« Tu sei una distinta signora bianca. Loro due invece... »

« E poi c'era quell'altro veicolo... »

Ferrara continuava a fumare e tossire, guardando le nuvole nere gonfie di pioggia.

« Quale veicolo? »

« Quello che li ha rallentati. »

Ferrara non ribatté e la guardò negli occhi. In quello sguardo Aba vedeva lo stesso affetto da oltre trent'anni, solo che lei non era più una bambina e lui non era più il giovane assistente del generale Adelmo Abate. Ma quelle parole segnavano il confine tra il vecchio zio e il capo, in un ambiente dove gli ordini si eseguivano senza discuterli.

« Voglio seguire io le indagini sull'incidente, Pietro. »

« No. Le affiderò a Ollio. Tu non devi occupartene. »

La piccola Aba avrebbe insistito e chiesto infinite spiegazioni.

Perché non posso nascondermi nel pozzo, signor Pietro?

« Obbedisco. Tanto, sono stata cresciuta obbedendo senza condividere. »

Ferrara aspirò una lunga boccata di fumo, tossì, poi continuò fissando quella pioggerellina che detestava.

« Non abbiamo mai avuto neanche un morto per un attentato islamico, in questo Paese. E visto che vado in pensione tra pochi mesi, non vorrei essere ricordato come il primo a fallire. »

Era la prima volta che menzionava l'imminente pensionamento. Tutti lo sapevano, ma lui non ne parlava con nessuno.

« Tu sei un eroe, Pietro. Sarai ricordato come Dalla Chiesa, Falcone, Borsellino. »

« Loro non ci sono arrivati alla pensione, Aba. »

Ferrara spense la sigaretta in un posacenere e fece per accendersene un'altra, ma Aba lo prese sottobraccio.

« Torniamo dentro, ho troppo freddo. »

In realtà stava molto meglio all'aperto, era il caldo a darle fastidio. Ma dentro, Ferrara non avrebbe potuto fumare. Mentre salivano lungo la scalinata, lui riprese a tossire.

« Devi farti vedere da un medico. »

« Non ci penso proprio. Ora andiamo a parlare con Giulio Bonan: lui è il vicedirettore AISE per il Nord Africa e il Medio Oriente, la Libia è zona sua. Lo conosci? »

« Di vista, non ci ho mai lavorato. »

« È un ottimo professionista, ma è un ex ammiraglio e come tutti quelli che vengono dalla Marina ha una certa formazione e una certa mentalità.»

Aba annuì. Sapeva benissimo di cosa parlasse Ferrara. *Uomini che disprezzano le donne.*

La sala riunioni di Giulio Bonan aveva le pareti tappezzate di foto di barche a vela, ma anche di quadri a olio che raffiguravano navi in battaglia.

Ricorda, Aba. Se gli oggetti di cui si circonda un uomo sono contraddittori, uno è la realtà e l'altro la maschera.

L'uomo che entrò era già a prima vista molto diverso da Ferrara. Era almeno dieci anni più giovane e indossava un completo grigio di sartoria, gilet, camicia bianca e cravatta blu e grigia, fazzoletto degli stessi colori nel taschino. Aveva i lisci capelli pettinati all'indietro su una fronte ampia, gli occhi chiari e freddi, un'acqua di colonia che Aba non conosceva, ottima ma sgradevole su di lui.

Strinse la mano a Ferrara e fece un inchino ad Aba seguito da un baciamano che bloccò a metà, di fronte al suo sguardo gelido. Gettò una veloce occhiata agli abiti scombinati di Ferrara e alla giacca-tailleur grigia di Aba e si sedette a capotavola, sebbene fosse pari grado di Ferrara. Appoggiò sul tavolo da riunioni un'agendina con la copertina in pelle, metà bianca e metà nera. Sopra vi posò una penna nera con la punta bianca.

Ascoltò in silenzio il resoconto completo dei fatti da parte di Aba: dal momento in cui aveva reclutato Kebab sino all'ultima conversazione su Skype e poi all'incidente con i carabinieri. Non la interruppe mai, limitandosi a prendere qualche appunto. Quando Aba finì lui posò i suoi occhi cerulei su di lei.

«Ho sentito parlare molto di lei, dottoressa. E non solo per via di suo padre.»

Aba non disse nulla. La sua reputazione in ufficio era altissima, tutti sapevano che era stata lei a costruire quasi da zero la rete degli infiltrati nelle moschee. Nessuno pensava che fosse una raccomandata grazie a suo padre. Quindi si trattava di una piccola provocazione.

« Ho letto nel suo curriculum che da ragazza ha vinto diversi tornei femminili sia di scacchi che di Risiko. »

Sapeva di dover modulare la reazione, Bonan era un suo superiore. Optò per il Monna Lisa, il sorriso più adatto alle circostanze. Lo usava sin da quando suo padre l'aveva portata al Louvre la prima volta e le aveva raccomandato di fare molta pratica su quel sorriso.

Troppo indifeso per essere offensivo.

« Erano campionati misti, dottor Bonan. Però è vero che io ero spesso l'unica finalista di sesso femminile. »

Lui inarcò un sopracciglio.

« Le piacevano solo giochi individuali? »

Aba usò un tono scherzoso. « Meglio da soli, così si sa con chi prendersela se le cose vanno male. »

« Ma lei è sposata, no? »

Decise di iniziare a testare le sue reazioni e indicò la fede al dito di Bonan.

« Anche lei, eppure non vedo donne su quelle barche. »

Bonan non si scompose minimamente. Sembrava quasi divertito dalla piega della conversazione.

« Ho due ex mogli. La fede mi serve a tenere alla larga donne con speranze che dovrei poi deludere. »

Aba restò un attimo sorpresa dalla crudezza.

Per lui dovremmo stare ancora a casa.

Prima che lei replicasse, Ferrara si intromise.

« Abbiamo bisogno del tuo aiuto, Giulio. »

« Non mi avete detto neanche il vero nome del vostro informatore, questo Kebab. »

« Scusa, Giulio, ma il nome non è utile per ciò di cui ti parleremo. Le nostre procedure interne sulla sicurezza degli infiltrati sono molto rigide, e Aba ne è feroce custode. »

Bonan sorrise, ma i suoi occhi erano fermi, le labbra tirate. « Non abbinerei mai la parola feroce a una bella donna. »

Aba assorbì con calma quella frase in tutte le sue componenti e implicazioni. Inclusa la provocazione, questa volta più evidente. Era un bivio nel loro rapporto, doveva reagire senza offendere.

« Non è la frase che dissero a Giovanna d'Arco prima di mandarla al rogo? »

« Temo che la povera ragazza non capisse l'inglese. »

Ferrara ebbe un accesso di tosse. Aba si alzò, passando alle spalle di Bonan, diretta al mobile bar. Versò un bicchiere d'acqua per Ferrara e glielo porse. Bonan la guardò un po' stupito, posò la penna sull'agendina e si rivolse a Ferrara.

« Quando gli americani hanno chiamato 'little boy' la bomba atomica da sganciare su Hiroshima, non avrebbero certo immaginato che un giorno la Jihad avrebbe soprannominato così gli uomini bomba che si fanno saltare in aria in mezzo agli innocenti. »

Ferrara provò a tagliare corto. « Ci serve il tuo aiuto a Tripoli per bloccare tutte le partenze, Giulio. »

Bonan scosse subito il capo. « Il vostro Kebab potrebbe essersi inventato tutto. Per giustificare con la dottoressa Abate i suoi benefici, per ottenere il ricongiungimento in Italia con la moglie... »

« In due casi distinti, Kebab ci ha permesso di incrociare delle informazioni che ci hanno consentito di espellere alcuni soggetti pericolosi. »

« E questo ci garantisce che è affidabile, dottoressa? »

Ecco il momento. Ora vediamo come reagisce.

« Come certamente saprà, è soltanto con un gran numero di osservazioni standard che si possono individuare le eccezioni. Mi pare che anche in Marina per la crittografia si usi questo metodo. »

Ferrara ebbe un altro scoppio di tosse, forse vero o forse simulato.

« Giulio, dobbiamo intervenire sui libici. La loro Guardia costiera deve bloccare le partenze. »

« Lo fa già. Ci sono dei precisi accordi. Ho seguito io il progetto, abbiamo da tempo una nostra nave officina a rotazione al porto di Tripoli e così abbiamo pian piano rimesso in sesto le loro navi. »

« Ma molti barconi partono lo stesso! »

« Fa parte dei risvolti impliciti in questo tipo di accordi. Ci sono equilibri da rispettare, noi otteniamo ciò per cui paghiamo. »

Ferrara cominciò a irritarsi. La sua natura di carabiniere non si conciliava molto con quegli equilibrismi.

« Non voglio conoscere i vostri segreti, ma in questo caso bisogna bloccare tutte le partenze. Tutte. Da domenica prossima non deve partire neanche uno spillo. »

« Non li paghiamo abbastanza per questo. La situazione in Libia è molto complessa, Pietro. Mi spiace, ma non possiamo allertare il Governo libico e la Guardia costiera e i nostri alleati locali con allarmi che non siano assolutamente fondati. »

Ferrara continuò nello sforzo di essere convincente senza suonare scortese.

« Il mio lavoro non è di evitare un disturbo ai libici ma di proteggere l'Italia dagli attentati. »

Bonan si strinse nelle spalle. Era come se quell'affermazione per lui fosse condivisibile ma in fondo banale.

« Lo so. Questa è la maggiore preoccupazione dei politici, a loro interessano soltanto i problemi a breve termine, quelli che hanno un risvolto elettorale. »

Ferrara per la prima volta alzò un po' la voce. « Non ho problemi elettorali. Io voglio solo che nessun little boy venga in questo paese a farsi saltare in aria. »

Bonan era imperturbabile. « Io invece mi preoccupo anche delle strategie a lungo termine, che vanno ben oltre un singolo governo o una breve legislatura. È dalla strategia che dipende la nostra sicurezza, non dalla tattica. »

« Che c'entra la strategia con un terrorista e i barconi? »

Bonan fissò Ferrara.

« I barconi e gli immigrati non contano nulla, Pietro. Sono la copertura con cui paghiamo la parte libica che in questa guerra civile protegge le nostre fonti di energia. Questa è strategia, il resto non conta. »

« Mi stai dicendo che non puoi aiutarci? »

Lui sbuffò.

« Avete sei giorni per individuare il covo in cui vi stava portando Kebab. Trovatelo e il vostro little boy, ammesso che esista, farà un viaggio inutile. »

« Stiamo già cercando quel covo. Ma è un'operazione che richiede tempo, e non l'abbiamo. Giulio, ci serve che il Governo libico dia istruzioni alla Guardia costiera. »

« Pietro, sei sicuro che Kebab non si sia inventato tutto? »

Ferrara gettò un'occhiata ad Aba, poi annuì.

« Al cento per cento. Ma ti spiegherò meglio più tardi, per ora devi fidarti. »

Aba restò un attimo interdetta.

C'è qualcosa che Pietro non vuole dirmi. Ma è il mio superiore, devo accettarlo.

Bonan sospirò e annuì.

« Va bene, ma non è il caso di parlarne ufficialmente col Governo libico, Pietro. »

« Perché? »

« Perché il segreto durerebbe un secondo e l'azione non potrebbe mai essere efficace. Nella Guardia costiera ci sono clan in lotta per il potere e i soldi, gente onesta e gente meno. Dobbiamo usare un canale meno ufficiale ma con le giuste connessioni. »

« Cosa suggerisci? »

« Di fare un'offerta alla persona che conosce tutti nella Guardia costiera libica, senza dare troppe spiegazioni. Quest'uomo, mister Mansur, si fa chiamare ammiraglio e noi abbiamo un canale aperto con lui. »

Ferrara aggrottò la fronte. « Che canale? »

« Un collaboratore esterno che utilizziamo a contratto e che ha ottimi contatti con Mansur. Come copertura, fa da guida ogni tanto ai turisti italiani in Libia, credo abbia un paio di lauree. »

Ferrara fece una smorfia. « Parli del professor Johnny Jazir, immagino. »

« Sì. Non lo conosco di persona ma tu sì, vero? »

« L'ho conosciuto ai tempi in cui ero in AISE. Mi ha aiutato a tirar fuori dal deserto algerino due tecnici che erano stati rapiti dai beduini. »

« Vedi? Fa proprio al caso nostro. »

Ferrara aveva l'aria poco convinta. « Il professor Jazir è certamente molto in gamba, ma non è un nostro agente. Non ritengo opportuno dirgli di little boy. »

Bonan sembrava leggermente stizzito. « E cosa suggerisci, allora? »

« Facciamo un'offerta diretta e personale a mister Mansur, senza intermediari. »

Bonan scosse il capo. « Io non voglio esporre una risorsa ufficiale dell'AISE che opera in Libia. Lo bruceremmo, e ne abbiamo pochissimi. »

Aba percepì subito il momento.

Ora che si sono distrutti tra Jacuzia e Kamchatka, posso attaccare l'Asia.

« Io conosco il problema, conosco Tripoli dai tempi di Gheddafi, conosco i libici e non corro il rischio di essere bruciata, visto che non lavoro lì. Per una trattativa una donna è meno minacciosa, più inoffensiva. »

« Dottoressa Abate, la conosco da poco ma non la definirei inoffensiva. »

Bene, ammiraglio, ci siamo presentati e capiti. Ora devo abbassare i toni per raggiungere l'obiettivo.

« Sono obbediente. Ed eseguo gli ordini, anche quando non li condivido. »

Aba lo vide sorridere, soddisfatto.

È quel tipo di uomo.

« Mi sembra una buona idea. Ma solo se il suo capo è d'accordo. »

Ferrara la guardò. Non era d'accordo, ma lei aveva scelto il momento giusto, quando non c'erano altre soluzioni.

« È una buona soluzione, Pietro. Sono stata in Libia molte volte per gli accordi sui migranti. Il mio lavoro ufficiale al Ministero è di controllare i conti di certi accordi. È normale che vada a parlare con il responsabile della Guardia costiera, nessuno la troverà una cosa strana. »

Alla fine Ferrara annuì. « Va bene, facciamo così. »

Bonan si alzò, strinse la mano a Ferrara e accennò un mezzo inchino senza più il baciamano ad Aba. Si riservò l'ultima battuta.

« Lei è una madre di famiglia, dottoressa Abate, non ha l'aria di una spia, ma non sarei affatto tranquillo ad averla tra i miei nemici. »

Aba non replicò. Aveva ottenuto ciò che voleva.

Mentre tornavano alle loro stanze Ferrara era decisamente pensieroso.

« Ci hai manovrati per andarci tu ma questo non è Risiko. Non mi piace che tu vada a Tripoli, Aba. Ho paura che ti succeda qualcosa. »

Lei non disse nulla e Ferrara continuò.

« Sai perché ti ho scelta come responsabile della rete di infiltrati? »

Perché sono molto più brava di tutti gli altri. Perché sono stata la prima al concorso interno e ho sempre il voto più alto nei corsi di formazione. Perché ne ho reclutati da sola oltre venti in dieci anni e nessuno dei miei colleghi maschi c'è mai riuscito. Perché nessuno qui dentro pensa più che io sia una raccomandata, da mio padre o da te.

Ma Aba non disse assolutamente nulla.

« Tuo padre è rimasto in coma vegetativo per tre anni. E tu sei andata a trovarlo per ore, ogni giorno, te ne stavi seduta da sola accanto al suo letto a leggergli i giornali, come aveva fatto Adelmo ogni mattina per tutta la vita. »

« Sono figlia unica ed ero già orfana di madre. Era solo un mio dovere. Lui non aveva nessuno. »

« Adelmo aveva tutti e quindi nessuno tranne te. Ma pochissimi figli avrebbero fatto lo stesso. La lealtà e lo spirito di sacrificio sono due doti fondamentali del nostro lavoro. La terza dote è quella che lui non ha fatto in tempo a insegnarti fino in fondo. »

« Sarò prudente. Te lo prometto, Pietro. »

Lui le posò una mano sulla spalla con quel gesto ripetuto milioni di volte che lei considerava fuori luogo sul lavoro.

« Negozia un prezzo conveniente per far bloccare tutte le partenze di quei maledetti barconi e torna subito. E stai alla larga da Johnny Jazir. »

In famiglia sono abituati a qualche viaggio sporadico e improvviso in sedi periferiche. Credono che debba controllare il bilancio o addirittura, secondo l'ipotesi più avventurosa, che io debba smascherare qualche piccola o grande irregolarità. Il fatto che io abbia chiesto loro di non chiamarmi mai, mentre sono via, se non per vere emergenze, alimenta ulteriormente la loro immaginazione. Questo lato oscuro eccita la fantasia dei miei figli.

Mamma fa arrestare quelli che rubano.

Con questa mediocre ma efficace drammatizzazione, li ho anche abituati a non chiedere dove vado o almeno a non insistere per saperlo. Mando quindi un semplice messaggio a Paolo.

Amore, missione improvvisa. Torno domani, avviso io Rodica.

Rodica è il fulcro della mia organizzazione. Il nostro rapporto è prevalentemente epistolare e sempre sintetico al massimo.

Segui menu della settimana. Per Cri niente burro su sogliola. Per Fra bistecca al sangue, per Paolo ben cotta. Per Fra tuta pulita per allenamento rugby pomeriggio. Per cena lascia tutto pronto, ricorda a Cri di portare fuori il cane dopo cena. Metti calcolatrice nello zaino di Fra, domani ha compito di matematica. Controlla batteria.

Poi mi ricordo che Rodica ha un mal di testa ricorrente.

Fai esami sangue che ti ho prenotato.

Nella toilette dell'aeroporto Aba indossò parrucca, velo, occhialoni scuri. Decise di tenere il tailleur grigio ferro, forse un po' pesante, ma i pantaloni sarebbero stati troppo aggressivi per mister Mansur.

Durante il volo per Malta, in mezzo al Mediterraneo, l'aereo cominciò a sobbalzare. Aba iniziò a fare respiri profondi, come le avevano insegnato. Odiava sé stessa per l'irrazionalità di quella paura: non l'aveva mai avuta, sino alla nascita di Cristina e Francesco. Una paura che non aveva a che fare con la *sua* morte, ma con le conseguenze.

Come faranno senza di me?

Si voltò verso la donna anziana seduta al suo fianco, vicino al finestrino.

« Potrebbe abbassare la tendina, per favore? »

La passeggera la accontentò subito e sorrise. « Ha paura di volare? »

Era solo una vecchietta in vena di chiacchiere e Aba si rilassò per un attimo.

« Non proprio... È che, se mi succedesse qualcosa, i miei figli resterebbero soli. »

Aveva risposto d'impulso, ma se ne pentì immediatamente.

La sicurezza, Aba. Non la devi dimenticare, mai, in particolare quando la paura abbassa il controllo.

La vecchietta aggrottò la fronte.

« Vedo che porta la fede. Ci sarebbe sempre suo marito a occuparsene, no? »

Decise di mentire, cosa che cercava sempre di evitare.

« Non sono sposata. Metto la fede durante i viaggi per tenere lontani gli uomini indesiderati. »

Bonan almeno mi ha dato un'idea utile...

La vecchietta scoppiò a ridere, poi le porse una mano ossuta, ingioiellata, dalle unghie curate.

« Sono Jacqueline Loris, archeologa, vado a Tripoli. »

Aba strinse la mano fragile e sottile. Non aveva senso mentire sulla destinazione, sarebbe stata scoperta poco dopo.

« Piacere, vado anch'io a Tripoli. »

« Ah sì? Io vado al Rixos, e lei? »

La voce della hostess che annunciava l'atterraggio a Malta evitò ad Aba altre bugie.

Quando scesero dall'aereo, si congedò dall'anziana archeologa con la scusa di telefonare, si recò rapidamente al banco transiti e si fece cambiare posto sul volo Malta-Tripoli in modo da essere in una fila da sola. Per i successivi cinquanta minuti cercò di rilassarsi, ma nella sua mente si accavallavano pensieri confusi.

La vedova di Kebab e suo figlio sono a un funerale. Ma devo pensare anche a Cristina e Francesco.

Il taxi avanza dall'aeroporto di Mitiga verso il centro lungo la strada a quattro corsie, tra la polvere gialla del ghibli, cercando di districarsi nel traffico.

Mi guardo intorno e le uniche novità che vedo sono più donne in giro col velo e più telecamere di controllo stradale. Una proliferazione assurda in una città in cui molti veicoli non hanno la targa e gli altri hanno quella della vecchia Libia, con il nastro adesivo nero piazzato a coprire la parola *Giamahiria.*

Ci sono i pick up con le mitragliatrici e ragazzini armati di pistole e persino kalashnikov.

Attivo il telefono speciale criptato, quello non localizzabile, non intercettabile e intestato a un'utenza impenetrabile. Da impiegare comunque con attenzione e parsimonia perché oggi di inviolabile non c'è nulla e «privacy» è una parola molto ottimista.

Poi riaccendo il cellulare personale e leggo i messaggi.

Buon viaggio.

Alle parole, Paolo fa seguire una faccina sorridente e tre cuoricini rossi.

Cerco di ignorare la leggera delusione. In fin dei conti, non c'è niente di male a esprimere i sentimenti attraverso quei simboli. Forse sono vecchia io a quarant'anni, visto che preferisco ancora la parola «amore».

Mando un messaggio a Francesco.

Com'è andata la versione?

La risposta è immediata.

Di merda.

Magnifico, mi dico. A questo punto, tanto vale inviare anche il messaggio più temuto. Penso ad Amleto, davanti all'orizzonte. Sapere o non sapere, questo è il dilemma. I genitori come me, quelli troppo sensibili, o troppo invadenti, o troppo rimbambiti, devono scegliere tra l'ansia e il dispiacere. La mia natura esclude l'incertezza, sapere consente di agire mentre l'ansia paralizza.

Ciao Cri, come è andato il test per le Olimpiadi?

Nessuna risposta. Visto che mia figlia è perennemente connessa, l'assenza di una sua replica è un indicatore chiarissimo. Magnifico, mi ripeto. Tutto va perfettamente, a casa.

Cerco il riflesso del mio volto nello specchietto retrovisore. È pallido, con piccole rughe agli angoli degli occhi e delle labbra, le guance un po' scavate accentuate dalla parrucca. Mi rimetto gli occhialoni scuri.

Precauzioni ridicole? Forse sì e forse no. Ma, nella mia testa, c'è sempre il mio maestro, l'uomo che sapeva fare tutto tranne amare.

Scegli sempre la prudenza, Aba, soprattutto quando non ti costa nulla.

Era già metà pomeriggio ma all'aperto, col ghibli che veniva dal deserto, la temperatura era superiore ai venti gradi. L'aria condizionata nella sala riunioni di quello che era stato pomposamente chiamato Ufficio della Sicurezza Interna non funzionava. O meglio, il fan coil faceva rumore ma espelleva aria a temperatura ambiente.

L'ammiraglio Mansur della Guardia costiera, tale più per autonomina che per carriera, come molti in Libia dopo la fine di Gheddafi, aveva accettato di incontrare la dottoressa Abate: il governo italiano era pur sempre il suo più importante cliente. Aveva suggerito il suo ufficio, dov'era normale che ricevesse un funzionario amministrativo del Ministero degli Interni italiano.

Mansur indossava una divisa grigia ben stirata, forse un po' troppo attillata per un uomo di mezza età un po' pingue che voleva sembrare giovane.

« Cosa posso fare per lei, signora? »

Mister Mansur parlò in arabo ma Aba attese la traduzione dell'assistente che faceva anche da interprete. Del resto, come lei capiva l'arabo, Mansur capiva l'italiano. Il giovanotto dalle ciglia lunghe si esprimeva in un inglese molto formale e con un accento affettato e una sfumatura francese.

« How can I help you, Miss? »

« Ci serve la sua collaborazione, mister Mansur. »

Quel « Mister » era il primo test a cui Aba lo sottoponeva. Lui sembrò non gradire: non aspettò la traduzione del suo giovane assistente e rispose direttamente in inglese.

« Sono un ammiraglio della Marina libica e comando la Guardia costiera, Miss. »

Vanitoso, suscettibile, irruento. Quindi inaffidabile. Devo dirgli il meno possibile.

Aba passò al russo. Sapeva che Mansur aveva studiato a Mosca, come molti ufficiali di alto grado che avevano servito Gheddafi.

« Dobbiamo parlare da soli, ammiraglio. »

Mansur sbuffò, poi fece un cenno al suo giovane assistente e gli si rivolse in arabo, dando per scontato che una donna italiana potesse conoscere il russo, ma di certo non l'arabo. Fu il suo primo errore.

« Vai, *habibi*, fammi sapere il numero di stanza. »

L'assistente si alzò e uscì. Mansur si appoggiò allo schienale della poltrona e allargò le mani in un gesto un po' teatrale.

« Allora, Miss? »

« Una persona sgradita tenterà di imbarcarsi su uno dei vostri barconi nei prossimi giorni. »

Mansur la guardò con aria ironica e si accese una lunga sigaretta al mentolo con un Dunhill d'argento.

« Ma davvero? Quanto sgradita? »

« Molto. »

Il cellulare di Mansur emise un *bip*, lui gettò una veloce occhiata al messaggio e Aba notò il sorriso.

Ora sa qual è la stanza del suo habibi, *il suo* amore, *e non vuole perdere tempo.*

« Quando, Miss? »

« Durante la prossima settimana. »

« La nostra o la vostra? »

« La nostra. Da domenica sera. »

Mansur aspirò ed esalò dalle narici un po' di fumo al mentolo.

« Va bene. Dirò di inasprire un po' i controlli. »

« Non mi sono spiegata, ammiraglio Mansur. Inasprirli non basta. »

Di colpo Mansur si fece più attento.

Sta fiutando l'affare.

« Non sono questi gli accordi, Miss. Con i suoi superiori abbiamo concordato... »

« Sono proprio i miei superiori a mandarmi, con una richiesta ben precisa. »

« E sarebbe? »

Devo essere più esplicita, purtroppo. Un rischio, con questo tipo d'uomo inaffidabile. Ma è inevitabile visto il suo ruolo.

« Da domenica prossima non deve più partire nessuno dalle coste libiche. »

Lui la fissò con un lampo di avidità.

« Bloccare del tutto le crociere? E per quanto tempo? »

« Almeno dieci giorni. »

Mansur fece una risata.

« Miss, lo sa quanto costano dieci giorni se azzeriamo le partenze? »

« A chi, mister Mansur? Ai trafficanti? »

O a voi? A lei?

In quel momento, il cellulare personale di Aba emise un *bip*. Lei vide il nome: Francesco. E subito, inevitabile, arrivò il terribile pensiero del tutto irrazionale che accompagnava le chiamate inattese.

È successo qualcosa di grave a Cristina o a Paolo.

« Mi scusi un attimo. »

Prendo il cellulare, mi alzo e mi allontano il più possibile dal falso ammiraglio Mansur.

« Francesco, cosa è successo? »

« Rodica ha cotto troppo tutte e due le bistecche! Lo sai, quando ho rugby al pomeriggio devo mangiarla al sangue! »

Il battito rallenta, la paura si trasforma in sollievo, poi in rabbia.

« E mi chiami per questo? Ti sembra un'emergenza? »

Sento addosso lo sguardo di Mansur. Gli volto le spalle, parlo piano, al muro.

« Ci sono delle scatolette di tonno in frigo, Francesco, prendi quelle. »

« Perché sussurri? Che ci faccio con il tonno senza olio che mangia Shrek per dimagrire? »

« Non chiamare così tua sorella. È un soprannome offensivo. »

« Ma è per scherzo... »

« Le fai del male, non usarlo e basta. Fatti due uova, sei capace, no? »

« Ma le uova sono proteine? »

« Sì, dai, certo. »

« Non è che mi prendi in giro, mà? Guarda che se poi non mi reggo in piedi il mister... »

Lo interrompo.

« Giuro. Le uova sono proteine. »

« Ma dove sei? Perché parli come gli zombie? »

Ripenso a quei ragazzini col mitra là fuori. Stessa età di Francesco. Ripenso a Kebab, che aveva pochi anni di più. La rabbia per la telefonata inopportuna è già passata.

Devo tenere little boy lontano dai nostri figli.

« Sono in riunione, Francesco. Ti devo salutare, ma ti chiamo stasera. »

Chiudo, ma non mi volto. Continuo per un po' a parlare al muro con tono allegro, a voce più alta.

« Grazie di avermi chiamato, tesoro, a più tardi. »

Aba si girò e fissò Mansur. Lui la guardava beffardo.

« Suo figlio non sa cucinare, Miss? »

Era ora di finirla con le schermaglie. Aba passò al Maggie Thatcher, il sorriso stirato e, secondo i detrattori della Lady di ferro, totalmente falso che Aba aveva invece dovuto allenare mille volte davanti allo specchio, dopo aver visto centinaia di filmati.

Un sorriso è un'arma versatile, Aba. Se usato bene, è anche infallibile.

« La collaborazione tra i nostri governi è molto preziosa per entrambi, ammiraglio Mansur. »

« Certo. Ma la reciprocità è la base della collaborazione, Miss. Lei mi sta chiedendo una cosa extra e molto costosa. »

Aba era soddisfatta, aveva la situazione sotto controllo. Certo, avrebbe potuto fare un'offerta economica, come le aveva suggerito Pietro Ferrara. Il più delle volte era la soluzione migliore, ma in quel caso specifico Aba non era d'accordo. I soldi avrebbero convinto mister Mansur sul momento. Ma in seguito, se qualcosa fosse andato storto, di fronte a una possibile inchiesta Mansur non avrebbe tenuto. Per di più, c'era il rischio molto concreto che quei fondi finissero a finanziare l'acquisto di altri e più potenti gommoni, visto che il potere di mister Mansur era proporzionale al traffico tra le due sponde del Mediterraneo.

I soldi assicurano il tradimento ma non la lealtà. Per quella vanno bene solo due cose: la gratitudine o la paura. Ma chi ti resta leale per paura sarà il tuo primo nemico quando subentrerà una paura più grande.

Decise che era il momento di sospendere in attesa della verifica che intendeva fare.

Contro i presuntuosi mostrati debole, quando attaccherai non saranno pronti.

« Capisco. Ma per farle un'offerta devo chiamare Roma e farmi autorizzare. Potremmo parlarne questa sera a cena. »

Aba si alzò e Mansur la imitò.

« Ho già un impegno, Miss. Mi chiami quando i suoi capi l'avranno autorizzata a farmi un'offerta. »

Come immaginavo: gli interessano solo gli uomini.

« Avrò sicuramente un'offerta da farle, ammiraglio. »
Debole, umile, sottomessa.

Sono al Waddan. È un albergo comodo, solo un vicolo lo separa dall'ambasciata italiana. Dal computer portatile aperto sul mobile del bagno mi arriva la voce gutturale e l'immagine di Francesco.

« Non ti vedo, mamma. »

Non posso permettere che, da un dettaglio della stanza, Francesco possa intuire dove mi trovo. Tipo il quadro col beduino sul cammello appeso alla parete dietro di me.

« Non mi funziona la telecamera. Come è andato l'allenamento di rugby? »

Francesco ha un tono recriminatorio che mi infastidisce, perché è un presagio di futura debolezza.

Il più grande dei difetti, una vera e propria malattia.

« Mi hanno tolto dalla formazione per sabato prossimo. Non mi reggevo in piedi senza la bistecca. »

« Forse sei un po' stanco, no? »

« Lo sai che John non giocava mai senza prima una bistecca? »

« John Cena? »

« No, quello non gioca a rugby, è un wrestler. Io dicevo Johnny Wilkinson, ti ho raccontato della meta decisiva nell'overtime del 2003, no? »

« Sì, è vero, sono un po' presa dai pensieri sul lavoro e... »

« Problemi di bilance, mà! »

Ride ancora, e io sono felice quando lo fa, qualunque cosa dica, anche « bilance » al posto di « bilanci ». Visto che è di buon umore, faccio un tentativo.

« Non vuoi riprendere la scherma? L'hai fatta volentieri per tanti anni. »

« Mi hai obbligato tu perché ero piccolo. La scherma è da femmine. »

« La squadra italiana maschile è tra le più forti al mondo... »

« Ma figurati! Se fanno una sfida contro le femmine, quelle li infilzano. »

« Va bene, Fra, ho capito. È tornato papà dal lavoro? »

« Da un pezzo. Lui torna sempre presto, mica come te. Solo che è incazzato perché gli hanno bocciato lo spot, ha le palle girate... »

Decido di lasciar perdere il vocabolario e affrontare la parte sgradevole.

« Perché la versione ti è andata male? »

O « di merda », nel suo modo espressivo di definire il risultato.

Sbuffa.

« Era difficilissima, un pezzo di un autore mai sentito, questo Nasone... »

« Publio Ovidio Nasone non è affatto uno sconosciuto. »

« Sarà, ma questa cosa, le *Metaformosi*... »

« *Metamorfosi.* »

Sono scoraggiata e stanca. Lui lo capta al volo dal tono della mia voce, e vedo il suo sguardo preoccupato.

« Stai male, mamma? »

Adoro questo figlio diventato enorme e peloso in un anno ma ancora bambino. Ora fa sempre così, passa in un attimo dalla massima aggressività alla tenerezza.

Quei ragazzi col mitra qui fuori lo farebbero a pezzi. Lui e tutti quelli come lui.

« No, sto benissimo, ho solo un po' di problemi di lavoro, te l'ho detto. C'è tua sorella? »

Francesco ridacchia. « Si sta preparando per uscire, dice che ha una festa in maschera. Anche se la maschera mica le serve a Shrek! »

« Ti ho detto di non chiamarla così. Sai che sta facendo di tutto per dimagrire. »

« Di tutto? Tipo aprire il tuo scaffale segreto che non è segreto? Ma le conti le scatole di biscotti? »

« Brutto spione! »

La voce e il volto di Cristina irrompono nello schermo ridendo. È truccatissima, con gli occhi cerchiati di nero e le sopracciglia allungate, orecchini enormi, rossetto viola e un pallore mortale sulle guance paffute. Sono sbalordita ma cerco di non suonare né critica né seccata. Devo aiutarla ad aiutare sé stessa.

« Ciao, tesoro, non hai esagerato un po' con il trucco? Dove devi andare? »

Lei fa una risatina. « Vado a una festa a tema. Donne forti contro uomini stronzi. »

« Mi sa che sono rimasta un po' indietro. Ai miei tempi si facevano le feste per mettersi insieme, non per combattersi. E tu da chi sei mascherata? »

« Lisbeth Salander. Non hai visto *Millennium*? »

« Sì, mi ha portato tuo padre al cinema, sai che non mi piacciono i personaggi violenti. »

« Lisbeth è fichissima, non è mica violenta! Comunque le somiglio, vero? »

La prenderanno tutti in giro. Sono così crudeli, a quell'età...

« Sei sicura? Lisbeth non esiste. Non puoi trovare una donna forte ma vera? »

« Tipo? »

« Che ne so, una tipo Angela Merkel? »

Gli occhi si incupiscono. « Lo dici perché è grassa, vero? » Vedo le lacrime scure solcare le guance tonde di mia figlia e mi si stringe il cuore.

Che madre sono se ti faccio piangere? Perché ti ho lasciata ingrassare?

Non posso farla uscire conciata in quel modo. Devo seguire il mio metodo consolidato per tenere tutto sotto controllo.

Distrarla. Divagare. Tono scherzoso.

« Guarda che lo vedo che hai rubato il mio fondotinta per farti le guance pallide come Lisbeth Salander. Ma perché hai messo il tuo ombretto nel mio beauty? »

Cristina smette di piangere. Fa persino un mezzo sorriso e io vorrei essere lì ad abbracciarla e baciarla. *Dovrei* essere lì.

« Perché dovresti sembrare più giovane, mamy. Sei troppo seria, il tuo ombretto ti invecchia. Lo dice pure papà, che dovresti metterti roba più allegra. »

Cristina è soltanto più diretta di Paolo. Lui ogni tanto mi fa notare come sembrino ringiovanite le nostre amiche, non capisce che non è il trucco ma il botulino. Ma poi, quando il venerdì sera e il sabato sera facciamo l'amore, Paolo non manca di passione. Quindi va tutto bene.

« Raccontami delle Olimpiadi, Cristina. »

Lei fa un'espressione sconsolata. « Il professore ha detto che li correggerà domani e prima di uscire da scuola ci dirà il risultato. »

« Come è andata? »

« Cento domande a risposte multiple a crocette sul foglio elettronico in un'ora. Alcune erano impossibili. Mi sono innervosita e quindi... »

Io ero nervosa solo quando non ero ben preparata, Cri.

Lo penso, ma mi guardo bene dal dirlo. Amare molto spesso significa tacere. Anzi, serve un rinforzo positivo e un'alternativa a Lisbeth Salander.

« Sai che anche io da ragazzina mi sono mascherata, vero? »

Non è una bugia, anche se l'unica volta in cui mi sono travestita è stata alla recita di fine liceo, e l'ho fatto solo per accontentare la mia migliore amica, Tiziana, che era la regista.

« Non ci credo, non sei il tipo. »

« Ti dico di sì, invece. E ora che ci penso era pure una donna molto forte che combatteva contro uomini cattivi. »

Lei sembra incredula. « E chi era? »

« Sai chi è Giovanna d'Arco, vero? »

« Certo, l'ho studiata a scuola, una che ha fatto cagare sotto gli inglesi. »

« Se vai in cantina e apri il baule con la scritta *off limits* trovi il costume ancora intatto. »

Esita, incerta. « È uno scherzo? »

Mi stringo nelle spalle. « Vedi tu. La combinazione per aprirlo è 9999. Quattro volte nove. Se lo vuoi prendilo, ma richiudi il baule con la combinazione. »

Il più è fatto. Giovanna d'Arco è davvero lì dentro.

Insieme a tante cose che risalgono a prima del 9 settembre 1999.

« Mi passi tuo padre? »

Pochi secondi e arriva il volto sorridente e giovanile di Paolo.

« Come va? »

Nessuna domanda su dove sono, con chi, perché. Forse è per questo, per il suo lascia vivere in un mondo di uomini competitivi, stressati e stressanti, che mi sono innamorata di lui e l'ho sposato.

Un marito perfetto. Perfetto per Ice.

« Tutto ok. Tu? Com'è andata in ufficio? »

Fa una smorfia tra l'ironico e il disgustato. « Come al solito. Troppe parole e troppo stupide. »

Sembra scoraggiato, stanco. Forse un po' esasperato.

« Che ti succede, Paolo? »

« Cinque anni di università e tre anni di dottorato per partorire stronzate. Mi sto stufando di inventare slogan. »

È l'uomo che amo, da quando ci siamo conosciuti. Ha un'immensa cultura ma, per lavoro, è costretto a sfruttarla in modi che non gli piacciono. Mi dispiace sentirlo così.

« Sei bravissimo, Paolo. Vedrai che il tuo libro sarà un bestseller. »

So che ci sono ben due forzature in quella frase. Non è detto che lo finirà mai e ancor meno che sia un bestseller.

Ora non sorride più. « Pensare soltanto a vendere copie del

mio romanzo sarebbe un po' come scrivere frasette idiote. Non voglio che il mio romanzo sia uguale agli slogan che invento. »

Potrei dirgli che lo rispetto immensamente ma che con questo approccio non troverà mai un editore. Ma non sarebbe giusto, il candore di Paolo è un suo pregio, non un difetto.

« Allora non lo sarà. Torno domani, amore. »

Sorride, come all'inizio.

« Buonanotte, a domani. »

Quando chiudo ho una sensazione sgradevole. Non so cosa sia, esattamente.

Non devi lasciare che i pensieri personali ti distraggano. Occupati di little boy.

Aba collegò il telefono criptato al computer e, su Skype, videochiamò un altro numero criptato. Squillò a lungo, poi Tony rispose con la voce un po' affannata, in canottiera, con i bicipiti possenti e sudati, spettinato.

Lei rimase un attimo incerta. « Sei a casa? »

« Sì. Stavo facendo un po' di addominali... »

« Mi serve una cosa sull'uomo che ho visto poco fa. Dovresti dare un'occhiata a quello che fa nella sua stanza col suo *habibi.* Ti mando il numero di serie del suo portatile. Ti dovrebbe bastare, è un tipo imprudente. »

« Va bene. Provvedo domani come prima cosa. »

« No. Mi serve subito. Basta addominali. »

Lui la fissò stupito e restò in silenzio.

Perché sei così dura, Aba? Non puoi dire per favore?

« La vedo molto tesa e mi dispiace, posso aiutarla? »

Tony era gentile e generoso, con gli occhi dolci. Solo che, come tutti gli ipersensibili, era bravissimo ad analizzare le emozioni sui volti esattamente come le informazioni nei database.

Avrebbe dovuto dirgli che non erano fatti suoi, ma in fondo aveva bisogno di un piccolo sfogo per poi lavorare meglio. Tanto non erano segreti di lavoro.

« Oggi a scuola mia figlia ha fatto il test per le Olimpiadi di matematica ed è andato male. »

Vide gli occhi di Tony riempirsi di una comprensione che confinava con la compassione e si pentì subito.

Cosa sto facendo? I miei problemi familiari non devono mai emergere durante una conversazione di lavoro. È pericoloso. Devo stare più attenta.

Doveva deviare la conversazione. « Puoi allontanarti dalla telecamera, Tony? »

Lui sgranò gli occhi. « Perché? »

« Per vedere cosa indossi dalla vita in giù quando fai gli addominali. »

Tony era mortificato e imbarazzato. « Scusi, dottoressa, ma non ho diritto a un po' di privacy nemmeno quando sono a casa mia? »

« Hai diritto al grado di privacy di uno che fa il tuo mestiere, che non è quello dell'impiegato al Ministero. E non hai il diritto di mentirmi. »

« Ma dottoressa... »

« Si comincia con le piccole bugie. Philby nascondeva alla moglie le bottiglie di vodka prima di rivelare i segreti al nemico. Ora datti da fare. »

Chiuse la comunicazione. Non aveva dubbi. Il punto non era cosa Tony stesse facendo. Il punto erano le bugie, un vizio sociale.

Come l'HIV è l'incubatore dell'AIDS, la bugia è l'incubatore del tradimento.

Frasi maledette.

Aveva bisogno di muoversi per scaricare la tensione. Ma dove? L'albergo non aveva palestra e per strada c'erano i ragazzini col kalashnikov.

Tirò fuori dalla 48 ore le scarpe da ginnastica e la tuta e

cominciò a correre in tondo nella stanza, cercando di svuotare la mente.

Il tradimento. Kebab è morto perché qualcuno ha tradito.

Quando sul cellulare protetto le arrivò il WhatsApp di Tony erano già trascorsi quaranta minuti. Era un messaggio senza testo, con diversi allegati fotografici. Li guardò appena, poi chiamò mister Mansur dal telefono fisso della stanza. Il cellulare dall'altra parte squillò a lungo, poi lui rispose. Aveva lo stesso affanno di Tony.

« Stava facendo gli addominali, ammiraglio? »

« Cosa? Non capisco di... »

« Ho l'offerta per lei. Ci possiamo vedere domani mattina presto? »

« Alle sette nel mio ufficio, Miss. »

« Grazie, ammiraglio. Sarò puntuale. »

Umile, debole, sottomessa.

Dopo la corsa e la doccia sto meglio. Dal buio, oltre le finestre appena socchiuse, arriva il rumore dello scarso traffico notturno, più camion che auto. Grazie all'autostrada fatta costruire da Gheddafi, il mare che era vicino è ora lontano.

Chiamo il room service e chiedo se possono portarmi un'insalata.

« *No salad, Miss. Only hamburger and chips or cheese.* »

Rinuncio a ordinare. Il *bip* sul cellulare personale mi avvisa del messaggio.

Ti devo parlare di Roberto.

A scrivermi è Tiziana, la mia migliore amica, forse l'unica, dai tempi del liceo. Ha riempito i miei vuoti per anni, ed è stata lei a presentarmi Paolo. All'università frequentavano entrambi lettere e filosofia, mentre io macinavo matematica e statistica. Dopo il mio matrimonio e i figli, ci siamo pian piano allontanate, gli incontri si sono diradati sempre di più, ma il rapporto tra noi è rimasto intatto, anzi, forse si è emotivamente rafforzato.

Oggi Tiziana è l'unica vera amica che ho, la sola che conosce tutto del mio passato, una giovane donna le cui tattiche sono così ovvie da essere disarmanti.

Le do consigli di cui spesso non tiene conto, ma per me aiutare Tiziana è una missione, una restituzione nel tempo di ciò che mi ha dato quando eravamo adolescenti e lei aveva una famiglia felice mentre io avevo solo mio padre. Un riconoscimento di ciò che lei è, ogni volta che la vedo: la personificazione dell'entusiasmo di chi si butta nella vita.

Certo, Tizzy, volentieri.

La risposta chiarisce tutto.

Ti piacerà. Somiglia a Enzo, ricordi?

Quindi è una new entry. E somiglia a quell'Enzo che al liceo faceva gli occhi da pesce morto a tutte ma che per Tiziana era quasi un idolo: non solo bello, anche apparentemente colto e sensibile.

Una serie di abbinamenti che porta solo al disastro.

Lei faceva teatro, leggeva libri e giornali, pensava che andare a letto coi ragazzi fosse una forma di conoscenza del mondo. Io, invece, i ragazzi li studiavo ma li tenevo a distanza.

Pranzo mercoledì?

La risposta arriva subito.

Da me in libreria, ti porto in un posto.

Le confermo l'appuntamento, poi mi sdraio sul letto, vestita e con un bel po' di pensieri. Mi torna in mente la conversazione con Paolo. Il suo lavoro comincia a rendere grigio il suo presente.

Devo aiutarlo con questo libro. E aiutare Cristina con la dieta. E Francesco con il latino. E Rodica con i suoi mal di testa ricorrenti. E Killer con la malattia che rischia di paralizzarla, povera bestia.

Guardo oltre la vetrata della finestra aperta, verso il Castello dalle cui mura Gheddafi aveva arringato la folla chiamando i ribelli « topi di fogna ». Il lamento del Muezzin richiama i fedeli alla preghiera della sera. Mi è sempre piaciuta quella nenia e il modo così umile con cui pregano i musulmani.

Però mi fa anche paura, come ogni cosa che non capisco del tutto.

Penso di nuovo ai ragazzini col kalashnikov. Forse ora stanno pregando Allah per la quinta volta in un giorno, e quest'immagine mi disturba, profondamente.

Chi proteggerà i nostri figli da questo mondo così lontano ma vicinissimo?

Poi penso alla giovane donna incinta a Misurata, la vedova di Kebab.

Non puoi farlo, Aba. È assolutamente proibito dalle regole. Verrà aiutata in forma anonima, non te ne devi occupare.

Mi serve assolutamente una distrazione. Accendo il computer su cui Francesco ha caricato tutti i miei film preferiti. Tutti romantici, vecchi e nuovi, ma sempre con grandi amori.

Non sono in vena di novità. Scelgo *Casablanca*, che conosco a memoria.

Mi addormento poco prima che Ingrid Bergman salga sull'aereo senza più voltarsi verso Bogart.

MARTEDÌ

Aba si svegliò alle cinque in punto, come sempre, ma con lo sgradevole senso di vuoto che provava nel dormire senza Paolo accanto. Il sonno era più superficiale, non era mai ristoratore e profondo. Le mancavano le braccia di suo marito che la avvolgevano, il petto di lui contro la schiena, il calore, l'odore, il respiro.

Tutto quello che abbiamo cresciuto e coltivato insieme ogni giorno, l'amore vero, non quello da film che cerca Tiziana.

Ogni tanto, Aba si chiedeva se fosse il cuore o il cervello a parlare. E concludeva che era la stessa cosa perché negli adulti maturi il cervello comanda sul cuore, lo influenza e lo conduce verso ciò che è meglio per la vita vera, non verso un ideale.

Compose il numero del room service per ordinare un tè ma non le rispose nessuno. Si lavò vigorosamente i denti e si passò il filo interdentale, come aveva insegnato a Cristina e Francesco quand'erano ancora piccoli. Poi indossò la tuta e cominciò a muoversi in tondo nella stanza. Alternò corsa, salti, addominali, flessioni. Dopo un'ora si fece una doccia e stava per richiamare il room service quando notò una busta che era stata infilata sotto la porta della stanza.

La raccolse e la aprì. Conteneva un biglietto da visita dell'Istituto italiano di Cultura e un invito.

« Ore 9, Castello, visita guidata dal Professor Johnny Jazir. »

Aba si sedette sul letto, nuda e gocciolante. Sul PC aprì il file che aveva scaricato a Roma dal database interno prima di partire per Tripoli: *Marlow.*

I nomi in codice venivano scelti dagli stessi agenti. Lei aveva adottato « Ice » perché era così che la chiamavano al liceo i suoi compagni maschi. In fondo, lo trovava spiritoso.

Forse Johnny Jazir trova spiritoso Marlow.

Cliccò sull'icona e aprì il file.

Johnny Jazir, nato al Cairo, data incerta tra il 1968 e il 1972, padre ignoto, madre occidentale, cognome della famiglia adottiva egiziana. Cresciuto in Egitto sino al termine delle scuole superiori, al liceo francese di Alessandria. Nel 1989 si trasferisce a Nairobi dove si laurea in storia e letteratura, poi dal 1992 è a Roma dove si laurea in storia dell'arte nel 1995. Nel 1996 inizia a collaborare con vari Istituti italiani di cultura. Sedi: Algeri, Rabat, Tunisi, Il Cairo, Tripoli.

Ovviamente l'ultima parte era soltanto una copertura. Le sedi distaccate dell'Istituto di Cultura erano in realtà quelle delle varie missioni che il professor Johnny Jazir aveva svolto per i Servizi italiani e probabilmente anche per altri. Ma le informazioni complete su Johnny Jazir, alias JJ, alias Marlow, la parte oscura, erano disponibili solo nel database riservato ai livelli da vicedirettore in su.

E poi ci sono quelle che non risiedono in nessun database.

Non aveva bisogno del professor Jazir e non aveva nessuna intenzione di passare a raccontargli perché fosse a Tripoli. Buttò l'invito nel cestino della spazzatura.

L'ammiraglio Mansur sorseggiava il caffè che Aba aveva rifiutato. Sembrava leggermente infastidito dal cambio di abbigliamento di Aba, in particolare dai suoi pantaloni che, per quanto neri e non molto aderenti, evidentemente gli ricordavano che in Occidente le donne avevano una libertà e anche un ruolo che lui non approvava.

« Bene, Miss. È stata autorizzata dai suoi capi? »

Aba era contenta del sottinteso leggermente offensivo. Creava i giusti presupposti per una soluzione celere.

Voglio passare meno tempo possibile con lui.

Estrasse lo smartphone dalla borsetta e cercò la foto che

Tony le aveva inviato durante la notte. Posò il cellulare davanti a mister Mansur, in modo che potesse vedere bene l'immagine.

« Non è prudente lasciare il computer acceso in camera da letto, non lo sa che hanno tutti le telecamere incorporate? »

Mansur sembrava attonito, senza parole. Poi la sua espressione passò dallo sconcerto alla rabbia. Si tolse la pistola dalla fondina e la posò accanto allo smartphone di Aba, con la canna puntata verso di lei.

« Lei non ha capito un cazzo. Questa non è né la Libia dei suoi antenati fascisti né di quel porco di Gheddafi. Qui ora comandiamo noi e se le sparo, faccio a pezzi il suo corpo e lo butto in alto mare, non lo saprà nessuno. »

Aba pensò a un numero infinito di cose in pochi secondi. La sua mente era abituata ai ragionamenti complessi in tempo reale sin da quando suo padre, quando lei aveva sei anni, una sera le aveva messo davanti una scacchiera con una clessidra.

Questa reazione da parte di Mansur non è naturale... A meno che... A meno che...

Riprese lo smartphone, se lo mise in tasca e si alzò.

« Bene. Tratterò direttamente col suo socio, mister Mansur. O forse è il suo capo, no? »

Mansur impallidì ma non disse nulla.

Appena fuori, Aba si fermò all'ombra sotto la tenda di un negozietto di frutta. Respirò dieci volte, come le avevano insegnato nei corsi di yoga per lasciar defluire la paura.

È giusto avere paura. Questo è un altro mondo.

Tornò al Waddan e recuperò l'invito del professor Johnny Jazir dal cestino della spazzatura. Ora, dopo la pistola posata sul tavolo da mister Mansur, non aveva altra scelta.

Si guardò allo specchio prima di uscire.

Non sei davvero tu. Non è Aba, è solo Ice.

Sistemò il foulard scuro intorno alla parrucca con la frangia lunga sino ai grandi occhiali neri e lo strinse sotto il mento. Restava scoperta la bocca, ma quella era indispensabile. Sciacquò via dalle labbra anche il poco rossetto che usava.

Fece il check out e uscì dal Waddan alle nove. Nonostante la 48 ore, si avviò a piedi. Arrivò a piazza dei Martiri, che sotto Gheddafi si chiamava piazza Verde, sotto la monarchia dei Senussi piazza Indipendenza e prima ancora, sotto gli italiani, piazza Italia. Nomi che raccontavano un secolo di storia libica. Superò il punto in cui c'era la vasca della fontana senza più l'antilope, prima presa a colpi di RPG e poi trafugata da una delle tante milizie salafite. Sotto le arcate non c'era quasi nessuno, i negozi erano ancora chiusi. Aba attraversò il piazzale, sferzato da un vento tiepido e appiccicoso di polvere e sabbia, si diresse verso il mare e raggiunse l'entrata del castello, rosso perché di quel colore l'aveva fatto ridipingere il Colonnello.

Si era presa tutto il tempo possibile così da arrivare solo alla fine della visita. Mostrò l'invito a un militare distratto che le indicò un gruppetto di una quindicina di persone. Dovevano essere professori e studenti di un'università italiana in visita. Erano nel cortile spagnolo che si affaccia sulla piazza, e ascoltavano le spiegazioni della guida.

Era un uomo qualunque, forse un po' più basso che alto, forse un po' più magro che grasso, capelli né folti né radi, né bianchi né scuri, la barba né lunga né corta, un po' nera e un po' grigia. Portava un cappellino a visiera e un paio di Ray-Ban fuori moda, con le lenti verdi rettangolari. Indossava un giacchetto di camoscio che doveva essere di trent'anni prima, una camicia di lino grigia, stinta e stazzonata, pantaloni di cotone color avana e un paio di comodi sandali da cui uscivano unghie troppo lunghe e un po' sporche di terra. Era appoggiato con aria indolente a uno dei leoni in pietra e fumava una sigaretta. Intratteneva i turisti in un italiano *arabo*, con un accento in cui le *s* scivolavano in *sc* e il ritmo sfumava in una cantilena.

Nell'insieme il professor Johnny Jazir, Marlow, non dava

l'impressione di essere né un professore né tanto meno un agente segreto.

« In questo castello hanno messo le mani tutti gli invasori di questo paese: turchi, spagnoli, inglesi, italiani. Ognuno ha lasciato un suo brutto ricordo. »

Il professor Jazir ascoltava distratto i commenti dei visitatori, senza dar loro alcuna risposta. Quando ebbero finito, buttò la cicca accesa per terra, la sostituì con uno stuzzicadenti e fece un cenno verso le scale.

« In una delle sale interne potrete ammirare anche la vecchia Volkswagen celeste del Colonnello. Un suo ricordo. »

Dal tono con cui lo disse, nessuno avrebbe potuto capire se fosse facezia o verità, se JJ prendesse in giro il Colonnello o lo elogiasse.

« Anche di Gomah al Mahmoudi c'è qualche ricordo? »

Il professor Jazir restò immobile per un istante, senza voltarsi verso la persona che aveva fatto la domanda. Poi spostò lo sguardo sulla turista con i lunghi capelli neri che spuntavano dal foulard.

« Certo, signora. Di lui resta qualche goccia di sangue sui muri che danno sulla piazza, dove i turchi fecero appendere la sua testa in modo che tutti capissero che non era il caso di ribellarsi. »

Poi si voltò e condusse i turisti all'interno, verso gli uffici del governatore e il museo archeologico. Terminato il tour, prima dei saluti, passò a ognuno un biglietto da visita.

Istituto italiano di cultura – Professor Johnny Jazir.

Su quello che passò alla turista con la frangia arrivata per ultima c'era anche una scritta, aggiunta a matita.

In ambasciata tra un'ora.

Mi avvio con calma lungo sciara Al Fatah. Arriva un *bip*. Mi fermo accanto a un piccolo market per leggere il messaggio. È di Cristina.

Ce l'ho fatta!

Avverto l'ondata di sollievo, poi la gioia. Eccessiva.

Come puoi essere così condizionata dall'umore di una ragazzina instabile come tutti gli adolescenti mentre ti stai occupando di un terrorista?

Ma quell'adolescente è mia figlia, la parte fondamentale della mia vita. Da quando è nata gioisco per lei e soffro per lei come non ho mai fatto neanche per me stessa.

Vedi che sei troppo pessimista?

Hai ragione mamy! Ho fatto 100 su 100!

La gioia defluisce subito.

Qualcosa non torna. Ma non è certo questo il momento di parlarne.

Brava. Ci vediamo stasera.

Brava e basta?

Cristina non è contenta. Giustamente. Quale madre farebbe così?

Lo hai già detto a papà?

Certo! Ha detto che sono un genio!

Metto da parte i miei dubbi. Resta il solito metodo.

Come è andata la festa in maschera?

Fichissimo il costume di Giovanna d'Arco!

Hai richiuso il baule?

Sì, certo!

Bene, devo ricordarmi di cambiare combinazione.

Sono in riunione, Cri. Ti chiamo dopo.

Un giovane segretario le fece strada sino a una stanzetta con le pareti coperte di libri, un grande tavolo e qualche sedia non particolarmente ben messa.

Johnny Jazir era seduto a quel tavolo, un libro tra le mani, una sigaretta spenta tra le labbra, senza il cappellino ma con i Ray-Ban con le lenti verdastre sugli occhi.

«Professor Jazir, la dottoressa Abate, del Ministero degli

Interni, vorrebbe un consiglio su dei vecchi libri storici della Libia. »

« Prego, dottoressa, si accomodi. Chiuda la porta. »

Aba si chiuse la porta alle spalle. Lui si alzò. Non si tolse gli occhiali scuri e non le tese la mano.

« Gradisce un buon caffè? »

Lui prevenne il suo rifiuto facendole cenno di sì con la testa, perciò Aba annuì.

« Sì, grazie, professore. »

« Glielo preparo io con la moka in una vera tazzina, quello della macchinetta fa solo buchi allo stomaco. Venga con me. »

Il professore superò la porta finestra accedendo a un terrazzino affacciato su uno squallido cortile interno, dove erano posteggiate due auto con la targa CD. Nel terrazzino c'erano due sedie e un tavolino di formica con sopra un fornello a gas da campeggio, collegato a una bombola. Lo spazio ristretto era coperto e circondato da una sottile rete metallica a piccole maglie quadrate.

Johnny Jazir le fece cenno di sedersi, caricò la caffettiera, sfregò un cerino sull'unghia e lo usò per accendere il fuoco sotto la caffettiera e poi una sigaretta.

« Restiamo qui fuori, così posso fumare. L'ambasciatore dice che il cancro è colpa del fumo. Pensi un po' in che mani è la vostra diplomazia! Probabilmente crede che la guerra sia stata colpa di Philip e che la fine di Cristo sia dovuta a Morris. »

Lei sapeva che parlare lì fuori era una precauzione ma anche un avvertimento. All'interno dell'ambasciata potevano esserci microfoni, telecamere, orecchie e occhi. Ma non era comunque tranquilla.

« E se l'ambasciatore la sentisse dire queste cose di lui, professore? »

« Qui possiamo parlare tranquillamente. » Indicò la rete metallica e sorrise. « Si chiama gabbia di Faraday. Ma possiamo stare fuori solo il tempo di bere un caffè altrimenti gli yankees dell'NSA che non ci sentono più si innervosiscono. Hanno sempre paura di perdersi la battuta decisiva, poverini.»

Aba lo osservò versare il caffè nella tazzina e l'acqua in un piccolo bicchiere di vetro. Il professore posò il tutto sul tavolo davanti a lei, poi prese posto nell'altra sedia.

«Zucchero?»

«No, grazie. Non bevo più caffè da molti anni.»

Aba si pentì di quella confidenza, ma lui non fece commenti. Schiacciò il mozzicone di sigaretta sotto il tacco del sandalo sul pavimento, tirò fuori dal taschino del giacchetto di camoscio uno stuzzicadenti e se lo ficcò in bocca. Poi la guardò, da dietro le lenti verdastre.

«È stata un po' imprudente. Un normale turista non ha mai sentito nominare Gomah al Mahmoudi. E neanche un impiegato amministrativo del Ministero. Sa, tra quei turisti potrebbe esserci gente che fa il nostro stesso mestiere.»

«Avevo bisogno che lei mi notasse per prendere contatto.»

«L'avevo già notata. Nonostante la mia età, noto ancora una donna attraente, anche se quella parrucca fa schifo e la frangia sino alle sopracciglia non le dona. Così, lei sembra la caricatura di una spia o della regina Cleopatra.»

Aba voleva stare il meno tempo possibile con Johnny Jazir. E non solo per gli avvertimenti di Pietro Ferrara. Quell'uomo rappresentava troppe cose che lei detestava.

Arroganza, avidità, sporcizia e sicuramente anche peggio.

«L'ha avvertita il dottor Bonan del mio arrivo, vero?»

Lui ignorò la domanda.

«Ma chi le ha detto che avevo scelto il Waddan come albergo?»

«Una vecchia amica che lei ha incontrato in aereo. Mi ha confidato, tra l'altro, che lei ha paura di volare.»

Ecco perché Bonan mi ha lasciato venire a Tripoli senza mol-

ta resistenza. Tanto sapeva che il suo uomo mi avrebbe tenuta sotto controllo.

« Non è rilevante. »

Lui fece un sorriso ironico.

« Non saprei. Non è rilevante per un'impiegata. Ma lei non è un'impiegata, vero? »

Aba aveva chiaro cosa stava succedendo.

Mi provoca, per vedere le mie reazioni. Come ho fatto io con Bonan.

« Non ha detto che abbiamo poco tempo, professore? »

« Giusto. Allora, cosa la porta a Tripoli? Gravi irregolarità amministrative della Guardia costiera libica nello spendere i soldi che le passate per tenere quelle brutte persone lontane dalle vostre belle coste? »

« Lo sa già cosa voglio, professore. Gliel'ha detto Bonan o Mansur? »

Lui spostò lo stuzzicadenti da un angolo all'altro della bocca.

« Lei ha ricattato una persona che lavora anche per voi italiani. »

« Non si è spaventato affatto, perché lei lo ha autorizzato a minacciarmi se non avessi offerto abbastanza soldi. Altrimenti, non avrebbe mai osato puntare una pistola contro un funzionario italiano... »

« Un funzionario italiano che lo stava ricattando. Comunque, stia tranquilla, non lo dirò né a Bonan né a Ferrara. Tanto lei ora farà una buona offerta, no? »

« Mi dica un prezzo e vedremo di trovare un accordo. »

JJ indicò la porta finestra.

« Non possiamo stare ancora qui fuori. Ha un po' di tempo prima del volo per Malta. Vorrei mostrarle una cosa, poi la accompagnerò all'aeroporto e le dirò il prezzo giusto. »

Lui si alzò e lei lo seguì all'interno. Lui le porse un libro sulla storia archeologica di Sabratha e Leptis Magna.

« È questo il volume che cercava, vero? »

Aba lo prese e lo infilò in borsa senza nemmeno guardarlo.
« Grazie, professore. »
Lui fece un mezzo inchino.
« La accompagno all'aeroporto. »

JJ si accomodò dietro, lasciando ad Aba il posto accanto all'autista, un giovane nero taciturno e sorridente. Mentre attraversavano Tripoli diretti verso la periferia, JJ fumò tranquillamente in silenzio. Il ghibli circondava la jeep in una nuvola di sabbia tiepida e appiccicosa. A un certo punto l'auto lasciò il lungomare di Gargaresh e svoltò su una strada sterrata. Aba non capiva, e non le piaceva affatto quando non capiva.

« Dove stiamo andando, professore? »
« In uno degli hotel a cinque stelle che voi finanziate. »
« Perché? »
« Ufficialmente, lei è venuta qui per controllare come vengono spesi i soldi dei contribuenti italiani, no? Meglio fare almeno una visita, per essere credibile. Nel caso qualcuno la stia seguendo. »

Aba gettò un'occhiata all'autista, che però sembrava non capire l'italiano e guidava in silenzio. La jeep si fermò davanti a un muro di cinta di calce bianca alto due metri, sormontato da filo spinato. Le due guardie davanti al cancello si avvicinarono e JJ parlò loro in arabo.

« La signora è del Ministero italiano. L'ammiraglio Mansur dovrebbe avervi avvertito della nostra visita. »

La guardia più anziana annuì mentre la più giovane sollevava la sbarra di ingresso, sbirciando il volto di Aba sotto il foulard.

Nel piazzale non asfaltato, dal fondo polveroso, centinaia di persone erano sedute per terra, ammucchiate sotto una tettoia di metallo. Erano tutti neri, la maggior parte erano giovani uomini, alcune delle donne avevano bambini in braccio mentre i figli un po' più grandi si rincorrevano tirando calci a una palla di stracci. Il ghibli avvolgeva tutto e tutti, come in quelle vecchie fotografie color seppia. Il calore fuori stagione portava mosche, sudore e un odore di esseri umani. Per un attimo, le vennero in mente Cristina e Francesco chiusi lì dentro. Rabbrividì e scacciò l'immagine.

Si avvicinò un uomo basso coi capelli ricci e i baffetti a punta. Indossava un'uniforme che non apparteneva a nessun esercito ufficiale. Gettò ad Aba un'occhiata e poi si rivolse a JJ in arabo.

« Sono il comandante del campo. Come vedete, gli ospiti sono tutti in buone condizioni. Tra un po' avranno il pasto e poi torneranno ai loro alloggi. »

Aba si guardò intorno. Gli occhi di quegli « ospiti » erano quelli spenti di chi non ha più neanche la forza di maledire il proprio destino. Oltre a un piccolo edificio in muratura che era probabilmente destinato ai carcerieri, Aba vedeva solo dei container in lamiera chiusi con delle grate di ferro sui lati, che potevano contenere al massimo la metà di tutte quelle persone.

« Voglio visitare gli alloggi, professor Jazir. »

Lui ridacchiò.

« Avevamo detto una visita finta, dottoressa. »

« Decido io, professore. »

JJ si strinse nelle spalle e tradusse, ma l'uomo coi baffetti scosse subito il capo.

« Non si può, proprio oggi è in corso la disinfestazione dagli scorpioni. »

Aba non aspettò la traduzione e si diresse verso il primo container. Udì JJ che, alle sue spalle, si rivolgeva in arabo al militare che stava per bloccarla.

« È un'amica dell'ammiraglio Mansur. È lei che paga il vostro stipendio e ha un pessimo carattere, meglio lasciarla fare. »

Sul retro, invisibile dall'entrata, il container era aperto ed esposto al ghibli. All'interno non c'erano letti e nemmeno brande. Solo stuoie, vecchie lenzuola o asciugamani gettati sul fondo di terra e sabbia, anche fuori dalla copertura in lamiera. All'esterno c'era anche un angusto bugigattolo sempre in lamiera, senza tetto, con dentro un secchio che doveva essere usato per i bisogni corporali. Accanto, una maleodorante fossa settica a cielo aperto. Di nuovo le vennero in mente Cristina e Francesco lì dentro e questa volta cominciò ad arrabbiarsi con sé stessa.

Aba si incamminò verso l'unica palazzina in muratura. Dentro trovò quattro stanze coi letti sfatti, una piccola cucina, un bagno e una scala che conduceva a una specie di cantina. Scese, ma la porta di legno bianco era chiusa a chiave.

Aba tornò all'aperto.

« Professor Jazir, può venire qui da me, per favore? »

JJ si avvicinò senza fretta, la sigaretta accesa tra le labbra, le mani nelle tasche della giacca, gli occhi nascosti dai Ray-Ban.

Aba indicò i container. « È per questo che li paghiamo? »

Lui si passò una mano sulla corta barba per scacciare una mosca, che continuò a infastidirlo ronzandogli intorno. Allora lui la prese al volo nel pugno e la scaraventò con un colpo secco sul muro.

Poi sorrise ad Aba.

« Sono molto irritanti, sa? »

Aba indicò la porta della cantina. « Quei rivoli rosso scuro non credo siano ruggine, no? »

JJ neanche si voltò. « No, non è ruggine. »

Non c'era sarcasmo nel suo tono, ma neppure un minimo di sdegno.

« Infatti, è sangue. Immagino che quella lì sotto non sia una cantina. »

« Ovviamente no: i musulmani non bevono vino. »

« Questo posto è un inferno inimmaginabile. E noi paghiamo per questo? »

« No, dottoressa. Voi pagate i libici per tenere questi indesiderabili lontani dalle vostre belle spiagge. Il come non vi riguarda. Se volete che vengano alloggiati al Waddan basta che paghiate di più. »

In quel momento, il cellulare personale di Aba emise il suono speciale collegato a Rodica.

« Mi scusi un attimo, professore. »

Si allontanò di qualche metro. « Sono in riunione, Rodica. Che succede? »

« Signor Paolo dice stasera io non cucino, ci pensa lui. »

« Ci pensa lui. » Sembra più una minaccia che una promessa.

« Va bene, poi lo chiamo. Grazie. »

Aba si riavvicinò a Johnny Jazir. « Ho capito. Mi ha portato qui per chiedere più soldi per il suo amico Mansur così migliorerà la vita di questi disgraziati? E pensa che io ci creda? »

JJ scosse il capo. « Mansur non è un mio amico e non l'ho portata qui per chiedere soldi che tanto non basterebbero mai. Per migliorare la vita di questa gente voi occidentali dovreste abbandonare il vostro tenore di vita. Ma immagino che questo discorso non le interessi. »

Aba guardò l'ora. Doveva essere all'aeroporto entro trenta minuti se non voleva perdere il volo per Malta. E ne aveva davvero abbastanza del professor Johnny Jazir.

« Lei non è né Che Guevara né Mandela, professore. Non muoverebbe un dito per questi poveretti se non venisse pagato per farlo. »

Qualcosa passò sul volto di JJ. Anche se non poteva vedergli gli occhi sotto i Ray-Ban, lei se ne accorse.

Ma qualunque cosa sia non mi riguarda.

Si voltò e, senza dire una parola, tornò alla jeep. Il giovane autista di colore la fece salire come prima sul sedile accanto al suo, mentre JJ si sedeva dietro. Prima che partissero, Johnny Jazir si chinò verso di lei.

« Allora, ha capito perché l'ho portata qui? »

« Per farmi venire una crisi di coscienza e spillarci altri soldi per lei e il suo amico Mansur. Noi paghiamo già bene, lo sa, se poi questi carcerieri sono... sono... »

« Delle bestie? Lo dica pure, Ice. Io sono solo mezzo arabo, mezza bestia, non mi offendo. Ma non l'ho portata qui per farle rimordere una coscienza che non ha. »

« E allora per cosa, professore? »

JJ indicò il cancello del campo da cui stavano uscendo. « Perché little boy è qui. O comunque in uno di questi hotel. Si parte solo da qui. »

Aba indicò l'autista e sibilò sottovoce. « È impazzito, professore? »

JJ batté le mani, forte, proprio dietro le orecchie dell'autista e gli urlò a pochi centimetri di distanza.

« *Jalla! Adhab!* »

Il ragazzo non si scompose minimamente.

« È sordo, dottoressa. »

« Anche se non ci sente, può riferire a qualcuno di averci visto insieme. »

« Non può. È anche muto. Evergreen è sordo e muto, ma non dalla nascita. »

« Evergreen? »

« Non so qual è il suo vero nome, io lo chiamo così. Faceva il giardiniere e l'autista. Poi nella primavera del 2011 fu costretto dagli uomini di Gheddafi a trasferirsi con la famiglia dentro una caserma per fare da autista e attendente a un pezzo grosso del regime. La bomba di uno dei vostri aerei gli è scoppiata a venti metri di distanza e gli ha tolto sia l'udito che la voglia di parlare. Oltre alla moglie e tre figli. »

Aba scosse il capo.

« Non c'erano aerei italiani tra quelli che bombardavano i lealisti di Gheddafi nel 2011. »

JJ fece un ghigno. « Ah, sì certo, che sbadato. Voi davate solo... Come si dice? »

« Supporto logistico. E comunque, sarei più tranquilla se il suo autista fosse anche cieco. »

« Lo so che lei è un tipo prudentissimo dottoressa. Ma se Evergreen fosse cieco io dovrei guidare, e sono un tipo molto pigro. Allora, tornando al nostro problema, è un *walad saghir*, un little boy che dobbiamo bloccare? »

« Non è affar suo. Lei deve solo dirmi un prezzo equo per bloccare le partenze. »

Lui sorrise. « Centoventimila euro anticipati su un conto a Dubai per un blocco totale di dieci giorni. Cento per il servizio e venti per l'offesa che ha recato all'ammiraglio Mansur. »

Aba scosse il capo. « Cento. E dica al signor Mansur di non venire mai in Italia, neanche in vacanza. Potrebbe capitargli qualcosa di brutto. »

JJ rise. « Su Ice, non le avrebbe mai sparato. Quelli come lui non lo fanno mai. È frocio, no? Anzi, come dite voi? Diversamente... »

« La pianti con queste idiozie. »

Lui si infilò tra i denti uno stuzzicadenti. « Intercederò con Mansur per lei, faremo centomila. Ma dopo dieci giorni che succede? »

« In dieci giorni, troveremo il covo in Italia. »

JJ si tolse lo stuzzicadenti di bocca e lo rimise in tasca.

« E se non ci riuscite? »

Aba ci aveva già pensato, ma non aveva nessuna soluzione e non disse nulla. JJ le posò una mano sulla spalla.

« Si fidi di me, dottoressa. »

Aba si staccò da lui con un movimento secco.

« Ho capito, professore. Quanto costerebbe? »

« Convincerò Mansur, per cinquantamila euro in più potrebbe trovarlo. »

« E poi, professore? Dopo che mister Mansur avrà trovato little boy? »

« Che ne so? L'agente segreto è lei. Anche se questa parrucca le sta malissimo. »

Aba sentì chiaramente il veleno che entrava in circolo dentro di lei, come sentiva quei maledetti granelli di sabbia, il sudore, le mosche, l'odore ferino della disperazione. Guardò l'uomo dietro quegli antiquati Ray-Ban verdi.

Lui lo sa benissimo cosa mi sta suggerendo. L'opposto di ciò che mi ha insegnato mio padre.

Nessuno disse più una parola. Rimasero in silenzio, come due estranei, sino a quando l'autista di colore fermò l'auto davanti al terminal a Mitiga.

Aba prese la borsa 48 ore e scese. JJ la seguì, accompagnandola verso l'ingresso del terminal.

« È un po' pallida. Non si preoccupi per il vento. I piloti che decollano da qui ci sono abituati. »

« Non sono preoccupata per quello. »

Lui buttò per terra la cicca accesa, che volò via spinta dallo stesso vento che gli scompigliava i capelli neri, grigi e bianchi.

« Fa bene a pensare al *walad saghir*. Little boy è prezioso per voi solo se... »

« No. Sarebbe troppo imprudente. »

Il professore sorrise e annuì a lungo.

« Comunque l'aereo non cade, non oggi, Ice. »

I suoi occhi erano invisibili dietro le lenti di quegli orribili occhiali da sole, ma Aba era certa che stessero ridendo di lei.

Gli voltò le spalle e si diresse verso il check in. Era felice di andarsene da quel posto coi ragazzini col kalashnikov agli angoli delle strade, con le zaffate di odore di fogna, con quel castello bellissimo ridipinto di rosso e il lungomare trasformato in autostrada e parcheggi, con quel vento tiepido e la sabbia appiccicosa che prosciugava le energie, con quei luoghi infernali che gente come mister Mansur e Johnny Jazir si divertivano a chiamare hotel a cinque stelle. Ma il veleno era entrato in circolo.

Forse lui non ha torto su little boy, forse potremmo...

Il principio della prudenza iniziava a combattere con la parte di lei che suo padre considerava un grave e pericoloso difetto genetico che non era riuscito a estirpare del tutto.

Anche tua madre si credeva indistruttibile. Per metterti al mondo, non ha voluto curarsi il cancro.

In aereo il posto accanto era libero, così Aba abbassò la tendina del finestrino subito dopo il decollo, non appena l'aereo cominciò a sorvolare l'acqua e sobbalzare per il vento. Mentre respirava profondamente, i pensieri si susseguivano.

Chi scoprirà il covo dove ci stava portando Kebab? E se non scopriamo il covo come faremo? Dovremo bloccare le partenze in eterno? A che prezzo? Con quali garanzie?

Quando atterrò a Roma a metà pomeriggio ritrovò il buio, la pioggia e il freddo. Si sentì subito meglio, vicina alla sua vita reale, via da quel mondo barbaro così lontano e così vicino.

Ha ragione Pietro Ferrara. Lì c'è qualcosa in cui una persona normale si perde.

Entrò in una toilette dell'aeroporto e ripose nella 48 ore la parrucca, il velo e gli occhialoni scuri. Prese un taxi e si fece portare direttamente in ufficio, senza neanche passare da casa.

Ci sono faccende più urgenti che una doccia e cambiarsi. E poi, prima di parlare con Cristina, devo capire meglio la situazione.

Attraversò l'open space velocemente e davanti alla postazione di Albert gli fece un cenno.

« Nel mio ufficio. »

Poi si infilò nel proprio cubicolo singolo, circondato da pareti trasparenti di vetro con le tapparelle che lei non usava mai.

Il ragazzino coi capelli rossi, le efelidi e il codino, si affacciò da lei solo alcuni minuti dopo.

È arrivato da poco eppure, invece di precipitarsi quando lo chiamo, si fa attendere. Tony e Leyla, che sono qui da più tempo, non mi fanno mai aspettare.

« Siediti, Albert. »

Lui scosse il capo. Non disse nemmeno « Grazie ». Aba ormai ne conosceva i modi e aveva letto sulla scheda la diagnosi della psicologa all'atto della valutazione d'ingresso: forma lieve di Asperger. Nonostante ciò, era stato assunto in prova perché era un autentico genio della tecnologia, laureato giovanissimo col massimo dei voti alla Normale di Pisa e primo assoluto nei test matematici nel concorso per entrare ai Servizi.

Aba ne aveva bisogno nella sua squadra per le forme più avanzate di intercettazioni e di guerra cyber e lo aveva accettato convinta di riuscire a rieducarlo prima della scadenza del periodo di prova.

Sono allenata da anni a rieducare gli altri.

« Albert, quando un superiore ti chiama devi venire subito. »

« Stavo rileggendo un'intercettazione. Lei sa che non è opportuno interrompere quel tipo di analisi, vero? »

« So anche che quando un superiore ti chiede di sederti sarebbe più opportuno farlo. »

Il ragazzino restò in piedi. Aveva l'aria così indifesa con quel corpo magrissimo, il volto infantile, la maglietta sdrucita sui jeans neri.

« I tuoi genitori sono italiani, vero? »

« Dice per la vocale mancante nel mio nome? Lo chiede anche a quelli che si chiamano Christian? »

« Quando ti faccio una domanda... »

« Lo chieda a mio padre, che voleva diventare Einstein e invece dà ripetizioni di matematica ai somari. E poi, proprio lei col suo nome fa queste domande? »

Se questa è la forma « lieve » di Asperger...

Aba decise che c'era tempo per rieducarlo: c'era un motivo più urgente per cui l'aveva convocato nel suo ufficio.

« Memorizza, Albert. »

Gli recitò a voce un indirizzo internet. Poteva anche scriverlo, ma per il famoso principio della prudenza era meglio non lasciare tracce della sua calligrafia. Tanto Albert imparava a memoria sino a dieci stringhe consecutive, almeno così dicevano i suoi test.

« Voglio sapere se ieri sera ci sono stati dei collegamenti dai nostri computer a quell'indirizzo. »

Lui aggrottò la fronte invasa dall'acne, come le guance.

« Se non ha un'autorizzazione scritta non può chiedermelo. »

« Conosco a memoria le procedure interne. Infatti, non ti ho chiesto da quale computer e di chi. Solo se dal nostro server hanno contattato quello che ti ho dato. »

« Ho capito, questo può chiedermelo. »

« Meno male! È il sito di un liceo. Troverai un test di matematica e da qualche parte anche la soluzione. Fallo e dimmi il tuo punteggio. »

Il ragazzino la fissò e scosse il capo.

« In orario di ufficio non posso perdere tempo con questioni personali. »

« Serve per l'ufficio, Albert. Un controllo di sicurezza. Ce la puoi fare in mezz'ora? »

Albert annuì, si voltò e se ne andò.

Aba entrò dal server nella sua scheda personale e prese un appunto.

Ligio alle regole ma non capisce i compromessi. Nessun rispetto della gerarchia. Possibile rapporto irrisolto e conflittuale con il padre?

Cancellò l'ultima frase. Quella poteva essere una causa, ma a lei competevano solo gli effetti, su cui poteva e doveva interferire.

E non sono certo la più adatta a giudicare rapporti conflittuali col padre.

L'ufficio di Pietro Ferrara era una stanza allo stesso piano di quella di Aba, ma coi muri invece delle pareti di vetro e delle tendine, in fondo all'open space dove lavoravano i più giovani.

Dentro c'era un odore misto di tabacco e di cognac. Il suo abbigliamento era cambiato solo nel mix dei colori rispetto al giorno prima: giacca di velluto verde, sciarpa arancione, maglione a collo alto giallo, calzoni di velluto blu. Aba trovava sia il comico che il tragico in quell'abbinamento di colori, ma era il tragico a prevalere.

Un uomo che veste così vuole restare solo.

E in effetti, dalla morte di Emma tanti anni prima, Aba non era a conoscenza di una nuova compagna fissa nella vita di Ferrara. Dietro la scrivania erano appese tre foto incorniciate: il Presidente della Repubblica, il Papa e, tra loro, Francesco Totti. Sul ripiano della scrivania un portacenere giallorosso a forma di Colosseo, la scatola di sigari, l'accendino Zippo con lo stemma della Roma. Non c'era nessuna foto della moglie Emma, ma Aba aveva visto che lo screensaver del computer di Ferrara era una collezione di scatti che ritraevano Emma mentre cantava sul palco dei teatri e festival più importanti. Voleva guardarle da solo.

Perché sa che la colpa della morte di Emma è soltanto sua.

Quel giudizio era stato espresso da suo padre, ovviamente. E l'aveva ripetuto a lei per anni, per convincerla a smussare il difetto ereditato da quell'incosciente di sua madre che aveva rinunciato a curarsi il cancro per metterla al mondo.

La presunzione di essere indistruttibile.

La macchia d'olio che aveva fatto scivolare la moto di Pietro ed Emma non era stata un'attenuante per suo padre. Ferrara andava troppo veloce perché erano in ritardo per il teatro. Tutto lì.

Ferrara si alzò e abbracciò Aba posandole le mani sulle spalle. Lo faceva soltanto quando erano soli e quel contatto le riportava i pochi ricordi piacevoli della sua infanzia, Emma che cantava, le foglie secche in giardino e il fuoco nel camino acceso da Pietro mentre suo padre era chiuso in qualche riunione.

Bussarono alla porta ed entrò Giulio Bonan, con indosso un impeccabile completo blu a righine grigie, cravatta degli stessi colori, fazzoletto bianco nel taschino. Tanto il disordine di Ferrara la preoccupava, quanto l'ordine estremo di Bonan la infastidiva. Percepiva in quella maniacalità una minaccia inespressa, una copertura.

Bonan si sedette, rifiutò con evidente ribrezzo il cognac, mise sul tavolo la sua agendina di pelle bianca e nera e si rivolse ad Aba.

« Allora, dottoressa, come è andata? »

« Mister Mansur ha fatto difficoltà. Ho dovuto contattare il professor Johnny Jazir. Tanto il professore sapeva persino in che albergo stavo e mi ha contattato. »

Bonan replicò con tono gelido.

« Ho avvertito io il professor Jazir, prevedevo che avrebbe avuto bisogno di lui e sono molto lieto che le sia stato d'aiuto. »

« Al punto che ho dovuto negoziare il prezzo direttamente con il professor Jazir. »

Bonan prese un appunto sulla sua agendina.

« Mi sembra normale che lui e Mansur ci guadagnino. Basta che facciano ciò che gli diciamo di fare. »

Ferrara era pensieroso.

« Gli hai dovuto dire di little boy, Aba? »

« Lo ha capito da ciò che avevo detto al suo amico Mansur. O forse lo sapeva già. »

Bonan non raccolse quella che poteva essere un'insinuazione.

« Quanto vogliono, dottoressa? »

« Centomila euro. Oppure... »

Aba si fermò. Qualcosa la bloccava, qualcosa che arrivava da molto lontano, da un uomo che non c'era più e dal vecchio zio acquisito che aveva davanti.

Sei stata un'ottima allieva, hai imparato tutto, tranne la prudenza.

Bonan intuì la sua incertezza.

« Che c'è dottoressa? Deve dirci altro? »

La prudenza diceva no, il dovere diceva sì.

Devo dirglielo. Almeno per dovere informativo, sono i miei superiori.

« Il professor Jazir mi ha portato a vedere uno di quei campi dove i migranti vengono tenuti anche per mesi prima di metterli sui barconi. Li controllano Mansur e altri suoi amici. »

Ferrara sembrava seccato, preoccupato.

« E allora? »

« Little boy dovrà passare per forza da lì, non ci si imbarca andando direttamente in spiaggia. »

Giulio Bonan annuì.

« In effetti è così. Il sistema prevede che i migranti in arrivo sostino nei campi di raccolta, la maggior parte dei quali è in mano a organizzazioni private. Il professor Jazir conosce di sicuro molto bene quel sistema. »

Una tela di rughe cominciò a disegnarsi sul volto di Ferrara. Lui era Papà Doyle, un vecchio rude ex carabiniere, non gli piaceva quel modo indiretto di girare intorno al punto.

« Dicci quale sarebbe l'idea di JJ, Aba. »

Per lei, costruita giorno dopo giorno da un maniaco della prudenza, si trattava di avviarsi su un sentiero di cui non poteva prevedere il finale, una mossa assolutamente sconsigliabile.

Visto il suo silenzio, fu Bonan a decidersi e a rispondere a Ferrara.

« Loro potrebbero individuare little boy in uno di quei campi profughi. »

Aba annuì.

« Per centocinquantamila invece di centomila. »

Ferrara era una maschera di rughe.

« Mettiamo che ci riescano. E una volta che trovano little boy? »

Aba non disse nulla. Non spettava a lei dare la risposta,

anche se la conosceva sin dal momento in cui Johnny Jazir aveva avanzato la sua proposta.

Bonan si tolse gli occhiali e rivolse il suo sguardo a Ferrara.

« Pietro, rifletttici. Anche se blocchiamo tutte le partenze per dieci giorni, cosa facciamo se non troviamo il covo dove vi stava portando Kebab? Se JJ e Mansur individuassero little boy, potremmo farlo arrivare qui in Italia e seguirlo sin là. Tanto ci dovrà andare per forza, per rifornirsi di armi o esplosivi. »

Aba aveva ascoltato in silenzio. Dentro di sé provava sensazioni ambivalenti. Da un lato c'era la razionalità ineccepibile di Giulio Bonan, dall'altro la prudenza di Pietro Ferrara e del loro maestro.

Ecco il veleno del professor Johnny Jazir.

Aba lo sentiva circolare dentro di sé, nella sua attrazione verso l'idea di JJ, e lo vedeva negli occhi determinati di Bonan e in quelli spaventati di Ferrara. Ora le rughe orizzontali di Papà Doyle si estendevano dalla fronte al cranio privo di capelli e quelle verticali dagli occhi ai baffi.

« Senti, Giulio, tu conosci il professor Johnny Jazir professionalmente ma non umanamente. Io invece lo conosco da anni. »

Bonan non si scompose. « Se lo giudichi inaffidabile o inadeguato avresti dovuto segnalarlo. Nella parte riservata del database ho letto che tu lo trovi molto abile e coraggioso. »

Ferrara sospirò.

« Ed è vero, è abile e coraggioso. Ma forse anche troppo. E l'eccesso di coraggio si chiama imprudenza. Noi qui siamo in Italia, non in Africa. Siamo pagati per essere prima di tutto prudenti. Blocchiamo little boy, poi troveremo quel covo. »

Bonan scosse il capo. « Ne sei davvero convinto? Avete almeno una traccia? »

Ad Aba fu chiaro, dall'espressione di Ferrara, che qualunque cosa avessero era ben poco.

« Sentirò a che punto è l'indagine sul covo, poi valuteremo la proposta del professor Jazir, Giulio. »

Bonan annuì, chiuse la sua agendina e si alzò. Sembrava soddisfatto, per Aba anche troppo. « Bene, aspetto notizie. »

Bonan uscì e Aba si aspettava il solito invito di Ferrara a seguirlo all'aperto per poter fumare. Invece, lui la congedò.

« Devo parlare con Ollio, sentire a che punto sono le indagini. Tu cerca informazioni su quell'Omar tramite gli infiltrati nelle moschee. »

Aba bambina avrebbe fatto la domanda: *sei arrabbiato con me, zio?*

Ma lei non era più una bambina e lì dentro era Ice, non Aba, moglie, madre, nipote. Per cui annuì.

« Senz'altro. Vado a parlare coi ragazzi. »

Poi Ferrara cambiò espressione e le sorrise.

« Non è colpa tua, Aba. Era tuo dovere riferire la proposta del professor Jazir. Ora vai. »

Lei uscì con addosso una sensazione sgradevole, un misto di timore, eccitazione, senso di colpa. Era la stessa che aveva avuto da bambina la prima volta che si era avvicinata al pozzo proibito.

Finirà male, bambina mia. Malissimo.

Aba tornò nel suo box e chiamò subito Albert al telefono. Non voleva vederselo in piedi in mezzo al suo ufficio con quell'aria da ragazzino strafottente.

« Allora, Albert? »

« C'è stato un contatto dal nostro ufficio al sito della scuola ieri sera, alle otto e dodici. »

L'ora corrispondeva, era poco dopo la sua videochiamata con Tony da Tripoli, quando lei aveva interrotto i suoi presunti addominali.

« Hai fatto il test di matematica sul sito del liceo? »

« Sì. »

« Quanto è plausibile che uno studente liceale molto bravo in matematica possa fare cento su cento? »

« Zero. »

« Grazie. Non serve altro, per ora. »

Tony entrò nel box di Aba col suo bel sorriso negli occhi, la sua giacca di Armani, i capelli con la piccola cresta e il gel, la sua aria da macho con la barba di un paio di giorni. Si sedette senza essere invitato a farlo.

« Sono piaciute le foto a mister Mansur? »

Il contrario di Albert. Spavaldo, sicuro di sé, generoso, simpatico. Ma...

Aba non gli rispose. Lo guardò e indicò i bicipiti gonfi sotto le maniche e lo stomaco piatto sotto la maglietta nera a girocollo.

« Hai fatto ancora addominali ieri sera dopo che abbiamo parlato? »

Tony scosse il capo.

« No. Mi sono occupato di quelle foto... »

« Giusto. Ti avevo chiesto di trovarmi quelle foto di mister Mansur. »

Fece una piccola pausa, per sottolineare ciò che stava per dire.

« Non ti avevo chiesto di fare altro, vero? »

Tony impallidì.

« L'ho vista così preoccupata, dottoressa. Pensavo... »

« Cosa pensavi? Che volessi imbrogliare per mandare mia figlia alle Olimpiadi di matematica? »

« Ma allora perché me ne ha parlato? Lei non parla mai se non serve! »

Aba si fermò a riflettere su quella frase. Tony aveva ragione. Lei sapeva bene anche *perché* si era lasciata sfuggire quella preoccupazione per sua figlia: era troppo agitata.

Ma l'autocompatimento è l'alibi dei futuri perdenti, Aba.

« Ho sbagliato a parlartene. Ma ora vai sul sito della scuola e rimetti tutto a posto. »

« Ma se hanno già corretto gli elaborati? »

« Non importa. Tu rimetti il foglio elettronico delle risposte di mia figlia esattamente com'era. »

« Ha fatto dodici errori, dottoressa. Potrebbe non vincere. Vuole correre il rischio? »

È proprio un cuore d'oro. Ma in questo lavoro ci serve il cervello più del cuore.

La domanda cadde nel vuoto. Tony decise di non insistere. Fece per alzarsi e lei lo bloccò.

« Un'altra cosa, Tony. Ieri sera, a casa tua, lei era in un'altra stanza, spero. »

Lui esitò un attimo di troppo.

« Certo, dottoressa, non poteva assolutamente sentire la nostra conversazione. Mi scusi, ma era una bugia senza importanza. »

« Ti ho già detto che tra di noi non esistono bugie senza importanza. Ogni menzogna, qui, è importante. Soprattutto se, come questa, è del tutto inutile. Ora vai. »

Appena lui uscì, Aba entrò nel database di valutazione dei suoi sottoposti e aprì la scheda di Tony.

Troppo sensibile. Troppe bugie. Poi aggiunse: *Accertare con chi fa sesso.*

Leyla restò in piedi ma si sedette appena Aba la invitò a farlo. Indossava un velo rosso che le circondava il viso. Anche le unghie erano dipinte di rosso. Sembrava piuttosto preoccupata.

« Dobbiamo riparlare di ieri, quando c'è stato l'incidente. »

« Mi scusi per l'errore nella traduzione, dottoressa. »

Aba apprezzò le scuse e l'intuito, aveva capito al volo. Ma non bastava per assolverla.

« Hai dei pensieri che ti distraggono, Leyla? »

« No. »

Aba valutò il suo aspetto. Era curata, ben truccata e anche fine, sotto quel velo rosso che le avvolgeva i capelli. Ma il viso era un po' spigoloso, troppi zigomi, il naso con la gobbetta, forse un tipo, forse nemmeno quello.

Forse non trova un fidanzato. Per questo è distratta.

« Come sai, questo lavoro è diverso da tutti gli altri. I nostri problemi personali devono restare fuori da questo ufficio. »

La ragazza annuì ma non disse nulla. Le sue mani curate si intrecciarono in grembo, sopra il vestito largo che la copriva sino alle caviglie.

« Devi riascoltare la registrazione dell'incidente. »

« Cerca qualcosa in particolare, dottoressa? »

« Qualunque cosa. »

Leyla annuì, senza alzare gli occhi.

« Una l'ho già trovata. Omar, l'autista, era del Niger. »

« Come sarebbe? Perché non me lo hai detto prima? »

La ragazza serrò ancora di più le mani.

« Perché l'ho scoperto mentre lei era a Tripoli. »

Aveva l'aria colpevole, e ad Aba sorse subito un dubbio.

« L'hai già detto a qualcuno, vero? »

« Sì, alla persona che mi ha chiesto di riascoltare il nastro. »

« E chi sarebbe? »

Lei alzò timidamente gli occhi. « Ollio, cioè, mi scusi, il dottor Luci. »

Aba riuscì a restare imperturbabile. « Bene. Da ora riferisci direttamente a me. Niente Ollio, chiaro? »

Appena la ragazza uscì, Aba aprì il database con le valutazioni individuali dei collaboratori. Trovò il file di Leyla. Era anche lei un acquisto recente, un paio di mesi prima di Albert, ancora in prova. E anche lei aveva un ottimo curriculum: la laurea in lingue alla Freie di Berlino, la specializzazione a Science Po e il concorso da interprete traduttrice passato a pieni voti. Ma Aba non era soddisfatta. Scrisse le sue valutazioni.

Due veli e due smalti in due giorni. Molto distratta. Troppo ingenua, non doveva dare informazioni a Ollio, troppo insicura. Incapace di nascondere le bugie.

Chiamò l'interno di Franco Luci, l'uomo che affiancava i carabinieri nelle indagini sulla morte di Kebab. Nessuna risposta. Ollio era di certo a casa, lui era sempre tra i primi ad andarsene da quando non lo avevano promosso.

E io voglio vederlo in faccia quando gli chiederò conto di ciò che ha ordinato a Leyla.

Poi guardò l'orologio, quasi le otto di sera. Era ora di tornare a casa.

La Prius è ancora nel posteggio sotterraneo dove l'ho lasciata il giorno prima. Il traffico è infernale, perché i negozi hanno appena chiuso.

Giro venti minuti per trovare un misero parcheggio e alla fine ne trovo uno a un chilometro da casa. Dai nuvoloni neri viene giù un diluvio, proprio quando devo scendere. Cerco sul sedile posteriore l'ombrellino che tengo sempre lì, per questo tipo di emergenze. Non c'è, e non ho dubbi su dove sia finito.

Ieri pioveva quando li ho portati a scuola.

Entro in casa, mi tolgo il soprabito e poggio la 48 ore nel piccolo vano accanto all'ingresso. Il mio ombrellino è lì, buttato per terra.

Paolo mi viene incontro e mi abbraccia, baciandomi sulla fronte. Quando torno da un viaggio i baci sono due invece di uno.

È tutto allegro. Ha quel bel sorriso perennemente rilassato e l'aria ancora giovanile. Mi sono innamorata di lui e l'ho sposato per tanti ottimi motivi: era colto ma non era noioso, era romantico ma non era melenso, era presente ma non era mai soffocante.

Mi prende per mano.

« Vieni con me. »

Ho quella sensazione.

Il preavviso dei guai.

E solo allora mi ricordo che Rodica mi ha avvertita.

No cucino cena, signore detto pensa lui.

Purtroppo sono stata distolta da little boy ed eccomi qui, in balia di chissà quale evento soprannaturale visto che mio marito non si è mai occupato del cibo se non per mangiarlo.

Nella piccola sala da pranzo la tavola è già apparecchiata per quattro con le posate d'argento. Ci sono i bicchieri di cristallo del servizio che abbiamo ricevuto in regalo per il matrimonio e che da allora abbiamo usato solo per la sera in cui abbiamo invitato a cena i genitori di Paolo.

Francesco è vestito con uno smoking che gli sta strettissimo di spalle e largo di vita, perché è di Paolo, che non l'ha mai più usato dopo la festa di matrimonio. Sembra l'imitazione di uno di quei mafiosi nei telefilm di terza categoria.

C'è un botto alle mie spalle, sobbalzo e mi volto di scatto. Paolo regge la bottiglia di champagne.

« *And the winner is...* »

Fa una pausa teatrale. Poi continua con il suo annuncio da premio Oscar.

« *Christine*! »

Parte quella musica che detesto, perché precede novanta minuti di calcio in cui i maschi di casa diventano più simili alle scimmie.

The champions...

Hanno pensato davvero a tutto e ora ovviamente viene il bello.

Cristina entra dalla porta della cucina. Indossa la mia vecchia toga di laurea, deve averla trovata nel baule insieme al costume di Giovanna d'Arco, ed è truccata con una parrucca di riccioli grigi e gli occhiali tondi di Einstein. Non ricordo di averla mai vista così radiosa.

Una fitta al petto mi fa quasi barcollare.

Non farlo, le spezzi il cuore. Non ne vale la pena, ormai è andata così, chiama Tony e bloccalo.

Ma c'è un'altra voce, viene da molto più lontano ma è comunque molto più forte.

Non imbrogliare, mai, Aba. Se imbrogli, perdi te stessa.

Prendo un lungo respiro.

« Non possiamo brindare, non ancora. »

Tre paia di occhi mi fissano increduli, come se fossi una pazza sconosciuta piombata lì dentro per caso.

E hanno ragione, non mi conoscono davvero, non sanno chi sono.

Francesco è il primo a reagire.

« Mà, che dici? »

« Che non possiamo brindare. »

Paolo interviene.

« Perché non possiamo brindare? »

« Cri non può aver fatto cento su cento, è un errore. »

Mi guardo da fuori, incredula.

Chi è il mostro che spezza il cuore di quelli che ama? Chi è la madre che preferisce la giustizia alla felicità della figlia?

Cristina ha già le lacrime agli occhi, sta tremando. Provo ad avvicinarmi per farle una carezza, ma lei si scosta inorridita. Paolo le si avvicina e le cinge le spalle con un braccio stringendola a sé. Non è arrabbiato con me, solo stupito.

« Scusa, Aba, ci spieghi cosa intendi dire? »

« Cri mi ha detto di aver fatto degli errori. Avevi risposto a tutte e cento le domande? »

Lei non fiata, ovviamente.

« I lettori ottici a volte si sbagliano. Domani vai a scuola e chiedi al tuo professore una verifica, tanto per essere sicuri. Le cose belle nella vita bisogna meritarsele, Cristina. »

Le cose belle nella vita bisogna meritarsele, Aba.

Mio padre doveva avermelo detto quando ero ancora nell'incubatrice. E poi me l'aveva ricordato ogni giorno, sino alla sua morte.

Cristina scoppia in singhiozzi, si divincola dal padre e corre in camera sua. Paolo mi guarda incerto, poi segue la figlia. Francesco mi fissa incredulo.

« Sai, mà, si vede che al Ministero non hai proprio un cazzo da fare che pensare a come rovinarci la serata! »

Sono state ore complicate, troppo. Riesco a frenare il ceffone, ma non la lingua.

« Tu preoccupati di studiare latino invece di fare sempre il lagnoso! E impara a farti da mangiare da solo! »

Lui apre la bocca ma comincia ad annaspare, sbianca. Mi precipito a cercare il Ventolyn di cui ho sempre due confezioni, una nella sua borsa di scuola e una sul mio comodino. Trovo la mia e gli spruzzo il farmaco in gola sino a che la crisi di asma passa.

Potevi ammazzarlo, Aba. Devi tenere a freno la lingua, anche se sei stanchissima.

Francesco mi scosta e sparisce in camera sua. Il cuore mi spingerebbe a seguirlo, a parlarci. Ma la razionalità mi dice chiaramente che sarebbe diseducativo. Confonderebbe il mio dispiacere per l'asma con altro e non capirebbe più nulla.

Vado in bagno a sciacquarmi il viso bollente. Ciò che vedo nello specchio è una donna ancora giovane che è contenta delle piccole rughe e delle occhiaie.

Lontano da allora. Lontano da 9999.

Il che mi ricorda il baule. Scendo in cantina: ovviamente Cristina lo ha lasciato aperto. Lo richiudo, senza cambiare la combinazione.

Stremata, torno in bagno. Sto per spogliarmi e aprire la doccia per poi andare a dormire quando mi sento leccare la mano. Killer sta lì a guardarmi coi suoi occhi da cocker. Ecco, mancava qualcosa.

« C'era la festa e nessuno ti ha portato giù, vero, Killer? »

Mi metto addosso la tuta col cappuccio e le scarpe da ginnastica, prendo l'ombrello e io e Killer scendiamo a piedi i quattro piani di scale.

Detesto da sempre i proprietari di cani che usano l'ascensore nel totale disprezzo dell'olfatto altrui oltre che dei propri cani. Come la signora dell'attico. È fissata che fare le scale le fa bene, e sin qui fatti suoi. Ma mette in ascensore i suoi due cagnoni pelosissimi che sicuramente preferirebbero correre per le scale, solo che lei ha paura che escano fuori dal portone che qualcuno lascia sempre aperto. Così chiude in ascensore le due povere bestie, scende a piedi e chiama l'ascensore.

Quando mi ritrovo all'aperto con Killer e l'ombrello il diluvio è finito, ma l'umidità è peggio della pioggia. Killer trotterella al mio fianco con quelle ondulazioni che un anno fa erano quasi impercettibili. Ma io le avevo notate, come ogni cosa intorno a me. Mi ero preoccupata e avevo portato Killer dal veterinario.

Mi dispiace, dottoressa. Le ondulazioni sono il modo di Killer di proteggersi dal dolore mentre cammina. Displasia progressiva dell'anca. Una di quelle malattie ereditarie che saltano fuori col tempo. Dieta e movimento aiutano, ma peggiorerà sempre e si arriverà alla paralisi.

Questa è la parte scientifica. Ma io non lascerò nulla di intentato. Assolutamente nulla. Ho stabilito turni ben precisi tra Rodica, Cristina e Francesco per farla camminare tre volte al giorno. Ho predisposto una dieta ferrea basata sui migliori croccantini che hanno le giuste vitamine. Ogni mese la porto a fare le iniezioni di staminali e le analisi.

Il tutto costa una fortuna, così ho rinunciato al regalo di

compleanno che mi facevo ogni anno, il fine settimana a Positano con Paolo. E ho fatto delle promesse.

Niente più alcol, caffè e dolci per me sino a che Killer guarisce. E pure dopo.

In dieci minuti arriviamo sino al piccolo spiazzo con le panchine. È allagato e fangoso, ma ci sono sempre i soliti proprietari con i loro cani.

Ci vengo pochissime volte ed è un grande vantaggio, visto che non ho alcun desiderio di conversare con il club dei proprietari di cani eccezionali: quello che va a comprare il giornale, quello che esce in balcone all'ora precisa in cui il padrone torna dal lavoro, quello che capisce tutto, ma proprio tutto, *pensate che abbaia quando in TV c'è quel ministro cattivo*, quello che beve il caffè, probabilmente anche quello che il caffè lo fa e che gioca a bridge molto meglio della sua padrona.

Mi chiudo bene il cappuccio, mi dirigo verso la zona più allagata e meno popolata di fortunati proprietari di cani geniali e libero Killer. Il cocker, zoppicando leggermente, si precipita dietro il solito cespuglio a fare i bisogni. Poi si ferma e mi guarda. Vorrebbe già tornare a casa, povera bestia. Ha freddo, ma deve muoversi.

« Dai, corriamo un po'. »

Comincio a correre tra le pozzanghere e Killer dietro. Dopo un po' il viottolo sbocca in uno spiazzo buio. Sull'unica panchina c'è un tizio avvolto in un pastrano scuro. Legge un libro alla luce di una piccolissima lampada da lettura, innestata sulla tesa di un largo cappello di pelle nera. Seduto ai suoi piedi c'è un cocker nero che ha già visto Killer e ha cominciato a uggiolare.

L'ultima cosa che voglio. Familiarizzare tra cani e tra proprietari sconosciuti.

« Killer! »

Quel tono secco paralizza chiunque sin dalla mia infanzia, dai cuginetti a mio marito e ai ragazzi. Era quello che usava mio padre quando provavo ad alzarmi da tavola cinque minuti prima della fine del pasto o ad avvicinarmi a quel pozzo.

Killer è immobile, ma il cocker nero ormai si è avvicinato. Sono costretta a rivolgermi allo sconosciuto.

« Signore, può richiamare il suo cane? »

L'uomo non alza nemmeno la testa dal suo libro.

« È maschio anche il mio. E non è frocio. »

Mi sento avvampare.

Come si permette, questo lugubre cafone?

« La mia è femmina. E la pregherei di non usare certe... »

Lui solleva appena il capo. È molto difficile distinguere il suo volto nell'oscurità e sotto quel cappello col bavero rialzato del cappotto. Si vedono solo un paio di occhiali e una barba nera.

« Femmina? Killer? Mi prende per il culo? »

« Io chiamo il mio cane come voglio. Lei moderi i termini e richiami il suo prima che... »

Lui sbuffa.

« Che si facciano una bella scopata? E va bene! Lady, torna qui. »

Resto impietrita tra la volgarità e il nome del cane.

« Lady? Ma ha detto che è un maschio. »

« Lei non si traveste mai? »

« No. »

« Peccato. Non sa cosa si perde. »

È proprio un vecchio cafone idiota.

« Comunque dica al suo cane... »

« Lady non parla, è un cane. Capisce solo una cosa. »

Quell'uomo orrendo tira fuori dalla tasca del lungo pastrano nero una scatola di qualcosa, la agita in aria e poi ne versa il contenuto in una ciotola ai piedi della panchina.

Lady si precipita. Anche Killer si avvicina, con la sua leggera ondulazione che mi stringe il cuore.

« Killer, non toccare! »

Killer si blocca di nuovo.

« Se Killer vuole può provarli, sono croccantini speciali. »
L'uomo sulla panchina ha ripreso a leggere. Mi avvicino. Ora, alla luce della lampadina appesa al cappellaccio, vedo il libro tra le mani dell'uomo in nero. Resto senza parole.
Chi diavolo legge Delitto e castigo, *oggi? E al buio, pure?*
L'uomo sembra indifferente, continua a leggere come se io non esistessi. Il cocker nero sembra invasato, uggiola, scodinzola, abbaia di gioia. Killer saltella intorno, con gli stessi versi, pronta a gettarsi sui croccantini se solo glielo permettessi.
« Killer, ferma lì! »
Mentre Lady finisce tutti i croccantini, Killer mi fissa implorante. Giusto per amore del mio povero cane rivolgo la domanda a quell'essere orrendo.
« Che marca sono questi croccantini? »
« Baulucy. »
Si alza, forse ora la mia presenza lo ha infastidito. Mette il guinzaglio e la museruola a Lady. Sono incredula.
« Morde? »
L'uomo resta un attimo perplesso.
« Con la museruola? Ovviamente non ha mai morso nessuno. »
Quando torniamo a casa tutto tace. Riempio coi soliti croccantini la ciotola di Killer, ma lei mi guarda con gli stessi occhi di Paolo, Cristina e Francesco dopo che ho mandato a monte i festeggiamenti.
Sono una madre cattiva? Una padrona cattiva?
« Non fare capricci, Killer. Ne ho già abbastanza con gli altri due figli. »
La accarezzo a lungo, sino a che lei finisce i croccantini, poi la accompagno al suo giaciglio. Killer si sdraia sul fianco, le accarezzo un po' la pancia, poi sino alla maledetta anca.
Se avessi la mano d'oro... Se credessi nei miracoli...
Le metto sopra la piccola coperta. Era quella con cui avvolgevo il mio cane di peluche da piccola e su Killer ha l'effetto di farla immediatamente addormentare.

Sono sfinita quando entro nel mio letto. Paolo sente la mia presenza, si gira, le sue braccia mi circondano e la mia schiena si appoggia al suo petto e tutto torna al suo posto. Dopo il test di matematica di Cri, l'attacco d'asma di Fra, i Baulucy di Killer, ho bisogno di quest'uomo meraviglioso e prezioso.

Ma non basta per prendere sonno. Ci sono gli altri pensieri, quelli di Ice, a invadere la notte.

La moglie incinta di Kebab. Little boy.

E Johnny Jazir e il suo mondo.

MERCOLEDÌ

Mi alzo alle cinque, come sempre. Paolo dorme tranquillo. Si alzerà un po' più tardi, leggerà il giornale sul suo iPad sorseggiando il caffè preparato da Rodica mentre i ragazzi consumano la colazione, poi si chiuderà nello studio a scrivere, dopo pranzo andrà in agenzia e sarà a casa per cena.

Non ho mai avuto nulla da ridire. Una routine prevedibile che qualcuno definirebbe noiosa. Ma io di Paolo ho sempre amato proprio la tranquillità, l'intelligenza senza furbizia, la pulizia morale che molti chiamerebbero stupidità. Mi dispiace molto che da un po' di tempo stia cominciando a soffrire per quel lavoro che lo annoia.

« Mi dispiace » non è abbastanza, Aba. Devi fare qualcosa per aiutarlo, anche se lui non lo chiede.

Gli faccio una carezza sui capelli, noto che alla sua giacca del pigiama manca un bottone e mi alzo. In assoluto silenzio vado in bagno, mi lavo la faccia, poi indosso la tuta e le scarpe da ginnastica, infilo nell'orecchio l'auricolare che mi racconta le ultime notizie dal mondo e salgo sul tapis roulant impostato a nove chilometri l'ora.

A dieci non ci riesco più. Il mio corpo sta iniziando la fase discendente.

Quarantacinque minuti di corsa. Poi addominali, flessioni, twist. Doccia calda, poi fredda.

Routine. Tranquillizzante come tutto ciò che possiamo ripetere ogni giorno: chi il caffè, chi la sigaretta, chi la lettura del giornale, chi il cane da portare a spasso.

La nostra tranquillità si basa sulla ripetizione che annulla l'imprevedibile in barba ai predicatori della vita spericolata che finiscono inevitabilmente soli. Anche il mio lavoro è proprio questo: rendere tutto sempre uguale e prevedibile.

Come i film di amore e pace che adoro. Un po' tutti uguali, ma dopo si dorme tranquilli.

Preparo il solito tè verde per me, apparecchio il tavolo della colazione per i miei figli e per Paolo. Alle sette e mezza sento suonare la prima sveglia di Cristina, comincio a vestirmi e quando esco in corridoio sento la seconda sveglia di Cristina. Dalla sua stanza il silenzio è assoluto, ma dopo ieri sera non sono la persona più adatta a farla alzare.

Torno nella nostra camera. Scuoto Paolo che apre gli occhi e mi guarda sorpreso.

« Ciao, che succede? »

« Devi svegliare Cri, se no fa tardi a scuola. »

Lui si stiracchia, si alza e si avvia verso la tana della belva. Sono tranquilla, tanto Paolo è, per definizione, *inaggredibile.*

La prima colazione è un incrocio tra commedia e tragedia. Cristina entra in cucina e neanche mi guarda. È ancora in camicia da notte, con i pedalini di due colori diversi, struccata, con una massa informe di capelli appuntati in testa con un mollettone. Dal suo smartphone posato sul tavolo della colazione arrivano le risate dei personaggi di qualche sit-com, come le chiama lei.

Apre nervosamente diversi sportelli cercando i biscotti che ho fatto sparire, poi si siede davanti a me senza un cenno di saluto.

« Non c'è il latte normale in questa casa? »

Se io sono lì intorno, Cristina non cerca nemmeno, chiede a me e basta.

« Allora, c'è almeno un latte decente? »

Le indico la bottiglia di latte scremato sul ripiano lì accanto.

« Bevi quello scremato, Cri. Sei a dieta, ricordi? »

Cristina non distoglie nemmeno lo sguardo dal video da

cui provengono battute demenziali e risate. È come ipnotizzata. Si è già mangiata tutte le fette zero calorie e ha finito il barattolo di marmellata dietetica.

«Almeno me la passi, quella robaccia?»

Poso la bottiglia di latte proprio accanto alla sua mano, Cristina la prende senza voltarsi e subito dopo la posa con aria schifata.

«Ma è pure tiepido!»

«Forse Francesco ha finito quello freddo e non ha messo la bottiglia nuova in frigo...»

«Il solito stronzetto viziato!»

«Non usare brutte parole, per favore.»

Cristina allontana la tazza. «Non potevi pensarci tu a mettere il latte in frigo?»

Paolo non viene neanche nominato. Sta leggendo in vestaglia i giornali sul suo iPad e si tiene fuori dalla discussione, forse non ci sente nemmeno. Si trova lì, ma potrebbe essere sulla luna e sarebbe la stessa cosa. Quello che altri chiamerebbero menefreghismo, assenza, mancanza di solidarietà, è in realtà il suo *vivi e lascia vivere.*

Finisco il tè scrivendo velocemente le ultime disposizioni per Rodica.

Per pranzo, pasta al dente per Paolo e un po' più cotta per Francesco, platessa e carote per Cri con l'olio bio che ho preso in Toscana. Compra marmellata dietetica e fette zero cal per Cri e croccantini per Killer, falla camminare molto. Cerca bottone giacca pigiama blu di mio marito, se non trovi cerca in merceria uno identico a quello che ha perso.

Killer mi guarda, la vaschetta del cibo è vuota. Uggiola e scodinzola.

Paolo solleva lo sguardo dal suo iPad.

«Killer, hai fame?»

«Ha sempre fame, Paolo. Ma le ho già dato la dose giusta, non deve mangiare troppo.»

Lui guarda il cane.

« Ho fatto bene a chiamarti Killer. Fatti sentire, se no Aba ti lascia morire di fame come tutti noi. »

Killer continua a fissarmi con occhi imploranti.

Smettila, Aba, i cani non parlano.

Riprendo la nota per Rodica.

Chiedi all'alimentari se hanno croccantini Baulucy.

Francesco si affaccia in cucina. Ha fatto colazione in salotto per non incontrarmi. Non mi saluta, non mi guarda.

Magnifica mattina: sono un mostro per tre figli su tre.

E se facessi una scenata urlando minacce e improperi? Oppure un pianto a dirotto con contorno di singhiozzi? O una fuga silenziosa lasciandoli tutti e tre per qualche giorno a sbrigarsela da soli?

Francesco deposita ordinatamente la sua tazza e il piattino nella lavastoviglie. Ha il naso gonfio e gli occhi arrossati per quella maledetta allergia all'intera tavola degli elementi chimici. L'ho portato da ogni tipo di medico: generico, otorino, allergologo, dermatologo, persino uno psicologo per dare retta a quella conoscente, anche lei psicologa, convinta che ogni malattia nasca dalla mente.

Non ho risolto nulla, servono i farmaci a portata di mano. Dovrei dirgli di mettere il Ventolyn e il cortisone nello zaino ma, come in un concerto, c'è il tempo dei tamburi e quello dei violini.

Indossa una tuta nera col viso di quel personaggio di *Breaking Bad* che, da professore di chimica, diventa un boss della droga, un nuovo modello di eroe giovanile.

Decido di tentare la strada della battuta.

« Quello è Einstein, vero? »

Mi guarda e scoppia a ridere.

« No, è Archimede pitagorico. Il personaggio si chiama Heisenberg, mà, dove vivi? »

L'errore voluto ha funzionato.

« Mà, visto che non piove prendo il monopattino elettrico per andare a scuola. »

« Ti ho già detto di no, è troppo pericoloso. »

« Ma è ecologico come vuoi tu, e poi è il regalo di Natale di papà! »

Appunto. Il regalo di Natale di un inguaribile ottimista che pensa che Roma sia una pianeggiante cittadina. Per lui i sette colli, il traffico e i sanpietrini non esistono.

« Fino all'estate non se ne parla, poi vedremo. »

Ora resta l'osso più duro: questa va comprata e basta, biecamente.

« Pensavo di fare un salto all'outlet a Castel Romano nel weekend... »

Lo dico con la casualità e leggerezza di chi sta canticchiando il suo ritornello preferito.

Cri solleva il capo dallo smartphone.

« Sul serio? »

« Sì, mi serve una borsa. Vuoi venire? »

Fa un ultimo tentativo di resistenza, combattuta tra l'orgoglio e il desiderio. Mi fa tenerezza.

« Boh, vediamo... »

« E poi ho visto che hanno i saldi. »

La breccia è aperta. Cristina mi fa un mezzo sorriso.

« Oggi dico al prof di rivedere il mio test. »

Le faccio una carezza, lei mi abbraccia ed è tutto ciò che voglio.

« E io questa sera dico a Rodica di fare la frittata con le patate che ti piace. Però la dividiamo in quattro, va bene? »

Ora Francesco la tira per un braccio.

« Cri, ti muovi? In prima ora c'ho quel bastardo di latino...! »

« Francesco, certe parole... »

« Scusa mà, però sei rimasta solo tu che la consideri una parolaccia. »

« Hai preso l'antistaminico ieri sera? »

Sbuffa.

« Mi sono scordato, mà, lo prendo ora. »

« No, ti fa venire sonnolenza. Il cortisone e il Ventolyn ce l'hai nello zaino? »

Sbuffa di nuovo.

« Sì, che palle e che sfiga! Ma non poteva essere Shrek quella allergica? »

Cri si è rimessa le cuffiette.

Riprendo l'appunto per Rodica.

Sostituisci platessa, fai frittata con patate. Togli monopattino da stanza Fra, portalo nel box.

È proprio tardi. Tolgo una cuffietta dall'orecchio di Cristina.

« Cri, devi andare a prepararti. »

La ragazzina mette il broncio.

« Dai mamy, salto religione e prendo il bus! »

Questo è il confine invalicabile nella mia strategia.

Viziarli e accontentarli sulle stupidaggini per farli obbedire sulle cose importanti.

« Non devi sottovalutare la religione. »

« Ma è una palla! »

« No, è fondamentale per capire il mondo. Dai, muoviti. »

« Quanto rompi, mamy! »

Magari sparisco e poi vediamo se state meglio.

Cristina si alza con aria svogliata mentre io ripongo velocemente la sua tazza nella lavastoviglie e do una pulita al tavolo. Non voglio che Rodica trovi quel mezzo porcile.

Sfilo la tazza di caffè e latte che Paolo ha terminato e lui finalmente alza lo sguardo e mi sorride.

« Non la stressi troppo, Aba? Cri è brava a scuola, no? »

Tra noi due, lui è sempre il più ottimista.

« Certo che è brava, ma... »

« Lo so: è solo un po' troppo emotiva. Purtroppo, non ha preso dalla sua mamma di ghiaccio. In effetti ero un po' preoccupato, quando ti ho chiesto di uscire la prima volta. »

Gli faccio la solita carezza tra i capelli che sono troppo neri, folti e lunghi per la sua età.

«Non avevi l'aria preoccupata e ti ho detto di sì.»

«Dopo una decina di volte.»

«Volevo essere certa che tu fossi un tipo paziente. Come va col libro?»

Riabbassa lo sguardo sul suo iPad.

«Procede.»

Magnifico verbo. Chissà come reagirebbero i miei capi se lo usassi come risposta.

Come va con little boy? Procede!

Ma poi mi dico di piantarla, sono io quella che sta cominciando a stressarsi per l'interminabile e misterioso libro, lui invece non sembra per niente ansioso né disposto a qualche compromesso.

Hai altre preoccupazioni, Aba. Little boy, ricordi?

Appena arrivata in ufficio, Aba cercò Ferrara. La sua assistente era nuova, la precedente era andata in pensione. Diana era una ragazza molto giovane, probabilmente ancora in prova. Belloccia, forse un po' troppo vistosa nella scelta della camicetta scollata e dei jeans aderenti.

«Il dottor Ferrara non è in stanza, dottoressa Abate.»

«Sa dove lo trovo?»

Lei arrossì, ma non si sognò di risponderle.

Timida, ma ligia alle regole.

Aba però conosceva ogni piccolo vizio del suo capo. Trovò Ferrara seduto a un tavolo della caffetteria, da solo, con davanti tre tazzine di caffè espresso e una fiaschetta metallica da cui stava versando un liquido giallastro in ciascuna delle tre. Indossava una giacca spinata marrone su un maglione a collo alto nero, sciarpa gialla e pantaloni di fustagno blu notte.

Lui la vide, le sorrise e le fece cenno di sedersi.

«La tua nuova assistente è brava. Non ha voluto dirmi dov'eri.»

«Rosa è andata in pensione dopo trent'anni e questa ragazzina alle prime armi è terrorizzata. Vuoi uno dei tuoi intrugli verdi, Aba? »

« Già preso a casa, grazie. Non ti fa male tutto questo caffè col cognac? Dovresti mangiare qualcosa con quella roba. »

« Perché? »

« Come perché? Per proteggere l'esofago, lo stomaco. »

« Tanto muoio entro due anni. »

Lui vide Aba sbiancare e le posò una mano sul braccio.

« Tranquilla, non ho il cancro. Ma ho letto una statistica. Quelli che hanno lavorato tantissimo per tutta la vita e che non hanno famiglia muoiono spesso nei primi dodici mesi dopo che vanno in pensione. »

Aba sentì una fitta di dispiacere. Ferrara sembrava più vecchio dei suoi anni, era sciatto, un po' sovrappeso, era un uomo che non aveva cura di sé.

« Nessuno è solo davvero, Pietro. Tu non lo sei. »

Hai me. E quando non sarai più il mio capo ti potrò abbracciare come facevo da bambina.

« Dovresti farti vedere, Pietro. Tieni. »

Posò sul tavolo un bigliettino che lui osservò con sospetto.

« Che roba è? »

« Non è proprio un medico, è lo psicologo da cui avevo portato Francesco per l'allergia. »

« Lo psicologo per l'allergia? Non ci penso proprio, i medici e le palestre non mi avranno mai. »

Poi il suo sguardo si incupì.

« Comunque, voglio andare in pensione senza nessun morto innocente sulla coscienza. »

Il tono era paziente, come sempre con la bambina terribile.

« Quando ero a capo dei ROS e dovevo scovare terroristi e mafiosi, un giorno ci è arrivata una soffiata su un latitante che cercavamo da anni. Era in un casolare sperduto in mezzo alla campagna, lui, altri due complici e il figlio di undici anni. Per non rischiare di far male al bambino ho ordinato di aspettare. Abbiamo fatto irruzione quando il figlio è uscito al mattino presto per andare a mungere la mucca. »

Ferrara si massaggiò la spalla. Lì, come Aba sapeva, era passato il proiettile.

« Sotto il fieno c'era un mitra. Quel ragazzino ne ha ammazzati due, dei miei ragazzi. La mia è stata solo una grave imprudenza. »

Aba sapeva di chi fosse stato quel giudizio impietoso, dello stesso uomo che le aveva proibito per sempre di giocare a nascondino dopo la storia del pozzo.

« No Pietro, tu da quel giorno sei un eroe, quando ti hanno operato metà dei poliziotti di Catania è venuta sotto l'ospedale a inneggiare a te, 'Papà Doyle'. »

Ferrara non sorrideva, fissava ancora un punto lontano in mezzo alla pioggia.

« Non mi piaceva Gene Hackman nel *Braccio violento della legge.* Era violento, impulsivo, imprudente. Tutto ciò che noi non dobbiamo mai essere. »

« E perché ti sei tenuto proprio Papà Doyle come nome in codice? »

« È un monito, Aba. Quei due ragazzi sono morti perché ho agito come Papà Doyle. Ma il coraggio a volte è incoscienza, lo sai, no? »

Aba annuì.

« La proposta del professor Jazir non ti piace, lo so. »

Ferrara buttò giù d'un fiato il terzo caffè.

« Siamo pagati per proteggere i cittadini, non per catturare little boy. Metti che lo facciamo entrare in Italia, che lo catturiamo, che troviamo il covo. Tutto bene, ma anche tutto enormemente rischioso. Se morisse anche una sola persona, noi avremmo fallito la nostra missione. »

« Se lo troviamo e lo blocchiamo non morirà nessuno. Lo facciamo parlare e troviamo il covo. »

« Allora la pensi come JJ e Bonan, Aba? Sapevo di doverti

tenere lontana da Johnny Jazir! Lui è così: ti punge appena, ma in realtà ti avvelena.»

Aba sentì qualcosa che si muoveva dentro di lei. Qualcosa a metà tra un timore e un rimorso.

Pietro ha ragione, mi ha già avvelenata...

«Davanti a Bonan dirò solo ciò che vuoi tu.»

Ferrara sospirò.

«Io non sono tuo padre, Aba. Non pretendo la cieca obbedienza, vorrei anche convincerti. Bonan ha i suoi validi motivi di prospettiva internazionale per voler catturare little boy, ma noi non abbiamo quest'obiettivo, solo di evitare i morti e trovare quel covo.»

«E lo troveremo il covo senza catturare little boy, Pietro? Tu non vuoi dirmi cos'è successo davvero, Ollio fa richieste specifiche ai miei collaboratori senza avvertirmi...»

Ferrara non commentò, perciò Aba continuò.

«Omar, l'autista, era del Niger, ma tu già lo sai, no?»

Ferrara annuì, tirò fuori il pacchetto di sigarette e si alzò.

«Non ti riguarda. Fra mezz'ora vedrò il direttore del DIS e quelli dell'AISI e dell'AISE insieme a Bonan. Ti farò sapere.»

Quella era la risposta, invalicabile in quel lavoro dove la gerarchia andava solo e sempre rispettata, neanche discussa.

Ora non mi vuole più con sé mentre fuma.

Aba convocò Tony nel suo box e lo invitò a sedersi. Lui aveva un'altra giacca di Armani, nera, su un giro collo grigio. E l'aria ancora un po' offesa per i rimproveri.

«Senti, Tony, gli adolescenti ce li ho già a casa. Tu hai trent'anni e questo è un ufficio.»

«Ventinove, dottoressa.»

«Trenta fra diciassette giorni. Puoi anticipare la tua maturazione di diciassette giorni e levarti quel muso lungo dalla faccia?»

«Mi scusi, dottoressa. Cercherò di...»

« Non devi *cercare di*, devi farlo. Questo è un lavoro serio che non prevede di infilarsi nel server di una scuola per motivi di interesse personale. »

« Ho rimesso a posto il test con gli errori. Ma ho paura che così sua figlia non ce la faccia, e... »

Era sinceramente mortificato e preoccupato. Solo che questo invece di intenerire Aba, finì per irritarla ancora di più.

« Scordati del test di mia figlia. Non sono affari tuoi e abbiamo cose più importanti di cui occuparci. L'autista Omar era del Niger. »

Lui annuì.

« Lo so, Leyla me lo ha detto questa mattina al bar. Ho già iniziato una ricerca nei database per confrontare... »

Aba chiuse per un attimo gli occhi.

Quanta ingenuità. Quanti errori in una sola frase.

« Non devi fare nulla senza che te lo dica io. Ferrara non vuole che ci occupiamo dell'indagine, se ne sta occupando il dottor Luci. »

« Ma Ollio... »

« Il dottor Luci, Tony. Comunque, ho affidato a Leyla il compito di rianalizzare la registrazione dell'incidente. Mi sembra molto inesperta. »

« Guardi che Leyla è bravissima, è molto intuitiva e le piace molto questo lavoro. È solo timida. »

Come immaginavo.

« Allora potresti aiutarla tu con la registrazione. »

Tony annuì vigorosamente.

Troppo vigorosamente.

« Bene. Devo uscire a pranzo, ci rivediamo quando rientro e vediamo cosa avete trovato insieme. »

Aba lo congedò ed entrò subito nel database e aprì la scheda di Tony.

Forse relazione con L. Troppo imprudente.

Guardò la foto incorniciata sul suo tavolo. Lei, Paolo, Cri

e Fra. A Disneyworld, tanti anni prima. Lei aveva portato Cristina su tutte le giostre e Paolo aveva portato Francesco sulle montagne russe.

Non sul cannone di Indiana Jones. Non lo avevo permesso. Troppo pericoloso, non era una cosa prudente.

Poi guardò l'ora e si alzò. Doveva andare.

Tiziana. Il suo nuovo amore.

Tiziana è seduta di fronte a me nel nuovo locale che hanno aperto davanti alla sua libreria.

« Pensa che meraviglia Aba. Solo tisane con erbe. Scelgono loro la più adatta, secondo il tuo carattere. »

Gli stessi occhi da Madonna ingenua, gli stessi capelli lunghi da ragazzina, i soliti abiti troppo anonimi da bancarella, maglioni e pantaloni di velluto troppo larghi a celare quel corpicino che piace tanto a tutti gli stronzi che si approfittano della sua inesauribile sete di vero amore, lo stesso entusiasmo per ogni novità che sappia di cultura, ambiente, in questo caso erbe.

« E come lo sanno il carattere, Tizzy? »

Lei indica un tizio con una barba bianca dall'aria assente.

« C'è l'esperto di mimica facciale. Gli basta osservarti cinque minuti. Ora ti sta guardando, infatti. »

« Non credo proprio, secondo me si è fatto una canna. Comunque io bevo acqua e basta. »

Lei scuote quei capelli coi fili grigi.

« Sempre la solita, Aba! Mai sorprese, solo certezze. Ma come fai? Non lo vuoi capire che il sale della vita sta nell'azzardo? »

Certo, Tizzy. Come portarsi a letto ogni volta lo stesso improbabile stronzo che ti spezzerà il cuore.

Da quando la conosco, Tiziana vive l'inizio dei rapporti con gli uomini con l'insana certezza di uno che gioca tutte le settimane al Superenalotto perché è sicurissimo che prima o poi vincerà. Negli anni la sua vita da single con molti amori tutti infelici è diventata il mio unico vero fallimento. Nei suoi confronti sono passata col tempo dalla solidarietà al dispiacere e infine alla rabbia per quella che io chiamavo « ricetta per l'infelicità » e lei « ricerca del grande amore ».

Possibile che non riesca a risolvere questo problema per una persona a cui voglio così bene?

« Allora, Tizzy, chi è il nuovo? »

Gli occhi azzurri da Madonna si illuminano.

« Ti ricordi Enzo al liceo, Aba? Te lo ricordi quanto era colto e in gamba? Ecco, Roberto è così. »

Mi ricordavo benissimo. Enzo era di quelli che imparavano a memoria pezzetti della *Recherche* di Proust senza averla mai letta per impressionare quelle *culturali* come Tiziana. Mentre io sapevo benissimo che non esiste un essere umano under venti che abbia letto per intero la *Recherche*. E forse neanche under trenta eccetera.

Enzo mi aveva invitato a teatro per vedere Goldoni quando già stava con Tiziana. Ci ero andata proprio per smascherare il maiale, ma Goldoni in veneziano era peggio delle Messe in latino con mio padre. Molto peggio, una di quelle situazioni in cui dopo un minuto capisci di esserti cacciata in una trappola mortale ma non puoi uscirne. Mi ero addormentata. Dopo un po' mi ero svegliata di soprassalto con la sua morbida mano su un ginocchio. Gliela avevo stretta così forte che gli erano scesi i lacrimoni, povero Enzo.

« Non è sposato, vero Tizzy? »

Scuote il capo, sorride.

« No, gli uomini li voglio solo per me, lo sai. Non mi sono mai messa con uno sposato. Lui è vedovo. »

« Be', va già meglio. Dove sta il vedovo in classifica? »

La *Classifica della tipologia di amanti per donne fiduciose*: l'avevamo stilata insieme la sera del mio addio al nubilato, dopo molti bicchieri di vino.

Eccoli, in ordine crescente di guai.

Under 35 di altro livello culturale e sociale: niente occasioni sociali in coppia, solo romantici fine settimana in luoghi dove sai che non incontri conoscenti o semplici notti di sesso in alberghi fuori città.

Under 35 dello stesso livello culturale e sociale: la principale controindicazione si manifesta nelle occasioni sociali in coppia.

Separati senza figli, meglio se separati per colpa di lei.

Scapoli ultraquarantenni piacenti, buoni almeno per il sesso, se ne sono all'altezza naturalmente.

Separati con figli, peggio se da poco tempo: hanno complessi di colpa e anche penose crisi depressive che nei casi più gravi sfociano nel pianto.

Scapoli ultraquarantenni sfigati: si dividono tra misogini, violenti e casi psichiatrici (a volte tutte e tre le cose insieme), assolutamente da evitare quelli che vivono coi genitori, i peggiori con madre vedova.

Uomini sposati (categoria che Tizzy per fortuna evita, ma che nella sua elaborazione teorica è la peggiore).

Tizzy ridacchia.

« Il vedovo è una categoria *new entry* in classifica, mai sperimentata. Mi pare promettente, che ne dici? »

« Be', di certo è una novità. Lo conosci da molto questo Roberto? »

« Non lo conoscevo sino a un mese fa, prima del funerale. »

« Quale funerale? »

« Quello della moglie, ti ho detto che è vedovo, no? »

« È vedovo solo da un mese? »

« Sì. »

« E che ci facevi al funerale? Conoscevi la moglie? »

« No. Mai vista. »

Guardo il suo bicchiere con l'intruglio di erbe.

Potrebbero averla drogata. Forse sta male.

« Scusa, ma che ci facevi al funerale di una perfetta sconosciuta? »

Ora sembra un po' imbarazzata. Butta giù l'altra metà dell'intruglio sotto lo sguardo vacuo del guru che legge il volto e capisce il carattere.

Mi servirebbe tra i miei collaboratori, se non fosse così chiaramente un ciarlatano.

« Seguo i necrologi. Quelli interessanti, quando sono in molti a fare le condoglianze ed è gente che si capisce che è di un certo livello intellettuale, non gli arricchiti che non mi interessano. La moglie di Roberto era una pittrice, c'erano i necrologi con le condoglianze di artisti molto importanti. »

Tiziana mi ha abituata alle sue montagne russe emotive da quasi un quarto di secolo, ma con lei non si finisce mai di sorprendersi.

« Sei andata al funerale di una sconosciuta per abbordare il marito? »

Annuisce, decisa, tutta seria. Getta un'occhiata al guru dei volti che annuisce a sua volta.

« Ho letto su internet che questo metodo è molto in voga e per me ha molto senso. I vedovi, diversamente dai separati e dagli sposati che hanno sempre grane e complessi di colpa, sono sereni, liberi fisicamente e mentalmente. Hanno bisogno di conforto e sono più aperti alla vita. »

« Quindi c'è del metodo in questa follia. Del resto ti è sempre piaciuto Amleto! »

« Non prendermi in giro. E comunque casomai Erasmo. »

« Il bidello del liceo? Fantastico. »

« Erasmo da Rotterdam. Mi vuoi ascoltare, Aba? »

« Ti ho ascoltato. Sei andata al funerale di una sconosciuta per rimorchiarne il vedovo. Non ci trovi qualcosa di strano, Tizzy? »

« Piantala di fare il manico di scopa, Aba. È dai tempi del liceo che fai così. Che c'è di strano? »

« Che un uomo si innamori di un'altra al funerale di sua moglie non ti sembra strano? »

« Lo vedi, Aba? Sei troppo razionale, proprio come coi nostri compagni maschi al liceo. È per questo che... »

« Ti ricordi qual era il tuo personaggio preferito, Tizzy? Cenerentola! Ma quella non cambiava principe ogni sei mesi! »

« Nessuno diventa davvero come il personaggio che voleva essere da ragazza. Se no tu saresti quella tizia che salvava sempre il mondo, Tomb Raider. »

Sì, Tizzy, volevo diventare Lara Croft. E ci sono riuscita.

Non posso dirglielo ovviamente. Arriva la cameriera con un altro bicchiere di un intruglio dal colore più pallido. Lei indica il guru.

« Deve essersi accorto che sono un po' agitata. Questa è a base di passiflora, lui dice che... »

« Cosa fa nella vita il marito della morta? »

Lei aggrotta la fronte.

« Che brutta parola, Aba! Sempre lugubre. Non puoi almeno dire 'defunta?' »

« Defunta, passata a miglior vita, la cara estinta, come vuoi. Che fa il marito che somiglia a Enzo? Vende frigoriferi al Polo Nord? »

« Ha una galleria d'arte a Milano, una cosa molto chic. E si è fatto da solo, Aba, era poverissimo. »

Nella mia mente è già tutto chiaro. Il suo Roberto ha sposato una pittrice affermata, coi proventi dei quadri ha aperto la galleria e ora che la moglie è morta i quadri saliranno di valore.

Un disastro annunciato.

« Ma perché non me ne hai mai parlato di questo Roberto? »

« Perché il funerale era il giorno di Natale e non volevo disturbarti durante le vacanze. »

Devo subito farmi un quadro completo di questa follia.

« Avete già fatto sesso? »

Mi guarda come se fossi matta.

« Dopo un mese che stiamo insieme? Certo, per chi mi prendi, per una monaca come te? »

« Un mese che state insieme? Ma se il funerale è stato un mese fa... »

Ora butta giù il resto del secondo intruglio, ma sembra più eccitata che rilassata, forse le hanno messo il peperoncino al posto della passiflora. Mi guarda coi suoi occhioni innocenti.

« Dopo il funerale, al cimitero lui è rimasto solo, abbiamo parlato tanto, sai anche a lui piace Proust, come a Enzo. »

« Lascia perdere Proust ed Enzo! »

« Be', abbiamo fatto tardi, lui era triste e poi mi ha detto se volevo cenare da lui... »

Non riesco a trattenere il mio sdegno.

« Ci sei andata a letto la sera del funerale della moglie? »

Lei sbuffa.

« Sei sempre la solita bigotta bacchettona, Aba. Sempre pronta a giudicare ciò che è giusto o sbagliato! Mai sentito parlare di una cosa che si chiama passione? »

« Senti, Tizzy. Paolo mi ha attirato subito anche perché era un bel ragazzo, ma siamo andati a letto dopo un bel po' che ci hai presentato, te l'ho detto. »

Lei fissa il bicchiere vuoto, forse si è offesa ed è l'ultima cosa che voglio.

« Tizzy, l'amore si misura con gli anni. L'amore è una persona serena, con cui crescere e che nel tempo ti stia accanto rispettandoti e amandoti. »

Lei mi guarda con aria scettica. E di colpo nel suo tono entra una nota di freddezza.

« Ne abbiamo già parlato la sera del tuo addio al nubilato, Aba. »

Ed è vero. Quella sera d'estate di quasi vent'anni prima ero in uno stato per me insolito, seduta con lei sulla più scenografica terrazza di Roma, con la vista meravigliosa del tramonto sulla città dell'immensa bellezza e troppi bicchieri di prosecco prima di cena. Avevo bevuto troppo, parlato troppo ed eravamo entrambe in uno stato di euforia che porta all'eccesso di sincerità, quello che in un attimo può bruciare i dieci anni precedenti e condizionare tutti quelli a venire.

«Aba, se un giorno avrai problemi con Paolo non venirti a lamentare da me, anche se te l'ho presentato io.»

Frase detta tra una risata e l'altra, sorseggiando il prosecco, gli occhi abbagliati dal sole rosso del tramonto sui tetti di Roma. Sul momento era passata così, come una battuta. Non avevo risposto e non eravamo mai tornate sull'argomento anche perché non avevo mai avuto problemi con Paolo. Ma come succede per pochissime occasioni della nostra vita, quella frase, quel momento, gli occhi si erano fissati indelebilmente nella mia memoria e avevano creato una barriera tra noi che non era stata mai più superata.

Dopo che il giorno successivo mi aveva fatto da testimone di nozze, per un accordo mai esplicitato ma evidente a entrambe, ci vedevamo da sole, mai a casa mia, e parlavamo degli amori di Tizzy, mai del mio matrimonio, come se quel silenzio potesse cancellare quella frase.

Tiziana ora sorride di nuovo, ha un ottimo carattere, mi vuole bene.

«So che lo dici per il mio bene, Aba. Ma siamo così diverse, e non è che una sia giusta e l'altra sbagliata, no?»

Purtroppo non è così, Tizzy. Tant'è vero che io sono felice e tu infelice.

Decido che è il momento di sdrammatizzare e poi passare all'azione.

«Infatti al liceo i maschi ci chiamavano *fire and ice,* no?»

Ora sorride. È il momento, prima che lei ordini un'altra tisana imbevibile.

«Non posso giudicare un uomo solo dal fatto che è vedovo e somiglia a Enzo. Se vuoi la mia opinione dovrei almeno parlarci un po', come con gli altri...»

«Certo, ma in questo caso è un po' complicato vedersi per

un caffè in settimana. Roberto lavora a Milano, viene a Roma solo nel fine settimana quando tu stai sempre con tuo marito e i ragazzi. »

È vero, ma devo assolutamente aiutarla a comprendere dove sbaglia.

Vedere una coppia felice che ha contribuito a creare la aiuterà a capire.

« Sai che ti dico? Organizzo una bella cenetta da noi. »

Lei resta sorpresa, scuote il capo.

« Ma Aba, non lo abbiamo mai fatto... »

Ha ragione, ed era stato il frutto di quella sua frase su Paolo e lo sappiamo tutte e due.

Ma è il modo giusto, forse l'unico.

Mi alzo. Tanto a questi miei modi Tizzy è abituata da sempre, come tutti.

Decido io.

« Devo tornare in ufficio. Siete liberi questo sabato? »

Lei sospira, poi annuisce, mi guarda, sorride.

« Va bene, sempre come vuoi tu, Ice. »

Leyla sedeva composta davanti ad Aba, il velo era cambiato, rosa come le unghie. Teneva gli occhi bassi. Tony era seduto accanto a lei. Aba decise che era ora di farli uscire allo scoperto.

« Hai cambiato hijab e colore di smalto ogni giorno. »

« È tutto ciò che ci è consentito mostrare, dottoressa. »

« Nei mesi scorsi vestivi sempre di nero, Leyla. »

Lei arrossì un po'. Intrecciò le mani in grembo, la postura si incurvò in avanti. Non disse nulla e Tony intervenne.

« Anche io cambio colore di giacca ogni giorno, dottoressa, portiamo un tocco di colore in questo mondo grigio, no? »

Aba li guardò in silenzio, poi si rivolse a Leyla.

« Hai riascoltato bene? »

« Sì. Ho riascoltato più volte con Tony tutta la conversazione tra Kebab e Omar. »

« E allora? »

Ora sollevò un attimo gli occhi. Solo un attimo.

« Omar ha detto 'puttana' col termine gergale e con l'accento del Niger. C'è differenza tra *gahba* e *sharmuta* e nella pronuncia. »

Aba annuì. Sì, la ragazza era brava in quel lavoro. Ma quei cambi quotidiani del colore del velo e delle unghie non andavano bene. Non per un fatto estetico o morale, ma perché significavano che ogni tanto era distratta.

E in questo lavoro non è tollerabile mai.

« Questo me l'avevi già detto, Leyla. Avete trovato altro? »

Tony intervenne.

« Non è una questione linguistica ma acustica, dottoressa. Posso rispondere io? »

« Va bene. »

« Riguarda la sequenza dei colpi, dottoressa. Riascoltando il nastro rallentato, si capisce chi ha sparato per primo. »

Aba annuì.

Era come pensavo.

« Hanno sparato prima i carabinieri, non Omar. »

Diana, la nuova giovanissima assistente di Ferrara, la bloccò, allarmatissima.

« Il dottor Ferrara è in riunione. »

Era chiaro che non sapeva come gestire quelle situazioni.

« Con chi? »

« Non credo che... »

« Ha ragione, non deve dirmelo. Ma ho una notizia molto urgente. »

Diana esitò.

« Secondo lei, che devo fare? »

Aba le sorrise.

« Provi a chiamarlo col telefono interno. Le dirà lui. »

Lei annuì e schiacciò il tasto.

« Signor vicedirettore, ci sarebbe la dottoressa Abate con una questione molto urgente... »

Diana annuì, sollevata.

« Entri pure, dottoressa. Grazie. »

Aba gettò un'occhiata alla scollatura della camicetta su quel seno appariscente.

Non puoi dirglielo. È troppo personale.

Pietro Ferrara stava parlando con Giulio Bonan. Aba lo intuì prima ancora di vederlo, per quell'acqua di colonia particolare. Ferrara sembrava teso e stanco.

« Che c'è, Aba? »

« Volevo sapere se avete parlato con i Direttori dell'idea del professor Jazir. »

Bonan la guardò, coi suoi freddi occhi chiari, vestito come sempre in modo impeccabile, col gilet abbottonato sino all'ultimo bottone, il fazzoletto bianco che spuntava dal taschino della giacca.

Ferrara fece una smorfia.

« Non sono disposti a far entrare un possibile terrorista in Italia. A meno che prima non lo identifichiamo con assoluta certezza. A quel punto potrebbero rivalutare la possibilità. »

Bonan invece era di buon umore.

« Quindi possiamo dire al professor Jazir di provarci tra oggi e domenica. Giusto, Pietro? »

Ferrara annuì, malvolentieri.

« Se i carabinieri trovano il covo blocchiamo le partenze, se no deciderò io, visto che è un problema di sicurezza interna. »

Ferrara si lisciò la spalla nel punto in cui gli aveva sparato il figlio di Luciano u Catanese prima che lui lo abbattesse con un colpo in mezzo alla fronte. Poi si rivolse a Bonan.

« JJ è un collaboratore tuo e Tripoli è zona tua, ma io di lui non mi fido del tutto e vorrei che... »

Bonan lo interruppe.

« Vuoi coordinare tu le azioni del professor Jazir attraverso la dottoressa Abate. Non ho obiezioni al riguardo. Gli dirò che lo contatterete voi e che la dottoressa Abate tornerà presto a Tripoli a trovarlo. »

Aba era sorpresa dall'accondiscendenza di Bonan.

Pensa che sarà facile tenere sotto controllo una donna.

Bonan si alzò, salutò e uscì. Aba restò sola con Ferrara. I suoi occhi erano preoccupati.

« Questa volta potrei non esserci io vicino a quel pozzo, Aba. »

Sarei affogata se Pietro non mi avesse salvato.

« Sarò prudentissima, te lo prometto. Ma per aiutarmi dovresti dirmi la verità sull'incidente. »

Ferrara non disse nulla e Aba continuò.

« I carabinieri hanno sparato per primi. Il che vuol dire che sono scesi con le armi già in pugno, cosa che è fuori dalle procedure. Non vuoi spiegarmi qualcosa? »

Lui scosse il capo.

« Ricordi la regola, Aba? Ce l'ha insegnata lui. »

Segmentazione delle informazioni tra persone diverse, solo il capo sa tutto. Per prudenza.

« Tu occupati di Tripoli. Ti autorizzo il nostro Falcon, così fai un volo diretto ed eviti le spie di JJ. Anche se lavora per noi lui è diverso da noi, non lo dimenticare mai. »

Ferrara fece una pausa, poi continuò.

« Sono bellissimi i tuoi figli, Aba. Lo sai che quando vengo a casa tua il giorno di Natale ogni anno è il momento in cui sono più felice? »

Aba pensò a tante cose.

Dovresti essere più felice ogni giorno. E io non dovrei invitarti solo a Natale. E non permetterò né a JJ né a little boy di allontanarmi da Cristina e Francesco.

Era certa che qualcosa di grave stesse angosciando Ferrara.

Stava per porre una domanda, ma lui si alzò e le posò entrambe le mani sulle spalle.

« Non andare più in quel pozzo, Aba. Mai più. »

Arrivo a casa prima delle otto, davvero molto presto per le mie abitudini. Dentro regna il silenzio. In cucina trovo la tavola apparecchiata e la padella con una frittata mangiata per tre quarti.

Mi addentro nel corridoio e busso alla porta della stanza di Francesco. Nessuna risposta. Da dentro si sentono colpi di pistola e mitragliatrice. Ho provato a regalargli il calcio FIFA per la Playstation, ma niente, lui voleva solo quel violentissimo gioco.

Apro la porta ed entro. Lui ha indosso la tuta del rugby, è di spalle, davanti alla Play, con la finestra spalancata. Gli tocco dolcemente una spalla e il mio enorme giovanottone guerriero salta per aria.

« Mi hai fatto prendere un colpo, mà. Come te lo devo dire di non entrare senza bussare? »

Ignoro la domanda e chiudo la finestra.

« Con questo freddo stai con la finestra aperta? »

Pensa un attimo a cosa inventarsi.

« Tu hai detto che il freddo ammazza gli acari. Così, per l'allergia... »

È persino tenera la sua goffaggine nel mentire. A me, poi. Ad Ice, una vera professionista nell'individuare discrepanze e bugie.

Comincio ad aprire i cassetti della sua scrivania. Lui prova a ribellarsi.

« Che fai? »

« Ne hai altre oltre quella che ti sei già fumato? »

Il mio ragazzone bambino arretra di colpo verso la porta.

Fugge via da questa madre così dura e capace di scoprire qualunque cosa.

« No, giuro, ho fatto solo due tiri... »
« Chi te l'ha data? »
Scuote il capo.
« Non lo so, a ricreazione... »
« Ripeto: chi te l'ha data? »
Mi guarda, vedo che è spaventato.
Meglio, così te lo ricorderai e non accadrà mai più.
« Uno di quinta, il figlio di quel generale... »
« Grazioli? »
Annuisce. E io penso al povero generale Grazioli, decenni trascorsi a caccia di spacciatori prima di godersi un'onorata e tranquilla pensione.
« È la prima volta? »
« Sì, mà, te lo giuro... »
« Sulla testa di tuo padre? »
Mi guarda, scuote il capo.
« Non si giura sulla testa degli altri. E poi perché sulla testa di papà e non sulla tua? »
Perché lo ami molto di più, Francesco.
« Giura e basta. Altrimenti vado a parlare col preside. »
Francesco non è un delinquente o un terrorista pronto a giurare su qualunque cosa per salvarsi. È solo un ragazzino che ogni tanto si fa una canna.
« Ne ho fumate due o tre, mà. Non lo farò più. »
« Non toccare mai più quella robaccia schifosa, chiaro? »
Lo vedo che è dispiaciuto, ma purtroppo non basta. Deve essere convinto.
« La droga è per le menti deboli, Francesco. »
La droga è per le menti deboli, Aba.
Mio figlio annuisce, sa di avermi delusa, di avermi fatta preoccupare. Ha preso da suo padre la leggerezza che lo porta a considerare una cannetta come parte dell'esperienza e un diritto di libertà, ma anche quel desiderio di non fare mai soffrire quelli a cui vuoi bene. Se ne sta lì, un grosso orso un po' avvilito.

« Scusami, mà, sono giù perché a rugby il mister mi mette in panchina... »

La spiegazione è assurda ma totalmente vera. Ora lo abbraccio e lui mi lascia fare.

È ancora un cucciolo. Un cucciolo enorme ma solo un cucciolo. Per lui la panchina a rugby è una tragedia. Ma le canne non se le farà più.

« Dai, vedrai che ti fa entrare nel secondo tempo. »

Si scioglie dall'abbraccio, so che dopo un po' lo imbarazza.

« Non ci vieni mai a vedermi? Quando mi mandavi a fare scherma ci venivi sempre. »

« Tanto ci viene tuo padre, no? »

Lui non dice nulla. È ora di cambiare discorso.

« Devi studiare latino, Fra. Basta con *Manhunt.* »

Lui si gira verso la Play. Tutto è tornato normale.

« Finisco lo step 10, due minuti. »

« Va bene, due minuti. Dov'è Cristina? »

« Shrek? Ha visto la frittata di Rodica e non ha resistito, si è abbuffata e poi si è pentita e se ne è andata in camera sua. »

Ogni tanto mi vengono in mente quei lavoratori che scioperano per i turni di lavoro massacranti e mi viene da sorridere.

Cosa dovremmo fare noi madri di adolescenti?

« Due minuti. Poi latino. E basta con quel soprannome a tua sorella. »

Cristina ha un problema col suo corpo che mina tutte le sue certezze, cerco di aiutarla a curarsi con la dieta ma è una battaglia quotidiana. La solita amica psicologa dice che è colpa mia. Un modello troppo perfetto, un'adolescenza vissuta con la sensazione perenne che nulla sarebbe mai stato abbastanza per essere degna di me.

Assurdità senza senso.

Come sempre la porta di Cristina è solo socchiusa. Lei non la chiude mai. Quella porta perennemente chiusa ma non del tutto è l'immagine plastica del nostro rapporto.

Dentro è buio fitto. Una fievole luce filtra dal corridoio,

intravedo la sagoma di Cristina sotto le coperte. Mi siedo in silenzio sul bordo del letto e resto immobile. Dopo un po' allungo una mano e trovo la sua. Le faccio una carezza e Cri tira su col naso.

« Ho mal di pancia. »

« Hai le mestruazioni? »

« No, ho mangiato troppa frittata. Perché hai detto a Rodica di farla? Ti piace vedermi grassa come la Merkel? »

Poi comincia a piangere. Prima arrivano le lacrime, poi i singhiozzi, infine quei lamenti terribili che spezzano il mio cuore, io che non potevo piangere mai.

Quanto ci sono costate, papà, tutte le lacrime che io non ho mai versato alla sua età, neanche da sola, per paura che tu potessi in qualche modo scoprirlo, visto che nulla accadeva al mondo che tu non venissi a sapere.

Il solo modo è cercare di distrarla, farla sorridere.

« Hai ragione, Cri. Ma non pensavo che ti avventassi come il cucciolo ciccione. »

Lei smette di piangere. Quella vecchia battuta funziona sin da quando la portai a vedere *La carica dei 101* da piccola. Lei si volta verso di me, nel buio.

« Quando ho detto al prof di riguardare il test era molto stupito. Ha detto che ricontrolla e che comunque sono la più brava in matematica. Se non mi cacassi sotto nelle gare... »

« Non essere volgare. Lo so che sei la più brava. E se porti fuori Killer più spesso e cammini con lei, vedrai che la frittata scompare. »

Sento le sue dita stringere le mie. Ora è quasi tranquilla.

« Grazie, mamy. Va bene. Mi alzo, porto giù Killer mentre voi cenate, così non mangio altro. »

Cristina è scesa con Killer e Francesco sparecchia la tavola e mette i piatti nella lavastoviglie.

I miei turni funzionano.

Non so cosa facesse Mata Hari dopo cena, ma io e Paolo siamo una coppia assolutamente standard che arriva un po' stremata a fine giornata e che riserva le relazioni sociali al venerdì sera e al sabato sera. Così ce ne stiamo seduti sul divano col televisore acceso che nessuno guarda davvero. Gli accarezzo quei capelli ancora folti e neri per la sua età mentre lui legge distratto sul Kindle.

« Che leggi? »

« Il nuovo bestseller di quell'ignorante di Rondi, dal suggestivo e inquietante titolo *Licenza di amare.* Una storia d'amore assurda tra terroristi islamici, una vera schifezza. »

« Perché leggi quella roba se non ti piace? »

Lui sorride.

« Per lavoro. I miei slogan sono rivolti agli stessi a cui piacciono queste lacrimevoli idiozie. Tipo ieri, per la nuova linea dei pannolini. Il pupo piange di notte, i genitori si guardano nel letto e lei porge a lui il pannolino magico con la meravigliosa frase *asciuga tutto in un attimo, anche le lacrime.* »

Ho lo stesso tipo di inquietudine che provo ogni volta che sento un nodulino al seno e corro a rifare la mammografia. Paolo è sempre stato l'allegrone ottimista tra noi due, ma quel lavoro da un po' lo sta invecchiando giorno per giorno.

Devo aiutarlo, anche se lui non chiederebbe mai aiuto.

« Molte aziende cercano gente esperta di comunicazione. Hai i titoli di studio, la cultura... »

Lui scuote il capo.

« Non mi ci vedo in ufficio tutto il giorno, Aba. Hai visto cosa è successo a Gianni? »

Gianni era un suo collega nell'agenzia pubblicitaria che si è dimesso qualche anno prima per fare il capo comunicazione di una banca.

« Quello delle gare a cavallo? »

« Esatto. Dopo un anno a inventarsi storielle per giustificare rincari dei mutui, ha ripreso la sua grande passione giovanile, l'equitazione. Gli è andata malissimo. »

« È cascato da cavallo? »

« Peggio. Andava ad allenarsi per ore tutte le domeniche, una volta si è fatto male il cavallo e lui è tornato a casa prima. »

Fa una pausa teatrale e scoppia a ridere.

« Ha trovato la moglie che andava a cavallo anche lei. Una cavalcata selvaggia... »

So che scherza per non caricarmi del problema della sua insoddisfazione lavorativa, si è già pentito di avervi accennato.

Ma il tuo problema non si risolve con le battute, amore mio. Non nella vita reale.

Lui cambia discorso, è chiaro che non vuole parlare del suo libro.

« Hai poi visto Tiziana? Come sta? »

« Ha un nuovo fidanzato. Vengono a cena da noi sabato sera. »

Lui sembra per un attimo sorpreso, poi sorride. Il suo bel sorriso mansueto. Paolo non saprebbe mai fare il sorriso alla Michael Douglas che serve di più al giorno d'oggi. Ho provato da giovane a insegnarglielo, ma ogni volta usciva fuori Hugh Grant con quell'aria belloccia e imbambolata.

Cri rientra canticchiando dalla sua passeggiata serale con Killer. Non è più triste, ora è nella fase up.

« State pomiciando sul divano, voi due? »

Abbraccia il padre, passandogli una mano tra i capelli, come se fosse il suo ragazzo. Poi mi dà un bacio.

« Ho smaltito la frittata mamy. »

« Siete arrivati sino al parchetto? »

« Sì. »

Cerco di usare il tono più neutro e casuale possibile.

« C'era un tizio con un cocker nero? »

Cristina si stringe nelle spalle.

« Boh, stavo chattando con Sasha e lì è così buio... »

« Uno con la barba nera molto lunga, un grande cappello e un mantello nero... »

Paolo solleva lo sguardo per un attimo dal Kindle e Cristina scoppia a ridere.

« Ti sei fatta una canna, mamy? »

No, se l'è fatta tuo fratello.

« Vai a dormire, Cri. Non devi arrivare tardi a scuola. »

Mi avvicino a Paolo.

« Domani parto, mi serve la Prius carica. Se non togli mai il tuo trabiccolo a tre ruote dal box non la posso attaccare alla presa. »

« Piove sempre, Aba, non posso usarlo. »

« Va bene, metterò la benzina. »

« Stai via molto? »

« Forse torno per cena. O una sera fuori, al massimo. »

« Tremano i ladruncoli quando arriva Ice, vero? »

Mi prende sempre un mezzo colpo quando mi chiama così, ma poi mi ricordo che era il mio soprannome già al liceo e che Tizzy mi presentò a lui proprio così.

« Lei è Ice, la mia migliore amica. »

GIOVEDÌ

Il viaggio senza scalo sul Falcon 900 nasce su buoni presupposti: meno decolli e atterraggi, tre motori invece di due, nessun vicino che potrebbe notare i miei respiri profondi, senza vecchiette importune e spie di JJ.

Però resta quel pensiero irrazionale.

Se cade l'aereo, come farebbero senza di me?

E si somma a quel doppio monito di Pietro Ferrara.

Stai attenta a JJ. Sono bellissimi i tuoi figli.

Perché Pietro ha collegato questi due pensieri?

Quando il taxi la depositò sotto il magnifico anfiteatro romano di Sabratha, Aba entrò e si guardò intorno. Dagli spalti di pietra rossastra, il panorama era eccezionale. Un gruppo di italiani ascoltava la guida, il professor Johnny Jazir, vestito con una giacca un po' troppo grande e sgualcita su una Lacoste con mezzo coccodrillo sopra i jeans e i sandali.

« La prima volta che venni qui avevo sei anni, mi ci portò la scuola, ad ascoltare il colonnello Gheddafi. »

I fili grigi tra i suoi capelli che uscivano da sotto il cappello e quelli della sua corta barba scintillavano sotto il sole. I suoi occhi erano nascosti dietro le lenti verdi dei Ray-Ban mentre se ne stava con aria indolente appoggiato a una colonna, con la sigaretta accesa a un angolo della bocca.

« È vero che uno degli innumerevoli figli di Maometto forse morì in questa zona? »

La domanda veniva da una ricercatrice che faceva parte di

un gruppo di archeologi dell'università a Roma. JJ le gettò un'occhiata e scosse il capo.

« Maometto non ebbe innumerevoli figli. Questa è solo una diffamazione occidentale. »

« Ma su Wikipedia ho letto... »

« Ebbe una sola moglie, Khadigia, per ben ventiquattro anni, e lei gli diede sei figli, due maschi debolucci che morirono e quattro femmine molto più forti. »

« Ma poi... »

« Dopo la morte di Khadigia si sposò altre volte ma per motivi politici, non per sesso. Nella maggior parte dei casi i matrimoni non vennero nemmeno consumati. »

La donna col velo sui lunghi capelli neri e la frangia, gli occhi coperti da enormi occhiali scuri, intervenne.

« Eppure ebbe un altro figlio, no? »

JJ non si voltò, si rivolse agli archeologi con un inchino.

« Temo che dobbiate raggiungere il vostro pullman per tornare a Tripoli, signori. »

La visita era finita, tutti se ne andarono. Tutti meno la donna con i lunghi capelli neri e la frangia.

« Vedo che si sta affezionando alla Libia, dottoressa. Però le ho già detto che quella orrenda parrucca davvero non le dona. Toglie risalto ai suoi bellissimi occhi. Le è piaciuta la presentazione che ho fatto ai turisti? »

« Molto interessante. L'episodio di lei da bambino, portato ad ascoltare Gheddafi qui dentro, l'ha resa molto viva. Quasi commovente, se fosse vera. Lei è molto bravo a inventare storie. »

« Immagino che questo lo abbia letto sul mio curriculum. »

Lui sorrideva, ma Aba non voleva perdere tempo.

« Credo che Giulio Bonan l'abbia avvertita che sarei tornata. Abbiamo preso in considerazione il suo suggerimento. »

JJ non le rispose. Si diresse verso l'uscita dell'anfiteatro romano e Aba lo seguì giù per la scalinata sino al piazzale dove li aspettava la jeep di JJ con Evergreen, lo stesso autista di colore di due giorni prima. JJ indicò il taxi con cui Aba era venuta a Sabratha da Tripoli.

« Mandi via il tassista, la riporterà Evergreen a Tripoli dopo pranzo. »

« Non ho tempo per il pranzo. Devo tornare a Tripoli e riprendere l'aereo per Roma. »

Lui si avvicinò al tassista, gli allungò una banconota e quello partì. Aba si ribellò.

« Le avevo detto... »

« L'ammiraglio Mansur ci raggiungerà tra un'ora. Meglio che a Tripoli non ci vedano tutti e tre insieme. »

« Non prevedevo di incontrarlo. »

Lui spense la sigaretta sotto il tacco e le aprì lo sportello della jeep.

« Non sempre tutto è prevedibile. »

« Io comunque ho fretta. »

« Già, come sempre. Ma qui all'aperto c'è troppo sole per la sua pelle. E poi in Africa il detto che si ragiona meglio a stomaco pieno è davvero molto popolare. »

Aba capì che erano le solite precauzioni di JJ contro il grande orecchio americano e lo seguì alla jeep dove li aspettava Evergreen. Come nell'occasione precedente, JJ fece sedere Aba accanto al giovane autista, mentre lui prendeva posto sul sedile posteriore. Lui toccò la spalla di Evergreen e la jeep partì sulla statale costiera, un paio di chilometri più avanti svoltò su una specie di sentiero che scendeva tra le palme verso il mare.

Dopo una decina di minuti, la jeep si fermò. Dietro un cancelletto sgangherato c'era un piccolo spiazzo polveroso con un orto, davanti a una semplice casupola bianca in muratura tutta scrostata e senza vetri alle finestre. Di fronte, oltre il sentiero, c'era solo la desolazione di sabbia e scogli sino al mare. Nello spiazzo polveroso davanti alla casupola c'erano quattro bambini, due maschi e due femmine, due capre e qualche gallina. I due maschietti indossavano vecchie magliette tutte scolorite e strappate di Messi e Ronaldo sopra gli slip e nient'altro. Tiravano a piedi nudi calci a una palla sgonfia nel mezzo di quel calore appiccicoso, ridendo e gridando. La femmina più grande spingeva la sorella più piccola su una rudimentale altalena fatta con un copertone di auto appeso a un ulivo con una corda. Tra la polvere sul terreno giravano lucertole, scarafaggi con le ali, formiche in quantità industriale.

I bambini si avvicinarono, non avevano più di cinque anni e dovevano essere gemelli. Quello con la maglia di Messi aveva una mosca appiccicata sull'angolo di un occhio. JJ la scacciò, la catturò al volo nella mano destra e la scaraventò contro la fiancata della jeep mentre i due bambini ridevano. JJ diede un calcio alla palla e quelli ricominciarono a correre come indiavolati. Poi arrivarono le due femmine che sorrisero ad Aba e abbracciarono le gambe del padre che scompigliò loro i capelli.

Aba restò in silenzio, incapace di un saluto, di un sorriso, di una carezza.

Forse anche little boy è cresciuto in un posto così. Cresceranno odiando i miei figli.

Sulla verandina, JJ si tolse le scarpe e Aba fece altrettanto. Lei sentì la polvere sotto le piante dei piedi e cercò di evitare di calpestare le formiche.

« Qui possiamo parlare, Ice. Ho costruito la mia casa dopo un attento studio delle coperture dei satelliti yankee e qui è un angolino tranquillo. »

Entrarono in una specie di soggiorno con un lato aperto sul polveroso spiazzo dove stavano giocando i bambini, tra le capre e le galline.

Le pareti interne della casa erano di mattoni imbiancati a calce, macchiate di umido e scrostate. Da qualche parte arrivava l'olezzo di una fossa settica e le mosche svolazzavano dappertutto.

Aba e JJ si sedettero per terra su una stuoia che poggiava su una base di cemento grezzo ricoperta di polvere, su cui stavano passeggiando una lucertola e due scarabei.

JJ batté le mani ed entrò una ragazza che doveva essere molto giovane, almeno a giudicare dall'unica parte visibile nella fessura del burqa: pelle scura, due iridi nere sulle bianchissime sclere.

In assoluto silenzio, la ragazza servì il cibo e il sidro su un vassoio di legno posato a venti centimetri dal pavimento.

« Spero le piacciano il tonno e i granchi, Ice. I miei amici pescatori li hanno pescati poco fa. »

Aba fissò le piante dei piedi e le unghie di JJ sporche di terra. Lui notò il suo sguardo.

« Qui si vive all'aperto che non è molto pulito, per questo entriamo in casa scalzi. E l'acqua è più scarsa della benzina, non possiamo sprecarla per lavarci i piedi più di una volta al giorno. Io lo faccio sempre prima di coricarmi per la notte. »

Poi, vedendo che Aba non accennava a mangiare, JJ si rivolse in arabo alla giovane donna con il burqa e l'abaya.

« Prendi anche tu un granchio, Kulthum. La signora teme di venire avvelenata, i cuochi che non mangiano ciò che hanno cucinato sono molto sospetti. »

La ragazza esitava, incerta, e JJ scoppiò a ridere.

« Scherzavo, Kulthum. »

La ragazza andò a mettersi in piedi in un angolo, in silenzio e a capo chino, in attesa di ordini. JJ prese tra le mani un grosso granchio, staccando una chela e iniziò a succhiarne la polpa con avidità, senza curarsi del risucchio che usciva dalla sua bocca. Poi ci bevve sopra un sorso di sidro freddo che Kulthum aveva versato in due bicchierini.

Non c'era traccia di posate ed era da escludere la possibilità di lavarsi le mani. Aba usò un kleenex che aveva in borsa per staccare un piccolissimo pezzo di tonno dal tronco principale, lo soppesò con cautela tra le dita e poi lo portò alla bocca e lo assaggiò, cercando di non pensare al colore troppo rosso del tonno.

Il sapore è molto meglio dell'aspetto.

Aba si rivolse in arabo alla giovane donna in piedi lì accanto.

« Che spezia c'è sopra, Kulthum? »

La ragazza guardò JJ che le fece un cenno affermativo e solo dopo quel cenno Kulthum rispose.

« Cumino, per contrastare il sapore del sangue. Spero che le piaccia. »

A giudicare dalla voce, quella ragazzina non aveva neppure diciott'anni. Non poteva neanche parlare liberamente, soggiogata com'era dal professor Johnny Jazir. Le fece pena e rabbia insieme.

« *Quais*, Kulthum! È molto buono. »

Lei guardò ancora JJ e dopo il suo cenno si inchinò verso Aba.

« Grazie, signora. »

Lo disse in italiano, con un accento perfetto. Aba vide JJ sorridere di fronte al suo stupore.

« Kulthum è molto meglio come cuoca che come sguattera. E ha anche un ottimo talento per le lingue. »

Poi JJ fece una pausa e strizzò l'occhio a Kulthum.

« E per tutto ciò che le insegno. »

La ragazza abbassò subito gli occhi e JJ batté le mani. Kulthum si inchinò verso Aba e poi sparì. Aba sentiva la rabbia crescerle dentro.

Maledetto schiavista, schifoso stupratore di adolescenti.

Aba cercò di controllarsi, di usare un tono più neutro possibile. Non era certo venuta in Libia per litigare sui modi di quell'uomo.

« È una cameriera molto obbediente, professor Jazir. »

Lui sollevò lo sguardo dal granchio che stava squartando e Aba fu certa che i suoi occhi stessero ridendo di lei dietro quelle lenti verdi.

« Kulthum è mia moglie. In questa parte del mondo le mogli obbediscono ancora ai mariti. »

Poi lui tirò fuori uno stuzzicadenti con cui cominciò a togliersi i pezzi di granchio che gli erano rimasti tra i denti.

« Ora parliamo di affari. Mansur sta arrivando ma prima ho alcune domande. »

« Vediamo. Dipende dalle domande. »

JJ posò lo stuzzicadenti davanti a lui e si asciugò le labbra unte col dorso della mano.

« Bonan mi ha detto solo che siete d'accordo sulla mia proposta di individuare little boy. »

« Tra oggi e domenica, ma se non ci riuscite l'ammiraglio Mansur deve assicurarci che neanche un barchino partirà dalle coste libiche per almeno una decina di giorni. »

JJ annuì.

« E se lo troviamo? »

« Voi stanate little boy. Noi decideremo cosa fare. »

JJ la osservava, con aria quasi divertita.

« Come siete ipocriti voi cattolici. Tanto, il vostro Dio vi perdona sempre, qualche Pater Noster, qualche Ave Maria e la vostra coscienza è di nuovo immacolata. Chi sarebbe *noi?* »

« Il vicedirettore AISI per l'antiterrorismo, il mio capo. »

« Il mio caro amico Papà Doyle! Scommetto che è stato Giulio Bonan a convincerlo a fare questo tentativo, vero? Troppo imprudente per Papà Doyle. »

Aba non disse nulla. Lui buttò giù un pezzo di tonno, asciugandosi con il dorso della mano un rivolo di sangue che gli colava dal labbro.

« Chiariamo subito una cosa, Ice. Allentare i controlli per favorire la partenza di un little boy è più pericoloso che bloccare le partenze. In Libia si rischia la fucilazione. Il prezzo pattuito è solo quello per trovarlo, non per lasciarlo partire. »

Aba sentiva il caldo, le mosche, il sangue del tonno, la polvere sotto i piedi.

« Nessuno ha detto che lo faremo partire. Caso mai è lei che vorrebbe che accadesse, per chiederci altri soldi. »

JJ si tolse un pezzo di tonno dai denti con le unghie e lo deglutì con un po' di sidro.

« C'è un'altra questione. Se qualcuno mi chiede di fare una cosa pericolosa non deve avere segreti con me. Devo valutare il rischio e quindi mi serve un quadro chiaro della situazione. Chi è il vostro infiltrato? »

« Diciamo che si chiama Kebab. »

« E questo Kebab è morto, giusto? »

« E lei come lo sa? Bonan le ha detto anche questo? »

« Se Kebab fosse ancora vivo lei non avrebbe bisogno di me per trovare little boy. Allora, come è morto? »

« Lo chieda a Giulio Bonan. Lui lo sa meglio di me. »

JJ fece un ruttino. Poi le indicò la jeep con Evergreen sul sentiero.

« Può tornarsene a Roma, Ice. Dica ai suoi capi che ho rifiutato la vostra proposta. »

Aba decise che era inutile resistere. Lui aveva ragione, se volevano affidargli la ricerca di little boy non potevano nascondergli certi fatti.

« Uno scontro a fuoco durante un controllo stradale dei carabinieri. »

JJ annuì lentamente.

« Gli ex colleghi di Papà Doyle! E lui che dice? Un controllo casuale? »

Aba scrollò le spalle.

Questo è proprio ciò che Ferrara non vuole discutere con me.

« Stanno indagando. »

Di nuovo quel ghigno beffardo.

« Chi? Gli stessi che l'hanno ammazzato? Chi c'era a bordo con Kebab al momento dello scontro? »

« Non le ho detto che c'era qualcun altro. »

« Davvero? E allora chi ha provocato lo scontro a fuoco? Il suo infiltrato? »

Aba si fermò a riflettere. Aveva davvero bisogno dell'aiuto di quell'uomo, ma non voleva dargli altro che il minimo indispensabile.

« Era con un tizio conosciuto tempo prima in moschea vicino a Milano. Stava portando Kebab dai suoi amici, ma non ci sono arrivati. Li hanno fermati per un controllo e l'autista ha estratto una pistola. C'è stato uno scontro a fuoco e sia Kebab che l'autista sono morti. Non so altro. »

Un coltellino appuntito comparve nella mano di JJ.

« Le ho detto tutto! È impazzito? »

Il coltellino guidato dalla mano di JJ si abbatté fulmineo sul pavimento accanto alla mano di Aba. Lui lo sollevò davanti agli occhi di lei. Lo scorpione nero si dimenava ancora.

« Di solito non entrano in casa, deve essere colpa del tonno e dei granchi. »

Poi JJ gettò lo scorpione nel bicchiere di sidro.

« Il veleno diluito fa bene. Avevo uno zio che li divorava a secco, ma il mio stomaco è un po' delicato. »

Evergreen si affacciò e fece un gesto a JJ. Lui annuì.

« Mansur sarà qui tra cinque minuti. Il prezzo fissato per individuare little boy è centocinquantamila euro. Se lo troviamo e vorrete farlo partire, il prezzo salirà. E lei si scuserà con l'ammiraglio per aver invaso la sua privacy e darà la sua parola che le brutte foto che ha rubato verranno distrutte. »

« Lei si fida della mia parola, professore? »

Lui annuì.

« Certo, dottoressa. Molto più che lei della mia, comunque. »

Aba si alzò, gli voltò le spalle e uscì all'aperto, aveva bisogno di aria.

Questa è l'anticamera dell'inferno, Aba. È ovvio che loro ci vogliano morti. Bisogna trovare il covo e little boy, pure con l'aiuto di delinquenti come JJ e Mansur. Solo a questo devi pen-

sare. Non c'è niente di personale, nessun giudizio etico o morale, nessuna questione di civiltà.

Mister Mansur salutò Aba come se nulla fosse accaduto, come se quegli scatti rubati tra le lenzuola della sua stanza d'albergo con il suo giovane assistente non fossero mai esistiti e nemmeno la pistola con cui lui aveva minacciato Aba.

Lei fece solo un cenno col capo e si sedettero di nuovo per terra, intorno al tavolo di legno che qualcuno aveva ripulito dal tonno e dai granchi con uno straccio bagnato di cedro.

JJ batté le mani e una ragazza col burqa e l'abaya entrò. Gli occhi avevano un'espressione più infantile, somigliava a Kulthum ma non era lei, forse era persino un po' più giovane. Portò un tè per Aba, il sidro per JJ e la shisha per Mansur che scelse il gusto alla mela. Poi, JJ batté le mani e lei sparì.

« Fatmah è la più giovane delle mie mogli. »

Si rivolse a Mansur.

« Ho spiegato alla dottoressa la natura della nostra collaborazione. Ora tutto è chiarito tra voi, anche il disguido che c'è stato. »

Si voltò verso Aba, che annuì.

« Ammiraglio Mansur, ha la mia parola che quelle foto verranno distrutte. Ora possiamo parlare di ciò che ci serve da lei? »

Mansur fissò Aba.

« Me lo ha già detto, dottoressa. Devo bloccare le partenze, no? »

JJ intervenne.

« Forse no, ci pagheranno per un'altra cosa. E magari per altre due. »

Mansur inalò profondamente la sua shisha alla mela e buttò fuori il fumo dal naso.

« Scusi, professore, di quale altra cosa parla? Devo bloccare tutte le partenze o no? »

JJ si infilò in bocca un dattero, lo masticò, buttò giù un po' di sidro coi resti dello scorpione.

« Su quei barconi dovrebbe partire una persona che dovrà passare per forza da uno dei campi profughi non ufficiali vicino a Tripoli. Lei ha tanti amici che le devono dei favori in ognuno di essi, ammiraglio. Vorremmo tentare di trovare quella persona. »

Mansur guardò JJ, scuotendo il capo.

« Posso provarci ma avrei bisogno di qualche informazione. Età, nazionalità, se viaggia da solo, da quanto è qui in Libia... »

JJ annuì e guardò Aba. Lei soppesò i pro e i contro.

« L'uomo che cerchiamo potrebbe essere collegato al Niger. »

Mansur annuì.

« Questo restringe un po' il campo ma qui in Libia abbiamo quasi un milione di questi disperati e sono in tanti a venire dal Niger. »

Il telefono personale continuava a ronzare da tempo nella borsa e Aba si preoccupò, come le capitava ogni volta che era lontana dall'Italia.

Sarà successo qualcosa a Cristina o Francesco.

Aba si alzò, si allontanò di due passi, vide il numero di Cristina, voltò le spalle ai due uomini e rispose, pronta al peggio.

« Che succede, Cri? »

« Il professore ha detto che il mio compito resta il migliore! Ho vinto, mamy! Faccio le Olimpiadi! »

Mentre lo spavento passava, Aba si sentì invadere dalla fretta invece che dalla felicità.

Sto cercando di catturare uno che vorrebbe farti a pezzi, tesoro mio.

« Bravissima. Ma sono in riunione. »

« Scusa, mamy. Volevo essere sicura che torni. Stasera si festeggia! Non fare tardi, ti prego. »

Aba avrebbe voluto dirle che era fiera di lei, che le voleva bene da morire, che avrebbero fatto festa insieme. Ma avvertiva gli occhi di JJ e Mansur su di lei.

« Certo, farò il possibile. Ora scusami, ho da fare. »

Aba chiuse la comunicazione sperando di non essere stata troppo brusca e tornò dai due uomini. Non vedeva l'ora di liberarsi di loro e andarsene da quel posto orrendo.

Riprese da dove si era interrotta, come se nulla fosse accaduto.

« Deve essere un maschio giovane e certamente non sarà nei vostri campi da molto. E deve essere tra quelli che hanno molti soldi per essere sicuro di imbarcarsi. Potete iniziare a cercarlo, mentre noi raccogliamo altre informazioni. »

Ma quella descrizione aveva insospettito Mansur.

« Io rappresento gente seria, dottoressa. La Guardia costiera libica rende un servizio al vostro paese, e non ci pagate abbastanza per certe cose. Perché cercate questo ragazzo? »

Aba scosse il capo, invece JJ rispose alla domanda.

« Un *walad saghir*, ammiraglio. »

Mansur scosse violentemente il capo.

« Voi siete pazzi. Professore, lei sa benissimo che dietro queste cose c'è gente davvero pericolosa. Banditi, ISIS, servizi segreti stranieri... »

JJ si tolse un pezzo di granchio dalla manica della giacca e si rivolse con calma ad Aba.

« Dottoressa, a quanto ammonterebbe il compenso in caso di successo? »

« Centocinquantamila. »

Mansur sobbalzò.

« Centocinquantamila cosa? »

« Centocinquantamila euro se lei ci aiuta a individuarlo. »

« Dove voglio io? »

« Naturalmente, ammiraglio. Dubai immagino, vero? »

Ora Mansur era molto attento e collaborativo.

« Quanto tempo abbiamo? »

« Entro domenica mattina dobbiamo decidere se bloccare tutte le partenze o no. »

Mansur si alzò.

« Farò sapere al professor Jazir. È come dite voi, come cercare un ago in un pagliaio. »

Aba si alzò a sua volta. Non aveva dimenticato che quell'uomo l'aveva minacciata con una pistola. Voleva che si ricordasse bene che lui e JJ erano solo due miserabili, mentre lei rappresentava il governo che li pagava.

« Lei avrà centocinquantamila ottime ragioni per trovare quell'ago. Ma se non lo trova e poi scopriamo che veniva dai suoi hotel, sarebbe molto grave. »

« Mi sta di nuovo minacciando, dottoressa? Come erede di quei fascisti che sterminarono la nostra gente e impiccarono i nostri eroi? »

Aba gli esibì il suo sorriso Maggie Thatcher.

« Da allora ci siamo civilizzati e modernizzati. La sua punizione sarà una bella Instagram story. 'Il culetto dell'ammiraglio' va bene come titolo? »

Le parve di vedere le rughe agli angoli degli occhi di JJ stirarsi in un lieve sorriso dietro le lenti scure dei Ray-Ban. Lui parlò con lo stuzzicadenti tra le labbra.

« Dovete finirla tutti e due con le minacce. Si lavora insieme per lo stesso obiettivo. »

Poi JJ si alzò, prese sottobraccio Mansur e lo accompagnò alla macchina.

Aba non ne poteva più. Uscì nello spiazzo polveroso, in mezzo al tepore appiccicoso che trovava insopportabile.

Poco dopo, JJ tornò e si accese una sigaretta.

« Dobbiamo saperne di più su quell'autista pistolero. Un tipo come quello non si trova facilmente e sicuramente little boy viene dalla stessa cerchia. »

« Come le ho detto, sull'incidente è in corso un'indagine

dei carabinieri. Le nostre procedure non prevedono che sia io a occuparmene. »

Lui annuì, poi la fissò dietro le lenti verdastre.

« Be', appena torna chieda a Papà Doyle notizie aggiornate sullo scontro a fuoco a nome mio. Vedrà che sarà più disponibile. E gli porti questo. »

Le porse un pacchetto morbido di carta rosa infiocchettato che Aba ripose nella 48 ore con riluttanza. JJ scoppiò a ridere.

« Non è una bomba. Non lo farei mai a lei, lo sa. »

Lo sguardo di JJ si spostò verso la spiaggia. Lì c'erano due giovanissime donne velate e coperte dal burqa, i quattro bambini, le due capre e le galline. Si aggiravano sulla spiaggia deserta, tra quella polvere e sabbia, senza una meta.

È un mondo primitivo. Così lontano da noi, ma troppo vicino.

« Chi è la madre? Kulthum o Fatmah? »

JJ continuava a fumare guardando il mare.

« Kulthum ha diciotto anni e Fatmah diciassette. E io non sono un pedofilo. »

Poi lui si voltò a guardarla. Ora non c'era più quell'ironia offensiva. La sua voce era fredda, lontana.

« Non deve perdere il suo volo, così cenerà con suo marito e i suoi figli a Roma, dottoressa. »

Aba ebbe un brivido gelato, nonostante il tepore che li circondava. Lui raggiunse il gruppetto sulla spiaggia e lei salì sulla jeep con Evergreen il sordomuto.

Mentre andava verso l'aeroporto, Aba ripensò a quelle giovani donne.

Due schiave. Ma forse stanno meglio della moglie di Kebab, che è sola e incinta.

Cercò di scacciare quel pensiero. Il suo capo era stato chiarissimo.

Le faremo avere segretamente dei soldi. Non te ne occupare.

Ma anche Kebab era stato chiarissimo, nella sua ultima frase ad Aba, la donna di cui si fidava.

Ho una moglie incinta a Misurata, signora.

Durante il volo di ritorno sul Falcon 900, i pensieri si alternano tra due famiglie.

La scena che ho appena visto a casa di JJ si sovrappone alla mia casa borghese, alla colazione con Paolo, Cristina, Francesco, agli obiettivi di educazione, studio, rispetto che cerco ogni giorno di inculcare ai miei figli. E insieme a quelle immagini affiorano le frasi del mio maestro.

Anche quando ti faranno pena, ricordati che se solo ne avessero i mezzi ci farebbero tutti a pezzi. Dobbiamo rendere il Mediterraneo enorme come l'Oceano.

Ma non è così. Solo un'ora di volo o due giorni su un gommone dividono i nostri figli dai loro.

Quei pensieri hanno toccato qualcosa nel mio perfetto equilibrio. Quando l'aereo atterra a Roma, l'idea di ritrovarmi con Cristina vestita da laureata e Francesco con lo smoking di Paolo e mio marito con lo champagne non è sopportabile.

Non questa sera.

Non dopo quelle due ragazze con il burqa, i bambini con le mosche negli occhi, le galline, le capre, il granchio crudo mangiato con le mani, lo scorpione nel sidro... Non dopo aver parlato di little boy con JJ e Mansur... Non dopo...

Scrivo a Cristina. So che la privo di una gioia. Ma non ho dubbi: è meglio una piccola delusione che la vista della mia faccia questa sera.

Mi spiace, tesoro, non faccio in tempo a tornare. Festeggia con papà e Francesco.

Non ci sei mai, mamy! Almeno sabato mi porti per premio a fare shopping all'outlet?

Ok. Quando porti giù Killer questa sera, vedi se c'è quel signore col cocker nero.

Mi risponde con una serie di punti di domanda e un'emoticon con la faccina perplessa. Scrivo a Francesco e a Paolo che non torno. Paolo risponde semplicemente con *Notte!* e i soliti tre cuoricini. Francesco non risponde nemmeno. Allora insisto.

Chiamo Rodica sul cellulare.

« Francesco è a casa? »

« Sta sotto doccia, stasera festa Cri, lui vuole essere molto bello. »

« È già molto bello. Hai comprato i Baulucy per Killer? »

« Non trovato Baulucy alimentari. Neanche su internet. »

« Non preoccuparti. Li cercherò sabato al supermercato. Buonanotte, Rodica, e grazie. »

Poi chiamo lo Sheraton e recupero la Prius dal parcheggio dell'aeroporto. È in riserva, ma sono troppo stanca per fermarmi a fare benzina. La farò domani.

Un quarto d'ora dopo sono finalmente nella mia tranquilla stanza d'albergo. Chiamo il room service e chiedo se hanno le fettine di tacchino ai ferri. Hanno tante cose, ma nulla di così triste. Allora decido che forse è la sera giusta per un'eccezione alle regole. Ordino bistecca e patatine, tra un'ora. Mi andrebbe anche un bicchiere di vino rosso, ma quello è tassativamente escluso dal fioretto che ho fatto.

Né alcol né dolci e Killer guarisce.

So che molti direbbero che non c'è nessuna razionalità in quel voto. Ma si sbagliano. C'è una connessione indiretta ma fortissima.

Una volontà feroce anche su sé stessi alla fine prevale sempre, bambina mia.

Ho un'ora, prima della cena fuori standard. Ho tutto nella 48 ore, anche le scarpe da ginnastica. Scendo in palestra e mi faccio quarantacinque minuti di tapis roulant a nove chilometri l'ora, con le mie cuffie e la musica per scacciare l'immagine che mi infastidisce.

Le due ragazzine scalze col burqa e l'abaya, i bambini scalzi con i vestiti sdruciti, le capre, le galline, le mosche, il professor Johnny Jazir che comanda le sue giovanissime mogli battendo le mani. Non devo permettere che ci riportino alla barbarie.

Penso alle tre persone della mia vita che stanno festeggiando il piccolo grande successo di Cristina. Quelle cose che ci riempiono la vita di gioia.

Dove sei, Aba? Perché non sei lì?

Torno su, ora sono pronta, per la bistecca e le patate fritte. Molto eccitante e trasgressivo, ma non è ancora abbastanza. Collego il PC a internet e cerco quel film di cui ho tanto sentito parlare da Tizzy.

Cinquanta sfumature di grigio.

Venti minuti dopo già dormo.

VENERDÌ

Ho dormito male, un dormiveglia continuo tra immagini di Cristina con la toga e il berretto da laureata e Francesco con lo smoking di Paolo e quei bambini scalzi che tiravano calci a una palla di stracci in mezzo alle bestie.

Alle cinque mi alzo. Ho bisogno di tornare alla mia routine. Un'ora di tapis roulant, una doccia prima calda e poi gelata, un tè verde per colazione. La ripetizione di quei tre atti mi rilassa.

Tutto è come sempre, Aba. Tutto normale. Il resto è solo il lavoro di Ice.

Mentre avvio la Prius sotto la pioggia, mi domando perché proprio quei tre atti siano il mio rituale, e non il giornale con cappuccino e cornetto.

Si torna sempre lì, alle idee del mio maestro.

Qualche chilo in più per un uomo è forza, per una donna è solo debolezza.

Parcheggio la Prius di fronte alla scuola di Francesco. Anche nella mia vita c'è una scala di sgradevolezza, come per gli amanti di Tiziana. I colloqui con i professori di mio figlio sono in hit parade, ovviamente.

Ma sono un preciso dovere di un genitore.

Paolo non la pensa così, naturalmente. Lui li ritiene un'ingerenza indebita nella vita di giovani adulti. Adoro Paolo, ma non condivido. Cristina e Francesco saranno pure cresciuti fisicamente, ma sono ancora bambini.

Come le mogli di JJ?

Scaccio la domanda fastidiosa ed entro in un androne gelido, insieme a un gruppo di madri più o meno rassegnate a essere presto umiliate. Ci sono pochissimi uomini, e fra loro vedo Grazioli, il generale dei carabinieri in pensione, l'uomo che ha combattuto lo spaccio di droga per tutta la vita. Tutti conoscono la triste storia della moglie scappata in Australia con il maestro di yoga indiano, lasciandolo con tre maschi che indossano le magliette coi volti di Genny Savastano, Ciro l'Immortale e il Libanese. Quei tre vengono a scuola soltanto per fare pratica di spaccio in vista di una futura carriera nel ramo.

Mi guardo intorno. Alcune madri sono ansiose, altre più fiduciose, ma tutte con la fretta di finire presto per smarcare anche questo supplizio.

Ormai ho capito che siamo di due tipologie: le guerriere pronte ad affrontare il nemico e le prigioniere vinte, pronte a sopportarne i colpi e le umiliazioni. Nel primo caso si va dalla piccola accusa, *forse mio figlio non è abbastanza seguito*, sino all'oltraggio, *siete voi insegnanti che non avete voglia di lavorare.* Per temperamento non avrei alcuna difficoltà con questo metodo, ma esistono alcune controindicazioni: gli insegnanti sono sottopagati e la maggior parte di loro fa ciò che può, Francesco studia davvero poco e questa non è una scuola privata dove la retta comprende il tuo diritto a lamentarti, con la minaccia implicita o esplicita: « lo stipendio ve lo pago io, se non lo promuovete lo tolgo! »

Per cui, in omaggio alla regola paterna della prudenza, sono ormai iscritta alla categoria delle prigioniere di guerra che sperano solo di non essere fucilate.

La madre prima di me esce dall'aula dei professori molto soddisfatta.

« Che fortuna, ha solo tre insufficienze gravi, forse evitiamo la bocciatura. »

Tutto al plurale, perché l'eventuale bocciatura più che il figlio ignorante riguarderebbe lei, povera madre insufficiente. Rabbrividisco.

Io manderei Francesco a occuparsi di capre e galline come quei bimbi...

« Come dice, signora? »

Devo aver mormorato qualcosa, sovrappensiero. Il professore mi guarda perplesso. Non ricordo neanche che mi abbia chiamato, né di essermi mai seduta davanti a lui, il temutissimo professore di latino.

Razionalità, Aba. Adegua il comportamento all'obiettivo.

Sfodero il mio miglior Monna Lisa mansueto. I professori devono percepire subito che non sono il tipo lamentoso/aggressivo, io sono dalla loro parte, un genitore umile che accetterà senza discutere le lamentele sul suo cucciolo di somaro.

« Mi scusi, professore, diceva? »

« Nell'ultima versione di Ovidio suo figlio ha fatto un vero disastro. Gli ho dato quattro per non demotivarlo del tutto, ma si meritava un voto ben più basso. »

Accentuo il Monna Lisa.

« Grazie, professore. »

Annuisce. La mia reazione gli è piaciuta. Mi scruta da sotto quegli occhialetti.

« Lei ha fatto il liceo classico, vero? »

Certo, ormai ho capito che lamentandosi del rendimento di Francesco si lamentano anche del mio come madre.

Madre che dedica poco tempo ai figli e troppo al lavoro e si vedono i risultati.

Assumo un'aria contrita.

« Sì. Ma andavo meglio nelle materie scientifiche. A casa nostra, l'umanista è mio marito. »

« Certo, mi ha detto Francesco che suo marito ha fatto il dottorato e si occupa di comunicazione ad alto livello. Immagino però che il lavoro gli lasci poco tempo per seguire il ragazzo. Ma comunque anche lei ha fatto latino, no? »

Certo, professore e siccome io sono una donna che lavora al Ministero e non ho niente da fare...

Chino il capo.

« Ha ragione, devo seguire Francesco di più se vogliamo essere promossi. »

Per un attimo mi pento dell'ironia del plurale.

Se la coglie ci boccia.

Ma lui annuisce tutto serio.

« Bene. E mi saluti il professore. »

Si riferisce a Paolo, che non è professore di nulla, ma siccome scrive slogan famosi è promosso sul campo.

Quando esco, trovo il generale Grazioli accasciato su una panchina lungo il corridoio. È un vero gentiluomo, come sempre si alza, fa l'inchino e tende la mano. Ha sessantacinque anni, ma ne dimostra più di ottanta, grazie a Genny, Ciro e Libano.

« Come sta, dottoressa Abate? »

Bene, generale, ho solo un problema: i suoi figli hanno venduto una canna a mio figlio.

Non ci penso proprio a dirglielo, è un uomo per bene e gli spezzerei il cuore.

« Bene, generale, grazie. E lei? »

« Potrebbe andar peggio. »

Risponde sempre così, a tutti. Ha l'aria di saperlo che prima o poi andrà peggio. Forse vorrebbe scambiare due parole per essere un po' confortato. Ma cosa potrei dirgli?

Non si preoccupi se i suoi figli vanno male a scuola: hanno una grande carriera davanti come spacciatori.

Mi fa sinceramente pena, è un uomo che per quarant'anni ha combattuto quei delinquenti da cui ora i suoi tre rampolli si travestono. Lui ancora non lo sa. Lo verrà a sapere quando uno dei tre sarà arrestato o ucciderà qualcuno mentre guida o si ammazzerà con un'overdose.

Non so cosa dirti, generale. Forse solo augurarti di morire prima di accorgertene.

« Mi scusi, generale, devo correre al lavoro. »

Sto per uscire quando passo davanti all'ufficio del preside.

Hai promesso a Francesco di non farlo. Ma è per una giusta causa.

Ignoro l'altra voce dentro di me.

Non è affar tuo, qui Francesco ci viene ogni giorno, lo metti nei guai.

Busso ed entro, direttamente. Il Dirigente Scolastico è un signore coi capelli bianchi e una corta barba bianca. Solleva lo sguardo, sorpreso.

« Signora, i colloqui coi professori sono... »

« Ho già parlato coi professori. »

Assume un'aria seccata e paternalistica.

« E vuole reclamare con me? Guardi che siete voi genitori che dovreste... »

« Non sono qui per i voti di mio figlio. »

Qualcosa nei miei occhi e nel mio tono lo convince a indicarmi una sedia, ma io resto in piedi.

« Mio figlio ha fumato una canna che gli è stata data da uno studente dell'ultimo anno durante la ricreazione. »

Lui impallidisce un po'.

« Chi? »

« Se glielo dico lei che fa? »

« Signora, noi in quel caso abbiamo degli obblighi di legge, dobbiamo avvertire la polizia. »

Non è la soluzione che voglio per il povero generale Grazioli.

« Se le dico chi sono, non potrebbe parlare ai ragazzi invece di denunciarli? Così magari la smettono e non si cacciano in guai peggiori. »

Il preside mi guarda, in silenzio. Ho l'impressione che sappia perfettamente che parliamo di Genny, Ciro e Libano.

« Non si illuda. Quei tre sono dei delinquenti e io sto solo aspettando un testimone per denunciarli. Se suo figlio li denuncia, avviso la polizia. »

« Pensavo che parlarci fosse parte dei vostri doveri. La saluto. »

Esco finalmente dalla scuola. Piove, ancora. Forse più di prima.

Devo aiutare il povero Grazioli in qualche modo. E Paolo deve aiutare Francesco in latino.

Salgo in auto, chiamo Paolo. Lui risponde al primo squillo.

« Ciao, sei tornata? »

Come sempre non chiede da dove.

« Sì. »

È allegro, positivo come sempre.

« Ieri sera abbiamo festeggiato Cri senza di te! Dobbiamo farle un grande regalo, è stata bravissima. »

Kulthum e Fatmah avranno mai ricevuto un regalo?

Scaccio quel pensiero molesto, con una punta di irritazione.

Basta, Aba. Che c'entrano i tuoi figli con loro?

« Tu sei a casa? »

« Sì, sto lavorando al libro. »

« E come va? »

« Procede. Alti e bassi. Ma dopo pranzo devo andare in agenzia, dobbiamo lanciare un nuovo tipo di profilattico, mi devo inventare qualcosa... »

Ora il tono è meno allegro, rassegnato. Decido di cambiare discorso.

« Sono stata a parlare col professore di latino di Francesco. Rischia seriamente di essere bocciato. »

« *Hakuna matata*, Aba. »

« Cioè? »

« Non darti pensiero. Ricordi? Il cinghialotto lo dice sempre a Simba nel *Re Leone*. »

Presa dalla conversazione mi distraggo e passo davanti al distributore di benzina.

« Maledizione! »

« Che succede? »

« Niente, sono in ritardo. »

« *Hakuna matata.* »

Ride, come se nulla potesse turbare la nostra armonia. Certo non il latino di Francesco e nemmeno il suo libro incompiuto e i suoi slogan.

E se gli potessi raccontare di little boy? Hakuna matata?

Di colpo mi passa la voglia di parlare.

« Ci vediamo a casa per pranzo, Paolo. Passo a farmi una doccia e cambiarmi. »

Quando Aba arrivò davanti alla stanza di Pietro Ferrara, la sua assistente gettò un'occhiata ai suoi abiti spiegazzati e le fece cenno di sedersi nella poltroncina accanto alla porta.

« Il signor vicedirettore Ferrara è al telefono col signor direttore Cordero. »

Poi indicò la valigetta 48 ore di Aba e la porta della toilette privata di Ferrara.

« Sembra stanchissima, dottoressa. Non vuole approfittarne per darsi una rinfrescata? »

« Grazie Diana, sto bene. Le ho portato un regalo. »

Lei spalancò gli occhi mentre Aba le porgeva la sciarpa di seta con le scritte in arabo che le aveva comprato a Tripoli.

« Grazie, dottoressa. Dove l'ha comprata? »

« Un anno fa, a Marrakech, per mia figlia che non la mette. »

« Ma è bellissima! »

Diana se la avvoltolò intorno al collo e sulle spalle. Ora la scollatura era completamente coperta.

« Le piace questo nuovo lavoro, Diana? »

« Tantissimo, ma non so se il signor vicedirettore Ferrara è contento. »

In quel momento Ferrara aprì la porta della sua stanza, vestito peggio del solito, con un'assurda sciarpa verde su una camicia felpata a scacchi neri e celesti sotto una giacca a righe marroni, sopra un paio di calzoni blu. Le fece cenno di entrare. Sulla scrivania c'erano tre tazzine di caffè vuote e la bottiglietta di cognac. La tosse era peggiorata, così come il suo aspetto. La stanza era un forno, col riscaldamento al massimo.

« Che stavi facendo qui fuori, Aba? »

« Parlavo con la tua assistente mentre aspettavo che mi ricevessi. »

Ferrara sospirò.

« È molto volenterosa, ma anche un po' troppo imbranata. »

« Be', si vede che ha bisogno di un mentore, no? »

Lui scoppiò a ridere.

« Sei così trasparente che a volte mi chiedo come fai a trasformarti in Ice. Non cercarmi una nuova nipotina da allevare, non ne ho bisogno. »

« E tu non lo sai di cosa hai bisogno. Certo non di tutto quel caffè e queste sigarette. »

Ferrara ridacchiava divertito.

« Tu invece sai sempre tutto, vero? In questo hai preso proprio da lui! »

L'accenno al padre spinse Aba a cambiare discorso.

« JJ e Mansur sono convinti di riuscire a trovare little boy. Per centocinquantamila euro. »

« Non lo troveranno, Aba. È già venerdì, da domenica sera Mansur dovrà chiudere i porti. »

« Gli ho detto del nigerino che guidava l'auto, per aiutarli a restringere le ricerche. JJ però vuole sapere di più sull'incidente in cui è morto Kebab. »

« Te l'ho detto: se ne sta occupando Ollio con i carabinieri. »

« I carabinieri sono parte in causa, Pietro. »

Ferrara ebbe un brivido e tossì più volte.

« Omar ha tirato fuori una pistola. Se non l'avesse fatto, lui e Kebab non sarebbero morti, Aba, tutto qui. »

« Hanno sparato i carabinieri per primi. Si sente bene dalla registrazione. Come mai avevano già le armi in pugno? »

« Ti ho detto che se ne occupa Ollio. Devo per forza dirti che sono il tuo capo e non devi insistere? »

Aba frugò nella 48 ore e gli porse il pacchetto morbido di carta rosa.

« Te lo manda JJ. Insieme alla richiesta che tu mi dica come è andato l'incidente e che io glielo comunichi. Per cercare little boy non vuole segreti tra noi. »

Qualcosa passò sul volto di Ferrara. Non le solite rughe. Qualcosa nei suoi occhi, qualcosa che Aba non riuscì a decifrare.

Lui aprì il pacchetto e lo scartò. Dentro c'era un pezzo di corda nerissima arrotolata. Ferrara lo posò sulla scrivania di fronte a sé, poi buttò giù un sorso di cognac.

« Ero alla mia prima missione in Nord Africa con l'AISE, uno scambio tra soldi e tecnici italiani coi ribelli islamici ai confini col Mali, in mezzo al Sahara. »

« Pietro, non puoi cambiare discorso... »

« Non sto cambiando discorso. Era una cosa complicata, il governo ufficiale del Mali non voleva che dessimo soldi ai ribelli, li usavano per comprare le armi. Ma io dovevo riportare quei due poveracci in Italia. Così a Ghadames mi accordai con un autista arabo e un suo aiutante che avevano un grosso fuoristrada Land Rover adatto e ci addentrammo nel deserto per l'appuntamento coi ribelli. Ci aspettavano in quattro, più i due tecnici italiani. Consegnai la valigia con i soldi e l'autista mi fece salire con i due tecnici dietro, sul retro chiuso del furgone. Poi cominciò la sparatoria, l'autista ci aveva messo lì dietro per evitare che venissimo colpiti. Quando i colpi cessarono, scesi, i quattro ribelli erano a terra e l'aiutante del mio autista li stava finendo a calci in faccia. Le gomme del Land Rover erano bucate dai proiettili. L'autista legò una fune nera tra la sua caviglia, la mia e quella dei due tecnici e per ultimo il suo aiutante. Ci spiegò che il nero si vede anche nel ghibli. Dopo un'ora che camminavamo scoppiò una tempesta di sabbia. Senza quella fune sarei lì, sepolto sotto la sabbia del Sahara. »

Ferrara fece una pausa, tossì, gettò giù ancora un po' di cognac.

« Quell'autista lavorava per i francesi e per il governo ufficiale del Mali, e aveva comandato una brigata speciale che aveva il solo scopo di eliminare i ribelli islamici. Era il professor Johnny Jazir. »

Aba annuì. Per tanti motivi non era stupita.

« Ti sta dicendo di fidarsi di lui, Pietro. »

Ferrara sembrava perso dietro a qualche altro pensiero che lo preoccupava.

« Hai conosciuto anche la sua famiglia, Aba? »

Lei rimase per un attimo sorpresa dalla domanda.

« Sì. Un posto orrendo, due giovanissime mogli schiave, bambini che non vanno a scuola, vestiti di stracci lerci. »

« Già. Un altro mondo, vero? Secondo lui migliore del nostro. »

« Vuole sapere tutto dell'incidente, Pietro. Anche ciò che hai detto a Bonan per convincerlo che little boy non se l'è inventato Kebab. Quello che non hai voluto dire neanche a me. »

Ferrara restò ancora in silenzio, per un po'.

« Avvertirò Ollio di dirti tutto. Ma stai attenta a non cadere di nuovo in quel pozzo, Aba. »

« Ancora una cosa, Pietro. La moglie di Kebab... »

« Per lei Kebab è morto in un incidente d'auto e aveva un'assicurazione che le ha già mandato diecimila euro. Un sacco di soldi, per loro. »

« Non è solo questione di soldi, io vorrei... »

Ferrara si alzò.

« Vado a fumare in pace. Tu vai da Ollio, così accontenti il professor Jazir. »

Il box di Franco Luci era allo stesso piano di quello di Aba ma era il doppio del suo, vista la maggior anzianità professionale. Tuttavia, al suo proprietario stava decisamente stretto. Ormai i 120 chili erano il suo peso stabile, distribuiti su 190 centimetri di altezza. Luci doveva aver un bel senso dell'umorismo, visto che il nome di battaglia di Ollio se lo era scelto lui stesso.

Quando Aba bussò ed entrò, lui sollevò lo sguardo dallo schermo del computer.

« Ice, quale vento della steppa ti porta sin qui? »

Lei iniziò col tono che lui preferiva in qualunque donna: quello sottomesso.

« Puoi dedicarmi cinque minuti? »

Lui fece un largo sorriso e un cenno alle poltroncine. Sulla scrivania c'era un vassoio con una lattina di birra e due tramezzini.

« Per la più bella spia dai tempi di Mata Hari? Certo che ho cinque minuti! »

Era noto che Franco Luci, per quanto sposato già tre volte e con numerosi figli ufficiali e ufficiosi, fosse un donnaiolo impenitente. Quel genere di battute le riservava a tutte le donne decenti che gli capitavano a tiro. Quello era stato il vero ostacolo alla sua carriera, altrimenti per competenze e anzianità, Luci avrebbe dovuto essere al suo posto. Forse ci sperava ancora, faceva di tutto per ingraziarsi Ferrara.

Lui indicò i tramezzini.

« Sto facendo un piccolo aperitivo. Vuoi che ti ordini qualcosa al bar di sotto? »

« Grazie, Franco. Dopo ho un pranzo... »

« Con la tua triste bresaola e il pane azzimo? Me le ricordo le trasferte con te, io ad abbuffarmi al buffet dell'albergo e tu con le insalatine. »

Se le ricordava anche lei, in particolare quella notte. Era una giovane neoassunta alla prima missione e se l'era ritrovato in ascensore ubriaco e aggressivo mentre dopo cena tornavano alle loro stanze. Non lo aveva scritto nel rapporto per un motivo molto preciso. Era ancora in prova e a quel tempo i capi avrebbero pensato che fosse stata lei a provocarlo.

Quindici anni dopo nessuno si azzarderebbe a ipotizzare che

Ice provochi sessualmente un collega. Come notizia avrebbe la stessa credibilità di un marziano atterrato sul Colosseo.

« Che dicono i carabinieri, Franco? »

Lui la fissò ironicamente con quegli occhi troppo piccoli per un viso così largo.

« Papà Doyle mi ha avvisato che saresti venuta a farmi queste domande, Ice. »

Ollio addentò uno dei tramezzini, incurante dei pezzi di cibo che cadevano sul pavimento. Poi si alzò e avvicinò la bocca all'orecchio di Aba. Il suo alito odorava di birra, tonno e pomodoro.

« Una telefonata anonima è arrivata al 112 quasi mezz'ora prima della sparatoria, alle nove e zero quattro. »

Lei si scostò bruscamente.

Ecco, è con questa notizia che Ferrara ha convinto Bonan che l'informazione di Kebab è seria, che little boy esiste davvero.

« Che cosa ha detto la voce al telefono? »

Ollio tornò ad avvicinarsi al suo orecchio, con il petto le sfiorava il seno.

« Dobbiamo sussurrare, Ice. Sono cose molto riservate. »

Lo lasciò fare, aveva troppa fretta.

« Segnalava due terroristi su una Clio in quella strada. È per questo che i carabinieri li hanno fermati e sono scesi con le armi in pugno. Appena hanno visto la pistola in mano a Omar hanno sparato. I nostri carabinieri sono pulitissimi, Aba. »

Lei annuì. Le faceva piacere che fosse così. Su quel punto la pensava esattamente come suo padre.

Le mele marce ci sono ovunque, ma la stragrande maggioranza della gente in divisa lavora onestamente per proteggere i cittadini.

« Come vanno le ricerche sul covo? »

« Sappiamo solo che da Casalpusterlengo andavano a nord, Aba. Sai quante case isolate, quanti cascinali, quanti capannoni ci sono tra il punto dell'incidente e Milano? Se hai un'amica medium, magari proviamo con la palla di vetro.»

Lui continuava a starle troppo attaccato, con quell'alito pesante.

«Vorrei ascoltare la telefonata anonima, al 112 registrano tutto.»

«Ci sono le regole, Aba. Non sei autorizzata per iscritto da Ferrara. Non vorrai trasgredire le regole, proprio tu!»

Lei optò per una tipologia di sorriso che usava solo per i casi disperati, quello rivolto da Sharon Stone ai poliziotti durante l'interrogatorio senza slip.

«Trasgredire ogni tanto è il sale della vita, no?»

Ollio ridacchiò e le puntò contro un dito grosso come una salsiccia.

«Pensi di prendermi per il culo, vero Ice? Lo so benissimo che sei una monaca surgelata. Ma voglio darti prova della mia generosità, senza loschi fini, poi vedremo...»

Ollio manovrò il mouse per cercare qualcosa sullo schermo del computer. Poi si alzò.

«Vado in bagno. Sai, con l'età la prostata di noi maschietti deve sfogarsi, in un modo o nell'altro.»

Appena lui uscì Aba girò lo schermo. Era il rapporto del commissariato con allegato un file audio e delle foto. Collegò velocemente il suo smartphone al computer di Franco Luci, scaricò il tutto e se ne andò, prima che lui tornasse dalla sua visita alla toilette a parlarle dei suoi problemi di prostata e dei possibili rimedi.

Rientrata al suo box, Aba cominciò a leggere tutto sullo smartphone. Non c'erano né il rapporto preliminare della Scientifica né l'autopsia.

Quel maledetto stronzo di Ollio! «Senza loschi fini, poi vedremo...»

Aba cliccò sul file con la registrazione della chiamata al

112. Udì una voce maschile con un lieve accento arabo e un sottofondo di rumori vari. Le parole si sentivano piuttosto bene nonostante il rumore del traffico.

C'è una Clio grigia, sulla statale verso Casalpusterlengo. Sopra ci sono due terroristi, armati.

Aba riascoltò il messaggio tre volte. Era la seconda frase a colpirla di più, in particolare quell'avvertimento: *armati.*

Chi ha chiamato non voleva solo che li fermassero. Li voleva morti.

C'era una determinazione assoluta in quel messaggio: non far trovare il covo, eliminare chi sapeva qualcosa, proteggere la missione di little boy.

Quel messaggio spiegava sia la riluttanza di Pietro Ferrara a qualunque strada che non fosse quella di bloccare tutte le partenze dai porti libici, sia il suo opposto: la strategia di Giulio Bonan che vedeva nella cattura di little boy la possibilità di penetrare la rete del terrorismo in Nord Africa e forse avere qualche arma contro gli avversari degli interessi economici italiani in Libia.

Le sembrava ovvio il pensiero di Bonan.

La strategia, signori. Voi vi occupate solo di barconi, immigrati, possibili little boy insignificanti. Noi ci occupiamo delle nostre fonti energetiche, del nostro futuro.

Aba cominciò a leggere velocemente il rapporto dei carabinieri dopo la chiamata anonima. Il 112 aveva diramato l'allarme undici minuti dopo. Conosceva le loro procedure, avevano dovuto chiedere l'autorizzazione per scendere con le armi in pugno. La pattuglia era arrivata sul posto in undici minuti, alle nove e ventinove. Tre minuti prima dell'arrivo della Clio grigia. La sparatoria era avvenuta a un chilometro dal casello autostradale di Casalpusterlengo alle nove e trentadue.

Era tutto chiaro. Kebab e Omar erano stati assassinati tramite gli inconsapevoli carabinieri.

Chi ha tradito? Chi conosceva il ruolo di Kebab?

Le tornò in mente per intero l'ultima frase della loro conversazione.

Ho una moglie incinta a Misurata, signora. Nel caso mi accadesse qualcosa vorrei...

Entrò nel database degli infiltrati. C'erano pochissime persone in possesso dei permessi per accedere a quelle informazioni. Tutte di livello superiore a lei, ma non era autorizzata a sapere se oltre Pietro Ferrara e i direttori dell'AISI e dell'AISE ci fosse anche il vicedirettore AISE per il Nord Africa Giulio Bonan.

Arrivò alla scheda di Kebab e si fermò, con il dito sospeso sul mouse.

Non farlo, Aba. Le regole. Prudenza prima di tutto.

Rinunciò ad aprire la scheda.

Aba uscì nell'open space. Le postazioni di Tony e Leyla erano vuote. Albert era in piedi, chino sul computer, il codino di capelli rossi legato con un elastico verde.

« Perché non ti siedi come gli altri? »

Albert non staccò lo sguardo dal computer.

« Anche JFK lavorava in piedi. »

Aba si trattenne dal fare commenti.

« Hai visto Tony e Leyla? »

« Sono usciti. »

« Insieme? »

« Non faccio la spia. »

Aba decise di lasciar perdere.

Ora ci sono cose più urgenti.

Tornò nel suo ufficio, chiamò Tony sul cellulare. Lui rispose al primo squillo.

« Dove sei? »

« Al bar qui sotto, ora... »

« Stai facendo le prove degli addominali? »

Tony non disse nulla.

«Torna subito qui. E anche Leyla.»
«Cosa? Come...»
Ma Aba aveva già chiuso.

Cinque minuti dopo, i due ragazzi si affacciarono al box di Aba. Leyla teneva gli occhi bassi come al solito e aveva un'espressione molto abbacchiata, mentre Tony aveva la solita aria scanzonata.
Aba fece loro cenno di sedersi.
«A che ora sono partiti Kebab e Omar dal parcheggio vicino alla stazione ferroviaria di Piacenza?»
Tony rispose immediatamente.
«Alle nove e due minuti. Lo sappiamo dalla registrazione delle conversazioni. Hanno preso la statale.»
«Veloci o lenti?»
«Omar ha guidato ai limiti massimi consentiti, ma senza mai superarli. Voleva sbrigarsi, ma non rischiare di essere fermato.»
Il suo bel ciuffo era impomatato e la barba sempre ben rasata, così come il suo vestiario.
«C'erano telecamere nel parcheggio?»
«Omar aveva fissato l'appuntamento in un punto senza telecamere.»
Aba aveva deciso per il momento di non condividere con loro l'informazione avuta da Ollio, visto che Pietro Ferrara la considerava molto riservata.
Ma a questo punto il nostro Omar non è più un qualunque adescatore di simpatizzanti. Qualcuno lo ha voluto morto.
«Dobbiamo identificare questo Omar al più presto.»
Leyla alzò una mano.
«Che c'è, Leyla?»
«Sono stati in auto ventinove minuti. Dalle nove e zero tre, quando si sono mossi da Piacenza, alle nove e trentadue,

quando c'è stata la sparatoria. Ho amplificato al massimo la registrazione. Manca un rumore. »

« Cosa manca? »

« Nessuno squillo, nessun *bip*. A quell'ora, con due persone in auto, è molto improbabile. »

Aba annuì lentamente. Ricontrollò sul suo smartphone il rapporto dei carabinieri.

« Solo un cellulare è stato ritrovato sui due corpi o nella Clio. Ed era nella tasca di Kebab. »

Leyla annuì.

« Vede, è strano, no, dottoressa? Omar aveva un appuntamento con Kebab che doveva arrivare in treno, in un punto non conosciuto da Kebab. In questi casi tutti si portano un cellulare, no? »

Tony annuiva vistosamente.

« Brava Leyla, eccezionale! »

Leyla arrossì.

Come immaginavo. Ma questo non è un asilo infantile. E certi comportamenti non sono ammessi. Come le relazioni tra colleghi.

« Rivediti tutte le mie precedenti conversazioni con Kebab su Skype, Tony, dalla prima all'ultima. Ed esamina anche tutti i verbali dei nastri dei nostri informatori, forse salta fuori questo Omar o qualcuno del Niger. »

Lui esitò.

« Ci vorranno molte ore. E sono in arabo. Il mio arabo non è all'altezza... »

Come immaginavo.

« Ti aiuterà Leyla. Ma cominciate subito e lavorate anche questa notte e nel fine settimana. Dovete finire il prima possibile. Problemi? »

Leyla abbassò lo sguardo e Tony annuì.

« Nessun problema, dottoressa. »

« Bene. Ora andate e mandatemi qui Albert. »

Aba li seguì con lo sguardo. Li vide attraversare l'open space e dirigersi verso la postazione di Tony. Lui si sedette al suo computer. Lei si fermò in piedi accanto a lui, gli disse qualcosa, lui sorrise e le sfiorò il braccio in un gesto affettuoso.

Aba entrò nella scheda personale di entrambi.

Mentono e non sanno mentire. Relazione inappropriata?

Albert era in piedi lì davanti a lei.

« Oggi devi sederti Albert. È un ordine. »

Il ragazzino si mise sulla punta della poltroncina, come se non vedesse l'ora di alzarsi e andarsene.

« È possibile sapere se Omar avesse con sé un telefono? »

« Certo. Basta avere il rapporto della Scientifica, no? »

Aba sospirò.

« Non aveva telefoni dopo la sparatoria. Io intendo prima di partire con Kebab sulla Clio. Si può accertare, vero? »

« Certo. »

« E nel caso controllarne le chiamate? »

« Certo. »

« E le chiamate dai numeri che ha chiamato? »

« Certo. »

« Smettila di dire 'certo'. Dimmi cosa non si può fare. »

« Non si possono sapere i numeri chiamati dall'Italia a un cellulare che non era in Italia. Non immediatamente, voglio dire. Fa prima a dirmi cosa cerca. »

« Te l'ho detto. Omar aveva un cellulare attivo prima di salire sulla Clio? »

Albert giocherellava con l'elastico verde del suo codino.

« Controllerò tutti i cellulari presenti in quella cellula tra le nove meno cinque e le nove e cinque. »

« Quanto ci vuole? »

« Poco. »

Albert si alzò di colpo. Si voltò e se ne andò senza salutare.

Aba entrò nella sua scheda personale.

Riaccertare livello Asperger.

Albert si affacciò al box di Aba dopo meno di mezz'ora.

« Venga. »

« Sono un tuo superiore, Albert. Devi dire *per favore.* »

Lui la fissò tranquillissimo.

« Non è un favore che serve a me. Serve a lei. »

Aba sospirò e lo seguì sino alla sua postazione. Era l'ultima ed era ovviamente la meno ambita, proprio di fronte alla toilette. Il ragazzino restò in piedi di fronte allo schermo del suo PC.

« Si sieda. »

Aba si sedette. Lui fece partire sul PC la registrazione del viaggio di Kebab e Omar, a cominciare dall'arrivo di Kebab nel parcheggio. Bloccò la riproduzione appena partirono con la Clio.

« Gliel'ho fatto sentire perché lei lunedì è entrata in screen room in ritardo... »

Era davvero troppo insolente.

« Albert, non sei tu a dovermi dire... »

« Quando Kebab è arrivato, Omar stava fumando, in piedi accanto alla Clio. »

Aba lo fissò, sorpresa.

« Ma come lo sai se non c'erano telecamere? »

Si pentì subito della domanda. E di essere arrivata in ritardo di quei pochi minuti nella screen room.

Tutta colpa dello stronzo col SUV, gliela devo far pagare prima o poi.

Albert indicò lo schermo.

« Dalla registrazione. Non è mica sorda, vero? »

Aba era rassegnata a non protestare, c'erano altre urgenze.

« Ho sentito. Omar ha detto 'faccio l'ultima tirata'. »

« Brava! Ora veniamo alla sua domanda: in quel momento Omar aveva un cellulare? »

Aba era un po' irritata da quella situazione, ma aveva bisogno di una risposta. Albert puntò il dito sul monitor e cambiò schermata.

Ora lo schermo era pieno di pallini di vari colori.

« Sa cos'è una mappa temporale in scala massima di una cellula telefonica? »

« Albert, forse per te sono una vecchia ignorante di queste cose tecnologiche ma ho solo quarant'anni e... »

« Ne dimostrerebbe anche meno se non si conciasse... »

« Albert! Dimmi di questi maledetti pallini. »

« Ogni pallino rappresenta un cellulare dentro la cella che ci interessa. La situazione che vede è quella alle nove esatte, due minuti prima dell'arrivo di Kebab. Sono 365. »

« Soltanto? Ma come è possibile che siano così pochi alle nove di mattina vicino alla stazione ferroviaria? »

« Il parcheggio dove si sono incontrati Omar e Kebab si apre da un lato su una zona di negozi ancora chiusi a quell'ora e sull'altro lato c'è un parco. »

« Ma c'è la stazione ferroviaria! »

« Il parcheggio è al confine della cella. La stazione invece è nell'altra cella. »

« E i diversi colori dei pallini? »

« Quelli verdi sono cellulari presenti ma spenti. Quelli gialli sono accesi ma non hanno comunicato in alcun modo nei tre minuti successivi. Quelli arancioni hanno comunicato solo in entrata e quelli rossi solo in uscita. Quelli neri in tutti e due i versi. Tutto chiaro? »

Aba fissò lo schermo per pochi secondi.

« I neri sono ventisette. »

Albert sorrise.

« Brava. È molto veloce per una persona della sua età. Però i neri sono ventotto. »

« E quelli che hanno comunicato solo in uscita? »

« I rossi sono settantuno. »

Aba scosse il capo.

« Ci vorrebbe troppo tempo per esaminarli tutti. Serve un altro criterio più restrittivo per capire se uno era di Omar. »

Albert annuì. Pigiò un altro tasto sul telecomando e cambiò schermata.

« Capisce cos'è, vero? »

« Mi pare un'immagine del parcheggio con Google Maps. »

« Brava. Ora la ingrandisco al massimo prima che sgrani. Ci vede bene anche senza occhiali? »

« Ci vedo molto bene, grazie. »

« Meglio se si avvicina un po' allo schermo. »

Col mouse il ragazzino indicò un punto.

« Omar con la Clio aspettava Kebab in quel punto, entro un raggio di... Diciamo venti metri. »

« Come fai a dirlo? Non c'erano le telecamere, l'hai detto tu. »

Albert ingrandì ancora l'immagine, sgranandola un po'.

« Lo vede o no? »

« Cosa? »

« Il cestino della spazzatura. Non ce ne sono altri nella piazza. Dalla registrazione, dopo che Omar dice che si fa un'ultima tirata, si sente il suo sportello chiudersi alcuni secondi dopo quello di Kebab. Omar è andato a quel cestino, in teoria per buttare la sigaretta. Ma quella gente se ne frega. Le buttano per terra, le cicche, senza neanche spegnerle. »

Aba fece per protestare, ma Albert le voltò le spalle e sparì dentro la toilette.

Lei riportò gli occhi sul cestino. Quel ragazzino maleducato e razzista era un genio.

Omar aveva bisogno di un posto sicuro vicino alla Clio dove gettare il cellulare dopo aver avvertito i suoi complici che Kebab era arrivato.

Aba restò lì, in attesa, senza sapere che fare. Cercò di ingrandire ancora l'immagine che divenne troppo sfocata. Provò a tornare indietro ma il computer andò in blocco.

Albert rientrò senza scusarsi e vide lo schermo blu.

« Che diavolo ha fatto? »

Aba allargò le braccia.

« Il tuo PC ha tendenze suicide. »

Albert digitò velocissimamente sulla tastiera e poco dopo la mappa del parcheggio era di nuovo visibile.

« Allora, ha capito? »

Lei sospirò.

« Quanto tempo è passato esattamente tra il momento in cui Kebab entra in auto e quello in cui la portiera si chiude sul lato di Omar? »

« Brava, lei capisce al volo! »

« Albert, quanto tempo? »

« Venti secondi. Ho di nuovo ricontrollato la registrazione. »

Aba calcolò mentalmente. Immaginò che Omar si fosse mosso il più velocemente possibile ma senza correre. La sua esperienza di tapis roulant le venne in soccorso.

Sei chilometri l'ora. Seimila metri in tremilaseicento secondi. Sessanta diviso trentasei. Un po' più di un metro e mezzo al secondo. Dieci secondi dall'auto al cestino e dieci dal cestino all'auto.

Aba gli indicò lo schermo.

« Meno di venti metri di raggio, Albert. Direi quindici. »

Lui annuì.

« Brava. Lei ha calcolato a sei chilometri l'ora, io a sette. Comunque in quel cerchio di venti metri ci sono sei puntini rossi che hanno fatto almeno una chiamata e due puntini neri che ne hanno fatte e ricevute. Tra questi c'è il cellulare di Omar. »

« Devi subito... »

Lui cambiò schermata col telecomando. Ora c'erano solo sei puntini rossi. Pigiò un tasto e apparve un reticolo di linee tratteggiate che partivano da ciascun pallino presente e finivano in un box dentro cui erano scritti i numeri con cui avevano comunicato.

« Dovremo accertare a chi sono intestate quelle utenze. »

Lui scosse il capo.

« Forse non serve. »

Lui cambiò schermata. Ora c'erano solo i due neri. Da ciascuno usciva la linea tratteggiata che terminava in un box. Uno conteneva parecchi numeri italiani, l'altro invece aveva un solo numero in entrata e uno solo in uscita, il 112.

Prima che Aba potesse dire qualcosa, Albert cambiò ancora schermata e fece apparire i rossi e i neri insieme. Uno dei pallini rossi era collegato al pallino nero che terminava con la chiamata in uscita al 112.

Albert indicò il pallino rosso collegato al pallino nero che aveva chiamato il 112.

« Quello col pallino rosso è il cellulare di Omar. Lo vede, no? »

« Lo vedo. Piantala col puntatore, non sono una bambina dell'asilo e non sono cieca. Dimmi cos'altro hai trovato. »

« Alle nove e zero due arriva Kebab. Allora Omar col pallino rosso avvisa il suo complice col pallino nero, come da accordi. Omar lo ha avvertito che Kebab era arrivato e stavano per muoversi. »

Aba seguiva quella spiegazione, cercando di dissimulare sia lo stupore che l'ammirazione per quel genietto maleducato. Lui continuò, come se stesse tenendo una lezione a un alunno non proprio ferrato nella materia.

« Va bene, Albert. Che succede dopo? »

« Il cellulare di Omar viene spento subito dopo il messaggio al cellulare nero. Visto che non glielo abbiamo trovato addosso e che sappiamo che Omar è andato fino al cestino con la scusa di buttare la cicca della sigaretta, possiamo ipotizzare che lo abbia gettato lì dentro in modo che il suo complice col pallino nero lo recuperasse. »

Aba annuì.

« Sì, è possibile. Dimmi di pallino nero. »

« Una sola chiamata in entrata, quella di Omar che lo avvertiva che Kebab era arrivato. E una sola in uscita, circa due minuti dopo: chiama il 112 e poi lo spegne definitivamente. »

« Hai controllato gli intestatari di pallino rosso e pallino nero? »

« Certo. Sono usa e getta della Airtel acquistati in Niger. »

Aba si alzò.

« Continua a cercare. Manca un anello. »

Il ragazzino coi capelli rossi neanche la guardò.

« Grazie, questo lo so anch'io. »

Aba raggiunse Tony e Leyla.

« Avete iniziato a controllare le trascrizioni? »

Tony accennò un sì con la testa. Accanto a loro c'erano i resti di due cappuccini nei bicchieri di cartone e alcune briciole.

« Dove li avete presi? »

Tony la guardò, sorpresa.

« Alla macchinetta al piano di sotto. »

« I cappuccini. Ma i cornetti? »

Tony esitò un attimo, guardò Leyla che si fissava le unghie smaltate.

Aba decise di lasciar perdere, per il momento almeno.

« Avete trovato tracce di Omar? »

Tony fu sollevato dal cambio di argomento.

« Forse qualcosa, grazie a Leyla. »

Già, « grazie a Leyla ».

« Andiamo tutti in sala riunioni. Chiamate anche Albert. »

Poco dopo erano seduti tutti e quattro intorno a un tavolo.

« Abbiamo incrociato tutti i dati delle sue conversazioni

con Kebab, tutti i nomi che lui le ha fatto. Poi io e Leyla li abbiamo confrontati con quelli degli infiltrati che abbiamo in altre moschee. »

« Veloce, Tony, siamo di fretta. »

« Il nome 'Omar' negli ultimi dodici mesi è saltato fuori in tre diverse moschee. Ma è un nome molto comune, come Paolo o Luca per noi. »

Fece una pausa e indicò Leyla.

« Però, grazie a Leyla, noi sappiamo che Omar è del Niger. E in una delle moschee in cui è citato, il nostro informatore locale parla del *castrato del Niger.* »

Aba ricordò subito la voce stridula e acuta di Omar.

« Hai controllato con i database internazionali? »

« Sì, ma non esiste nessun Omar. Non sembra il profilo di un semplice reclutatore o autista. »

« Albert, spiega bene a Tony e Leyla la questione dei pallini colorati. Io torno tra poco, restate qui. »

Il ragazzino annuì.

« Con loro basteranno pochi minuti. »

Lei aveva deciso di far finta di niente e si alzò. Era in parte dispiaciuta, quei tre ragazzi erano davvero bravi.

Tony è un bravo analista, Leyla è una ragazza molto intuitiva, Albert un mago tecnologico. Peccato per tutto il resto, l'amore illecito tra Leyla e Tony, i modi di Albert...

Diana indossava la sciarpa che Aba le aveva regalato, sopra una camicia bianca un po' troppo trasparente e aderente.

« Come mi sta, dottoressa? »

Aba cercò le parole più adatte.

« Bene, ma forse dovrebbe abbinarci un vestito più che le camicette, non crede? »

Lei sembrò un attimo perplessa.

« Non le piace questa camicetta? Il dottor Luci ha detto che è molto elegante. »

« Che c'entra il dottor Luci? »

« È entrato poco fa. Il signor vicedirettore è in riunione con lui. »

« Può dire al dottor Ferrara che sono qui fuori? »

Diana annuì e le strizzò l'occhio.

« Non serve. Ho capito che per lei la porta è sempre aperta... »

Aba inorridì.

È troppo ingenua. Sarà complicato sottrarla alle grinfie di quel maiale di Ollio.

Aba trovò Ferrara e Franco Luci seduti sulle due poltrone, ciascuno con un bicchiere in mano, presumibilmente di cognac. Ferrara fece un cenno ad Aba indicandole il divanetto a due posti mentre lui e Ollio proseguivano la conversazione.

« Secondo me dobbiamo giocare il derby con tre attaccanti, così gli aquilotti si cagano sotto nello spogliatoio prima ancora di cominciare. »

« Non so, Ollio. Ricordi quando gliene facemmo cinque? Non giocavamo mica a tre punte. »

« Per forza, Pietro. C'era ancora il Capitano, tre gol glieli fece lui da solo. »

Un sorriso strano comparve sul volto di Ferrara mentre il suo sguardo andava alla foto del Capitano, Francesco Totti, tra il Papa e il Presidente della Repubblica.

Poi si voltò verso di lei.

« Che succede, Aba? »

Aba guardò Ollio, poi decise di non chiedere a Ferrara di farlo uscire.

Dalla faccia di quel porco di Ollio capirò molto di più che da quella da vecchio giocatore di carte di Ferrara.

I due uomini ascoltarono il resoconto di Aba su pallini rossi e pallini neri e su Omar, il terrorista castrato che veniva dal Niger.

« Ma immagino che della mutilazione si parli nel rapporto

autoptico. Se qui dentro tutte le informazioni rilevanti venissero davvero condivise, forse sarebbe meglio per tutti. »

Ed eviteremmo di usare gente come Marlow per cercare little boy e correre il rischio di lasciarlo partire.

Ferrara si portò una mano alla spalla con la vecchia ferita, mentre l'espressione di Ollio era quella di un bambino scoperto con le mani nella marmellata nascosta in fondo alla credenza.

« Forse hai ragione, Aba. Ma le procedure di segmentazione delle informazioni sono fatte per proteggerci. Tu non hai il quadro completo, Ollio nemmeno, ma io sì. Non ti basta? »

Decise che era il momento di fare chiarezza.

« Mi scusi, signor vicedirettore, ma Kebab era un mio infiltrato e io ho un ruolo gerarchicamente superiore a quello del dottor Luci. Non può metterci sullo stesso piano. »

Franco Luci impallidì di rabbia mentre Ferrara continuava a massaggiarsi la spalla trapassata da una pallottola tanti anni prima. Aba sapeva che gli faceva male quando doveva prendere una decisione critica.

Ora, o mi accontenta o mi sbatte fuori.

Poi Ferrara guardò Ollio.

« Non fu Totti a segnare tre gol in quel derby, ma Montella. E nella tua fedina c'è un fermo per rissa fuori dallo stadio Olimpico quando avevi diciotto anni. Eri molto più magro nella foto, ti stava bene la maglia della Juventus. La numero 10, quella di Platini. »

Poi si rivolse ad Aba.

« Vai con Ollio, ti aggiornerà su tutto ciò che sa. Ma non fare nulla, l'indagine qui la gestisce lui e riporta solo a me. Chiaro? »

Aba annuì. Si alzò e uscì, seguita da un colosso furioso che probabilmente avrebbe voluto stuprarla e farla a pezzi. Ma non poteva.

Colse l'occhiata lasciva di Franco Luci verso Diana.

« Sei bellissima, una principessa. »
Lei arrossì violentemente, poi gli sorrise.
« Grazie, dottor Luci, lei è davvero gentile. »

Ollio tirò giù tutte le tendine del suo ufficio a vetri.
« Lo sai cosa ho letto ieri su internet, Ice? »
Lei non rispose e decise di restare in piedi sulla porta del box.
Ollio continuò.
« Che la qualità del sesso tra uomo e donna dipende dalla differenza di peso e il sesso migliore è quando la differenza è tra venti e trenta chili. Tu quanto pesi? »
« Troppo poco, Ollio. »
Abbastanza da farti diventare impotente con un tao sui testicoli.
Si guardò bene dal dirlo.
Quando sono grossi e arrabbiati ma devono obbedirti, non reagire alle provocazioni e non provocarli, non serve.
« Secondo te quanto pesa la nostra principessa Diana? »
Aba lo fissò freddamente.
« Avrà vent'anni o poco più. Non ti vergogni? »
Lui sbuffò.
« Allora, che cazzo vuoi, Ice? »
« Dove hanno rubato la Clio? »
« A Marsiglia. Aveva la targa francese, lo sai, no? »
« Di chi è l'auto? »
Lui consultò qualcosa sul suo PC. Poi fece un ghigno.
« Della suora superiora di un convitto, che la parcheggia sempre lì davanti. Ha denunciato subito il furto la mattina alle otto, quando non ha trovato l'auto. La vuoi far arrestare per terrorismo? »
Aba aveva deciso di ignorare qualunque battuta. Ora le serviva un'altra cosa, subito.
« Dalla Scientifica e dall'autopsia ci sono notizie utili? »

« Una che forse ti interessa. Sai che tipo di pistola ha usato Omar? Indovina un po'? »

« Sono un'analista, non un'indovina. »

« Ha usato una pistola semiautomatica di produzione cecoslovacca degli anni Sessanta. »

Aba ricordava benissimo dove aveva letto recentemente di quel tipo di pistola.

« Come quelle usate dagli attentatori a *Charlie Hebdo*. »

Franco Luci annuì.

« Mi sa che hai un bel problema, Ice. »

Poi fece una delle sue smorfie al confine tra il grottesco e l'osceno.

« E poi c'è un altro piccolo particolare dall'autopsia, anche se già lo sai. Una di quelle cose che mi divertono molto. È vero, il tuo Omar non aveva il pisello e le palle. Qualche cattivone glieli ha tagliati via! Zac! Invece io... »

Aba si era già voltata ed era sparita.

Tornò nella sala riunioni e trovò solo Tony e Leyla.

« Dove è andato Albert? »

Tony si strinse nelle spalle.

« Al bagno. »

« Non abbiamo tempo da perdere. Vallo a tirare fuori dal bagno e portalo subito qui. »

« Ma dottoressa, sta poco bene e... »

« Subito, Tony. »

Tony fece per dire qualcosa ma l'occhiata di Aba gli fece cambiare idea e lui sparì velocemente.

Aba decise che c'era un solo modo di salvare quei tre giovani tanto competenti quanto inadeguati.

Quando sei certa della diagnosi non esitare a prescrivere la cura.

« Sei innamorata di lui, Leyla? »

La ragazza avvampò, sotto il foulard verde.

« Dottoressa, ma come ha fatto... »

« Vi avrebbe scoperto persino l'ispettore Clouzot. »

« Clouzot? »

« Quello della *Pantera Rosa*. Se questa storia non finisce, tu non verrai confermata al termine del periodo di prova. »

Leyla smise di contemplare le proprie unghie dipinte di verde e alzò lo sguardo su Aba.

« Posso farle una domanda, dottoressa? »

« Sì. »

« Se non ci fosse questa questione... »

Aba la interruppe.

« Sei molto intuitiva ed è un pregio. Ma questa non è una 'questione', è un problema e tu lo devi risolvere. »

Aba si fermò un attimo a guardare la ragazza.

Sono stata troppo severa? Quando Cri lavorerà sarei felice se il suo capo le parlasse con questa durezza?

Leyla aveva già riabbassato lo sguardo e Aba si ricordò di certi momenti con l'uomo che tutto sapeva e di altri in quel mondo di uomini.

In quel momento, Tony entrò seguito da Albert.

« Ora non posso nemmeno andare al bagno? »

Prima che Aba dicesse qualcosa, Leyla alzò una mano. Aba si irritò di nuovo, vedere quella ragazza così bloccata le suscitava pessimi ricordi.

« Non devi alzare la mano per parlare, lo fanno i bambini a scuola e tu non sei una bambina Leyla. »

Lei arrossì.

« Mi scusi, è che a casa mia... »

« Non sei a casa tua. »

Leyla si fece coraggio.

« La pattuglia dei carabinieri è arrivata sul posto tre minuti prima della Clio su cui erano Kebab e Omar. Se quell'altra auto non li avesse rallentati, non sarebbero arrivati in tempo per fermarli. Purtroppo non ci sono le telecamere su quella strada per identificare l'auto che li ha rallentati. Ma questo conferma che qualcuno voleva assolutamente che Omar venisse bloccato.»

Aba evitò di dire *brava.* Non voleva che Leyla si sentisse appagata.

«Dall'autopsia abbiamo la conferma che l'autista era stato castrato molti anni prima, quindi è lui, il nostro Omar delle moschee. E ha sparato con una pistola semiautomatica di produzione cecoslovacca. Quel tipo di pistola cecoslovacca è stata usata in altri sei casi, tutti collegati a persone che erano direttamente o indirettamente collegate all'ISIS.»

Leyla fece per alzare una mano ma si bloccò in tempo.

«Scusi dottoressa. Di chi era la Clio?»

«Di una suora, l'hanno rubata a Marsiglia.»

Tony scosse il capo.

«È assurdo rubare una macchina a Marsiglia e portarla a Piacenza. Cinque ore e passa di viaggio! Potevano rubarla a un chilometro dal confine, senza andare sino a Marsiglia, no? Oppure direttamente a Piacenza!»

Aba guardò Leyla che aveva appena accennato ad alzare un ditino smaltato.

«Forse pallino nero abita a Marsiglia. Ha portato l'auto a Piacenza e l'ha consegnata a Omar, poi Omar lo ha avvisato che Kebab era arrivato e due minuti dopo, appena Omar e Kebab sono partiti, ha fatto la telefonata anonima al 112, ha recuperato il cellulare di Omar dal cestino e ha distrutto entrambi i cellulari.»

Tony intervenne.

«Non mi quadra. Se pallino nero era un complice di Omar e gli ha portato la Clio da Marsiglia, perché poi lo avrebbe denunciato al 112 e addirittura ostacolato con quel furgone in modo che la pattuglia dei carabinieri arrivasse in tempo?»

Aba aveva già una risposta a quella domanda, ma preferì aspettare quella di Leyla.

« Perché pallino nero non aveva mai visto Kebab. Ma quando l'ha visto... »

La ragazza si fermò, non osò completare la frase per via di tutte le pesantissime implicazioni che comportava. Lo fece Aba per lei.

« Senza farsi notare, pallino nero ha scattato una foto a Kebab e l'ha mandata a qualcun altro, che ha riconosciuto in Kebab un nostro infiltrato. »

Un traditore, un delatore. E un altro telefono lì in quel piazzale a Piacenza, oltre al pallino rosso di Omar e al pallino nero dell'uomo della Clio.

Nella sala cadde un pesante silenzio, tranne per il rumore della tastiera di Albert. Il ragazzino cominciò a smanettare sul PC. Per una trentina di secondi, mentre le immagini coi diversi puntini colorati cambiavano vorticosamente sullo schermo, continuò a borbottare tra sé e sé.

Alla fine si bloccò su un'immagine. C'erano solo tre pallini: due rossi e un nero.

« Omar col pallino rosso numero 1 ha avvertito pallino nero, quello che ha portato la Clio da Marsiglia a Piacenza, alle nove e due minuti. Pallino nero ha chiamato il 112 alle nove e zero quattro. Di tutti i pallini rossi intorno, ce n'è solo uno che ha mandato un WhatsApp e fatto una chiamata in quei due minuti. Pallino rosso 2, un cellulare con la SIM prepagata francese. »

Aba non aveva dubbi. L'uomo della Clio era venuto lì con due telefoni. Con quello prepagato del Niger aveva parlato con Omar e poi avvisato il 112. Con l'altro...

« E chi ha chiamato? »

Albert scosse il capo.

« Non lo so. Per due motivi. Primo, non ha chiamato in Italia. Secondo, ha usato un vecchio 2G. »

Aba indicò lo schermo.

« Puoi tracciare il nero e il rosso 2 nelle cinque ore precedenti, Albert? »

« Già fatto. Il nero era spento. Lo ha acceso alle nove, quando è entrato con la Clio nel parcheggio a Piacenza, e lo ha spento subito dopo aver chiamato il 112. Ma il 2G, rosso 2, era acceso. »

Sullo schermo rimase solo rosso 2. Poi apparve una mappa stradale con rosso 2 al centro, nel piazzale accanto alla stazione di Piacenza, alle ore nove. Albert cliccò su un tasto del suo PC e una linea tratteggiata verde cominciò a dipanarsi verso ovest. Si arrestò al confine italo-francese a Ventimiglia. Albert indicò quel punto.

« Il terzo uomo, quello che ha portato la Clio a Piacenza, ha attraversato il confine tra Francia e Italia alle quattro e dodici minuti di notte. Non posso andare oltre il confine, ma viene di sicuro da lì. E la prepagata è francese. »

Tony stava smanettando sul suo computer.

« È impossibile che non ci sia traccia di questo Omar nei database, dottoressa. Ora setaccerò tutto ciò a cui abbiamo accesso, qualcosa salterà fuori per forza. »

Aba osservò i tre ragazzi.

Sono davvero in gamba. Peccato per questa storia di Leyla con Tony, e per la malattia di Albert.

Diana era tutta sorridente. Sulla scrivania c'era un mazzo di rose.

« Il signor vicedirettore è dal direttore Cordero. Glielo chiamo, dottoressa Abate? »

« Sì, grazie. »

Diana parlò brevemente con la segretaria del direttore, poi si rivolse ad Aba col sorriso a trentadue denti di chi è felice.

« Vada all'ascensore riservato e scenda al piano del signor direttore. »

Aba esitò.

Non è affar tuo, lascia perdere, non sei la crocerossina del mondo, occupati di little boy.

Indicò il mazzo di rose.

« Sono bellissime. »

Lei annuì, arrossendo lievemente.

« Un corteggiatore segreto. »

Aba la salutò e uscì.

Pietro Ferrara la aspettava all'uscita dell'ascensore riservato. Sembrava più preoccupato che arrabbiato, come succedeva sempre con lei.

« Aba, ero col direttore, stai cercando di farmi incavolare? »

« No. Ci sono sviluppi urgenti e dobbiamo coinvolgere i francesi. »

Le rughe invasero il volto di Ferrara mentre ascoltava il resoconto delle ultime scoperte di Aba e del suo team. Alla fine si limitò ad annuire.

« Siamo tutti dal direttore, anche Bonan. Ti farò sapere. »

Trenta minuti dopo, Diana la cercò al telefono.

« Il dottor Ferrara l'attende dal dottor Bonan. »

Aveva il tono eccitato.

« Diana, poi le devo parlare di una cosa. »

« Certo, dottoressa. Anche io... Ecco, avrei bisogno di un consiglio. »

« Bene. La chiamo appena posso. »

Bonan ascoltò in silenzio il resoconto di Aba su tutto ciò che avevano scoperto. Quando Aba non ebbe più niente da dire, Bonan si rivolse a Ferrara, come se Aba non fosse lì.

« Noi cosa vogliamo esattamente da loro? »

Ferrara fece cenno ad Aba di rispondere.

« L'uomo che ha portato la Clio da Marsiglia ha mandato la foto di Kebab a qualcuno che ha riconosciuto in Kebab un nostro infiltrato e ha ordinato di avvisare il 112 e bloccarli a qualunque costo. »

Nella stanza il silenzio era rotto solo dal ticchettio della pioggia sui vetri, mentre Bonan prendeva appunti sulla sua agendina e Ferrara fissava Aba, preoccupato.

Nella stanza aleggiava ormai chiarissima la parola peggiore, il terrore di ogni Servizio segreto.

Tradimento.

Bonan sollevò il capo, gli occhi attenti.

« Mi pare che ormai non ci siano più dubbi, Pietro. Abbiamo un problema di sicurezza interna. Qualcuno che conosceva il ruolo di Kebab. »

« Ce ne occuperemo a suo tempo. Ora dobbiamo scoprire il numero che l'uomo della Clio ha chiamato. Probabilmente ha chiesto l'ok ad avvertire i carabinieri. »

Bonan non sembrava convinto.

« Questa è una vostra ipotesi. Potrebbe aver chiamato la moglie per dirle di calare la pasta. »

Aba era furiosa.

Maledetto misogino!

Ferrara mantenne la calma.

« Giulio, senza quel numero siamo bloccati. »

« E cosa sei disposto a dire ai nostri cugini in cambio del loro aiuto? »

Ferrara era combattuto e Aba capiva bene perché. Le cose stavano prendendo esattamente la piega che lui non gradiva. La trasformazione di un problema di mera sicurezza interna in un intrigo di portata internazionale, molto più complesso e fuori dal suo diretto controllo.

« Il minimo indispensabile, Giulio. Perché se parliamo di little boy e del Niger... »

Bonan lo interruppe.

« Va bene. Ma se coinvolgiamo i francesi il problema non è più solo interno e le decisioni tra me e te dovranno essere condivise. Sia sull'indagine per cercare il covo sia su quelle per trovare little boy. »

Ferrara guardò Aba, forse cercando una via d'uscita che lei non aveva, poi allargò le braccia.

« Va bene. Li puoi chiamare subito? »

« Una telefonata in questo caso sarebbe del tutto fuori luogo, è necessario un incontro. Posso vedere subito il referente qui a Roma della DGSE e cercare di organizzare al più presto. Ma è venerdì mattina... »

Aba lo interruppe, commettendo una violazione del protocollo gerarchico. Ma cominciava ad averne davvero abbastanza di quell'uomo.

« Mi scusi, dottor Bonan. Io gli manderei una bella foto della Clio con la targa francese e con i fori delle pallottole. Forse è più importante che il weekend, no? »

Bonan non sorrise.

« Dottoressa Abate, ci sono delle regole formali, lei non mi dovrà mai più interrompere. La scuso solo perché non ha un aspetto molto riposato. »

Ricordati: dai ragione quando non costa nulla.

« Ha ragione, sono sfinita e ho ancora addosso i vestiti della gita a Tripoli. »

Ferrara cercò di stemperare la tensione.

« È ora di pranzo. Fai un salto a casa, Aba. Semmai torni più tardi. »

Sono ancora la sua protetta, nonostante tutto.

Bonan si avvicinò ad Aba, e lei sentì quell'odore di acqua di colonia.

« Spero non debba anche calare la pasta per tutti, dottoressa Abate. »

Quando finalmente entro in casa sono pronta per una doccia e un'ora di sonno. In cucina ci sono solo Rodica, che sta cucinando, e Killer. La ciotola con i soliti croccantini è mezza piena e Rodica è sconsolata.

«Mangia poco, signora. Non so perché...»

Mi chino su Killer che mi fa gli occhioni. Gli occhi mi si chiudono per il sonno ma mi accuccio sul pavimento, la tengo stretta e le accarezzo le orecchie.

Domani vado al supermercato grande e cerco i Baulucy.

«I ragazzi sono tornati da scuola?»

«Tutti a casa, signora. In camera. Dottore Paolo sotto doccia. Pranzo pronto, Francesco dice che no vuole bistecca sangue, no va rugby. Apparecchio tavola.»

«Devono apparecchiare e sparecchiare i ragazzi, lo sai.»

Rodica fa uno sguardo sconsolato.

«Ma loro no vuole...»

«Ci penso io. Come va il tuo mal di testa?»

«Ho fatto esami. Domani ritiro risultati.»

«Bene, poi ti prenoto la visita da uno specialista. Adesso accarezza le orecchie di Killer e prova a farla mangiare, io vado dai ragazzi.»

Busso forte alla porta di Francesco per farmi sentire, ma quando entro lui è sul letto con le cuffie e sobbalza per la sorpresa.

«Mà, come te lo devo dire di bussare? E se fossi nudo?»

«Nudo in camera a quest'ora?»

«Comunque devi bussare, mà.»

«Va bene. Sono stata a scuola, ho parlato col professore di latino.»

Continua a giocare con la Playstation.

«Ah, tutto ok?»

Certo, maledizione! Ti sei scordato della versione di Nasone? O sei un inguaribile ottimista come tuo padre?

Ma sono esausta. Voglio riparlarne prima con Paolo, deve darmi una mano lui.

« Oggi hai l'allenamento di rugby, vero? »

« Non ci vado, mà. Piove, fa freddo e tanto quello non mi fa giocare titolare. Dice che non ho abbastanza massa muscolare. »

« Non si saltano gli allenamenti. Per i muscoli, se vuoi andiamo da quel professore che mi ha segnalato la dietologa di Cri... »

« No, mà! Basta scienziati! »

« Comunque non devi saltarlo. L'allenamento fortifica l'animo oltre che il corpo. I nobili inglesi mandavano i figli in Marina a fare i mozzi sulle navi... »

Ora sbotta.

« Ancora con questa storia? Era mille anni fa! Va bene, ci vado a rugby, va bene. Non trovo più il monopattino elettrico, mà. »

« Ho chiesto a Rodica di portarlo giù nel box, così non lo vedi e non ti viene la tentazione. Ora vai a chiamare Cristina e apparecchiate. »

« Non può farlo Rodica? »

« No. Conosci le regole, il fine settimana è a turno, in settimana lo fate insieme. Vai. »

Torno in cucina, Rodica sta ancora accarezzando Killer e le parla.

« Mangia amore, Rodica dà premio, cioccolatino... »

« Meglio di no, Rodica. »

« Dico solo per farla mangiare. »

« Non si dicono bugie, neanche ai cani. »

Si alza, sconsolata.

« Apparecchio io, signora? »

« No Rodica, qui in cucina ci pensano loro. Tu apparecchia col servizio buono in salotto, per favore. Domani sera ho due ospiti a cena. »

Rodica esce e i due ragazzi entrano in cucina con l'aria del condannato a morte.

« Bravi. Apparecchiate e dopo pranzo mettete tutto nella lavastoviglie. »

Cristina sbuffa.

« Comunque oggi è venerdì, stasera ho una festa e Killer lo deve portare giù lo stronzetto. »

« A Killer ci penserò io. Voi apparecchiate. »

Sentendosi nominare, Killer si avvicina scodinzolando e Francesco la accarezza.

« Francesco, piano, solo le orecchie. »

« Perché, mà? Sulla pancia le piace tanto! »

« Ha un po' male a una zampa, lo vedete che zoppica un po'? »

Cristina si volta.

« Mica sta male, vero? »

« No, tranquilli, sarà una piccola distorsione. »

Cristina si china ad accarezzarla e a un certo punto le tocca l'anca e Killer guaisce per il dolore.

La spintono via e lei mi guarda, allibita.

« Vi avevo detto solo le orecchie, maledizione! »

Vedo le lacrime scendere. Cristina si volta, se ne va, sbatte la porta della stanza. Anche Francesco mi guarda, scuote il capo. In un solo attimo è già passato dalla parte della sorella.

« Mà, le mani addosso le usano i genitori troloditi! »

« Trogloditi. E smettila di dire stupidaggini o ti confisco la Playstation. »

Si volta anche lui e va a chiudersi in camera.

Chiamo Rodica.

« Scusami, dovresti apparecchiare per mio marito. I ragazzi non mangiano. »

Mi guarda, dispiaciuta per la scenata.

« E lei, signora? »

« Io nemmeno. Vado a dormire un'ora, poi torno in ufficio. »

Trovo Paolo in camera da letto, è umido e seminudo, con un asciugamano avvolto intorno alla vita. Mi cinge i fianchi e mi attira a sé, non immagina quanto sia il momento più sbagliato.

« Che ne dice la mia bella moglie di una sveltina prima di pranzo? »

Scherza, come sempre. O forse no. Sono in condizioni tali che sarebbe più eccitante una bambola di gomma. Lo scosto con gentilezza e lui mi sorride.

« Tanto il sabato mattina si dorme, dottoressa! »

È una vecchia battuta, risale al primo anno di matrimonio. Cerco di mettere un po' di calore nella voce.

« Vai a mangiare, il pranzo è pronto. Io devo riposare un'oretta. »

Mi guarda, preoccupato.

« Ti ho sentito urlare coi ragazzi. Stai bene? »

Non voglio turbarlo con la lite tra me e i miei figli.

Tanto a loro passa e io me la faccio passare.

« Sto benissimo. Solo uno screzio, ho un sacco di pensieri. »

« Già, la cena di domani sera. Tiziana col nuovo fidanzato? »

« Sì. È un imprenditore dell'arte. »

Fa una smorfia.

« Sono due parole che non vanno molto d'accordo. »

« Vai in agenzia, dopo pranzo? »

« Sì, abbiamo la riunione per il lancio di una nuova linea di profilattici con i pensierini. Sai, come quei cioccolatini... »

« I pensierini coi preservativi? »

« Una mia idea. In ogni confezione un'emoticon. Se ti capita il cuoricino sesso con sentimento, se ti capita la linguetta... »

Non sa quanto poca voglia ho di scherzare.

« Va bene, ho capito. Ci vediamo a casa per cena. »

Mi guarda, ancora un po' preoccupato per il mio stato.

« È venerdì sera. Alle nove ci aspettano a cena Carlo e Sofia, ricordi? »

Me ne ero completamente dimenticata.

« Sono un po' stanca Paolo, puoi dire che ho l'emicrania? »

« Lo vedi che stai male? Chiamami dopo, se non ti passa disdico. »

L'idea che sia solo una scusa non gli passa neanche per la testa.

Ho sposato l'uomo più onesto del mondo o il più ingenuo?

Appena esce mi getto sul letto, vestita. Cerco di non pensare né a little boy, né a Omar il castrato, né a chi ha chiamato pallino rosso 2, né a Marlow con le sue mogli, bambini, capre e galline. Gli occhi sono pesantissimi.

Mi sveglio di colpo in un bagno di sudore. Sono frastornata, vedo l'oscurità rischiarata dai lampioni di strada e la pioggia oltre i vetri della finestra.

Mio Dio! Che ore sono? Quanto ho dormito?

Afferro lo smartphone che sta ronzando da un po'.

« Pronto! »

« Aba, ma dove sei? Diana ti ha chiamato parecchie volte, anche a casa tua non risponde nessuno! »

La voce di Ferrara è molto preoccupata. Per me, non per il ritardo. Come Paolo, tutti si preoccupano per me.

« Mi dispiace, Pietro. Mi ero banalmente addormentata. »

Mi aspettavo una reprimenda. Invece, ora che gli è passato lo spavento, lui ha un tono molto divertito.

« Ice che dorme tre ore in orario di lavoro! Se lo racconto non ci crede nessuno! »

« Allora potrei mentire e dirti che ero col mio amante. »

Ride di cuore e per qualche motivo ne sono felice.

Forse ormai ride solo con me, la bambina che tirò fuori dal pozzo.

« Ancora meno credibile, temo. Senti, il metodo Bonan ha funzionato, i francesi saranno qui da noi tra mezz'ora, alle sei. »

« Cosa? »

Ora la voce di Ferrara torna seria.

« Alle sei, Aba. Hai voluto la bicicletta? Ora grazie a Giulio Bonan ti tocca pedalare. »

Mi butto giù dal letto e mi precipito in bagno. I capelli sono un disastro anche dopo una spazzolata, sciacquo via tutto il trucco residuo, di cambiarmi i vestiti sgualciti e polverosi della gita a Tripoli non se ne parla, non c'è più tempo.

Mi precipito in strada e salto sulla Prius. La spia della riserva è accesa fissa.

« Maledizione! »

Leggo i chilometri residui e faccio un rapido calcolo.

Posso farcela.

Poi comincio la corsa nel traffico romano di metà pomeriggio.

Aba trovò tre uomini intorno al tavolo imbandito nella sala riunioni di Giulio Bonan. Lui era a capotavola e le fece cenno di sedersi accanto a Ferrara. Sul lato opposto era seduto un tizio basso e massiccio, coi lineamenti grevi da vecchio marinaio e i bianchi capelli a spazzola, dall'aria simpatica. Si inchinò verso Aba.

« Piacere, Madame. René Gabin. »

La mano che strinse ricordò ad Aba quella del giardiniere che per anni aveva meticolosamente curato l'orto e il giardino di suo padre.

« Extraordinaire, Giulio. Absolument extraordinaire! Ho fatto bene a precipitarmi da Parigi! »

René Gabin sorseggiava lo spumante tra un boccone e l'altro di tiramisù. Col faccione rubizzo e il corpo tozzo strizzato nel completo verde scuro, tutto sembrava meno che un agente dei Servizi francesi. E, forse, era questa una delle sue qualità.

« È un Cartizze superiore, René, e il tiramisù viene dalla migliore pasticceria di Roma che per mia fortuna si trova all'angolo del palazzo dove abito. »

« Grazie, Giulio. Hanno usato i Pavesini invece dei Savoiardi, vero? Per questo è così, come dire, etereo? Si dice etereo per un dolce? »

Bonan annuì.

« Usano gli albumi e non il mascarpone, quando fanno il tiramisù per il giorno stesso. »

« Allora un brindisi per il tiramisù di Giulio! Salut! »

« Alla tua Bretagna con le ostriche e il Muscadet! »

Ferrara alzò in ritardo e con ben poco entusiasmo il suo bicchiere. Non gli piacevano tutti quei convenevoli diplomatici. E quel brindisi per lui segnava l'entrata in scena dei francesi e la condivisione delle decisioni con Giulio Bonan.

Aba osservava, attenta, come faceva sempre a ogni primo incontro. Vedendoli insieme, il bretone tozzo e malvestito, il vecchio ex carabiniere dai vestiti scombinati e l'elegante ex ammiraglio italiano, nessuno avrebbe mai pensato che i tre fossero importanti funzionari dei Servizi italiani e francesi.

Subito dopo il caffè, nella saletta riunioni l'atmosfera cambiò. René passò all'inglese, per le spie la lingua neutrale, quella utilizzata per lavorare.

« Allora, amici miei, perché siamo qui? »

Giulio Bonan si ravviò i capelli col solito gesto.

« Intanto, grazie per essere venuto subito da Parigi. »

Poi gettò un'occhiata agli appunti sul PC che aveva davanti e pigiò un tasto. Sullo schermo della parete apparve l'immagine della Clio con la targa francese, in un luogo anonimo, un grigio garage. I tre fori delle pallottole sparate dai poliziotti erano ben evidenti sia sul parabrezza che sulla carrozzeria.

« L'incidente è avvenuto lunedì mattina. Dai contatti con la polizia francese abbiamo saputo che questa Clio è stata rubata la notte tra domenica e lunedì a una suora, nei pressi di un convitto a Marsiglia. »

René annuì, attento. Ora il bicchiere di Cartizze era lì, intatto.

«Questo è ciò che hai detto poche ore fa al mio uomo qui a Roma. Gli hai mostrato la foto con la Clio già portata in un posto neutro e non sul luogo dei fatti, Giulio. Ora che sono qui mi racconti luogo e circostanze dell'incidente, oui?»

Bonan indicò Ferrara.

«Quella parte del caso al momento riguarda i Servizi interni, e quindi saranno il dottor Ferrara e la dottoressa Abate a risponderti.»

René annuì, ma continuò a rivolgersi a Bonan.

«E tu allora perché sei qui? Solo per il tiramisù?»

«Uno degli uomini coinvolti è residente in Italia ma l'altro, quello che guidava, non aveva documenti addosso e dai lineamenti sembra straniero. Per questo ci sono anch'io.»

Quella era la migliore risposta possibile.

Tra alleati l'omissione è tollerabile, le bugie imperdonabili.

René sorrise e si rivolse a Ferrara.

«Avete chiamato noi solo perché l'auto è stata rubata in Francia?»

Ferrara stava seguendo la linea concordata. Non poteva dire che sapevano dell'accento del Niger. Avrebbe voluto dire che l'altro aveva un microfono, che era un loro agente, ma la domanda di René Gabin era chiara.

Avete chiamato noi solo perché l'auto è stata rubata in Francia? O c'è un altro motivo?

«Non è solo la targa, la questione.»

Ferrara digitò qualcosa sulla tastiera del PC e Aba si concentrò attentamente sugli occhi di René Gabin. Intanto, sullo schermo apparve il volto di Omar disteso sul tavolo dell'obitorio, un giovane uomo di colore coi capelli rasati e una folta barba che copriva le guance e il mento. Per un inevitabile attimo le palpebre di René si sollevarono. Pietro Ferrara diede la spiegazione più scarna possibile.

«Questo è l'uomo che guidava la Clio rubata. Lui e l'altro che era a bordo hanno avuto uno scontro a fuoco con i carabinieri che li hanno fermati per un controllo. Sono morti entrambi e nel portabagagli dell'auto c'erano delle armi. »

« Un controllo casuale e fortunato. O sfortunato? »

Fu Giulio Bonan a rompere il pesante silenzio rispondendo a Gabin col suo tono calmo.

« Vuoi un altro bicchiere di Cartizze prima di dirci chi è quest'uomo? »

René Gabin scosse il capo.

« No, Giulio. Basta alcol. »

Rimase in silenzio per qualche istante, poi si voltò verso Aba e Pietro Ferrara.

« Il vostro autista si chiamava Omar Ghali. Lui e i suoi due fratelli Elias e Aghazar sono ben noti alla DGSE da molti anni. Prima in Libia, poi in Mali, poi in Niger, e da un po' anche in Europa, tra Francia e Italia. In Africa sono noti come Fredo, Sonny e Mike. »

Ferrara sollevò di colpo lo sguardo.

« È uno scherzo? »

« Nient'affatto. *Il Padrino* non è solo uno dei film più famosi al mondo. È di gran lunga il più popolare in Africa dove i delinquenti di quel tipo sono per metà eroi, come i figli di Don Vito Corleone e i tre fratelli Ghali. »

« E Omar quale sarebbe dei tre? »

« Fredo. Quello meno capace, che amava alcol, bella vita e belle donne, mandato via dall'Africa, a fare accordi e proseliti in Europa. »

« E gli altri due? »

« Elias, alias Sonny, è un rozzo, primitivo, violento colosso capace delle azioni più folli. Aghazar è Michael, il padrino. In effetti, Aghazar vuol dire capo. Lui è lo stratega che decide tutto e cerca di non sparare. Il più pericoloso. »

Ferrara sembrava molto preoccupato, persino oltre ciò che quelle pessime notizie comportavano.

C'è altro, qualcosa che lui sa...

Bonan si rivolse a René Gabin.

« Michael è quello di Bengasi vero? Uno di quelli che guidò l'assalto all'ambasciata americana in cui perse la vita l'ambasciatore. »

René Gabin scosse il capo.

« È quello che dicono gli yankees, Giulio. Certamente avrebbero piacere di interrogare Aghazar Ghali, alias Michael. A modo loro, stile Guantánamo. »

Ferrara intervenne.

« Ma voi non volete, vero? Perché Bengasi è zona vostra, no? »

Gabin lo guardò, poi sorrise.

« Non è pertinente, Monsieur. »

Ma Ferrara non si fece intimidire.

« Perché Michael, Sonny e Fredo sono nei vostri archivi e non in quelli dell'Interpol? »

Il gelo cadde nella sala riunioni perché il senso di quella domanda poco diplomatica era chiaro a tutti.

Lavorano anche per voi?

René Gabin guardava qualcosa alle spalle di Ferrara. Una foto delle regate o un quadro delle battaglie navali. Poi sorrise, ma forse non era un sorriso.

« Sapete tutti che le guerre non si combattono più come un tempo, vero? »

« Certo, René. Lo spionaggio è la guerra in tempo di pace. Raccontaci ciò che puoi dirci dei tre fratelli Ghali. »

René Gabin sorseggiò ancora un po' di Cartizze.

« È una storia interessante, Giulio. Quando scoppiò il casino in Libia nel 2011, i tre fratelli Ghali con altri tuareg formarono un gruppo di mercenari che andò a sostenere i gruppi islamici contro Gheddafi. »

Ferrara interruppe.

« Quindi combattevano anche per voi. »

Gabin sorrise, gelido.

« Per *noi*. L'Italia era con noi francesi e la NATO contro Gheddafi, giusto? In ogni caso, i Ghali non erano nostri simpatizzanti, solo mercenari. Dopo la sconfitta di Gheddafi tornarono in Niger con tantissimi soldi e tantissime armi rubate ai prigionieri dell'esercito del defunto Colonnello, e fecero la guerra al governo ufficiale del Mali sostenuto da noi francesi.»

Ferrara sembrava sempre più preoccupato da qualcosa che Aba non riusciva a comprendere.

«Erano tra i membri di Ansar Al Din?»

«Dell'AQIM, Pietro, l'Al Qaeda nel Maghreb islamico. Dicevano di lottare per l'indipendenza della loro regione di origine, l'Azawad. In realtà erano alleati dei terroristi. Se noi francesi non avessimo aiutato il governo del Mali a sconfiggerli, oggi sulle coste italiane e francesi avremmo cento volte più disperati in arrivo, un'orda inarrestabile. Invece qualcuno ci accusa di neocolonialismo!»

L'occhiata di Gabin era eloquente, ma Bonan ignorò il commento.

«Da quel che ci risulta i Ghali sono una tribù molto numerosa e potente tra i tuareg dell'Azawad, al confine tra Niger e Mali. Borghesia, non morti di fame.»

Gabin annuì.

«Nei paesi a maggioranza islamica, i simpatizzanti dell'ISIS vengono spesso da famiglie borghesi e istruite, mentre in Europa, dove i musulmani sono minoranze, vengono dal proletariato delle periferie urbane. Infatti, Michael, il capo dei Ghali, ha studiato anche in Europa. Ha persino un master in una delle nostre business school. Lui e i suoi fratelli hanno creato i movimenti islamici contro il regime del Mali per impossessarsi prima del nord e poi di tutto il paese. Gente molto pericolosa, che torturava, stuprava, massacrava. Noi francesi e il governo del Mali li abbiamo fermati, almeno lì.»

Ferrara non era interessato a quella discussione di strategia politica.

«Puoi dirci altro sui Ghali, René?»

«Certo. Dopo la sconfitta della loro rivolta, Sonny e Fredo sono stati catturati dai maliani, ma Michael ha corrotto un generale del Mali perché li lasciasse fuggire. Da lì, sono andati in Niger e hanno messo su un business nel campo delle crociere. Da Niamey e Agadez, Michael gestisce il reclutamento dei clienti verso l'Africa subsahariana. Sonny è in Libia e si occupa delle rotte e delle partenze di quei poveracci. Fredo gira l'Europa per occuparsi degli sbarchi e dei reclutamenti. O meglio, girava. Da ciò che vedo sullo schermo non gira più, se quel cadavere è di Fredo. »

Ferrara fornì l'indizio mancante.

« Il cadavere all'obitorio è castrato. Né pene, né testicoli. »

René Gabin annuì.

« Allora è proprio il nostro Fredo, Omar Ghali. Quando i maliani li catturarono, Sonny e Fredo vennero torturati. Fredo aveva stuprato oltre cento ragazzine e decisero di fargli passare il vizio per sempre. »

La rivelazione fu accolta da un lungo silenzio. René Gabin guardò Ferrara.

« Sei molto preoccupato, Pietro. E anche tu, Giulio. Volete dirmi perché? »

Ferrara sospirò.

« Forse Fredo, in Europa, non si occupava solo di logistica degli sbarchi delle crociere. »

Gabin non disse nulla. Si sentiva in credito, dopo aver dato informazioni sui fratelli Ghali, perciò aspettava. Ferrara continuò sulla linea pattuita con Bonan.

« Fredo stava cercando di reclutare l'altra persona che era sulla Clio. »

Questa era l'apertura massima. Perché implicava che quella persona lavorava per loro. René Gabin lo capì al volo.

O forse lo sapeva già.

« Uno dei vostri infiltrati nelle moschee? »

Ferrara fece cenno ad Aba di rispondere. Ma lei usò il suo metodo.

« Nella sparatoria è coinvolta una SIM francese. »

Gli occhi di René Gabin si fissarono su Aba.

« Non mi sembra la risposta alla mia domanda, Madame. »

« La sua domanda non è pertinente, Monsieur. »

Gabin sorrise, era un uomo intelligente e un vero professionista.

« Dottoressa, cosa vuol dire che è coinvolta una SIM francese? Dove, nelle tasche dell'autista? O nella Clio? »

Aba aveva previsto la domanda. Sentiva su di sé lo sguardo freddo di Giulio Bonan.

Omissioni, non bugie.

« Non era né addosso all'autista né sulla Clio. Pensiamo che appartenga alla persona che ha rubato l'auto a Marsiglia e che l'ha portata in Italia e consegnata a Omar Ghali. »

Gabin aggrottò la fronte.

« E vorreste sapere a chi è intestata la SIM francese? Non sarà certo intestata al ladro dell'auto. »

Aba scosse il capo. Decise di fare un test su René Gabin.

« Certo che no, Monsieur. Pensiamo che voi abbiate ben altre possibilità per aiutarci. »

Gabin la guardò a lungo, poi annuì.

« Volete sapere che numeri ha chiamato? »

« Sì. Da quando ha preso quell'auto fino alle nove e mezza della mattina dopo. »

Alle nove e zero tre di quella mattina. Omissione.

Ora René Gabin la fissava, come se la vedesse davvero, quella donna senza gioielli, con un filo di trucco, in tailleur grigio, con un corpo in forma e un viso ancora giovane ma un po' sciupato. Poi guardò Ferrara e Bonan.

« Siamo qui per collaborare, vero Giulio? »

« Se i Ghali hanno a che fare con questa storia, vi terremo informati. »

Gabin annuì. Per il momento gli bastava.

« Avete materialmente in mano questo cellulare, dottoressa? »

«No. Ci siamo arrivati attraverso il cellulare di Omar Ghali, Fredo.»

«Che vuol dire, *attraverso*?»

Aba non ebbe nessuna esitazione.

«Non è pertinente, Monsieur.»

Questa volta René Gabin scosse il capo.

«Io temo di sì, dottoressa.»

Tre paia di occhi la fissavano.

Cosa vedono? Una donna in difficoltà? Bene, è esattamente quello che devono vedere. Il colpo migliore è quello che nessuno si aspetta.

Aba scelse il Monna Lisa.

«Non è pertinente né necessario perché lei sa già chi ha fatto quella telefonata, Monsieur Gabin. Altrimenti non si sarebbe scomodato da Parigi, neanche per il Cartizze e il tiramisù del dottor Bonan.»

Erano interessanti gli occhi maschili quando lei faceva cose del genere. Aba li aveva catalogati, sin dai tempi del liceo.

Paura, negazione, rabbia, sorpresa, ammirazione.

Sorpresa negli occhi di Pietro Ferrara, rabbia in quelli di Giulio Bonan, un divertito imbarazzo in quelli di René Gabin.

Aba indicò lo schermo con la Clio perforata dai tre proiettili.

«Dopo che il suo contatto romano le ha trasmesso la foto, lei ha scoperto chi ha rubato l'auto. Ecco perché ha preso subito un aereo invece di lasciare la questione al suo contatto qui a Roma.»

Bonan intervenne, evitando di guardare Aba.

«René, la dottoressa non vuole essere scortese, ma in nome della collaborazione tra i nostri governi...»

René Gabin passò ad Aba una chiavetta USB. Fu in quel momento che Aba si rese conto di quanto quell'uomo le piacesse.

È intelligente, intuitivo, duro ma simpatico, e se lo convinci è leale.

Lei la inserì nel PC collegato allo schermo e poco dopo apparve il volto di un uomo: magro, folti capelli ricci, olivastro, una cicatrice da coltello sulla fronte.

Gabin indicò lo schermo.

« Questo è il ladro della Clio. Si chiama Hosni Salah, una nostra vecchia conoscenza. Lo troverete anche nei database Interpol. Vive a Marsiglia ed è lì che ha rubato l'auto alla suora, senza accorgersi della telecamera che era stata messa pochi giorni prima da un gioielliere nell'insegna del suo negozio. È da quelle riprese che lo abbiamo identificato. »

Ferrara si collegò subito al database Interpol e lesse ad alta voce i risultati.

« Berbero algerino, terza generazione, nato a Marsiglia dove il padre si era trasferito giovanissimo. Musulmano praticante, fa frequenti viaggi in Africa. Ex calciatore bravo, lo chiamano Zizou come il grande Zidane. »

Gabin fece una smorfia.

« Quello è un amico di voi mangiaspaghetti, vi ha regalato un mondiale con la testata a Materazzi. »

« Avremmo vinto lo stesso, René. »

Gabin sorrise.

« Non credo. »

Si rivolse ad Aba.

« Entro lunedì le faremo sapere i numeri che Zizou ha chiamato, va bene, Madame? »

Aba scosse il capo.

« Non lavorate nel weekend alla DGSE, Monsieur? »

René aggrottò la fronte, ma non era offeso, più che altro sorpreso e divertito. Accennò un inchino.

« Farò volentieri gli straordinari per una bella donna. E ora mi scuserete, ma devo tornare a Parigi. Mi aspetto che ci teniate al corrente, Giulio. »

Seguirono le strette di mano. Quando arrivò ad Aba, René Gabin le strinse la mano e la guardò negli occhi.

« Merci, Madame. Per la chiarezza. »

Anche Aba gli sorrise, senza Monna Lisa o Maggie Thatcher.

« Grazie davvero, Monsieur. »

Aveva capito di aver stabilito un contatto reale con un uomo che amava la chiarezza.

Bonan era arrabbiato, seppur coi suoi modi impeccabili. Puntò contro Aba la preziosa stilografica.

« Dottoressa Abate, non può trattare così un uomo come René Gabin, un importante funzionario dell'intelligence francese. »

« Mi scusi se ho messo lei in imbarazzo, ma credo che Gabin apprezzi molto la franchezza. È un uomo troppo in gamba per la mezza verità, dottor Bonan. Però c'è una questione. Hosni Salah ha rubato la Clio a Marsiglia e l'ha consegnata a Fredo al parcheggio della stazione di Piacenza. Poi ha fotografato Kebab quando è arrivato, ha mandato la foto e ha chiamato qualcuno col cellulare francese. Un minuto dopo, con quello del Niger, ha fatto la denuncia al 112 e a causa di quella telefonata Fredo ha perso la vita. Il che ci riporta alla domanda chiave. »

Nella stanza cadde il silenzio. La domanda era chiara.

Chi poteva sapere di Kebab? Chi ha tradito?

Bonan era gelido.

« Non è detto che Kebab fosse così bravo o così fedele. O si era tradito oppure ci aveva tradito. E quindi ora dobbiamo andare sino in fondo, potrebbe essere una falla molto pericolosa sia qui in Italia che in Nord Africa. Dobbiamo aggiornare il professor Jazir. Forse lui avrà sentito parlare dei fratelli Ghali e anche di Hosni Salah. »

Ferrara era terreo e Aba si stava preoccupando sempre di più.

« Giulio, Marlow è un occidentale *quasi arabo*. Non è un nostro uomo. Non possiamo fidarci. »

« Lo so, Pietro. Al Mossad li chiamano *mista arvim*. I più

preziosi infiltrati di Israele tra gli arabi. Esattamente come JJ per noi: ecco perché solo lui si può infilare tra quelli come i fratelli Ghali. »

Lo smartphone personale emetteva vibrazioni a ripetizione. C'erano ben quattro messaggi di Paolo.

Non mi hai più detto come stai, quindi non ho disdetto da Carlo e Sofia. Passi a prendermi?

Dove sei?

A che ora arrivi?

Guarda che facciamo tardi e Sofia si arrabbia.

Aba fece un rapido calcolo. Se usciva subito, correndo come una pazza con la Prius, sarebbe arrivata in orario.

Inizia ad andare tu in taxi, ci vediamo lì.

Bonan e Ferrara la fissavano.

« Problemi, Aba? »

« Nessun problema. »

Bonan non mollava.

« Allora, chiamiamo JJ. Dobbiamo dargli tutti gli elementi per cercare little boy. »

Ferrara annuì, in silenzio. Le decisioni non erano più solo sue. Bonan le lanciò un'occhiata.

« Se a casa la reclamano vada pure, dottoressa. A chiamare il professor Jazir bastiamo io e Pietro. »

Aba detestava tutto di quell'uomo.

« Non devo calare la pasta, dottor Bonan. »

Si spostarono nella screen room. Sullo schermo apparve il volto di JJ. Per ragioni di sicurezza, lui non li vedeva. Come sempre i nomi in codice, obbligatori per quel tipo di comunicazioni, vennero confermati all'inizio da ciascuno di loro.

Marlow, Arpax, Papà Doyle, Ice.

Aba restò un attimo interdetta dal nome in codice di Giulio Bonan.

Dove diavolo ho sentito questo nome, Arpax?

JJ era seduto per terra, scalzo, con i Ray-Ban verdastri e obsoleti. Alle sue spalle c'era solo una parete completamente bianca e vuota.

Ferrara riepilogò tutte le novità, dalla chiamata al 112 sino ai fratelli Ghali e Hosni Salah.

JJ ascoltò senza interrompere, con uno stuzzicadenti tra i denti mentre con una mano reggeva una sigaretta e con l'altra si lisciava la barba.

« Grazie di avermi informato, Papà Doyle. Con chi avete parlato dei francesi? »

Ferrara esitò e Bonan rispose.

« Con René Gabin. »

« Addirittura! Si vede che hanno capito che la questione è importante. »

Ferrara lo interruppe.

« Li conosci i Ghali, vero Marlow? »

JJ annuì.

« Qui li conosce chiunque abbia a che fare col business dei migranti. »

« Li conosci direttamente? »

« Il mio amico ammiraglio ha trattato in passato con uomini di Sonny le percentuali per far partire da qui le crociere. Michael, che è il capo e il cervello di tutto, gli ha affidato proprio il trasporto dei migranti da Niamey alle coste libiche. Un lavoro perfetto per un sadico come Sonny. »

Bonan aggrottò la fronte.

« Marlow, che c'entra il sadismo? »

« Non sempre i migranti sono docili, Arpax. Sonny usa la tortura, lo stupro e la crocifissione dei disobbedienti come monito per gli altri che gestisce come schiavi nei campi di raccolta. »

« Sono solo leggende, Marlow. »

« C'è molta differenza tra gli arabi del Nord Africa e i neri del sub Sahara. I primi sanno appena cosa è una guerriglia, gli altri conoscono lo sterminio. »

Bonan cominciava a seccarsi.

« Conosco la storia, Marlow. »

« Perché l'ha letta sui libri, Arpax. Faccia un viaggio dal Niger a qui e vedrà coi suoi occhi. Quando i maliani governativi catturarono Sonny e Fredo dopo la resa dei jihadisti a Timbuctù e Gao, sa come li hanno trattati? »

Nessuno disse nulla. Allora JJ buttò la cicca accesa di sigaretta da qualche parte, si tolse lo stuzzicadenti di bocca e cominciò a usarlo per pulirsi le unghie. Dietro i Ray-Ban verdi i suoi occhi erano invisibili.

« A Sonny hanno estirpato i denti uno a uno, mentre a Fredo hanno tagliato le palle e il pisello. »

Ferrara interruppe quella discussione. Ad Aba sembrava che stesse seguendo una sua linea di pensiero che a lei sfuggiva.

« Marlow, cosa sai ancora dei Ghali? »

JJ si accese un'altra sigaretta.

« Mercenari di lusso. Coi francesi contro Gheddafi. Contro i francesi in Mali. »

« Dove risiedono Michael e Sonny? »

« 'Risiedono?' Che termine borghese, Papà Doyle! I Ghali dormono come nomadi, circondati dai loro fedelissimi tuareg, ogni sera in un punto diverso che decidono solo loro stessi all'ultimo momento. Michael, il capo, è quasi sempre tra Niger, Ciad, Sudan. Non è localizzabile. »

« E Sonny? »

« Sonny è un po' più facile da scovare perché è spesso in Libia. Ora si è rifatto tutti i denti d'oro, anche con tutti quelli che ha strappato ai migranti. »

Aba sentì ronzare lo smartphone.

Siamo tutti a tavola. Stai arrivando?

Si rivolse a JJ.

« E Hosni Salah, Marlow? »

« Zizou? Non lo conosco di persona, me ne ha parlato Mansur. È Hosni il tramite tra i fratelli Ghali e Mansur nel trattare le partenze dei migranti dalla base di Zwara, al confine tunisino. A volte partono anche da Djerba in Tunisia. »

« A che punto è la ricerca, Marlow? »

« Stiamo restringendo il campo, Ice. Avremo presto notizie per voi. »

Chiusero la comunicazione con JJ. Aba si alzò di scatto. « Scusatemi, ho una cena. »

Ho già un quarto d'ora di ritardo quando parto da sotto l'ufficio a tutta velocità. Sono sempre riuscita, anche dopo una giornata di lavoro complicata, a lasciarmi tutto alle spalle e dedicarmi serenamente alla parte normale della mia vita. Solo che in questo caso si sta rivelando piuttosto complicato.

E i problemi aumentano: l'auto singhiozza e poi si ferma.

La maledetta benzina!

È buio, piove di nuovo, è ora di cinema, teatro, ristoranti. Neanche l'ombra di un taxi. Provo con l'app: nulla. Mancano un paio di chilometri, col mio allenamento posso farcela. Lascio la Prius accanto al marciapiede e proseguo a passo veloce, sotto la pioggerellina. Poi di corsa.

Venti minuti dopo, suono alla porta di Carlo e Sofia. Lei mi apre e rimane per un attimo interdetta, poi mi fa un mezzo sorriso e mi lascia entrare. Gli altri ospiti, incluso Paolo, sono tutti già a tavola. Mi guardano, divisi tra pena, incredulità e disgusto.

Quasi un'ora di ritardo e non si è neanche pettinata e truccata. E ha i vestiti sgualciti e fradici.

« Scusate, mi è finita la benzina, sono venuta a piedi. »

Mi guardano in silenzio, sanno che abitiamo a pochi minuti di distanza, ma non posso dire che ero in ufficio. Io per loro sono quella che fa un lavoro noioso al Ministero e che ogni tanto viaggia in qualche luogo periferico dell'Italia per scovare impiegati truffaldini.

Ed è quello che devono continuare a pensare.

Mi siedo nel posto libero e, per fortuna o per pietà, nessuno mi fa domande e riprendono a mangiare e chiacchierare. I quattro uomini parlano tra loro del campionato di calcio e di politica, mescolando i due argomenti con metafore e pronostici dello stesso livello dei lettori di tarocchi a piazza Navona.

Tra le donne, i temi del dibattito sono i problemi educativi dei figli e come conciliarli con il lavoro. Argomento su cui avrei molto da dire, se solo potessi parlarne.

Sofia è un architetto esperta di restauri, di antiche chiese ma anche di sé stessa. Anna fa la psicologa in un centro di ascolto per donne brutalizzate e scrive commedie teatrali. Brigit è una new entry amica di Sofia, so solo che è una giornalista d'inchiesta tedesca sposata con un architetto italiano e vivono in Kenya.

Anna incolpa delle sue occhiaie lo stress dovuto al figlio maschio che non è riuscito a entrare in una famosa università americana. Sofia le consiglia una nuova punturina miracolosa che fa sparire le borse sotto gli occhi. Brigit racconta che in Africa la gente di colore ha meno rughe perché non si preoccupa per cose inutili. Non lo dice, ma per me è evidente che tra queste include la famosa università americana.

Io non ho argomenti interessanti. Certo, ci sarebbero i fratelli Ghali, Hosni Salah, little boy.

Quelli che farebbero saltare in aria questa bella cena con molto piacere.

« Che ne pensi, Aba? »

La domanda di Sofia forse sottintende che un ritocchino alle famose borse gioverebbe anche a me e su questo ha certamente ragione, dopo questa settimana.

« Avevo paura delle punture già da piccola. Mi terrorizza l'idea di un ago nel viso. »

Anna, la psicologa, annuisce.

« Aba, sai a cosa è attribuibile la paura degli aghi secondo una certa corrente psicoanalitica? »

Confesso la mia ignoranza di contabile ministeriale cercando di buttarla sullo scherzo.

«Non so. Forse, se avessi avuto per fidanzato un fachiro...»

Lei annuisce vigorosamente e io penso che sia diventata sorda. Invece no.

«Esatto. C'è un forte legame col sesso. Paura di essere penetrate dall'ago uguale paura di...»

Anna lascia la frase in sospeso, io la guardo allibita, poi lei scoppia a ridere. Era nel mood commedia e io non l'avevo capito.

«Aba, sto scherzando, dai! Hai una faccia...»

«Sì, scusate, ho avuto una giornata complicata.»

Brigit, la giornalista d'inchiesta tedesca, è l'unica a mostrare un minimo interesse per il mio lavoro.

«Cosa ne pensano al Ministero delle possibili infiltrazioni terroristiche sui barconi dei migranti?»

Cosa potrei fare, raccontarle la storiella, *solo per ipotesi, non accadrà mai*, di un little boy che sta per farsi un giro in qualche piazza, stadio o cinema del nostro tranquillo paese?

Rispondo con l'aria incerta di chi è alle prese con il latino del figlio più che con la politica internazionale.

«Non lo so proprio. Io lavoro in amministrazione.»

Brigit insiste.

«Ma al Ministero ti sarà capitato di sentire qualcosa sugli accordi con la Libia per limitare le partenze. Si dice che daremo altri 150 milioni alla Guardia costiera libica per bloccare i migranti e gestire i campi profughi.»

Forse pensa che io origli dietro le porte.

«No, davvero, non ne so proprio niente.»

«Strano. Nei bilanci, quei soldi da qualche parte esistono. Qualcuno di voi andrà pure a visitare quei campi per verificare come vengono spesi i soldi dei contribuenti, o no?»

Ora la guardo meglio. Ha la mia stessa età, occhi trasparenti come l'acqua marina ma troppo intelligenti.

Stai attenta, Aba. Lei non pensa che origli dietro le porte. Lei sa qualcosa.

« Stai facendo un'inchiesta su questa storia? »

Lei scuote il capo.

« Non ancora, ma ci sto pensando. »

Poi Brigit indica il bell'uomo seduto accanto a lei.

« Gianni fa l'architetto, lavora a Nairobi. Con Sofia stanno riadattando un vecchio ospedale. »

Usa anche lei il metodo del cambiare discorso.

« Ti piace vivere in Africa, Gianni? »

La mia domanda lo coglie leggermente di sorpresa.

« Non viviamo qui a Roma, ci veniamo ogni tanto a trovare i miei genitori. »

« Be', se io fossi un poliziotto direi che è una risposta molto evasiva. »

Lui annuisce, sta riflettendo.

« Sto meglio con Brigit quando siamo a Nairobi. »

Mi vengono subito in mente le mogli schiave di Johnny Jazir.

« Per una donna però è mille volte meglio qui. »

Gianni scambia una rapida occhiata con Brigit, poi mi risponde.

« Solo perché qui non si muore di fame. »

Non succede mai, ma le parole mi sfuggono di bocca.

« Per questo ci vogliono uccidere? »

Che diavolo stai dicendo, Aba. Sei impazzita?

Ma tutti hanno sentito la mia domanda e mi guardano perplessi. Nessuno fiata.

Si stanno chiedendo se per caso il mio aspetto stasera sia un indicatore del mio stato mentale.

Sento gli occhi trasparenti di Brigit su di me.

Attenta, Aba. Lei si sta chiedendo se sono solo una stupida oppure...

Devo rimediare, subito. Assumo il tono ilare e giulivo dell'ubriaca, anche se non ho toccato un goccio di alcol.

« L'ho letto in quel libro bellissimo sui due terroristi innamorati, quello in testa alle classifiche! »

Paolo mi guarda sbalordito. Non è nemmeno arrabbiato, solo preoccupato, come sempre. Sofia approva.

« *Licenza d'amare* è un capolavoro! Mi ha fatto piangere! »

Anche Anna si aggiunge al coro di lodi.

« I profili psicologici dei personaggi sono davvero ben fatti. »

Sento ancora gli occhi di Brigit su di me.

Non sono ancora riuscita a convincerla che sono solo una cretina che straparla.

« Tu lo hai letto, Brigit? »

« No, Aba. Dove è ambientato? »

È davvero pericolosa. Devi uscirne.

Con un gesto apparentemente involontario, urto la bottiglia del preziosissimo Brunello che si rovescia macchiando la preziosissima tovaglia di Sofia, il suo abito firmato e il parquet nuovissimo.

Si scansano tutti di scatto, mi guardano allibiti, Paolo in particolare.

« Oddio, scusate, che disastro, Sofia, sono mortificata... »

Sofia è un'ottima padrona di casa ed è ricchissima di famiglia, il che aiuta ad assorbire certi colpi.

« Non importa Aba, non ti preoccupare. Solo che sembri un po'... un po'... »

La cameriera di Sofia rimette un minimo di ordine mentre la conversazione torna su calcio e figli e viene servito il dolce col caffè e i liquori. Io declino tutto, sto solo aspettando che termini questo supplizio. Ma non è ancora finita.

Brigit si rivolge a tutti.

« Vi va di venire da noi a cena domani sera? Cucina africana! Prima che ripartiamo lunedì per Nairobi. »

Sofia e Anna accettano con entusiasmo, mi guardano.

« Grazie, ma abbiamo ospiti da me domani. »

Brigit insiste.

« Vogliamo fare domenica a pranzo? »

Paolo ha capito al volo.

« Grazie, Brigit, ma passerò il fine settimana sul mio libro. »

È stato un errore, ma è troppo tardi per frenare la domanda di Anna.

« Come procede, Paolo? »

Lui fa un gesto vago.

« Procede, piano ma procede. L'arte non ha mai fretta. »

Sono più o meno due anni che risponde così. Noto gli sguardi che si scambiano Anna, Sofia e i rispettivi coniugi.

Ma non finirà così. Non lo permetterò. Paolo ha il doppio del loro talento.

Col taxi e con una tanica di benzina, io e Paolo recuperiamo la Prius. Guida lui e durante il tragitto continua a gettarmi occhiate preoccupate. Non fa domande, come sempre. Tranne l'unica sua vera preoccupazione.

« Stai bene, Aba? »

« Benissimo. Sono solo un po' stanca. »

« Ora c'è il fine settimana e ti riposi. »

Certo, tanto little boy rispetta le nostre festività.

Arriviamo a casa e il posto macchina è occupato dal suo trabiccolo elettrico a tre ruote. Si ferma davanti al portone.

« Cerco parcheggio, tu sali. »

Quando entro in casa, trovo Francesco sdraiato sul divano col libro di latino.

Subito mi preoccupo. Esattamente come Paolo con me.

« Stai male, Fra? »

« No. Lunedì il prof mi interroga sulla peristaltica, voglio migliorare. »

Non lo dice, ma lo so.

Vuole migliorare per farmi piacere.

« Bravo. Domani dopo che torni da scuola ripassiamo insieme. »

« Grazie! Ah, hai fatto bene a obbligarmi a non saltare il rugby. Mi fa entrare di sicuro. »

La lite è già dimenticata. È proprio un cucciolone peloso e ribollente di ormoni in rivolta. Basta un niente per cambiare tutto.

Gli faccio una carezza sui capelli.

« Tua sorella? »

« In discoteca, non ha portato giù Killer, lo faccio io se vuoi. »

« No, tu pensa a studiare. A Killer ci penso io. »

Killer è già lì intorno che scodinzola. La ciotola dei croccantini è mezza piena.

Mentre scendo per le scale insieme al cane, incrocio Paolo. Lui mi strizza l'occhio.

« Torna presto. Domani niente ufficio, vero? »

Quindi possiamo fare sesso, vero?

Killer si muove lentamente, ondulando per attutire il dolore all'anca. Arriviamo infine al piccolo parco. È tardi, il clan proprietari felici di cani geniali è scomparso, ma metto un piede su un residuo della loro presenza e per poco non scivolo nel fango.

Quindi anche i cani geniali defecano. E alcuni dei loro proprietari felici non raccolgono.

Percorro il vialetto, arrivo al solito spiazzo. L'uomo in nero col cocker nero non c'è. Killer si precipita subito sotto la panchina.

« Killer, torna qui, andiamo a casa. »

Non mi dà retta. Continua a mugolare. Allora mi avvicino.

« Killer, qui! »

Si paralizza, si volta. Vedo una scatola di cartone sotto la panchina. Gli occhi di Killer mi implorano. In fondo, non c'è nessuno intorno.

« E va bene, Killer. Un minuto. »

Il cocker si butta sulla scatola, ci infila dentro il muso, lo scuote, uggiola e scodinzola in un modo indecoroso.

« Basta, Killer! »

Incredibilmente non mi obbedisce e continua a divorare quei maledetti croccantini. Allora la prendo per il collare per tirarla via e si ribella, ringhia.

« Vuoi che ti compri una museruola come per Lady? Smettila, subito! »

Si blocca, finalmente. Guardo affascinata la scatola di cartone semidistrutta da Killer. La B iniziale e la Y finale si intravedono appena nella semioscurità. Killer mi guarda coi suoi occhi imploranti da cocker.

Mi chino su di lei, incurante del fango, del freddo, della stanchezza e dei pensieri. Le accarezzo le orecchie, la stringo piano, per non farle male.

« Li trovo i Baulucy, te lo giuro. »

Lei mi lecca la mano e si calma.

Quando torniamo a casa, Killer non zoppica.

Paolo è a letto, sta leggendo sul suo iPad mentre io mi cambio per la notte. Quando finalmente mi sdraio accanto a lui, posa il tablet e mi guarda.

« Davvero hai letto quella boiata di Rondi, Aba? »

« No, era tanto per dire... »

Non ci casca, ovviamente. Vent'anni di matrimonio rendono difficili certe bugie.

« Tu? Tanto per dire? »

So che facciamo sesso ogni venerdì sera e ogni sabato sera da anni, tranne quando ho il ciclo. Quella è una bugia più gestibile.

« Scusami, amore, sono indisponibile. »

Forse fa caso alla differenza tra *indisponibile* e *indisposta.*

Ma è un uomo perfetto per me, perché o non ci fa caso o fa finta di niente. Spegne l'abat-jour e io mi accoccolo tra le sue braccia, la schiena contro il suo petto, come ogni notte da tanti anni.

SABATO

Alle cinque sono già sveglia. Faccio una carezza a Paolo che dorme accanto a me. Mi piacerebbe restare ancora lì per un po'. Lo so bene cosa direbbe Tiziana.

E la passione? E il fuoco e le fiamme?

Le voglio bene ma non l'ho mai aiutata davvero. Per questo, la cena di stasera è un'ottima idea. Vedendoci insieme, me e Paolo, proprio lei che ci ha fatti conoscere, capirà che l'amore nel tempo si basa su cose molto più importanti e durature: stima, rispetto, solidarietà, il senso che si può anche non essere d'accordo ma si viaggia insieme.

Mi alzo. Oggi il programma della moglie e madre efficiente prevede tapis roulant, addominali, flessioni, tè verde, parrucchiere, supermercato, spesa per la cena con Tizzy, verifica dei compiti di latino di Fra, outlet con Cri, cena con Tizzy e il suo Roberto, passeggiata finale con Killer, sesso del sabato sera.

E forse qualche notizia da René Gabin.

Non mi sento vittima di nulla. Occuparsi del marito, dei figli e anche un po' di me stessa è un piacere, non un dovere, e ringrazio ogni giorno per la fortuna che abbiamo. Con tutta la gente che soffre per disgrazie, malattie, figli problematici, io sono una privilegiata.

Sono pagata il giusto per fare un lavoro che mi motiva profondamente, e questa è un'altra grande fortuna, con tanta povera gente senza lavoro o costretta ogni giorno a un lavoro sgradevole.

Alle sei finisco le riflessioni del sabato mattina e l'ora di tapis roulant e ginnastica. Mi faccio una bella doccia, poi, libera dagli obblighi di ufficio, indosso i miei abiti preferiti: maglione, jeans e i tronchetti a stivaletto basso senza tacco coi brillantini, di cui faccio collezione ogni volta che li trovo ai saldi.

Il mio unico vezzo, dice Paolo. Il mio unico segno di modernità, dice Cri. Una schifezza, dice Francesco.

Decido di prendere l'ascensore e ci trovo il lezzo dei due enormi pelosissimi e incolpevoli cani della vecchia signora dell'attico. Povere bestie, tenute da sempre nello spazio ristretto di un balconcino per non puzzare in casa.

Si parte col supermercato. Non vorrei andare da sola a fare la spesa. Il mio unico accompagnatore saltuario è Francesco quando ci vado al pomeriggio, ma il sabato mattina lui ha scuola. Cristina non la porto più da anni, con lei spendo il doppio del tempo e dei soldi. Butta nel carrello qualsiasi cosa che sia dolce. Ci sarebbe anche mio marito, ma solo *teoricamente*. Credo che Paolo non mi abbia mai accompagnata, neanche quando eravamo ancora fidanzati.

Perché è un uomo sincero, non mi ha venduto sé stesso come fa con i suoi slogan.

Alle sette e mezza entro al supermercato open 24/7. Il sabato mattina è già pieno di colf e di anziani. Sono tutti già lì con quell'aria così efficiente, da battaglia.

Tutti danno del tu lì dentro, come le infermiere ai malati negli ospedali, dalla commessa diciottenne alla fruttivendola un po' matura.

Papà lo faceva per manipolare, queste brave signore per politica aziendale.

Mettere a proprio agio i clienti!

Mi aggiro fra i banconi per controllare scadenze e composizioni, consulto la lista della spesa che ho redatto per la cena con Tiziana e per tutta la settimana.

Ho calcolato che facendo così posso usare i ticket dei pasti che salto sempre e risparmiamo il quindici per cento.

Riempio il carrello il più velocemente possibile facendo

mentalmente la spunta, non ho mai avuto bisogno di appunti. Per verdura e frutta strappo il sacchetto, memorizzo il numero dell'alimento per pesarlo.

Mi fermo davanti al bancone del pesce.

Claudio, il direttore del supermercato, un giovanotto belloccio, è lì accanto, sorveglia tutto e in particolare le clienti che trova piacenti, categoria a cui ho il privilegio sgradito di appartenere. Mi dà anche lui del tu anche se non ricorda mai il mio nome perché fa il piacione con qualunque essere decente di sesso femminile, potrebbe fare il compagno di merende del mio collega Franco Luci, detto Ollio. Gli ho lasciato credere che lavoro al Ministero delle Finanze per evitare proposte troppo indecenti. Una verifica delle Fiamme Gialle è la cosa meno desiderabile per qualunque italiano.

« Le spigole sono fresche? »

L'addetta esita e Claudio mi risponde sottovoce, con aria complice, come se fosse un segreto tra lui e me.

« Meglio il dentice, le spigole non sono di mare. »

Prendo il dentice e tutto il resto della lunghissima lista. Finalmente, sperando di non aver dimenticato nulla, mi metto in fila in cassa. Dopo un po' avverto lo sguardo torvo di quelli che stanno dietro di me. Più o meno come in quei film sui mafiosi, quando fanno accomodare il traditore accanto al posto di guida e dietro c'è un tizio orrendo con un bel laccio. Posso sentire a pelle il loro odio per il mio carrello pieno che farà perdere loro un sacco di tempo.

Che loro ritengono molto più prezioso del mio, quello di una sfaccendata.

Alcuni più sfacciati mi chiedono di farli passare avanti, ma li scoraggio borbottando del bambino che mi aspetta in macchina. Poi ci sono quelli che provano a infilarsi con l'aria svagata, ma quelli ci pensa Maggie Thatcher a farli desistere.

Tocca infine a me, quando mi ricordo di Killer. Non posso tornare senza i suoi croccantini. Mi volto verso la signora dietro di me, forse filippina, col carrello ancora più pieno del mio.

« Ho dimenticato i croccantini per il cane, questione di un attimo. »

Lei fa cenno di no. Intravede la fantastica occasione di scavalcarmi.

La vera indaffarata contro la sfaccendata.

« Deve rifare fila. »

Claudio ha visto tutto, inclusa la sua grande occasione di aumentare i suoi meriti con una delle possibili prede.

« Tu intanto paga, tranquilla. I croccantini te li prendo io. »

Mentre la cassiera fa passare tutti i miei acquisti sento la signora filippina borbottare. Claudio torna con i croccantini della solita marca per Killer e la cassiera fa passare anche quelli.

Quando tiro fuori i ticket sento la filippina borbottare di nuovo.

Scopa con Claudio.

Lo sguardo della cassiera mi fa capire che anche lei è dalla loro parte, io sono la ministeriale privilegiata che fa perdere tempo a tutti e che approfitta subdolamente del suo bell'aspetto.

Sulla porta del supermercato Claudio è già pronto per la sua mossa finale.

« Hannibal oggi non è venuto, ti aiuto io? »

Hannibal è il tizio che mi aiuta di solito a portare il carrello sino alla Prius e a svuotarlo. È un ex insegnante in pensione che perde tutto al gioco. Di aspetto è identico a Hannibal Lecter, col panama bianco e gli occhiali da sole anche se piove, ma è efficiente, trasporta e carica le cibarie senza mangiare né i viveri né i proprietari.

Oggi ho un motivo per accettare l'aiuto di Claudio. Appena ha finito, prima che proponga un salto alla pasticceria come fa ogni tanto col suo tono allusivo, *certi cannoli che ci perdi i sensi*, lo anticipo.

« Claudio, i croccantini Baulucy non li avete? »

Lui mi guarda perplesso.

« Non li ho mai sentiti, ma per te li trovo di sicuro. »

In fondo è piacevole e rilassante essere corteggiate da un uomo più giovane e belloccio quando non si è minimamente interessate. Come mangiare cioccolata ogni sera se sei il tipo che non ingrassa mai. Per il bene di Killer posso persino spingermi a una promessa che non manterrò.

« Grazie Claudio, quando li trovi si festeggia a cannoli. »

Esco dal supermercato e chiamo Cristina. Non risponde. Allora provo con Francesco.

« Ciao mà, stiamo facendo colazione. »

« Sbrigati o fai tardi a scuola. Io torno per pranzo, così preparo il pesce per stasera e poi vado a fare spese con Cri. »

« Che schifo il pesce, sai che puzza! Apri tutte le finestre. Ah, c'è qui Shrek! »

Mi passa Cristina.

« Usciamo subito dopo pranzo, mamy? L'outlet è fuori Roma, ci vuole un po'. »

« Devo cucinare per questa sera. Pensavo di andare al centro commerciale vicino a casa. »

« No, per carità, lì incontro tutti quelli di scuola, faccio la figura della sfigata che il sabato pomeriggio esce con la mamma. »

« Allora che ne dici se andiamo in centro? »

« Mi avevi promesso l'outlet! Sasha ci ha comprato a poco prezzo una maglietta carinissima e tu vuoi sempre che risparmiamo, no? »

Faccio un rapido calcolo mentale.

Porto Cri all'outlet, torno, cucino il dentice, mi lavo, mi cambio...

« Va bene, ma appena torni da scuola mangi e alle due si esce subito e si torna presto. »

Chiudo e salgo in auto per tornare a casa a mettere la spesa in frigo prima del parrucchiere. I tempi sono strettissimi. In quel momento arriva il messaggio sullo smartphone. È di Ferrara.

I francesi hanno risposto. Tra mezz'ora in screen room, chiamiamo Marlow.

Bene, non mi ero sbagliata su Gabin.

È un uomo in gamba e i francesi ci possono aiutare molto.

Aba entrò nella screen room: erano già lì sia Ferrara che Bonan. Aba rimase un attimo interdetta.

Evidentemente il fine settimana cambia gli uomini.

Ferrara era elegantissimo. Indossava una sciarpa nera sopra un completo grigio ferro, una camicia bianca, calzini neri. Il primo pensiero di Aba fu in realtà la sua grande speranza.

Ha trovato un'amante, finalmente!

Bonan invece indossava un maglione a V, blue jeans e scarpe da vela, e non si era nemmeno fatto la barba.

Lui fissava i tronchetti coi brillantini ai piedi di Aba, i suoi jeans stinti, il maglione verde bottiglia.

Anche lui si sta chiedendo quale sia quella vera.

Aba si sedette al tavolo, lontana dall'acqua di colonia di Bonan. Pigiò il tasto sul PC e poco dopo, sullo schermo della screen room apparve il volto di JJ. Indossava una muta con la zip tirata su, i capelli coi fili grigi bagnati.

« Scusate, ho fatto una nuotata. L'acqua è freddina ma con la muta si pesca bene. »

Spostò il suo PC in modo che potessimo vedere il secchio coi polipi e un grosso pesce.

« Una cernia da dieci chili che le mie mogli fra un po' prepareranno per il pranzo, siamo tante bocche da sfamare qui... »

Aba lo interruppe.

« Scusi, Marlow, ma io non ho le mogli che cucinano per me e ho anch'io un dentice da cucinare... »

« L'ha pescato lei, Ice? »

Anche Bonan aveva fretta. Estrasse una busta dalla sua cartella e tirò fuori un tabulato di France Telecom. Lo posò al centro del tavolo. Aba puntò subito il dito sulla chiamata delle nove e tre minuti.

« 0021 è il prefisso della Libia. Il 71 è un cellulare o un fisso, Marlow? »

JJ si accese una sigaretta sfregando il cerino sull'unghia.

« È il prefisso di Sebha, nel Sud, in mezzo al Fezzan. È la base degli islamisti e un punto di snodo della rotta dei migranti. Una città molto frequentata da Elias Ghali, il nostro Sonny Corleone. »

Aba fotografò il tabulato e lo inviò ad Albert con un messaggio molto semplice.

Immediatamente.

Bonan si rivolse a JJ.

« L'informazione dei francesi è utile, Marlow. »

« Serve solo a confermare come è andata lì da voi, Arpax. Per arrivare a little boy entro domani sera dovremmo parlare con Sonny oppure con Zizou. »

Bonan si schiarì la voce.

« C'è un'altra cosa, nella busta. »

Posò un biglietto dattiloscritto al centro del tavolo e lo lesse ad alta voce.

« Zizou ha preso l'ultimo aereo da Marsiglia a Tunisi ieri. »

JJ sembrò subito più interessato.

« Interessante. Zizou potrebbe portarci a little boy. »

Bonan annuì.

« Dobbiamo trovarlo subito, senza mettere in allarme i Ghali. »

Ferrara aggrottò la fronte.

« E come? È partito per Tunisi, ora potrebbe essere dovunque. »

Aba sentì il *bip* e vide la risposta di Albert sullo smartphone.

È un fenomeno. In meno di un minuto.

Si rivolse a Ferrara che le fece cenno che poteva parlare.

« Marlow, prima della telefonata al 112 Hosni Salah aveva fatto con la SIM francese quattro telefonate, tre a numeri di Marsiglia e una in Libia. Prefisso 25, cioè Zwara, a pochi chilometri dal confine tra Tunisia e Libia. Il punto di partenza di quasi tutte le crociere per l'Italia. Zizou potrebbe essere lì per fare il suo lavoro. »

Ferrara scosse il capo.

« Zwara non è un paesino di pescatori, ha oltre duecentomila abitanti. Trovare Zizou in poche ore sarebbe impossibile. »

Poi arrivò la voce di JJ.

« A meno che il suo genio delle telecomunicazioni non trovi anche l'indirizzo, Ice. »

Ferrara intervenne subito.

« Un minuto, Marlow. »

Poi tolse l'audio in modo che JJ non potesse sentire la loro conversazione.

« Albert può riuscirci, Aba? »

« C'è già riuscito. »

« E poi che facciamo, Giulio? »

Bonan sembrava avere ben chiara la situazione.

« JJ e Mansur perderebbero cinquantamila euro se non trovano little boy. Saranno ben disposti a mandare lì qualcuno, no? »

Ferrara ripeté la stessa domanda.

« E poi? »

Bonan si innervosì, Aba lo capì dal piccolo scatto con cui si ravviava il ciuffo.

« Pietro, è l'unico modo. »

« Non avremmo nessun controllo su ciò che succede, Giulio. »

Bonan non batté ciglio.

« Grazie alla tecnologia posso seguire l'operazione da qui. Ci penserò io, visto che saremmo nel mio territorio. »

Ferrara era una maschera di rughe. Non era d'accordo, ma annuì.

« Va bene, questa responsabilità te la prendi tu, Giulio, visto che l'azione si svolge in Libia. Ma resta solo mia la decisione se bloccare o meno la partenza di little boy. »

Udirono la voce seccata di JJ.

« Devo portare la cernia alle mie mogli, signori. »

Bonan ripristinò l'audio e si rivolse a JJ.

« Se Ice trovasse l'indirizzo di Hosni Salah a Zwara lei potrebbe mandarci subito qualcuno? »

JJ annuì.

« Mansur ha i suoi uomini nella Guardia costiera anche a Zwara, Arpax. Possono agire rapidamente. »

Ferrara intervenne.

« Girano brutte voci sulla Guardia costiera libica, Marlow. Dobbiamo stare entro limiti di azione leciti. Non possiamo autorizzare... »

La voce strascicata del professor Johnny Jazir lo interruppe.

« Papà Doyle, qui siamo in Libia, i limiti di azione leciti sono i nostri, non i vostri. »

Bonan intervenne.

« Marlow, come possiamo evitare un'irruzione violenta? »

« Potremmo entrare con un moscone e vedere se c'è Hosni e chi altro c'è. Ma qualcuno dovrà manovrare il moscone, cosa non semplice. »

JJ aveva sempre la sigaretta in mano, lo stuzzicadenti con cui si era pulito le unghie di nuovo a un angolo della bocca, quel mezzo sorriso irridente. Aba si sentiva inquieta, e non solo per la tensione palese sul volto di Ferrara. Gli fece un cenno e lui la autorizzò a parlare.

« Chi sa manovrare il moscone, Marlow? »

« Il moscone posso manovrarlo solo io, non si impara in

mezz'ora. Mi serve il tempo per arrivare da casa mia a Zwara e per organizzare il tutto. Diciamo due ore, tanto per essere sicuri. »

Ora Aba ne era certa.

Ha usato Bonan per arrivare dove voleva lui.

Si rivolse a Ferrara.

« L'operazione little boy è mia, preferirei gestire io da qui questa cosa. »

Ferrara guardò Bonan che allargò le braccia.

« L'operazione è sua, Ice, questo è vero. Ma il territorio è mio. Saremo qui insieme. Allora va bene, Marlow. Decidiamo noi quando dovrai fermarti. »

JJ si sfilò di bocca lo stuzzicadenti e lo usò per togliersi qualcosa da sotto un'unghia.

« Certo, spettacolo in diretta. Fatemi avere l'indirizzo preciso. A più tardi. »

Chiusero il collegamento e Aba mandò un messaggio a Tony, Leyla, Albert.

Tra due ore in screen room.

Poi salutò frettolosamente e si precipitò verso le sue incombenze domestiche.

Nella scala dello stress il parrucchiere è in top ten come i colloqui coi professori di Francesco e la dieta di Cristina.

Il mio parrucchiere è Fulvio, scelto sulla base del mio solito criterio operativo: la mancanza di tempo. Quindi, il più vicino possibile a casa.

Fulvio è laureato in sociologia con passioni politiche a sinistra di Stalin, ex tranviere licenziato per troppe assenze e adunate sediziose. Si crede un artista libero di esprimere la sua arte sulle teste delle clienti. È un terno al lotto, una volta ti pettina in un modo, una volta ti asciuga in un altro, una volta finalmente gli viene la tonalità di colore che vuoi tu, un'altra speri che fallisca o muoia e chiuda per non poterci andare più. Invece di rilassarti devi stare attentissima, pronta a intervenire con la massima urgenza e con molto tatto. A volte, per non urtare l'artista, devi fingere di sentirti insicura e noiosa per insistere a voler i capelli sempre nello stesso modo, senza sorprese. Le altre clienti lo trattano da amico, lo invitano ai matrimoni dei figli, chiedono pareri non solo su hair style ma persino su libri da leggere e sull'educazione dei figli, la sua onniscienza svaria dalla medicina alternativa a ricette di politica estera da vecchio comunista incallito del tipo *se ci fosse Stalin*. Fulvio va blandito e guidato nello stesso tempo, non si può certo cambiare parrucchiere una volta al mese!

Entro trafelata dopo aver lasciato la mia Prius in doppia fila dietro un coupé rosso. Sono in ritardo, ho perso il mio turno e una tizia si è appena seduta sulla poltrona. Ha capelli aggrovigliati e di un colore che va dal grigio al blu.

« Ho lasciato il coupé nuovo in doppia fila, Fulvio, tanto qui quegli stronzi di sabato non passano mai, vero? Hai visto l'ultimo taglio e colore di Angelina Jolie? Li voglio così. »

Fulvio inizia a districarsi con cautela in quel groviglio in cui potrebbe annidarsi un nido di corvi o una vipera. Intanto la futura signora Jolie sfoglia una di quelle riviste con le foto in copertina di attrici incinte con accanto il fidanzato che bacia un'altra in discoteca. Ogni tanto alza lo sguardo sullo specchio, blocca Fulvio con un gesto, si guarda, scuote il capo.

« Non troppo, Fulvio. Non si deve capire... »

Non si dovrebbe capire che lei non è Angelina Jolie ma per quello ci vorrebbe il chirurgo estetico di Frankenstein.

Non si può andare avanti così. In condizioni normali non lo farei mai. Ma oggi non ho solo le incombenze domestiche, i piccoli e grandi problemi di ogni giorno.

Ho un lavoro da fare, che serve a salvare anche la futura signora Jolie.

Mando un messaggio al mio collega Franco Luci, che ha molti amici anche nella polizia stradale e un debole per il mio lato A, B, sino a Z. Gli spiego la situazione e concludo con un *a buon rendere* un po' equivoco, come la promessa a Claudio, il direttore del supermercato.

Forse comincio ad avvicinarmi ai metodi di Mata Hari.

Intanto, mentre aspetto, vado su Google. « Ricette dentice. »

Efficienza, ottimizzazione. Mi rileggo tutto, ricalcolo i tempi, cerco di placare l'ansia crescente per i minuti che passano. Un vigile urbano si affaccia in quel momento.

« È di qualcuno il coupé in doppia fila? Perché sta arrivando il carro attrezzi. »

La futura Jolie impallidisce.

« No, siete pazzi, ho un pranzo importantissimo con... »

Il vigile urbano è ben istruito.

« Fa ancora in tempo, ma deve spostare immediatamente l'auto. »

Esce inferocita con mezzo colore in testa. Fulvio scuote il capo.

« Non troverà posto neanche sino a domani. »

Io mi alzo, con aria costernata.

« Già, fine di Angelina. Allora tocca a me. »

« Ma non hai parcheggiato in doppia fila anche tu? »

« Non ti preoccupare, hanno un solo carro attrezzi e cominceranno dal coupé. Facciamo una cosa veloce Fulvio, così salvo la mia Prius. »

Lui ha la solita aria tra il sociologo e l'artista.

« Oggi ho un'idea nuova per te. »

Normalmente chiederei spiegazioni preventive molto dettagliate ma oggi davvero non ho neanche un minuto per discutere con il mio estroso parrucchiere.

« Ok, basta che fai presto. »

« Tranquilla. Tu rilassati un po'. Vuoi una rivista? »

La proposta della rivista la rifiuto sempre. Preferisco fingere di ascoltare le sue chiacchiere che svariano dalla filosofia al pettegolezzo mentre sorveglio nello specchio le sue manovre.

Solo che oggi sono troppo stressata e mi devo riposare almeno qui.

Così accetto e pian piano mi immergo in storie di corna o di amori o di drammi, tutte ugualmente improbabili ma proprio per questo così affascinanti.

Mio padre non voleva che leggessi Cenerentola *e io mi chiudevo in bagno per rileggermelo.*

Quando Fulvio mi risveglia e mi guardo allo specchio, le mèches rossastre sono ormai un fatto compiuto.

« Fulvio, non sono un po' troppo... »

« Ti danno un'aria meno seriosa, Aba, più... »

Si ferma, prima di dire *più giovane.* Cosa si può fare in questi casi con l'unico parrucchiere vicino a casa? Abbozzare e sperare, ringraziare e pagare. Lascio la mancia al bel ragazzino con il piercing che mi ha fatto lo shampoo e Fulvio mi accompagna alla porta.

« Da Natale ho portato Sasha a lavorare qui, visto che a scuola non combina niente. E anche qui non combina niente, è uno sfaticato. Coi figli a volte bisogna fare un po' come faceva Giuseppone coi contadini. »

Lo guardo inebetita e lui continua con la lezione sull'educazione sovietica dei figli, una delle sue preferite.

« Con Stalin si rigava dritto. »

Ma io non penso a Stalin. Penso a quel nome, Sasha. A dove l'ho già sentito.

Aba entrò trafelata nella screen room. Erano già tutti lì: Bonan, Ferrara, Tony, Leyla, Albert.

Il ragazzino la guardò, sorpreso.

« Ma che ha fatto ai capelli? »

Leyla invece le sorrise.

« Le mèches rosse le stanno benissimo, dottoressa. »

Tony approvò.

« Sui capelli neri sono perfette. »

Aba si sedette prima che anche Ferrara e Bonan si sentissero in dovere di esprimere un parere al riguardo.

Sullo schermo apparivano le immagini abbastanza sgranate provenienti dal satellite. Si vedeva il cortile polveroso di una villetta bianca. Lì era parcheggiato un vecchio camioncino. Le finestre erano tutte chiuse, ma le serrande erano tirate su.

Aba annuì.

« Qualcuno è in casa. Pronti, Albert? »

Il ragazzino coi capelli rossi e il codino digitò velocissimo, poi annuì.

« L'audio sarà più nitido del video. »

Aba si voltò verso Ferrara, seduto all'altro estremo del tavolo accanto a Bonan. Lui le lanciò una lunga occhiata.

Prudenza, Aba.

Nei suoi occhi Aba vedeva affetto, dispiacere, paura. Per un attimo fu tentata.

Hai ragione, Pietro. Neanche io mi fido di Marlow. Blocchiamo tutto.

Ma sull'altro piatto della bilancia c'erano due cose, che messe insieme superavano l'affetto e il rispetto che da sempre provava per Pietro Ferrara. La prima cosa era la certezza di fare la cosa giusta per l'Italia. E poi c'era l'altra cosa, quella che non avrebbe dovuto esserci.

Voglio sapere chi sei davvero, professor Jazir.

« Posso, Pietro? »

Ferrara annuì.

« Sì, Aba. Da qui in poi comandi tu. »

Aba parlò nel microfono.

« Pronti, Marlow. »

In audio arrivarono le istruzioni in arabo da Marlow alla squadra inviata da Mansur.

« *Adhab*! Vai! »

Sullo schermo apparve un'ambulanza. L'autista restò a bordo, dallo sportello accanto scese una giovane donna carina e formosa con il camice bianco da dottoressa e il velo in testa.

La finta dottoressa attraversò la strada, spinse il cancello arrugginito, attraversò il cortile polveroso e suonò, ma nessuno aprì. Suonò altre due volte. Dopo un po' la porta si aprì e apparve una figura completamente coperta con la tunica e il burqa che lasciava scoperta solo una fessura per gli occhi.

Leyla iniziò subito a tradurre le parole della finta dottoressa.

« *Sabah al her*. Avete chiamato l'ambulanza? »

La figura col burqa scosse il capo, senza dire una parola.

« Mi scusi, questa via non ha i numeri civici. Hanno dato il nome Abu Bakr, li conoscete? »

La figura col burqa scosse ancora il capo e chiuse la porta.

« Il moscone è entrato, Marlow? »

« Sì, Ice. Potete collegarvi al mio portatile. Eccoci in casa. »

Il moscone con la telecamera era manovrato col joystick da JJ, seduto dentro un camioncino parcheggiato lì di fronte.

Sul grande schermo apparve l'immagine dell'ingresso spoglio. La figura col burqa era di spalle ed entrò in un piccolo soggiorno con un tavolo e due sedie, attraversò una porta in fondo al soggiorno e apparve un cucinino molto piccolo, dove sul fornello a gas bolliva una teiera.

« Controlla nelle altre stanze Marlow. »

« Ok, Ice. Ora mi sposto. »

Il moscone volò nel breve corridoio. Davanti al cucinino c'era un bagnetto alla turca, con un lavabo e una doccetta. L'ultima porta dava su una stanza con un solo letto, un comodino, un armadio e una scrivania.

« Non c'è nessun altro, Ice. »

« Ho visto, Marlow. Torna nel salottino. »

Aba si rivolse a Tony.

« Chi può essere questa qui? »

Tony era chino sul suo computer.

« Non lo so. Hosni Salah non ha moglie. Ha un fratello a

Marsiglia e una sorella e la madre ad Algeri. Forse questa è una sua amante... »

Il moscone era di nuovo nel piccolo soggiorno. La figura col burqa aveva portato la teiera e stava versando il tè in una tazza. Poi si sedette.

Leyla alzò una mano. Aba annuì e Leyla parlò in arabo.

« Può zoomare sui piedi, mister Marlow? »

L'immagine si avvicinò. Doveva aver accavallato le gambe sotto il burqa e dall'orlo nero spuntava una punta gialla con una striscia nera.

« Sono scarpe strane per una donna araba. »

Aba annuì, Leyla aveva perfettamente ragione. Guardò Tony che aveva acquisito l'immagine sul suo PC e stava digitando velocissimo.

« Il nero è il logo della Nike. Modello Mercurial Victory, decisamente maschile. »

« Ha sentito, Marlow? »

« Sì, Ice. Provo a zoomare sul volto, ma col burqa è quasi impossibile. »

Leyla sollevò di nuovo la mano e Aba le fece cenno di parlare.

« Le dita. Le unghie. Può ingrandirle, mister Marlow? »

JJ comandò la telecamera del moscone e le dita che reggevano la tazza da tè apparvero in primo piano. Leyla scuoteva il capo.

« Dita e unghie da uomo, troppo corte. Lo smalto è messo malissimo. Ci servono anche gli occhi, mister Marlow. »

« Il nostro moscone è molto realistico ma siamo a gennaio e non ce ne sono di mosconi in giro. »

Aba guardò nervosamente l'ora.

Cri sta tornando da scuola. Devo portarla all'outlet e poi occuparmi del maledettissimo dentice.

« Basta un fotogramma, Marlow. »

« È pericoloso, Ice. »

« Lo so. »

JJ manovrò il joystick, il moscone volò proprio davanti agli occhi della persona col burqa che gli gettò un'occhiata, poi JJ lo spostò velocemente e lo mandò a nascondersi sotto il letto.

Tony aveva già acquisito il fotogramma degli occhi in un angolo dello schermo, accanto alla foto di Hosni Salah. Puntini collegavano un'immagine all'altra mentre dei numeretti apparivano sul bordo. Si fermarono su 86.

« Ottantasei per cento. »

Aba si voltò verso Ferrara e Bonan.

« È lui. »

Bonan non disse nulla, aspettava, nascosto dietro i suoi occhiali di marca. Ferrara si rivolse ai tre ragazzi.

« Andate ma restate contattabili, per cortesia. »

Appena Tony, Leyla e Albert uscirono, Ferrara tolse l'audio con JJ e si rivolse a Bonan.

« Eccoci al punto che temevo, Giulio. E ora? »

Aba vide un'ombra determinata nello sguardo ceruleo di Giulio Bonan. Era come se quella barba non fatta, il maglione, i blue jeans, la situazione lo stessero allontanando dal formalissimo e composto uomo della diplomazia e delle pacifiche regate. In quel momento si rese conto di un'altra novità. *Non c'è quell'acqua di colonia!*

« Marlow è arabo, lo hai detto tu Pietro. *Mista arvim*, no? Noi gli chiediamo solo un risultato, non ci occupiamo di come lo raggiunge, non lo vogliamo nemmeno sapere. Lui può fare ciò che noi non possiamo fare. »

Ci fu un lunghissimo attimo di silenzio, poi la voce rassegnata di Ferrara.

« La Libia è zona tua, Giulio. »

Bonan si alzò.

« Bene. Ora mi scuserete, ma sono in ritardo per la mia regata e tanto abbiamo deciso. Date voi istruzioni a Marlow. A più tardi. »

Bonan uscì e Ferrara ripristinò l'audio con JJ.

« Marlow, deve essere chiaro che... »

« Lo so. Che il modo con cui procederò non vi riguarda, che non mi avete ordinato nulla e che io devo solo procurarvi l'informazione per cui mi pagate. »

« Esatto. Che tempi prevede? »

« Ora sono le due meno venti. Mi serve un po' di tempo per prepararmi ed è meglio agire col buio. Diciamo dalle cinque in poi. »

Aba guardò l'orologio.

Tre ore per portare Cri all'outlet. Perfetto.

« Ice seguirà l'operazione da qui. »

JJ aggrottò la fronte.

« Davvero? Pensavo che voleste starne fuori. »

« Devi restare nei limiti delle nostre procedure e ti atterrai ai suoi ordini. Tutto chiaro, Marlow? »

JJ si strinse nelle spalle con aria indifferente.

« Certo, Papà Doyle, come vuoi. Allora arrivederci alle cinque, Ice. »

L'immagine di JJ scomparve dallo schermo. Ferrara guardò Aba.

« Te la senti? »

« Sì, stai tranquillo. »

« Ricordi le nostre procedure, vero? »

« Le conosco a memoria. »

« Lo spero. E ricordati di quel pozzo. »

Lui fece per posarle le mani sulle spalle. Ma Aba si alzò, salutò con un cenno e volò via. Non era solo la fretta a portarla via.

Non voglio quell'abbraccio, comincio a sentirmi come Giuda con Gesù.

Quando arrivo sotto casa e citofono per farmi aiutare a portare su la spesa, sono da poco passate le due. Scende come sempre Francesco. È uno dei suoi lati positivi, non vuole assolutamente che io porti dei pesi. Appena mi vede sbarra gli occhi.

« Che diavolo di colore ti ha fatto oggi Van Gogh? »

« Sono mèches rosse, Fra. Non ti piacciono? »

Lui fa una smorfia.

« Già hai questi cosi ai piedi! »

Poi si carica tutti i pacchi della spesa, come se nulla fosse, e in ascensore continua a fare le sue smorfie per le mie mèches.

Quando entriamo in casa, Paolo è sdraiato sul divano, sta scrivendo sul suo portatile. Mi getta un'occhiata poi riprende a scrivere. Niente commenti sulle mèches rosse.

Forse non le ha nemmeno viste.

Cristina è in tuta da ginnastica, seduta sul pavimento a mangiare i biscotti di Francesco che avevo nascosto in uno stipetto della cucina, dietro i detersivi.

« Che figata mamy! Sembra il colore di Emma Stone in *La La Land*! »

Il pacco di biscotti è già finito per metà.

« Ma non hai pranzato? »

Lei sbuffa.

« Rodica mi ha lasciato solo il tacchino. Io così muoio di fame. »

Sarebbe troppo gettarmi sul letto e riposarmi una mezz'ora?

Sì, sarebbe troppo, non c'è tempo, devo portare Cri a fare shopping, tornare in ufficio e poi cuocere il dentice che Francesco ha posato sul tavolo da pranzo in cucina, un letto di briciole in mezzo a piatti sporchi e posate.

« Puoi sparecchiare, Fra? E tu, Cri, vai subito a prepararti! »

« Perché io, mà? È Shrek che ha fatto questo porcile. »

« Io ho mangiato solo due fette di tacchino. Fra si è fatto un vitello intero e cento patate! »

« Shrek, non rompere. Io devo uscire con papà tra dieci minuti, se arrivo tardi il mister non mi fa entrare neanche al secondo tempo! »

« Basta! Piantatela! »

Non urlo mai, questa è forse la prima volta. Tre paia di occhi mi guardano. Atterriti i ragazzi, preoccupato Paolo.

« Stai bene, Aba? »

« Starei benissimo, se non... »

Se non fosse per voi!

Mi blocco appena in tempo.

Non dire idiozie, Aba. Loro sono tutta la tua vita, quella vera. Il resto, la parte di Ice, è solo un lavoro.

« E va bene, andate al rugby. Cri, tu preparati al volo. In cucina pulisco io. »

Cerco velocemente di mettere ordine nella cucina simile ai resti di un accampamento militare. Ho quasi finito di ripulire quando Cristina si ripresenta, in mutande e reggiseno.

« Non trovo i miei jeans! Li avevo lasciati sulla poltrona in salotto, chissà dove me li ha messi Rodica! »

Calma, Aba. Stai calma.

« Ti aiuto a cercarli. »

La sua camera ha sempre l'aspetto di quella foto con le stanze dell'albergo in Indonesia dopo lo tsunami. Trovo i jeans che vuole nel suo armadio, esattamente dove dovrebbero essere. Cri bofonchia.

« Quella mette sempre a posto e io non trovo niente! Non poteva lasciarli in salotto? »

Non le rispondo nemmeno. Mentre finisce di prepararsi, mi sdraio sul letto per cercare di rilassarmi. Mi appisolo e quando si ripresenta tutta truccata è passato un quarto d'ora.

« Scusa, mamy, non trovavo il mio cell, l'ha spostato quello stronzetto. »

È sempre stato così, dalla prima volta in cui mi chiese di accompagnarla a comprare le scarpe che portava Hermione in *Harry Potter*. Ancora oggi, quando Cristina mi chiede di uscire insieme io mi sento divisa in due. La parte emotiva ne gioisce subito ma quella razionale sa già che sarà un calvario.

Cerca di rendere piacevole il poco tempo con lei, Aba. Ti ripagherà di ogni sacrificio.

Quando finalmente è pronta sono le tre passate, è troppo tardi per l'outlet e serve un po' di manipolazione.

« Senti, Cri, io però non ho pranzato. Se invece dell'outlet andiamo in centro e prima dello shopping passiamo dalla pasticceria siciliana che fa quei cannoli strepitosi? »

È una cosa molto meschina. So che non resiste.

Mi guarda incredula.

« Ma sei sicura, mamy? Dopo i biscotti... »

« Ogni tanto puoi sgarrare, Cri, basta un po' di tapis roulant in più. »

Mi sento un verme ma, finalmente, alle tre e un quarto usciamo. Ricomincia a piovere forte proprio mentre ci avviamo con la Prius in mezzo al traffico del pomeriggio festivo. Davanti a me c'è un'auto che deve essere la prima inventata da mister Ford, con un tizio col cappello che guida a trenta all'ora. Riconosco la tipologia, inutile suonare o lampeggiare, così la supero di scatto nonostante le doppie strisce.

« Puoi andare più piano, mamy? Mi fai paura quando guidi così. »

Rallento, ma dopo un po' la strada è bloccata. La vigilessa mi spiega con gentilezza che c'è stata una rissa tra immigrati.

« Sa, con un mese di pioggia i lavavetri sono senza lavoro e gli ambulanti fanno grandi affari con gli ombrelli, così si sono messi tutti a vendere ombrelli e ci sono problemi di concorrenza... »

E così ci mettiamo il doppio del previsto per via della pioggia, del traffico e delle guerre tra poveracci. Naturalmente non si trova un buco dove lasciare la Prius e sono già le quattro meno un quarto. Potrei lasciarla sulle strisce e usare Ollio per non pagare la multa, ma questo sarebbe un bieco abuso di potere per fini personali.

Non l'ho mai fatto e non lo farò mai.

Vado a parcheggiare nel costoso garage a pagamento.

Cristina protesta.

« Ma perché così lontano? Non puoi lasciarla sulle strisce? Non voglio infradiciarmi i jeans, mi fa le cosce grosse. Non hai preso neanche l'ombrello. »

« Ho sempre un ombrello nel portabagagli, ora scendo e vengo a prenderti dalla tua parte. »

Dopo la camminata tra pioggia e brontolii, quando finalmente entriamo nel bar dei cannoli siciliani nascono subito altri problemi.

« Ci sarà un bagno, mamy? »

« Stai male? »

« Mi sa che mi sono messa male l'assorbente. »

Troviamo il bagno e si perde un altro quarto d'ora. Poi compriamo i cannoli. Butto il mio di nascosto nel cestino della spazzatura tenendo sotto controllo l'orologio. Quando cominciamo a girare per i negozi Cristina zoppica e si lamenta.

« Queste maledette scarpe quando le ho comprate non mi facevano male... »

Evito di ricordarle che l'avevo pregata di prendere il numero più grande, peggiorerei la situazione.

« Sediamoci un attimo, Cri. »

Ora ha il tono lamentoso dei momenti peggiori.

« Meglio se torniamo a casa! »

« Cri, ti prego, mi hai chiesto tu di uscire. »

« Perché, a te non andava? Allora potevi dirmelo! »

Calma, Aba. È tua figlia. Sei felice solo se è felice lei. Devi stare tranquilla e aiutarla, crescerà. Prima o poi finisce la guerra del 15-18. Allegria!

« Dai Cri, vediamo se troviamo qualcosa per te. »

Mi fermo a guardare le vetrine mentre lei, dietro di me, messaggia sul cellulare. Faccio finta di niente, entro in un negozio, ne esco e lei è ancora lì a messaggiare. Mi getta un'occhiata, continuando a smanettare.

« Scusa scusa, ho finito! Dicono di andare stasera tutti al Manolito, ma io avevo proposto domani sera, perché forse oggi esco con Fede se torna da Milano stasera. Che faccio, mamy? »

« Ma scusa, ancora non lo sa se torna? »

« No, perché può darsi che la raggiungono i suoi, allora tornano tutti insieme domani. »

« Allora potresti accettare di andare al Manolito stasera e semmai disdici. »

« Non lo so, forse Sasha non ci va e senza di lui è una palla andare lì. »

Sasha. Il figlio del parrucchiere che ha abbandonato gli studi.

« Guarda, io direi di non rispondere per un po', scollegati e dedichiamoci allo shopping, magari nel frattempo si chiarisce tutto. »

Annuisce e mette in tasca il cellulare. Solo che adesso sono io quella agitata. Non è il fatto che sia il figlio del parrucchiere, mi andrebbe benissimo, è un bel ragazzino.

Ma ha abbandonato gli studi, è uno sfaticato.

« Questo Sasha che nomini sempre chi sarebbe? »

Si stringe nelle spalle.

« Un nuovo amico. »

Mentre prova dieci gonne io mi domando come formulare la domanda fatale in modo da non creare tensioni. Ma, con la fretta che ho, c'è un'unica soluzione razionale.

Non fare la domanda, tieniti l'ansia, tanto ne hai altre più grandi.

Controllo l'orologio.

Tra mezz'ora devo essere in screen room.

Intanto Cristina ha scelto un gonnellino che io al posto suo non avrei comprato, ma non mi sogno nemmeno di dirglielo. Pago velocemente e Cri mi abbraccia.

« Grazie, mamy, sei meravigliosa! »

Anche se è solo un attimo di quiete tra infinite tempeste, l'abbraccio e questa frase mi ripagano di tutto l'infernale shopping. Solo che non posso neanche godermelo un po' quel magico momento.

« Ti pago il taxi per tornare a casa. »

Mi guarda stupita.

« Perché? Che devi fare? »

Devo dare la caccia a little boy, tesoro mio. Sai, la tua mamma non si occupa di fare le pulci alla contabilità...

Siamo davanti al parcheggio, piove e c'è un solo taxi a cui si sta avvicinando una coppia carica di buste dei saldi. Taglio loro la strada con un mezzo balzo, apro lo sportello del taxi, bacio Cri, le passo i soldi e la spingo su.

« Devo fare una commissione qui vicino, ti annoieresti. »

Omissioni. Non bugie.

« Mamy, ma perché non... »

Sento una voce minacciosa.

« A stronza, il taxi era nostro! »

È un tizio di mezza età con la pancetta. A occhio e croce, con la mia forma fisica e tutti i corsi di arti marziali potrei stenderlo in un attimo. Sarebbe un bel modo per tirarmi su, ma è tassativamente escluso. Solo nei brutti film chi fa il mio lavoro mena la gente per strada. Nella realtà mi ritroverei senza lavoro. E sarebbe un pessimo esempio per Cristina.

Faccio il sorriso mansueto e anche un po' spaurito.

« Mi spiace davvero, mia figlia si sente male. »

La moglie è subito comprensiva.

« Non si preoccupi, signora, ora chiamo un altro taxi. »

Ecco, se al G7 ci fossero sette donne...

Chiudo lo sportello prima che Cristina faccia obiezioni e il taxi parte. Ripenso ai tempi di cottura del maledetto dentice per la cena con Tizzy e il suo Roby che somiglia a Enzo.

Sì, se mi sbrigo ce la posso ancora fare.

Aba rientrò in ufficio con una sensazione di disagio inconsueta.

Di sabato pomeriggio il palazzo era più silenzioso del solito. Ma, diversamente dalla maggior parte degli uffici pubblici, lì c'era sempre gente che lavorava.

Aba non voleva essere notata per cui prese l'ascensore dal parcheggio sotterraneo direttamente per il piano della screen room.

Entrò nella sala deserta alle cinque meno un minuto. Si collegò immediatamente e sullo schermo apparve il salottino della casetta di Zwara, ora vuoto, con la porta sul cortile chiusa. La stanza era al buio e le serrande abbassate.

Zizou se ne è andato! E quel bastardo di JJ lo ha lasciato scappare!

Parlò nel microfono cercando di celare l'ansia.

« Marlow! »

Non ottenne risposta. Allora cercò di fare contemporaneamente due cose: rilassarsi e concentrarsi. Ma la seconda rendeva impossibile la prima e intanto i minuti passavano. Provò a fare un po' di stretching, poi provò a controllare la respirazione come le avevano insegnato per non aver paura in aereo. Niente.

Devo distrarmi. E per distrarmi devo muovermi.

Chiuse la porta della screen room a chiave. Esitò un attimo, guardò lo schermo.

Tanto io posso vedere ma sono invisibile.

Si tolse il maglione, i jeans e gli stivaletti. Restò in slip, reggiseno e cuffia wireless col microfono. Cominciò a correre in tondo lungo il perimetro del salone della screen room.

Mentre correva, nella sua mente a Hosni Salah e little boy si mescolò Paolo, gli sguardi degli amici a cena quando gli avevano chiesto del suo libro, Cristina col nuovo gonnellino e Francesco che non voleva sparecchiare e poi JJ tra le sue mogli bambine col burqa, i figli vestiti di stracci, le capre e le galline.

Maledizione, Aba, piantala! Corri, non pensare!

« È lì, Ice? »

La voce di JJ la fece sussultare e bloccò di colpo la corsa.

« Certo. Perché tutto questo tempo? »

Lui aveva quel tono tra il disincantato e il divertito che tanto la infastidiva.

« Perché è così affannata? Che stava facendo? »

« Non sono per niente affannata e avrei anche fretta, ho ospiti a cena. »

« Cucina suo marito? »

Ora il tono era palesemente ironico.

« Marlow, non ho voglia di scherzare. Zizou è ancora lì? »

Lui continuò con lo stesso tono.

« Sì, certo. Ho evitato che il moscone lo seguisse in bagno per rispettare la vostra legge sulla privacy. »

« La pianti con queste stupidaggini. Zizou è solo in casa? »

« Solissimo. A parte il moscone. »

« Le ho detto che non mi va di... »

Aba sentì bussare e per un attimo fu presa dal panico. Era tutta sudata, in reggiseno e slip. Poi con enorme sollievo e una punta di irritazione si rese conto che quei colpi provenivano dal microfono del moscone.

Qualcuno sta bussando alla villetta di Zwara.

Vide la figura con il burqa entrare nel salottino e fermarsi lì in mezzo. I colpi alla porta proseguirono, seguiti da una voce che aveva già sentito.

La bella dottoressa.

« *Fath sayda*! *Min fadlik.* »

Apra, signora, per favore.

La figura col burqa si avvicinò silenziosamente alla porta e guardò attraverso lo spioncino. Probabilmente vide la stessa dottoressa dell'ora di pranzo, ma fu subito chiaro che non aveva nessuna intenzione né di parlare né tanto meno di aprire.

Aba vide la mano, quella che secondo Leyla non era una mano da donna, affondare in una tasca della tunica, estrarne una pistola e stendere il braccio puntandola verso la porta.

« Ha una pistola, Marlow. »

Si pentì per la concitazione della sua voce. Ma la voce di JJ rispose con tono estremamente calmo.

« Non si preoccupi, Ice. Ne ho una più grossa. »

« Non dica sciocchezze. Se ora apre la porta che fate, un duello western? »

« Per carità, quel tizio deve essere molto più bravo di me, perderei il duello. Ma non sarà necessario. »

Fu un attimo. Tre uomini con tuta nera e passamontagna irruppero nella stanza. Uno dei tre colpì alla nuca la persona con la tunica. Un attimo dopo il corpo era immobile sul pavimento.

L'uomo che l'aveva colpito portava Ray-Ban scuri, era snello e di media altezza, mentre gli altri erano due colossi che in pochi secondi spogliarono completamente il corpo privo di sensi. L'uomo snello indicò il pene.

« Non mi sembra molto femminile, Ice. »

« La smetta. Dobbiamo avere la certezza che sia lui, Marlow. »

Nello schermo vide i tre uomini spostarsi fuori campo. Rientrarono dopo pochi secondi, quello snello con una valigetta e i due colossi con un valigione ciascuno.

JJ aprì la valigetta e tirò fuori lo smartphone col joystick. La telecamera puntò sul volto dell'uomo nudo ancora svenuto, coi riccioli neri e quella piccola cicatrice sulla fronte. Aba acquisì l'immagine e la portò sul suo PC accanto a quella di Hosni Salah.

I puntini si collegarono, le cifre sul bordo salirono sino a 100.

« È lui, Marlow. Al cento per cento. »

L'uomo snello sorrise alla telecamera del moscone.

« Fine primo tempo, Ice. Il secondo è vietato ai minori. Lei quanti anni ha? »

Aba sentì il respiro accelerare di nuovo, come poco prima durante quella corsa. Pietro Ferrara, il suo vecchio zio acquisito, l'aveva mandata lì, pur sapendo che le procedure suggerivano un'assenza totale.

Ma perché? Per sorvegliare JJ e fermarlo prima che superasse i limiti? O per mettermi alla prova, per riportare quella bambina, Aba, sull'orlo di quel pozzo e vedere se ha imparato la lezione, dopo quasi trent'anni, un marito, due figli...

Le tornò in mente il disagio che aveva provato per la prima volta arrivando in ufficio poco prima. Era sempre riuscita a fare di quella soglia una frontiera tra Aba e Ice. Ora, in quel preciso momento, sentiva che quella totale impermeabilità, la base essenziale del suo equilibrio, poteva essere messa in discussione.

Non può esserci alcuna sovrapposizione tra Aba, la donna normale, e Ice, la spia.

« L'intervallo dura pochi minuti, Ice. Si decida. »

La voce del professor Johnny Jazir, il tono ironico, il disincanto erano quelli di un uomo agli antipodi rispetto al suo mondo, ai suoi valori, a Paolo, Cristina, Francesco. Ma di una cosa Aba era graniticamente certa e non solo perché Ferrara l'aveva avvertita.

Non mi fido di lui. Ho il dovere verso chi mi paga di sorvegliare ciò che fa.

Cercò di eliminare ogni emozione dalla sua voce.

« Proceda Marlow. »

JJ restò immobile, come se potesse vederla.

« Non è per lei, Ice. Vada a casa a preparare la cena. »

Che tu sia maledetto, Johnny Jazir, tu e il veleno che inietti nel mondo.

« Si muova, Marlow. »

Lui fece un ghigno, poi un cenno ai due colossi che aprirono i due valigioni. In pochissimo tempo montarono una specie di stretta sedia fatta di pezzi di ferro collegati da viti e bulloni, con struttura, gambe, braccioli, ma senza sedile.

Sollevarono il corpo esanime di Hosni Salah come un fuscello e lo posarono sulla sedia. Gli ammanettarono i polsi ai braccioli e le caviglie alle gambe della sedia. Le natiche e la parte sottostante delle cosce erano poggiate sul bordo metallico, ma i testicoli e il pene pendevano dove mancava il sedile.

I due colossi gli legarono qualcosa che sembrava un filo di rame intorno ai genitali e al pene e collegarono i fili a qualcosa che avevano tolto da uno dei valigioni e che ad Aba ricordava la batteria della sua Prius, il cui filo venne collegato alla presa di corrente. Uno dei due colossi tirò fuori un catino di metallo da uno dei valigioni, andò nel cucinino, Aba udì il rumore dell'acqua, poi il colosso tornò, infilò piedi e caviglie di Hosni Salah nel catino.

Aba assisteva cercando di contenere il tumulto del cuore che batteva furiosamente e di restare impassibile.

Io vedo lui, ma lui non può vedermi. Perché mi sento nuda?

JJ alzò il braccio verso la telecamera del moscone. La mano reggeva la boccetta coi sali per far rinvenire Hosni Salah.

« Fine secondo tempo. Ora le consiglio davvero di andare a cucinare, Ice. La aggiorno più tardi. »

Aba restò lì per un attimo, incerta. Pensò prima razionalmente. A quel punto restare o meno non faceva differenza dal punto di vista delle procedure, avrebbe cancellato comunque dal server ogni traccia della sua presenza. Quanto a Papà Doyle, gli avrebbe dovuto mentire, tacendo di aver assistito alla preparazione dell'interrogatorio. Non c'erano rischi a restare, solo i vantaggi di verificare in tempo reale ciò che avrebbe detto Zizou.

« Resto qui, Marlow, proceda. »

Lui la sorprese. Non per le parole, ma per il tono sincero.

« Pensi a ciò che è, Ice. Alla sua vita attuale. Dopo non sarebbe più la stessa. »

Come potrei tornare a casa, cucinare, ridere e scherzare con Paolo, Tizzy e il suo fidanzato, come potrei continuare a educare Cristina e Francesco al rispetto, alla tolleranza, come potrei mentire a Papà Doyle anche su questo?

Aba chiuse la comunicazione e lo schermo divenne blu. Si

accertò di aver cancellato la registrazione di quei pochi minuti anche dal disco fisso del server. Poi si rivestì velocemente e corse verso l'ascensore. Fu solo mentre entrava nella Prius che le parole di JJ la riportarono al maledettissimo dentice.

Ora le consiglio davvero di andare a cucinare, Ice.

Ma il dentice era rimasto sul tavolo in cucina mentre lei ripuliva, frastornata dalla discussione tra Cristina e Francesco.

Ho dimenticato di metterlo in frigo!

Entro in casa trafelata. Prima dell'arrivo degli ospiti c'è pochissimo tempo. Per fortuna la tavola buona nel salotto precluso a Cristina e Francesco l'ha già approntata santa Rodica il venerdì.

Il problema è il piatto forte.

« Paolo, mi sono dimenticata di mettere il dentice in frigo. L'ho dovuto buttare. »

Lui mi guarda, allibito. Non è abituato al minimo errore da parte mia. La contabile infallibile della sua vita.

« Ma come, tu non ti scordi mai nulla... »

Potrei dirgli che mi ha fatto trovare la tavola dopo il pranzo coi ragazzi non sparecchiata, che se ne stava stravaccato sul divano mentre io combattevo con Cristina e Francesco, che Francesco faceva tardi al rugby, che Cristina voleva andare all'outlet.

Che ho problemi seri in ufficio.

Ma ho imparato che recriminare con lui serve a poco, per due motivi. Primo, non capirebbe perché quei piccolissimi inconvenienti con Cri e Fra mi disturbino tanto.

Sono due ragazzini Aba, vanno a scuola, non si drogano, non sono né bulli né bullizzati, ci adorano, la guerra del 15-18 finisce da sola, Hakuna matata *e così via.*

Il secondo motivo è il sereno ottimismo di Paolo. Un altro marito si arrabbierebbe, chi poco e chi molto, per il mio errore col dentice, lui invece è solo un po' sorpreso e si preoccupa per me.

« Stai bene, vero Aba? Cri mi ha detto che hai litigato con un tizio per il taxi... »

Ecco, questo è l'amore, devo farlo capire a Tizzy.

« Sono solo un po' stanca. »

Mi sorride e mi abbraccia. Qualunque lacuna di Paolo scompare: lui è sempre e comunque con me. Non merita di intristirsi negli anni tra un lavoro insoddisfacente e un libro mai pubblicato.

« Puoi ordinare le pizze al solito posto e fare un salto a prenderle? »

Un marito normale protesterebbe.

Pizze per gli ospiti? Una follia!

Paolo invece annuisce, come se la mia fosse un'idea geniale.

« Certo, Aba. Tutte margherite? »

Ecco, questo è mio marito!

« Non lo so, fai tu, ma cerca di sbrigarti. »

Lui esce e io ricontrollo la tavola con Killer che mi gironzola intorno zoppicando. Metà dei croccantini è ancora lì nella ciotola.

Claudio troverà i Baulucy, spera sempre che vada a mangiare un cannolo con lui.

« Poi ti porto a spasso, Killer, intanto mangia i tuoi croccantini, sono buoni. »

Mi guarda coi suoi occhioni, immobile. Mi siedo e le accarezzo le orecchie come piace a lei. La stringo piano, per non farle male. Lei mi guarda, so cosa vuole.

« Dopo cena proviamo a fare un giro al parco da Lady! »

Mi lecca la mano e pian piano riesco a farle finire i suoi croccantini. Poi la accompagno al cesto, la sua cuccia.

Mentre mi faccio una rapida doccia decido l'abbigliamento. Scelgo abiti che non metto più, dei vecchi pantaloni beige a zampa d'elefante e una camicia larga con sopra un vecchio gilet di lana che conservo perché era di mia nonna.

Così non metto in imbarazzo Tiziana che veste sempre da sfigata.

Ho appena finito di vestirmi quando squilla il campanello. Immaginando che sia Paolo vado ad aprire e mi trovo davanti un elegante signore sui cinquantacinque anni, col blazer blu sopra una camicia bianca e la cravatta grigia come i calzoni di flanella.

E con gli stessi occhi da pesce morto di Enzo.

Mi tende una mano abbronzata e fresca di lampada e manicure. E si produce nel sorriso di falso imbarazzo di George Clooney quando scopre che gli hanno fregato il caffè.

« Piacere, sono Roberto Cremaschi. »

Il sorriso gli riesce un po' meno bene di quello di Clooney nonostante le guance e la fronte levigate dalle maschere facciali e i denti sbiancati. Gli sorrido anch'io, sforzandomi un po' per essere più cordiale di quanto mi senta davvero.

« Ma certo, accomodati. E Tizzy? »

« Sono appena arrivato in aereo da Milano e ho preso un taxi, Tizzy sta arrivando da casa sua. »

Mi porge il mazzo di trenta rose rosse.

Eccessivo, come Enzo.

« Grazie. Deve essere stata una spiata di Tiziana, lei lo sa che sono i miei fiori preferiti. »

« In realtà sono andato sul profilo Facebook di tua figlia. Lì c'è scritto che tu ami le rose rosse. »

Invadente, come Enzo.

Si guarda intorno, valutando i miei abiti un po' dimessi, l'arredamento e i quadri senza pretese, come tutto ciò che abbiamo in casa.

Ci avrà già classificati come sfigati.

« Mio marito è dovuto uscire solo un attimo a prendere le pizze... »

La frase suona losca persino a me.

Può tornare da un momento all'altro, tieni le mani a posto.

Lui aggrotta la fronte.

« Pizze? »

« Avevo preso un magnifico dentice ma ho dimenticato di metterlo in frigo e... »

Lui fa una risatina, forse per sdrammatizzare, ma nessuna persona con un briciolo di sensibilità si farebbe una risatina se una povera crista confessa un incidente del genere.

Fortunatamente si sentono delle voci sul pianerottolo e la porta di casa che si apre. Paolo entra con le scatole di cartone delle pizze mentre Tiziana regge un contenitore col suo tiramisù.

Lei si è fatta accorciare le punte e tingere i capelli di nero. Si toglie l'impermeabile. Indossa un abito intero blu a mezza manica che non le ho mai visto, semplice ma anche elegante e abbastanza aderente da evidenziare quel corpo curvilineo che Tizzy combatte da sempre *perché devono vedere prima il mio cervello.* Mi abbraccia, bacia il suo bel Roberto e mi porge il suo contenitore col tiramisù.

« Mi raccomando, Aba, almeno questo mettilo in frigo! »

Altra sorpresa: Paolo le ha raccontato del povero dentice morto due volte. Gli lancio un'occhiata e vedo che sta guardando sorpreso i miei abiti un po' dimessi e il mio viso non proprio allegro.

« Tutto bene, Aba? »

Come no! Ho passato un pomeriggio meraviglioso con il professor Jazir che si apprestava a elettrificare i testicoli di Zizou, e ora mi trovo senza dentice con questo cafone invadente e questa amica fuori di testa!

Naturalmente sorrido. Ho fatto venire qui Tiziana per farle capire cosa vuol dire una vita serena e non saranno né little boy né il dentice né quel cafone arricchito a farmi desistere.

« Tutto bene, amore. Fai accomodare Tiziana e Roberto a tavola, se no le pizze si raffreddano. »

Ci sediamo a tavola e apro i cartoni con le pizze. Sono bruciacchiate e anche freddine.

« Paolo, ma queste non sono di 'O sole mio'! »

Lui mi guarda perplesso.

« Pensavo che tu le ordinassi da 'Raggio di Luna'! »

« I cinesi per le pizze? »

Roberto Cremaschi tossicchia.

« Io comunque ho il reflusso, non posso mangiare la pizza. Ma il tiramisù di Tiziana sarà sufficiente. »

Questa cena comincia a somigliare a quella sul Titanic.

Tiziana viene in mio soccorso. Mi strizza l'occhio con aria complice.

« Roby adora uno dei tuoi pezzi forti, Aba, gli spaghetti con olio e peperoncino. Ce l'hai il peperoncino? »

Ecco, questa è la mia vecchia amica, sempre positiva e creativa nonostante tutte le mazzate della vita, beata lei!

« Certo. Ci metto pochi minuti. »

Tiziana fa per alzarsi.

« Ti aiuto? »

Ma io non sono affatto pronta per discutere la mia prima impressione del suo Roby.

« No grazie Tizzy, ci metto un attimo. »

Porto quelle orrende pizze in cucina e le infilo tutte nel surgelatore, con Francesco non si butta nulla. Poi metto a bollire l'acqua e comincio meccanicamente a preparare gli spaghetti mentre cerco di origliare la conversazione che si svolge in salotto.

« Leggo sempre le tue recensioni su *Readtokill*, Paolo. Le uso molto per dare consigli alle mie clienti in libreria e anche quando devo decidere quante copie ordinare. »

« Grazie, ma temo che le tue clienti se ne freghino delle mie recensioni, Tizzy. Altrimenti il libro di Rondi non se lo comprerebbe nessuno. »

« Su *Licenza d'amare* la penso come te, hai fatto bene a stroncarlo. »

Parlano di letteratura, la loro passione sin dai tempi dell'università.

Ecco, così comincia a distinguere un uomo colto davvero da un ladro di quadri.

Cremaschi sembra divertito.

« Siete due snob! A me è piaciuto *Licenza d'amare.* »

Paolo insorge.

« Una storia d'amore in cui una ragazzina islamica diventa una terrorista suicida pur di uscire da un mondo familiare chiuso e senza amore e di vivere un po' col suo ragazzo francese legato all'ISIS? Una grandissima e insensata stupidaggine senza alcuna base psicologica reale. Non c'è spazio per l'amore in chi è disposto a farsi saltare in aria. »

Tiziana gli dà ragione.

« Hai ragione, Paolo, ma io capovolgo il concetto. Chi è davvero innamorato non si sognerebbe nemmeno di farsi saltare in aria. »

« Giusto, Tizzy. Rondi è un idiota che non conosce la differenza tra ironia e ridicolo. »

Sono sbalordita e anche un po' spaventata. In quasi vent'anni è la prima volta che lo sento così, lui normalmente così calmo, gentile, remissivo.

Forse non conosco davvero quest'uomo.

Il mio smartphone fa *bip* mentre sto maneggiando il peperoncino. Apro il messaggio di JJ.

Domani 8.30 da voi.

Avrei mille domande.

Avete ucciso Hosni Salah? Sappiamo chi è little boy?

Nessuna è fattibile sullo smartphone. Mi limito a mandare un messaggio a Ferrara.

Domani 8.30 Marlow da noi.

La risposta arriva subito

Ok.

Una risposta essenziale o fredda? Decido di non pensare a Ferrara, JJ, little boy.

Concentrati solo sull'obiettivo immediato, liberare per sempre Tiziana da questi stronzi.

Porto a tavola la pasta e mentre la servo nei piatti mi sento molto osservata da Roberto Cremaschi.

Sta cercando di inquadrarmi, questa donna vestita male, poco organizzata, forse una botta varrebbe ancora la pena...

Lui assaggia gli spaghetti e mi fa un inchino eccessivo.

« Straordinari davvero. »

Poi butta giù un po' di vino bianco e si rivolge a Paolo.

« Una moglie così bella ed efficiente dovrebbe essere di stimolo per il romanzo che stai scrivendo, no? »

Paolo mi guarda, sorpreso ma non arrabbiato.

« Aba, è una cosa riservata... »

Tiziana interviene in mio soccorso.

« Paolo, scusa, l'ho detto io a Roby, sarei così felice di proporre il tuo libro alle clienti dicendo che conosco lo scrittore. »

« Di che parla il libro? »

Paolo sembra in imbarazzo per la domanda di Roberto. Mi guarda, ha l'aria riluttante, ma io ho già riflettuto.

« Guarda che Tiziana di letteratura ne capisce quanto te, amore mio! »

Lui annuisce.

« Lo so, è che davvero non saprei da dove iniziare a raccontare. »

Tiziana lo incoraggia.

« Parti dal protagonista. Uomo o donna? »

« Uomo. È la storia di due coppie, ma l'uomo è lo stesso. Una donna è quella con cui vive senza condividere nulla, l'altra quella che vede ogni tanto con cui condivide tutto. »

Sono leggermente sorpresa, ma Tiziana annuisce, con quell'aria pensosa che aveva già sui banchi del liceo.

« Tomas con Teresa e Sabine. »

Paolo annuisce vigorosamente. Ora risponde con più entusiasmo a Tiziana.

« Per Kundera l'amore prevale sulla passione, Teresa batte Sabine. Ma io ancora non so se finisce così... »

Roberto Cremaschi non ha detto una parola e guarda me coi suoi occhi da pesce, esattamente come Enzo. Mi è molto chiaro che non gliene importa un fico secco della contesa tra queste due tizie, Teresa e Sabine. Sta solo valutando la dimensione dei miei seni sotto il gilet di mia nonna.

Calma, Aba. Tiziana deve solo percepire la serenità di questa casa.

In quel preciso istante dal mio istinto di conservazione arriva una domanda.

Dove hai messo il peperoncino?

Stavo condendo la pasta, ne avevo uno intero in mano, stavo per sminuzzarlo quando è arrivato il messaggio di JJ.

E poi dove lo hai messo?

Osservo atterrita i piatti dei commensali. Per fortuna Tizzy ha preso pochissimi spaghetti e ha già finito, mentre Roberto Cremaschi è così vorace da aver già finito anche lui.

Mi alzo, sorrido a Paolo. Gli sfilo il piatto da sotto.

« Basta spaghetti, amore. Hai messo un po' di rotoli sui fianchi, ultimamente. »

Mi guardano tutti e tre: sorpreso Paolo, ironico Cremaschi, inorridita Tizzy. E accade ciò che non avrei mai immaginato. Paolo si ribella e mi toglie il piatto di mano.

Questa è la serata delle sorprese.

« Ho ancora fame. E non ho i rotoli. »

Peggio per lui se si becca il peperoncino intero!

Gli lascio il piatto e faccio il gesto di portare via il contenitore con gli spaghetti rimasti sperando che il peperoncino sia lì dentro. Cremaschi mi blocca e mi fa l'occhiolino.

« Dei miei rotoli rispondo solo a me stesso, Aba. E i tuoi spaghetti sono eccezionali, li finisco volentieri. »

Mi soccorre mio padre.

Di fronte all'alternativa tra una possibile catastrofe e la certezza di un danno minore, scegli il secondo.

« Ma certo, Roberto. »

Mi alzo per servirlo e il mio gomito urta il contenitore della pasta che vola sul pavimento mentre gli spaghetti si spargono sul tappeto.

Paolo è allibito, non ha mai visto questa versione sciatta, distratta, goffa, della sua moglie perfetta. Roberto che sembra Enzo mi osserva con l'occhio da squalo che ha visto il tonno rimbambito. Tiziana si alza subito per aiutarmi a ripulire.

« Non è niente, Aba, ci mettiamo un attimo. »

Ci mettiamo ben più di un attimo e il tappeto è tutto macchiato, ma Tizzy cerca di tirare su la poppa del *Titanic.*

« Portiamo il mio tiramisù, Aba. »

So che le sue intenzioni sono buone, vuole far dimenticare i miei disastri. Poco dopo il tiramisù è in tavola, è strepitoso e non si parla più dei miei spaghetti.

Paolo prende doppia porzione, cosa che non fa mai.

« Sono un esperto di tiramisù, ma questo è fuori concorso. »

Tiziana sorride.

« Allora la prossima volta venite da me e lo rifaccio. »

A questo punto il bilancio della serata è chiaro. Padrona di casa inadeguata, ospite strepitosa.

Quando si arriva finalmente ai saluti, io e Tiziana ci abbracciamo, lei bacia Paolo, Roberto Cremaschi mi fa un inchino col sorriso di Clooney, poi stringe la mano a Paolo.

« In bocca al lupo per il tuo libro. »

Appena escono Paolo mi guarda, non è minimamente arrabbiato con me, solo preoccupato.

« Che ti succede, Aba? »

« Niente, davvero, sono solo un po' stanca. Devo ancora portare giù Killer. »

Aspetto un attimo, che mi sorrida e mi ricordi che *domani si dorme*, ma non accade.

Meglio così. Si è ricordato che sono indisponibile o indisposta.

Mi sorride, comprensivo ma evidentemente preoccupato.

« Vuoi che porti io Killer al parco? »

È la prima volta che me lo chiede e ne sono felice. Ma non è la serata adatta.

Ho promesso a Killer di portarla da Lady.

« Non importa, ci penso io, grazie amore. »

Killer mi osserva speranzosa.

« Andiamo da Lady? »

Comincia a uggiolare e scodinzolare. Le metto il guinzaglio e usciamo.

Fa freddo, nell'aria sono sospese goccioline minuscole e gelide. Mentre cammino verso il piccolo parco penso a Hosni Salah nudo, su quella sedia sfondata, i cavi elettrici intorno al pene e ai testicoli.

Sei sicura di dove stai andando, Aba? Ricordi? Non c'è viaggio senza meta.

Killer avanza lentamente, con quelle piccole ondulazioni per attutire il dolore dell'anca. Le misuro con l'occhio ogni volta che la porto fuori. E ogni volta aumenta la rabbia contro me stessa.

Possibile che tu non riesca a curare questa povera bestia?

Quando arriviamo al parco, prendo subito la strada per lo spiazzo nel bosco.

L'uomo col mantello e il cappello neri è seduto col cocker nero accucciato accanto alla solita panchina. Nel buio, alla luce della sua microlampadina attaccata al cappello, sta leggendo un libro.

Sento il guinzaglio tirare. Lady, il cocker nero, non osa muoversi e il suo padrone non alza lo sguardo dal libro.

Io ho un attimo di resistenza.

Educazione, dignità, riservatezza. Concetti obsoleti per il mondo di oggi.

Libero Killer che si precipita verso la panchina. I due cocker cominciano ad annusarsi felici. Solo a quel punto l'uomo alza lo sguardo dal suo libro e li guarda.

Guarda i cani, non me.

Poi estrae quella scatola con la scritta *Baulucy* dalla tasca del suo pastrano nero, la rivolta e versa un bel mucchietto di croccantini nella ciotola accanto alla panchina.

Killer e Lady si avventano come se fossero digiuni da sei mesi. Uggiolano, scodinzolano, spazzano via in pochi minuti i croccantini. Io resto lì a guardarli, inorridita e incantata ma del tutto incapace di reagire, di fermare quello spettacolo indecoroso e grottesco in cui ogni freno inibitore è saltato. Poi i due cocker cominciano a rincorrersi in tondo nel piccolo parco.

E Killer non zoppica.

L'uomo in nero ha ripreso a leggere il suo libro. Mi decido e mi avvicino alla panchina. Lui non solleva lo sguardo, continua a leggere *L'idiota.* Allora decido di fare uno sforzo.

Lo devi fare per Killer, al diavolo il tuo maledetto orgoglio.

« Ha già finito *Delitto e Castigo*? »

Non alza lo sguardo dal libro e non riesco a vederlo in volto.

« Sì, Dostoevskij scorre molto velocemente se uno non è analfabeta. »

È l'ultima cosa che direi di Dostoevskij e lui è un grande cafone, diverso da Cremaschi, forse peggiore, perché quello è stupido e questo è malvagio.

Ma non è questo che mi interessa. Vorrei sapere dove compra quei maledetti Baulucy, ma non riesco a umiliarmi sino a chiederglielo.

Poi lui si alza. È altissimo, o almeno così sembra a me. Fa un fischio e il cocker nero torna immediatamente da lui e senza ribellarsi si lascia mettere guinzaglio e museruola.

Se ne vanno, senza una parola, l'uomo in nero e il suo cane nero. Perché a quel punto mi aspetto qualunque cosa, anche che Lady saluti. Non ho osato ripetergli quella domanda sulla museruola.

« Morde? »

Me la ricordo benissimo la risposta.

« Non ha mai morso nessuno. »

Torniamo, con Killer che trotterella al mio fianco senza zoppicare. Il mio senso di colpa cresce a ogni passo.

Perché, Aba? Perché non gli hai chiesto dove li compra? È così che proteggi quelli che dici di amare?

DOMENICA

Aba si svegliò alle cinque. Quell'orario non prevedeva eccezioni neanche nel fine settimana, neanche il primo gennaio. Dopo l'oretta di allenamento, la doccia e il tè verde, si preparò e uscì.

Alle otto e dieci, Aba entrò nel palazzo che ospitava gli uffici dei Servizi. Arrivò per prima nella sala riunioni di Giulio Bonan. Lì aleggiava quell'acqua di colonia che da un lato le piaceva e dall'altro la infastidiva. Girò in tondo, guardando i quadri delle battaglie navali e le foto delle regate individuali.

Ciò che è, ciò che finge di essere.

Si chiese il perché della sottile antipatia che provava per Giulio Bonan, lui sì un vero ammiraglio, non come mister Mansur. La risposta era lì, in un angolo della sua memoria. Era stato suo padre a insegnarle a riconoscerli tra i cugini, sin da bambina al mare.

C'erano quelli che volevano arrivare primi alla zattera e quelli che andavano lenti, tanto sapevano di essere i più robusti, e quando salivano buttavano giù gli altri.

Ferrara e Bonan arrivarono alle nove. Ferrara con un completo blu e la cravatta arancio sulla camicia bianca, i calzini blu con pallini arancioni, nessuna sciarpa. Aba era felice per lui.

Sì. Forse ha un nuovo amore. Finalmente.

Bonan invece era di nuovo sé stesso, dopo la tenuta sportiva del giorno prima: abito scuro, camicia bianca, addirittura il cravattino e acqua di colonia.

« Come è andata la regata, dottor Bonan? »

Lui la guardò, un po' sorpreso.

« È un match race, solo due barche, una contro l'altra, sino alla finale. »

« E ha vinto? »

Lui annuì, semplicemente. Non gli garbava quell'improvvisa confidenza.

« Complimenti, lei deve essere un ottimo timoniere. »

Lui la squadrò freddamente.

« Io sono quello che detta la rotta, il timoniere e l'equipaggio devono solo eseguire. »

« Non lo sapevo, pensavo che la velocità dipendesse dal timoniere. »

« Nel match race non vince sempre il più veloce, vince chi sa tagliare il vento e la rotta all'altro. »

Aba annuì.

Ora è chiaro. Tu arrivi sulla zattera per ultimo e butti giù tutti gli altri.

JJ entrò in quel momento, alle nove e dieci. Indossava una giacca di lino stropicciata sopra una vecchia Lacoste di un blu ormai scolorito, dei pantaloni di cotone e dei mocassini senza calzini che potevano andar bene in gennaio a Tripoli ma non a Roma.

Non si scusò per il ritardo, non si tolse i Ray-Ban verdastri che nascondevano i suoi occhi, strinse la mano formalmente a Giulio Bonan, strinse più calorosamente quella di Pietro Ferrara, salutò Aba con un mezzo inchino e si sedette. Poi stese le gambe e si sfilò i mocassini, restando a piedi nudi, con le piante e le unghie sporche di polvere.

« Scusatemi, ma sono abituato a stare scalzo o coi sandali e voi tenete sempre il riscaldamento troppo alto. »

Bonan gettò un'occhiata a quei piedi, poi si aggiustò sul naso i suoi begli occhiali di marca.

« Ho il piacere di conoscerla di persona solo oggi, professore, ma il suo curriculum con noi è ottimo. »

JJ diede un'occhiata ai quadri e alle foto sulle pareti.

Si sta facendo la mia stessa idea.

Poi si rivolse a Bonan.

« Grazie delle lodi. Di solito voi italiani le usate come falso preambolo. Ci sono anche preoccupazioni, riserve o lamentele? »

Bonan restò impassibile. I suoi occhi chiari fissavano JJ cercando di farsi un'idea del tipo umano che aveva davanti.

« Per il momento no, professore. Siamo solo un po' preoccupati dagli eventi di ieri con Hosni Salah. »

JJ si limitò ad annuire e Bonan continuò.

« Lei sa che le nostre procedure non ci consentono di superare un certo limite, spero che non lo abbia superato o almeno di poter contare sulla sua assoluta riservatezza. »

Johnny Jazir tirò fuori una sigaretta che si mise in bocca senza accenderla.

« Conti sulla mia riservatezza e sui centocinquantamila euro promessi in caso di successo. »

« Bene, professore. Ha potuto parlare con Hosni Salah? »

« Certo. Una conversazione molto civile e collaborativa. »

Il tono di JJ era serissimo, ma Aba percepiva quella nota di ironia, rivolta solo a lei.

Conferma, dottoressa? O vuole dirgli che gli abbiamo arrostito le palle?

JJ sfregò un fiammifero sull'unghia dopo aver gettato un'occhiata al cartello VIETATO FUMARE.

« Scusatemi, sono molto teso. »

Di nuovo col tono serio e quella sottile ironia che Aba riconosceva perfettamente.

« Lasciamo per ultimo Hosni Salah. Prima vi aggiorno sul lavoro fatto con mister Mansur per individuare little boy, visto che pagate anche per questo. »

Johnny Jazir tirò fuori dalla tasca della giacca un foglio tutto spiegazzato.

« Grazie al lavoro di mister Mansur nei resort tra Tripoli e Zwara, oggi siamo in grado di restringere notevolmente il campo. »

Bonan fece una smorfia.

« Preferirei che non usasse l'ironia su certe cose, professore. »

JJ lo fissò tra una nuvola di fumo.

« Mi scusi, dottor Bonan. Grazie al lavoro nei lager per cui voi italiani pagate, abbiamo ristretto il campo. Va meglio così? »

Ferrara intervenne.

« Non perdiamo tempo, JJ. Che vuol dire 'restringere il campo'? »

« Mansur ha fatto interrogare ed esaminare le storie di ogni ospite maschio tra i quindici e i venticinque anni, l'intervallo d'età tipico di quelli che si fanno esplodere, i little boy. »

Ferrara scosse il capo.

« Saranno migliaia... »

« Vero. Ma ora ci siamo concentrati su quelli del Niger nei campi tra Tripoli e Zwara. »

« Perché? »

JJ spense la sigaretta sotto il tavolo e si mise la cicca spenta nella tasca della giacca.

« Ecco dove ci è servita la chiacchierata con Hosni Salah ieri. Zizou ci ha confidato che little boy viene dall'entourage dei fratelli Ghali e quindi dal Niger, e che sa che si trova in un campo tra Tripoli e Zwara, in attesa di partire. »

Ferrara lo fissò.

« Confidato spontaneamente? »

« Ogni collaborazione è spontanea nel momento in cui viene resa, no? Vi interessa davvero il *prima*? »

Aba sentiva su di sé lo sguardo ironico di JJ dietro i Ray-Ban scuri.

Stai calma. Lui vuole solo provocarti.

Bonan troncò la china pericolosa della discussione.

« Non è affar nostro, grazie. Continui, professore. »

« Lei è saggio. Decine di uomini di Mansur hanno lavorato fino a oggi all'alba, in ogni resort... scusate, campo di prigionia tra Tripoli e Zwara.»

Ferrara non sembrava convinto.

«Cosa hanno fatto esattamente?»

«Il viaggio dal Niger dura diversi mesi, che includono il passaggio da Niamey o Agadez, l'arrivo nel Sud della Libia a Kufra, l'attraversamento del deserto. Spesso con altri migranti, in carovana. È ovvio che il nostro little boy questo bel viaggio non ha perso tempo a farlo, giusto? Così abbiamo ristretto a quelli che dicono di averlo fatto ma di cui non ci sono testimoni o riscontri. E poi tra questi abbiamo ristretto a quelli che avevano già i soldi per partire col primo barcone in partenza, quello di questa sera.»

«Quanti possibili little boy avete?»

«Trentotto.»

Ferrara scosse il capo.

«Un ottimo lavoro ma ancora troppi, JJ. Puoi dire a Mansur che da questa sera deve bloccare tutte le partenze, riceverà comunque centomila euro.»

JJ fissò Aba.

«Non ci sarebbe modo di avere un buon caffè?»

«Perché lo chiede a me? Io non sono una delle sue mogli, professore.»

«Mi scusi, era solo perché vedo che non ha niente da dire.»

Aba sentì le fiamme salire da dentro, ma fece uno sforzo enorme.

Lui vuole questo. Stai attenta, prudenza vuol dire controllo.

Ferrara aveva un'aria che Aba non gli aveva mai visto.

«Qui ci sono delle regole JJ. La dottoressa Abate parla quando lo dico io.»

Aba sentì la sua voce, prima ancora di rendersi conto delle parole.

«Cos'altro le ha detto Hosni Salah?»

Quella frase restò lì, sospesa nell'aria per un attimo, come il tuffatore dal trampolino.

Poi JJ sorrise.

Era quello che voleva, che fossi io a sbloccare la situazione, non lui.

« Mi ha detto come trovare little boy tra quei trentotto. »

Bonan fu il primo a reagire.

« Salah conosce il nome? »

JJ scosse il capo.

« No. »

« Sicuro? »

Lo sguardo di JJ era quasi divertito.

« Le assicuro che se lo avesse saputo me lo avrebbe detto. Me lo ha giurato sui suoi testicoli. E forse lei non lo sa, ma noi arabi teniamo moltissimo alla nostra virilità. »

Bonan non gradì la piega della conversazione.

« Allora, cosa le ha detto Hosni Salah che ci possa aiutare? »

« Tra il materiale che Omar Ghali gli aveva fatto comprare e caricare sulla Clio c'era anche una muta da sub di taglia extralarge. Fredo gli aveva detto che sarebbe servita a little boy ma non voleva comprarla lui in Italia. »

Aba annuì.

« Risulta nel rapporto della Scientifica. La muta era nel bagagliaio della Clio, ancora dentro una borsa di un grande magazzino sportivo di Marsiglia. »

Aba aveva già capito.

« Quante sono le taglie extralarge tra i trentotto? »

« Solo sette. »

Ferrara scosse nuovamente il capo.

« Ancora troppi, JJ. »

JJ si accese un'altra sigaretta, sbuffò una nuvola di fumo e Ferrara cominciò a tossire.

« Come vanno le ricerche del covo, Papà Doyle? Perché di quello Hosni Salah non sa nulla. »

« Non è affar tuo. Tu avvisa Mansur che non deve partire più neanche un barchino. »

Aba fu certa che tutto stesse andando esattamente come JJ voleva.

Lui ha un suo piano.

JJ buttò la cicca sul parquet e la spense col tallone nudo.

« Potremmo restringere ulteriormente il campo, Pietro. »

« E come? »

JJ non rispose alla domanda di Ferrara e fissò Aba.

Ma tu hai capito, vero, Ice?

Aba lo guardò, per un lungo momento.

Lui è il demonio, Aba. Ricordati di Lady, il cane con la museruola anche se non ha mai morso. Ricordati di tuo padre, ricordati di Ferrara: prudenza.

Ma dentro di sé, da un luogo che non voleva ascoltare, lo stesso che l'aveva condotta trent'anni prima in quel pozzo, arrivava una voce, primordiale, insistente, ineliminabile.

JJ ha ragione, bisogna tentare.

Si trattenne, perché non era nelle regole che lei si esprimesse e facendolo avrebbe spezzato il cuore di Pietro Ferrara.

JJ si rivolse a Ferrara e Bonan.

« Little boy deve essere un buon nuotatore. E visto che è gente del deserto, tra quei sette saranno pochissimi quelli che sanno nuotare. Forse solo lui. »

Ferrara era caustico.

« Peccato che quegli hotel a cinque stelle dove li tenete a Tripoli non abbiano la piscina, altrimenti potreste farli provare a nuotare. »

JJ ignorò la battuta e proseguì.

« Non possiamo farlo in acque territoriali italiane. Dovrà occuparsene Mansur in acque libiche appena partono. Vi costerà di più. Trecentomila euro in tutto. »

Bonan lo interruppe.

« Si può sapere di che sta parlando, professore? »

Ferrara invece aveva capito tutto. Era pallido, teso.

« Di un naufragio, Giulio. Un finto naufragio organizzato per capire chi sa nuotare tra i sette possibili little boy. »

Ci fu un lungo momento di silenzio. Poi Bonan pose la domanda che apriva uno spiraglio.

« Lei sarebbe in grado di garantire che non affogherebbe nessuno, professore? »

« Scusate signori, ma che ve ne importa? Tanto little boy sa nuotare, lui non annegherà. »

Poi, di fronte al loro silenzio, scoppiò in una risata.

« Ma certo, lo faremo a pochi metri da riva! »

Ferrara si rivolse a Bonan.

« Giulio, stiamo parlando di speronare un barcone carico di povera gente che non sa nuotare. »

Bonan però aveva già deciso.

Lui è quello che sale per ultimo e butta gli altri giù dalla zattera.

« Se il professor Jazir ci dà assicurazione che non morirà nessuno, questo sarebbe solo un bagno fuori stagione ma potrebbe permetterci di individuare little boy. »

« E se JJ si sbaglia? Se muore qualcuno? »

Bonan gettò un'occhiata verso la parete tappezzata di foto di barche in regata e di quadri di battaglie navali. Poi si tolse gli occhiali, si massaggiò i freddi occhi cerulei, rivolse a Ferrara un sorriso gelido.

« Pietro, se blocchiamo le partenze oggi, little boy entrerà lo stesso, tra un mese, sei mesi, un anno. Poi contatterà la cellula che noi non stiamo trovando, si imbottirà di armi o di esplosivo e non potremo fermarlo. »

Ferrara si rivolse a JJ.

« Potete far salire solo quelle sette persone per limitare i rischi? »

Lui scosse il capo.

« Little boy è ben addestrato, si accorgerebbe che i suoi compagni di viaggio sono un carico piccolo e inusuale. I barconi normali portano una quarantina di migranti. Dovrà esserci anche una componente minima di donne e bambini perché sia credibile, no? »

Bonan si allarmò.
« Professore, se su quel barcone ci fossero i suoi figli... »
JJ scrollò le spalle.
« I miei figli sono a Sabratha, non corrono rischi. Little boy punta ai vostri figli. »
Bonan si voltò verso Ferrara.
« Io dico di provarci, Pietro. »
Ferrara sospirò.
« La Libia è zona tua. Ma se l'esito non è risolutivo, blocchiamo tutte le partenze e i sette candidati restano tutti lì. »
Bonan si rivolse a JJ.
« Va bene. Ma non deve farsi male nessuno. »
« Tranquilli. Per trecentomila euro, mister Mansur si butterà a mare lui stesso per soccorrerli. »
Ferrara fece un ultimo tentativo.
« Come fai a organizzare la cosa per stasera? Non c'è tempo. »
« Ho scommesso sulla vostra approvazione, è già tutto pronto e i barconi non partono mai prima della mezzanotte. Sono venuto col mio aereo, tra due ore sarò a Tripoli e andrò dritto a Zwara dove mi aspettano Mansur e i suoi. »
Aba guardò JJ.
Lui è il diavolo, Aba. Lascia perdere.
Ma ciò che sapeva di quell'uomo e il volto sfatto di Pietro Ferrara le impedivano di lasciar perdere e tornarsene a casa per passare una serena domenica in famiglia.
« Pur con tutta la fiducia nel professor Jazir, credo che noi dovremmo essere sul posto per accertarci che nessuno di quei poveretti corra il benché minimo rischio. »
JJ la guardò freddamente, ma lei continuò.
« Perché sa, professore, per trecentomila euro il suo amico Mansur potrebbe gettare i morti al largo con un blocco di cemento ai piedi. »
Ferrara era pallido, nel suo magnifico vestito con la cravatta arancione. Fissava Aba e lei poteva leggergli nel pensiero.

Hai ragione bambina mia. Ma ogni volta che vai lì con lui ti avvicini al bordo di quel pozzo.

Aba gli sorrise.

Starò attenta, sarò prudente, non mi accadrà nulla.

Ferrara guardò Bonan che annuì.

« Per me va bene. La dottoressa Abate sarà lì a garantire tutto. »

Ferrara puntò un dito verso Johnny Jazir.

« JJ, se Ice non sarà soddisfatta bloccherà l'operazione e tu le obbedirai. Se qualcuno si fa male non avrete un soldo e bloccherete gratis tutte le partenze. »

JJ annuì.

« Va bene! Vuole un passaggio sul mio aereo, Ice? »

« No, grazie. La raggiungo direttamente a Zwara prima di mezzanotte. »

JJ si alzò, si rimise le scarpe, fece un inchino ad Aba. Poi strinse la mano a Ferrara e infine a Giulio Bonan.

« È quell'acqua di colonia col disegno del veliero, giusto? »

Giulio Bonan si limitò ad annuire e JJ sorrise.

« La usavo anche io. Ma era moltissimi anni fa, quando facevo l'assistente all'università e volevo fare colpo sulle studentesse. »

Poi si voltò verso Aba che stava scuotendo il capo.

« A più tardi, allora. Ci vediamo a Zwara. »

JJ se ne andò, seguito subito dopo da Bonan.

Aba rimase sola con Ferrara.

« So che sei contrariato, Pietro. Ma penso che sia giusto provarci sino all'ultimo. Se non ci riusciamo fai bloccare le partenze. »

Lui tossì e rabbrividì.

« Hai ragione, Aba. Non è questo tentativo che mi preoccupa. »

Aba era turbata, come sempre quando non capiva.

« Cosa ti preoccupa? »

« Il professor Jazir. »

« Ci starò molto attenta. Non ti devi preoccupare anche per me. Sei bellissimo oggi, lo sai? »

Non osò fare la domanda.

Hai trovato l'amore?

Ferrara cambiò di colpo argomento.

« Penso che tu voglia pranzare con Paolo e i ragazzi prima di andare all'aeroporto a prendere il Falcon. »

« Non proprio. Ti offro un buon caffè? »

Ferrara sorrise. Era felice ora, quasi sereno, come se la tempesta portata dal professor Johnny Jazir fosse uscita con lui.

« Niente caffè, ma puoi accompagnarmi, ho un appuntamento. »

È la prima volta che usciamo insieme da quando sono stata assunta. Il nostro non è un lavoro come gli altri. Le frequentazioni fuori dal palazzo degli uffici non sono formalmente proibite ma sono informalmente sconsigliate e per me che seguo le regole non ci sono mai state eccezioni, persino con Pietro Ferrara. Tranne il pranzo di Natale, in cui lui è un vecchio amico di mio padre che lavora anche lui al Ministero.

Guido per una mezz'ora verso il raccordo. Poi esco sull'Appia e Pietro mi fa svoltare in un viale alberato. Arriviamo in uno spiazzo davanti a una magnifica villa antica. Prima di scendere lui si guarda nello specchio retrovisore.

« Il nodo della cravatta è fatto bene, Aba? »

Glielo stringo e lo centro.

« Stai benissimo. La tua amica vive qui? »

Mi guarda, prima sbalordito, poi fa quel sorriso triste.

« La mia unica amica del tipo che intendi tu si chiama Emma e mi aspetta in cielo. Qui ho molte altre amiche. »

Poi butta giù due pillole.

« Cosa sono? »

« Calmeranno la tosse. Non posso tossire per la prossima ora. »

Lo seguo, intorno ci sono prati verdi, fiori, panchine, vecchietti che portano a spasso il cane o forse viceversa.

Saliamo sulla scalinata, sull'ingresso c'è solo una piccola targa.

SWEET HOME.

Lui suona il campanello, ci apre una vecchietta sorridente coi capelli tutti bianchi, lunghi e lisci.

« Pietro, meno male, avevo paura che non venissi più. Sei sempre bellissimo, sai? »

Ferrara indica me.

« Ciao Esther, ho portato un'amica. Può sedersi in un angolo? »

Esther mi sorride. Ha un sorriso incantevole, candido come i capelli, tra magnifiche labbra dipinte di rosa.

« Certo. Sei benvenuta, mia cara. »

Entriamo in una sala tipo teatro, un centinaio di persone sono già sedute in platea davanti al sipario chiuso.

Pietro mi abbraccia.

« Alla fine dello spettacolo vai subito a casa, così passi un po' di tempo con Paolo e i ragazzi. E fai buon viaggio, ma non dimenticare: evita il pozzo, Aba. »

Ci sono innumerevoli cose in quegli occhi buoni di un uomo buono che conosco sin da bambina: affetto, comprensione, paura per me.

« Tranquillo, Pietro, è tutto sotto controllo. »

Lui scioglie l'abbraccio e sparisce da una porticina che dà sul retro del palco. Io mi siedo in fondo, tra gli spettatori, vecchi, adulti, bambini, accanto a una donna giovane che mi sorride con aria affabile.

Dopo un po' il sipario si apre e tutti si alzano in piedi ad applaudire freneticamente. In mezzo al palco tre file, una trentina di persone, tutte abbastanza anziane, uomini e donne.

Di lato c'è Pietro, un po' defilato. Dagli altoparlanti parte quella musica meravigliosa, quella canzone che la sua Emma ci cantava nel grande salone mentre Pietro suonava il sax.

Ora Pietro Ferrara, ex dei ROS, vicedirettore dell'AISI, dirige il coro e trenta voci attaccano *We have all the time in the world.*

La donna accanto a me si volta, ha il viso rigato di lacrime.

« Guardi, si ricordano benissimo tutte le parole, eppure mio padre non ricorda più neanche il mio nome. »

Mi posa una mano sul braccio.

« Lei per chi è qui? »

La mano mi trema un po' mentre indico Pietro Ferrara.

La donna sorride ancora di più.

« Suo padre è meraviglioso, l'uomo più dolce del mondo. Passa tutti i sabati e tutte le domeniche ad allenarli. »

Arriva il ritornello:

Just for love

Nothing more, nothing less

Only love

Tutto il pubblico è in piedi e canta coi trenta coristi malati di Alzheimer, cantano, ridono e piangono. Io chiudo gli occhi.

Nella mia scuola media, per la festa di fine anno scolastico, un giovane allievo di mio padre con accanto la sua splendida moglie dirigono il coro di noi bambini. Mio padre è seduto al centro della prima fila e con il dito indice, gli occhi nei miei, mi detta il tempo.

We have all the time in the world...

Quando arrivo a casa non ho ancora un piano per spiegare una partenza improvvisa nel primo pomeriggio di domenica. Comincio a essere stanca.

Trovo Paolo nel piccolo studio, davanti al suo PC.

« Lavori o scrivi? »

Non stacca lo sguardo dallo schermo.

« Lavoro sempre quando scrivo. Che siano slogan banali o un libro intelligente. »

Di nuovo sono colpita dalla reazione. È come se la serata con Tizzy e il suo Roberto abbia toccato un nervo scoperto.

« Sei scocciato perché Tiziana ha parlato del tuo libro? »

« No, Tiziana è una donna intelligente e profonda. Sono preoccupato per te. »

« Io sto bene, Paolo. »

« No, Aba, perché tu non sei come me. Li vedo anche io gli sguardi dubbiosi dei nostri amici quando chiedono del mio libro infinito. Ma io me ne frego, tu invece ci stai male e si vede. »

Provo a fargli una carezza tra i capelli ma lui si scosta.

« Non sono tuo figlio, sono tuo marito. »

Il tono non è aggressivo, è malinconico. Sono sconcertata. *Lui non è mai stato così.* Ma ora non ho tempo.

« Devo partire, quel problema non è risolto. »

Finalmente mi guarda.

« Quale problema? »

« Un bilancio falso. Ho un appuntamento molto presto fuori Roma domani. »

Lui annuisce, le partenze di domenica sera ogni tanto ci sono state per i miei appuntamenti fuori di lunedì mattina presto.

Però devo dirgli che oggi partirò molto prima.

Ma è il mio giorno fortunato.

« Allora ci salutiamo adesso, porto Francesco allo stadio. È contento perché ieri il mister a rugby l'ha fatto entrare. »

« E Cristina? »

« In centro con le amiche, torna per cena. »

Sorrido, sollevata.

« In frigo ci sono le lasagne per voi e il pollo bio per lei. »

Lui scuote ancora il capo, qualcosa non va.

« Sei perfetta, Aba. »

Dovrebbe essere un complimento, ma in quella frase avverto un rimpianto, ed è la prima volta. Sto per dire qualcosa quando arriva Francesco e mi abbraccia alle spalle facendo la scena dell'orso e l'orsetto. Da piccolo lui era l'orsetto e io l'orso, ora i ruoli si sono invertiti.

« Sono andato bene e il mister forse mi passerà titolare, mà. Dice che devo essere più aggressivo. »

« Devi essere come quelli del tuo videogioco, Fra. Nello sport agonistico è fondamentale. »

Lui annuisce.

« Nei prossimi allenamenti spacco, mà. »

« Bravo. E il latino? Io oggi non posso aiutarti a ripassare. »

Sorride.

« Tranquilla. Ho fatto con papà. »

Altra sorpresa da approfondire.

« Divertitevi allo stadio. »

Se ne vanno, i miei due ometti omoni, bardati di giacche a vento, cerate, sciarpe e cappucci.

Ho tre ore libere prima di andare all'aeroporto. Rimetto a posto il salotto con i resti della cena con Tizzy.

Una cena disastrosa. Come quella da Sofia venerdì.

Faccio due lavatrici. Sbircio nell'agenda scolastica di Francesco per trovare le date dei prossimi compiti in classe e in quella personale di Cristina sperando di trovare traccia di Sasha, ma non trovo niente e la mia esperienza di spia mi mette in allarme.

L'indizio più importante è ciò che manca e dovrebbe esserci.

Poi penso al libro di Paolo e alla conversazione con Tizzy la sera prima a cena. Il PC portatile di Paolo è sul comodino accanto al nostro letto matrimoniale.

Non farlo, Aba.

Ma poi mi dico che è giusto così.

Paolo ha un grande talento ma va aiutato.

Accendo il PC, c'è una password da inserire. Provo con Aba, con Cri, con Fra, con Killer, coi nomi estesi dei ragazzi, con le date di nascita, con Ice. Niente.

So che la pigrizia e la sbadataggine di Paolo devono avergli suggerito una soluzione molto semplice.

Poi mi ricordo di Tizzy, la sera prima. Tomas, Teresa, Sabine. Con una punta di riluttanza inserisco *kundera* e tutto si apre. Entro in Word e apro l'ultimo file su cui stava lavorando un'ora prima, che con grande fantasia si chiama *Libro*.

Comincio a leggere. È subito tutto chiaro. La scrittura è in ottimo stile, ma piena di riferimenti culturali per la maggior parte a me incomprensibili, di descrizioni minuziose di luoghi e ambienti e di riflessioni lunghe e contorte dei tre protagonisti, con pochissima azione. Mi ricorda i classici russi che da ragazzine Tiziana mi regalava in edizione economica e di cui non avevo mai superato le prime dieci pagine. Anche qui mi fermo alle prime dieci. Paolo ne ha già scritte una cinquantina, tutte descrizioni minuziose, dialoghi, pensieri, citazioni. Mi domando quale persona normale mai comprerebbe un libro di un autore sconosciuto, con pochissima azione e una montagna di elucubrazioni del personaggio principale, il tormentatissimo e noiosissimo professore di filosofia Tommaso diviso tra Teresa e Sabina.

Anche se immagino che avrà il buonsenso di cambiare i nomi, è chiaro che nessun editore glielo pubblicherebbe mai. Eppure lo stile è davvero magnifico, l'introspezione dei personaggi formidabile.

Pennivendoli come Rondi vendono milioni di copie e Paolo, con la sua cultura, con la sua sensibilità, non trova neanche un editore? Non posso mollare così. Non io.

Ci rifletto su per un po', valutando i pro e i contro.

Vedo solo pro. Nessun contro. E Tizzy sarà felice di aiutare me.

Faccio il numero di Tiziana e lei risponde dopo alcuni squilli, con un leggero affanno.

« Stavi facendo gli addominali, Tizzy? »

« Cosa? »

« Niente, ho un collaboratore che si inventa scuse quando sta facendo sesso. »

Lei ride, è sempre divertente la nostra complicità.

« Te lo dicevo da ragazzina che dovevi fare la poliziotta o l'agente segreto, Aba! »

« Già. Puoi parlare un attimo senza Enzo, scusa, volevo dire Roberto? »

Sento la sua voce con un sottofondo fastidioso di promessa lasciva.

« Torno subito, Roby. Resta lì! »

Poco dopo è tutta per me.

« Eccomi, Aba. »

La prendo alla lontana.

« Volevo dirti che mi spiace per il casino della cena, avevo avuto una giornataccia. »

Lei ridacchia.

« Sei più simpatica quando non sei perfetta, Aba. Anzi, vorrei vederti più spesso così, ti farebbe bene. »

Da un lato sono sollevata, ma dall'altro le sue frasi mi infastidiscono.

« Tu che sai tutto, chi è Arpax? »

Ride di nuovo.

« Sempre la stessa tattica! Che te ne frega di Arpax! »

« E dai, mi serve per lavoro! »

« Allora devi leggerti un libro sulla battaglia di Azio tra Marco Antonio e Ottaviano. Ce l'ho in libreria. Posso tornare da Roby? Stavamo provando una nuova... »

« Volevo parlarti anche del libro di Paolo. »

C'è un attimo di pausa.

« Ne abbiamo già parlato ieri sera, no? »

« Hai sentito la trama. Pensi che troverà un editore se mai lo finisce? »

Lei cambia tono e diventa seria.

« Aba, gli editori pubblicano centinaia di libri, tanto il costo di stampa è basso. Ma ti conosco, non credo che la semplice pubblicazione ti basterebbe, vero? »

« Infatti. Voglio che il libro di Paolo venda il doppio di quello di Rondi. »

« Aba, è impossibile. »

« Nel senso che lui non ne è capace? »

C'è una lunga pausa e per un attimo temo una stroncatura brutale. Poi arriva una frase inattesa, per il contenuto e per il tono.

« Lo sai da vent'anni che Paolo ha un enorme talento. Ma non vuole scrivere un libro come quella boiata di Rondi. Me lo ricordo bene che tipo è. E tu dovresti conoscerlo ormai. »

Sono in qualche modo spiazzata da quella sintesi. Ma anche un po' seccata.

Come fa ad averlo capito, lei che non capisce niente degli uomini e li perde sempre?

« Gli anni passano per tutti, Tizzy. Io ci vivo accanto ogni giorno e so di cosa ha bisogno. »

« Sei sicura, Aba? »

Mi sta irritando.

Come le viene in mente di farmi una domanda del genere?

« Sicurissima. Cosa dovrebbe cambiare della trama? »

« La trama va bene. Ma le donne di oggi non sono quelle che leggevano Kundera, sono quelle che leggono le *Cinquanta sfumature.* »

« Ho provato a vedere il film, ma mi sono addormentata dopo venti minuti. »

Ora ride di nuovo.

« Sono cose che interessano milioni di donne tranne te, tu non sei in target. Cose che fanno sognare una vita molto diversa da quella che stanno vivendo. »

Ci siamo, questa è la chiave.

« Ecco Tizzy, secondo me se glielo dicessi tu, Paolo forse ti ascolterebbe. Hai visto come ha reagito bene alle tue osservazioni. E forse col tuo aiuto... »

« Aba, pensaci bene. Ci tiene più Paolo o tu che il suo libro stravenda? »

Potrei risponderle ciò che penso davvero.

Sei una single centrata solo su te stessa, rimorchi vedovi ai funerali, non sai cosa sia un impegno vero, cosa significhi sostenere chi sta al tuo fianco. Come ti permetti di farmi una domanda del genere?

Ma non sono qui per darle lezioni sulla vita matrimoniale. E nemmeno consigli sul suo Roby che somiglia a Enzo.

« Lui ci tiene da morire, Tizzy. E quindi anche io. »

Ora la sua voce ha una nota triste. Esageratamente triste.

« Sai, Aba, certe volte penso di essere te, e... »

Lascia la frase in sospeso, sembra preoccupata più che riluttante. Ma io non indago. La giornata è già abbastanza complessa.

« Lo aiuterai? »

Lei sospira.

« Aba, non posso chiamare tuo marito e dirgli che... »

« A quello ci penso io. »

Si sente la voce di Roby che la reclama per continuare con la nuova posizione che stavano sperimentando.

« Mando Paolo a prendere quel libro su Arpax da te in libreria. »

Chiudo.

Tanto c'è abituata da oltre vent'anni.

La messa è finita. Aspetto sul sagrato che escano tutti, poi entro. Ora la chiesetta è vuota, la penombra appena riscaldata dalla luce dei ceri. Solo lì dentro, in quei pochi momenti, finalmente sola ma non sola, i pensieri incerti trovano pace.

Non chiedo un aiuto, non chiedo un'assoluzione. Non ho benefici da chiedere per me. Non chiedo una risposta. Solo che quel pensiero, quella domanda, resti lì dentro, in quel luogo unico dove potrò sempre tornare.

Sto usando la mia libertà per il bene? So riconoscere il bene dal male?

La notte di gennaio sulla spiaggia era umida e tiepida, senza luna, e il mare era calmo, come previsto dal meteo.

« Condizioni ideali per la crociera, Miss. »

Aba era in piedi tra Mansur e JJ, sul ponte del peschereccio a cinquecento metri dalla spiaggia tra Zwara e Sabratha. Teneva gli occhi incollati al potente binocolo a raggi infrarossi, l'auricolare direttamente collegato alla screen room di Roma da cui Tony, Leyla e Albert seguivano via satellite l'operazione.

« Quanti sono, ammiraglio Mansur? »

« Trentasette più i due scafisti. I nostri sette sono tutti lì sopra. »

« Quante donne e bambini? »

« Solo tre donne e quattro bambini che il professor Jazir ha selezionato lui stesso. Stia tranquilla, Miss. Nessuno di loro affogherà. »

Aba lo squadrò freddamente.

« Certo, ammiraglio. Non ne dubito, perché lei sa bene quanto le costerebbe un morto. »

Mansur aspirò dalla sua sigaretta al mentolo e si rivolse a JJ che se ne stava tranquillamente appoggiato al bordo, con la sigaretta accesa, senza binocolo.

« Gli italiani pensano che noi lo facciamo solo per soldi! »

JJ continuò a fissare il mare calmo e scuro. Nonostante l'oscurità, indossava dei Ray-Ban dalle lenti giallastre.

Il modello notturno.

Dal buio arrivavano le voci degli scafisti e dei migranti che stavano finendo di salire sul barcone, mezzo chilometro più in là, sulla riva della spiaggia.

« Non si preoccupi di cosa pensa la dottoressa, ammiraglio. Si deve solo concentrare sul lavoro per cui siamo qui. »

Mansur indicò i quindici uomini che si era portato appresso e i salvagente.

« Siamo pronti, e qui l'acqua è profonda solo un paio di metri. Andrà tutto bene. »

Il rumore del motore del barcone che si accendeva li avvisò che la partenza era imminente. Mansur parlò in un walkie talkie. Il peschereccio continuò ad avanzare lento, col motore al minimo. Aba appiccicò gli occhi al binocolo. Il barcone era stracarico, il bordo era quasi a pelo d'acqua e si muoveva lentissimo allontanandosi dalla riva.

Aba sentiva il battito del suo cuore accelerare e, come le accadeva sempre in quei momenti, pensò alle sue conoscenti.

Sofia, l'architetto, Brigit, la giornalista, Anna, la psicologa, Tizzy col suo Roby. Loro ora stanno andando a dormire, accanto al loro uomo, alla fine di una tranquilla domenica come tante.

« Incrocio tra trenta secondi a questa velocità. »

La voce di Albert le arrivò chiara nell'auricolare e Aba passò l'informazione a Mansur.

« Trenta secondi. »

Lui parlò in arabo nel walkie talkie.

« Accendi luci e suona tra venti secondi. »

Il peschereccio, motori al minimo e luci spente, scivolava silenzioso sull'acqua. Aba vide un certo movimento sul barcone. Erano le tre donne col burqa, una sembrava incinta, con la pancia gonfia. Erano in piedi, e seguite dai quattro bambini, cercavano di farsi spazio dal centro verso un lato per sedersi.

Sentì le imprecazioni dello scafista al timone.

« *Yalla, julus*! »

Poi le luci del peschereccio si accesero di colpo e la sirena ululò nella notte. Udì la voce fredda di Albert.

« Dieci gradi a dritta, se no li speronate. »

Aba passò l'informazione che Mansur abbaiò nel walkie talkie.

« Dieci gradi a dritta. »

La prua del peschereccio si spostò. Nel binocolo Aba vide che tutti i migranti si alzavano in piedi spaventati, urlando. Le tre donne col burqa coi quattro bambini si spostarono di colpo verso la fiancata destra squilibrando il barcone e la donna incinta cadde in acqua pochi secondi prima che la prua del barcone colpisse violentemente la fiancata del peschereccio. Il barcone oscillò paurosamente, poi mentre tutti si spostavano, inevitabilmente si rovesciò.

Mansur urlò di accendere subito tutte le luci. Aba abbandonò il binocolo. Ora poteva vedere a occhio nudo, alle luci del peschereccio. I passeggeri erano tutti in acqua, urlavano muovendosi freneticamente, cercando in tutti i modi di raggiungere il bordo del barcone per aggrapparvisi. Era prigioniera lì sopra l'inferno, senza poter fare nulla, col cuore che le batteva furiosamente, le mani che tremavano, la mente che vagava tra soluzioni impossibili.

Questo è il loro mondo, dove le mie belle regole, procedure, valori, non contano nulla.

I quindici uomini dell'equipaggio buttarono in acqua due piccoli gommoni di salvataggio e tutti i salvagente, poi si tuffarono loro stessi. Era chiaro che Mansur aveva parlato e promesso una lauta ricompensa, purché non ci fosse neanche una vittima.

Aba si rivolse a Mansur.

«C'è una donna incinta, col burqa, è caduta prima dello scontro e non riesco a vederla in acqua. Se annega lei perde tutto.»

Mansur non se lo fece ripetere due volte. Prese una grossa torcia, si sfilò le scarpe e si buttò in acqua. JJ fumava calmo e rilassato, come se le urla di aiuto a pochi metri da lui non le sentisse nemmeno. Aba lo guardò con disprezzo.

«Io mi butto.»

Lui scosse il capo.

«Non può farlo, lei è una donna occidentale, non può essere su un peschereccio libico, se little boy la vede salta tutto. E poi sciuperebbe la sua triste parrucca.»

«Marlow, c'è una donna incinta su quel barcone, si può sapere chi diavolo ce l'ha messa?»

JJ sospirò, buttò la cicca accesa in mare e si sfilò le scarpe.

«Lei è insopportabile, Ice. Vado io.»

JJ scese in acqua dalla scaletta, sempre con quei Ray-Ban giallastri legati al capo con un elastico e iniziò a nuotare molto velocemente. Aba riprese il binocolo a infrarossi e lo puntò sul mare. Sentiva le urla spaventate dei bambini che gridavano *Umma, mamma*. Poi, con immenso sollievo, li individuò nel binocolo e li vide nuotare verso riva insieme alle altre due donne col burqa. Non sembrava che fossero in pericolo, cercavano solo l'altra donna, quella incinta.

Aba cercò di calcolare dove potesse essere finita. L'aveva vista cadere qualche secondo prima dell'urto, più vicina alla riva. E la corrente portava a riva.

Dopo un po' vide Mansur, la torcia in una mano, l'altro braccio che sorreggeva il capo inanimato della donna incinta col burqa. JJ lo raggiunse con alcune vigorose bracciate e un paio di minuti dopo erano già in spiaggia, circondati dalle poche persone che avevano raggiunto a nuoto la spiaggia.

Aba si concentrò sulla donna col burqa e il pancione. Mansur e JJ l'avevano distesa sulla sabbia. I migranti si riunirono tutti intorno. JJ fece segno ai migranti di scostarsi e Mansur li fece allontanare. Poi JJ si chinò sulla donna, le toccò il polso, poi il collo. Dopo un po' scosse il capo e allargò le braccia.

Dall'acqua, con l'aiuto di alcuni membri dell'equipaggio, stavano uscendo le altre due donne col burqa e i bambini. Si gettarono urlando e piangendo sul corpo inanimato. Le loro urla e lamenti arrivavano dalla riva sino al peschereccio e poi al barcone a cui erano aggrappati gli altri migranti.

Aba parlò nel microfono collegato all'auricolare.

«Ci sono tutti?»

La voce per solito allegra di Tony era cupa.

« Sì, Ice, trentasei migranti, i due scafisti e la donna incinta. »

Cercò di escludere la rabbia dalla sua voce.

Farò i conti dopo con quel bastardo.

Ora doveva prendere la decisione cruciale che Pietro Ferrara le aveva delegato.

« Quanti in spiaggia? »

Albert rispose subito.

« Dei sette possibili little boy, ne sono arrivati in spiaggia due. »

Subito le arrivò la voce di Pietro Ferrara.

Prudenza, Aba. Stai lontana dal pozzo.

Aveva avuto ragione lui. Come sempre.

« Ordino a Marlow di bloccare tutto. Avvertite Papà Doyle. »

Chiuse il collegamento.

Evergreen la trasportò sulla jeep dalla spiaggia del naufragio alla casupola di JJ sul mare vicino a Sabratha.

JJ e Mansur erano seduti scalzi su una stuoia, alla luce di una lampada a petrolio, mentre dal buio, da fuori, arrivava solo il rumore del mare. Sul tavolo c'era una vaschetta piena di datteri e un vassoio con tre bicchierini col sidro.

Aba era sdegnata, non provò neanche a controllarsi.

« Non so se siete due idioti o due delinquenti. »

Mansur era più furente per i soldi persi che avvilito per quella povera donna incinta annegata.

« La colpa è sua, professore. Doveva portare solo un po' di donne e qualche bambino e ha fatto salire a bordo una donna incinta? »

Gli occhi di JJ, anche alla debole luce del lume a petrolio, erano nascosti dietro le lenti dei Ray-Ban. Posò una mano sul braccio di Mansur.

« Prenda un dattero, amico mio. Addolciscono la bocca. E lei si sieda, dottoressa, dobbiamo parlare. »

Mansur rifiutò il dattero e Aba restò in piedi, ma JJ rimase impassibile, buttò giù un goccio di sidro, poi fece un ruttino.

« Pardon! Il mio stomaco non regge più questo cibo. Allora, amico mio, è dispiaciuto per i soldi o per la donna morta? »

Mansur era inconsolabile.

« Erano un sacco di soldi! Li abbiamo buttati via tutti solo per un'imprudenza! »

JJ accese un cerino sfregando la capocchia sull'unghia del pollice e si accese una sigaretta.

« Non per imprudenza. Per l'incompetenza dei suoi scafisti e del suo equipaggio. »

Mansur imprecò e JJ lo bloccò con un gesto.

« Calma. I cinquantamila di premio ormai li ha persi, ma forse può recuperare gli altri centomila in un altro modo. »

Aba lo bloccò subito.

« L'accordo era che se fosse morto qualcuno avreste bloccato tutte le partenze a costo zero. E resta quello. »

JJ scosse il capo.

« No, Ice. Sappiamo che little boy è uno di quei due, ora tutto è cambiato. »

Si rivolse a Mansur.

« I migranti ora dove sono? Li hanno riportati al campo di Zwara vicino alla raffineria? »

« Sì. »

« Ha un altro barcone già pronto per questa notte? »

Aba era incredula.

« Non esiste, mister Mansur non fa partire più nessuno. »

JJ la ignorò completamente e si rivolse a Mansur.

« Devo parlare da solo con la dottoressa, amico mio. Torni a Zwara, faccia preparare un altro barcone, più solido. Sarò lì tra due ore e le dirò cosa deciderà la dottoressa dopo che mi avrà ascoltato. »

Mansur si alzò.

« Il corpo di quella donna non può restare sulla spiaggia. »

JJ annuì.

« Ho già provveduto. La farò gettare in alto mare, non credo che le sorelle e i figli esigano un funerale di prima classe. »

Mansur se ne andò.

Appena rimasero soli Aba non si trattenne più.

« Non so davvero cosa abbia trasformato un essere umano in un animale, ma voglio... »

Lui la interruppe con un gesto e un sorriso. Il gesto era un dito che indicava il cielo.

« Non voglio che lei poi debba pentirsi col suo dio di ciò che sta per dire, dottoressa. »

Batté le mani. Da una tenda laterale entrarono tre donne col burqa e quattro bambini. Erano a viso scoperto. Due erano Kulthum e Fatmah. La terza era forse appena più adulta.

« Kulthum e Fatmah già le conosce. Ora le presento un'altra mia moglie, Ruqaia, loro sorella maggiore. Come vede è molto viva e non è più incinta. »

JJ sorrise alle donne e ai bambini. Parlò loro in arabo.

« Vi ho insegnato bene a nuotare, vero? Ve l'ho detto che vi sareste divertiti. Ora Ruqaia, scusati con la dottoressa, si è davvero spaventata. »

Ruqaia aveva gli occhi sinceramente dispiaciuti. Si rivolse ad Aba, in un italiano perfetto, quello che JJ le aveva insegnato.

« Signora mi scusi se l'ho fatta spaventare, ma obbedisco sempre agli ordini di mio marito. »

« Ma la pancia... »

JJ ridacchiò.

« Quella era la palla bucata con cui i miei bambini imitano Messi e Ronaldo. »

JJ si rivolse a Fatmah nella loro lingua incomprensibile.

Fatmah accese subito la shisha e gli porse il beccuccio. Poi lui batté le mani e le donne e i bambini sparirono.

JJ aspirò un po' di fumo dal beccuccio, poi lo porse ad Aba.

« Vuol fare un tiro così si rilassa, Ice? »

Lei scosse il capo cercando di non aspirare quel fumo dolciastro.

« Quando lei batte le mani quattro volte, che fanno le sue mogli? Saltano in un cerchio di fuoco? »

JJ addentò un altro dattero.

« Davvero, Ice, un dattero le farebbe bene, addolciscono la bocca e l'umore. »

Aba scostò la ciotola coi datteri.

« Era necessaria questa pagliacciata? »

Lui sospirò, come se fosse davvero inutile una spiegazione.

« Lo sa benissimo che era indispensabile. Il nostro little boy ora è tranquillo, sicuro che non fosse una messa in scena, c'è scappato il morto, no? Ora non è più sulla difensiva e per noi sarà più facile capire qual è quello giusto. »

Aba si rese conto che probabilmente JJ aveva ragione.

« Vuole interrogarli come ha fatto con Hosni Salah? »

Lui aspirò dalla shisha e prese un altro goccio di sidro e scosse il capo.

« Potrei, certo. Ma poi come fareste a trovare quel covo che non riuscite a trovare? Ci pensi, Ice. Noi lo individuiamo a bordo, tra due sarà facile. »

« Come pensa di individuarlo? »

JJ si leccò le dita sporche di dattero.

« Durante il viaggio avrò a bordo qualcuno che farà dei test. »

« Davvero? Tipo un quiz a risposte multiple? Caro migrante, preferisci farti esplodere in una piazza, nel Colosseo o allo stadio? »

« Non è un suo problema. Noi lo individuiamo. Voi lo lasciate sbarcare e lo seguite sino al covo. »

Aba lo guardò negli occhi.

« Se lo può scordare. Ferrara non lascerà mai entrare un terrorista in Italia. »

« Lo so. Conosco la prudenza di Papà Doyle. Ma non decide Papà Doyle, decide Arpax. »

« Cosa? Di che sta parlando? »

« Il mio diretto superiore in quest'operazione è Giulio Bonan. Io lavoro dalla Libia, rispondo a lui, non a Pietro Ferrara. »

« La decisione se far partire o meno little boy la prende Pietro Ferrara. Questi sono gli accordi tra lui e Bonan. »

Lui fece ancora quel gesto. Batté le mani, due volte. Fatmah comparve con in mano un satellitare che porse a JJ. Poi la ragazza sparì e JJ pigiò un tasto e passò il telefono ad Aba.

« Prego, si chiarisca lei con Arpax, Ice. »

Con riluttanza Aba prese il telefono.

« Pronto. »

« Ice. »

Era senza alcun dubbio la voce di Bonan.

« Eravamo d'accordo che... »

Lui la interruppe.

« L'accordo tra me e Papà Doyle riguarda lo sbarco, non la partenza. Sino a che non entrano nelle acque territoriali italiane decido io. »

« Senta, questo non è... »

« Il dubbio è ristretto a due soli possibili little boy, perciò ho dato ordine a Marlow di farli partire subito. Ne ho già parlato con i Direttori dell'AISI e dell'AISE, questa non è più solo una questione interna. A bordo ci saranno persone che dovranno capire chi dei due è little boy. »

Aba era combattuta. Si rendeva conto che c'era una logica, che era in fondo un tentativo condivisibile. Ma non era ciò che aveva promesso a Pietro Ferrara.

« Voglio parlare con Ferrara e farmelo confermare. »

« Non serve. E non può. Il barcone parte, torni subito qui. »

La comunicazione venne chiusa.

Aba cercò di controllare il tremito delle mani mentre formava il numero del cellulare di Ferrara. Era staccato. JJ aspirò una boccata di fumo.

« Si rilassi, Ice, è una bella serata, abbiamo un ottimo hashish, non dobbiamo neanche negoziare, il prezzo è duecentomila. L'ho già detto a Bonan. »

Lei lo guardò. Aveva bisogno di sapere.

Chi sei? Solo un avido avventuriero o anche un assassino?

« Dove si trova adesso Hosni Salah dopo quell'amabile conversazione? »

« Il mio capo Giulio Bonan non me lo ha chiesto. Lei non ha il grado per chiedermelo, Ice. »

Aba non ne poteva più del professor Johnny Jazir. Dei suoi rutti, del suo hashish, del suo modo di fare con le mogli, del suo rapporto privilegiato con Bonan, del suo attaccamento al denaro.

Si alzò.

« Evergreen mi può riaccompagnare? »

Lui non si alzò nemmeno. Indicò la porta.

« Evergreen l'aspetta qui fuori. Buon viaggio, Ice. »

Nella mia stanza al Waddan, apro le finestre e mi siedo sul terrazzino. In lontananza, sul mare scuro nella notte, brillano le lucine dei pescherecci e delle imbarcazioni della Guardia costiera.

È impossibile dormire. Anche se il naufragio era finto, anche se quella donna incinta non è morta davvero, anche se quella farsa era giustificata dalla necessità di rendere il tutto ancor più plausibile e meno sospetto per little boy, io non riesco a togliermi dalla mente quelle immagini. È come se quella terrificante messa in scena, per quanto innocua, sia stato il secondo passo verso l'orrore, dopo aver visto Hosni Salah nudo, legato, con i fili elettrici intorno al pene e ai testicoli.

Poteva essere tutto vero. Ed era colpa mia.

E poi c'è Giulio Bonan, la sua assunzione del comando delle operazioni. La logica di far partire little boy è una scelta razionalmente condivisibile. Non è la razionalità a disturbarmi, ma il metodo di Bonan, in fondo così simile a quello del professor Johnny Jazir.

Little boy, prima ancora di farci saltare in aria, ci sta trascinando in un altro mondo, il suo mondo, dove lo stupro, la mutilazione, la crocifissione sono normalità, lontano dai confini dei nostri valori di civiltà, etica, prudenza.

Di dormire non se ne parla. Accendo il PC e scorro la lista dei film che Francesco mi ha scaricato, lui conosce i miei gusti.

Storie d'amore. Meglio ancora se vecchie. Mai così realistiche da poter essere vere. Con personaggi femminili forti, indipendenti, magari anche un po' egoiste e attente alle proprie vite.

Rossella O'Hara in *Via col vento* è perfetta.

LUNEDÌ

Non ho chiuso occhio ma almeno Rossella mi ha distratto un po' da little boy.

Alle cinque di mattina indosso la tuta con il cappuccio e scendo nella hall deserta del Waddan. L'unico impiegato alla reception mi guarda, stupito.

« È troppo presto per la colazione, Miss. »

« Lo so. Vado a fare una corsetta. »

Lui si stupisce ancora di più.

« Fuori è buio, signora. Fa freddo. E può essere pericoloso. »

Sa, da noi girano ragazzini che non sono come Cristina e Francesco, questi hanno il kalashnikov.

« Fa freddo per voi. Qui in Africa non è mai freddo. »

Corro per un'ora di fila, senza incontrare nessuno, lungo quello che una volta era un lungomare e che gli urbanisti di Gheddafi avevano trasformato in una superstrada e un parcheggio, forse pensando che il lungomare fosse un retaggio colonialista.

Torno in stanza, mi faccio la doccia, mi trucco. Alle sette scendo nella sala colazione per il tè e poi prendo il taxi. Per strada ci sono già i camion, i pick-up coi ragazzini col mitra, le auto scassate, alcune con le targhe, altre senza.

Alle otto sono alla base di Abu Sitta e salgo sul Falcon 900. La giornata è serena, il volo è tranquillissimo ma io me ne sto aggrappata ai braccioli come se fossimo in mezzo a una tempesta. La notte insonne e la tensione mi sprofondano in un dormiveglia agitatissimo.

Sono di nuovo in quella casupola, scalza, sulla stuoia, alla luce fioca della lampada a petrolio, sento il rumore del mare, l'odore della shisha, vedo mogli e scarafaggi che divorano gli avanzi del cous cous, le ragazze col burqa, i bambini seminudi, le galline, le capre... parlano una lingua che non capisco... parlano con un uomo che è seduto accanto a me, ma non ne vedo il volto...

L'aereo tocca terra e di colpo mi sveglio, spaventata dall'incongruenza dei miei pensieri. Ma fuori piove e appena scendo tutto passa, sto bene. È come se l'altro mondo, quello *dall'altra parte del mare, dall'altra parte di Aba,* mi stesse indebolendo, mentre basta il ritorno sulla *parte giusta del mare, sulla parte giusta di me,* a rasserenarmi.

Come se il freddo e la pioggia ripulissero anche l'anima.

Riaccendo il mio cellulare. Fa subito *bip*. Messaggio di Paolo.

Come stai?

Noto che mancano i cuoricini, ma anche domande del tipo *dove sei? cosa fai?* che mi costringerebbero a passare dall'omissione alla menzogna.

Tutto ok. Ci vediamo stasera. I ragazzi sono a scuola?

Francesco sì, Cri ha mal di pancia, è qui a casa.

Puoi passare da Tiziana in libreria? Mi serve un libro che lei ha trovato.

Non puoi andarci tu?

No, per favore vai tu, avviso Tizzy.

Poi scrivo a Tiziana.

Hai messo da parte quel libro che parla di questo Arpax? Passa Paolo a prenderlo.

La risposta è un semplice *sì*.

L'assistente di Ferrara è china sul suo PC.

« Come va, Diana? »

Lei solleva lo sguardo dal PC. Ha gli occhi rossi e gonfi di pianto.

« Il dottor Ferrara è in ospedale. »

« Cosa? »

« È stato ricoverato d'urgenza. Ieri dirigeva un coro con oltre quaranta di febbre ed è svenuto sul palco. »

« Dove si trova? »

« Al Policlinico. Ma non ci può andare, è in isolamento, forse ha la polmonite. »

« Posso chiamarlo al telefono? »

« Non lo so. »

È distrutta. Vorrei farle una carezza, ma non sarebbe appropriato, non qui.

« Non se la deve prendere così, Diana. Una polmonite non è una tragedia. »

« Lo so, dottoressa. Solo che lui è una persona così buona... »

« Non si preoccupi, provo a chiamarlo e le faccio sapere. »

« Grazie. L'assistente del direttore Cordero mi ha detto di avvertirla di passare, appena arrivava in ufficio. »

« Ci vado subito, grazie Diana. »

« Si ricorda che le devo chiedere un consiglio, vero? »

Mi ero completamente dimenticata. E noto soltanto adesso che Diana non ha la mia sciarpa a coprire la scollatura.

Quel maiale di Piero Luci.

« Certo. Mi dia solo il tempo di risolvere un paio di cose. »

L'assistente la fece entrare nel grande ufficio del direttore dell'AISI Maria Giovanna Cordero, detta MGC. Aba la conosceva di vista, attraverso i convegni, mai in riunioni di lavoro. Con lei parlava direttamente Pietro Ferrara.

MGC era stata prefetto in diverse città italiane prima di essere nominata, meno di un anno prima, direttore dell'AISI: la prima donna a ricoprire quel ruolo. Era una sessantacinquenne col fisico asciutto ma con rughe e capelli grigi che evidentemente rifiutava di tirare e tingere, un trucco curato e abiti eleganti che in qualche modo valorizzavano la sua femminilità, con un tocco di eccentricità, gli orologi bellissimi che alternava al polso, a volte uno a destra e uno a sinistra.

Stava leggendo qualcosa sul PC quando Aba entrò. Le indicò una sedia davanti alla scrivania.

« Si accomodi, dottoressa Abate. »

« Grazie, signor direttore. »

Il tono era freddo ma non ostile. Aba si sedette.

Dietro MGC, appese al muro, c'erano due foto, oltre a quella del Presidente della Repubblica. La prima ritraeva una ragazza in costume intero e la fascia con la scritta MISS PIEMONTE sul palco di Salsomaggiore, Miss Italia 1971. Nella seconda c'era la stessa ragazza, sempre in costume intero, che volteggiava da un trampolino sopra una piscina con molto pubblico sullo sfondo. Sotto c'era la scritta: MONACO, OLIMPIADI 1972. Nessuno vi avrebbe riconosciuto il volto di Maria Giovanna Cordero, se non fosse stato per un particolare, quei due occhi verdi da gatta che non erano stati toccati dal tempo.

« Il dottor Ferrara è in ospedale per quella che sembra una polmonite. Mi ha aggiornato di tutto sino a ventiquattro ore fa e il direttore dell'AISE Lanfranchi mi ha informato dei fatti di questa notte a Zwara. Ho dato io il consenso al vicedirettore Bonan per far partire quel barcone. »

Aba non fiatò.

Aspetta sempre quando non hai idea di cosa accadrà.

« Ferrara è in rianimazione, se la caverà ma non è raggiungibile. Lei lo sostituirà temporaneamente. Riporterà direttamente a me. Non dovrà prendere nessuna decisione senza averla prima concordata con me. Ha qualche domanda? »

« Sì, se permette, signor direttore, dovremmo chiarire chi decide tra noi e l'AISE. Il dottor Bonan... »

« Il dottor Bonan ha ricevuto precise istruzioni in merito dal suo capo, che le ha concordate con me. Vada da lui. Le spiegherà tutto. Può andare. »

Aba si alzò.
« Buona giornata, signor direttore. »
« Anche a lei. »
Non era stato un grande inizio.

La segretaria di Bonan fece accomodare Aba nella solita sala riunioni con le foto delle regate veliche e i quadri delle battaglie navali.

Bonan si fece aspettare per una decina di minuti. Quando entrò aveva l'aria di chi ha appena assaggiato una pietanza sgradevole.

« Si accomodi, dottoressa. »

Aba si sedette. Non disse assolutamente nulla. Bonan intrecciò le mani sul tavolo e la fissò mentre il solito profumo arrivava alle narici di Aba.

« Prima di tutto vorrei chiarire che ieri notte il professor Jazir ha solo seguito la scala gerarchica, nel modo corretto. Ha parlato con me e io ho dato il mio ok alla partenza. Naturalmente, data la forzata assenza di Pietro Ferrara, ho informato il mio capo, il direttore dell'AISE, e lui ha informato il suo capo, il direttore dell'AISI, che ha approvato. »

Aba restò fredda.

Non sanguinare davanti a uno squalo.

« Me lo ha detto il direttore. Non ho obiezioni sul piano. Chi lo gestisce ora che Ferrara è in ospedale? »

Bonan si ravviò il ciuffo e si aggiustò gli occhiali.

Ecco, qui è il punto che non gli piace.

« Il suo direttore ha concordato col mio una cogestione del caso. Sino al rientro di Ferrara, lei lo sostituisce. »

E quindi devi concordare tutto con me.

Aba non lo disse. Costrinse Bonan a farlo.

« Il passaggio di consegne tra lei e me è fissato sul confine delle acque territoriali italiane. Da lì in poi deciderà lei, sin là decido io. Tanto Marlow individuerà little boy prima che quel barcone entri nelle acque territoriali italiane. Così lei potrà lasciarli sbarcare e far seguire little boy sino al covo e arrestarli tutti.»

Aba era stanca per la notte insonne, per i voli aerei, per la tensione, per la rabbia. In un altro momento avrebbe seguito gli insegnamenti di suo padre e di Ferrara: prudenza. Ma in quel momento l'insofferenza verso quello che viveva come un esproprio da parte di Giulio Bonan, approfittando del problema di Ferrara, era troppo forte.

«Il piano è logico, ma il professor Jazir non è una persona limpida.»

«È un mio agente, con un ottimo curriculum.»

«Lei lo ha conosciuto per la prima volta solo qualche giorno fa.»

«Anche lei, dottoressa. E le ricordo che non siamo di pari grado, lei sostituisce temporaneamente il dottor Ferrara, tutto qui.»

«Il professor Jazir è più simile a loro che a noi.»

Giulio Bonan aggrottò la fronte.

«Loro chi?»

Quelli con cui vive, con tre mogli bambine che parlano solo quando vuole lui, coi suoi piedi puzzolenti e sporchi, togliendosi i pezzi di cibo tra i denti con le mani, ruttando alle fine dei pasti, fumando la shisha con l'hashish, facendo soldi su quei poveracci che sono trattati come bestie in quei posti spaventosi!

Questo Aba evitò di dirlo.

«Quelli della Guardia costiera che paghiamo per bloccare quella gente e che li sfruttano, li stuprano, li torturano.»

«Non dica sciocchezze, dottoressa. È fuori dal suo campo di competenza.»

«Inoltre, il professor Jazir è un ladro. Vuole duecentomila euro per far partire i due possibili little boy e scoprire quello giusto, ma col suo amico Mansur ne spartirà centomila e si terrà il resto per la collaborazione della sua famiglia!»

« Lei lo sa solo perché glielo ha detto lui. Non mi sembra il modus operandi di un ladro. »

Ed è anche un torturatore e un assassino. Ha legato un filo elettrico intorno ai testicoli di Hosni Salah che è sparito.

Non lo poteva dire, ovviamente. Perché assistendo alla parte iniziale dell'interrogatorio aveva violato le procedure in modo grave. Non avrebbe mai dovuto essere ancora lì davanti a quello schermo.

« È molto rischioso fidarsi del professor Jazir, dottor Bonan. Poco prudente. »

Bonan si tolse gli occhiali di marca e la fissò coi suoi occhi cerulei.

« Già, suo padre avrebbe detto così. Ma vede, io non ero né nei carabinieri né nei Servizi quando c'era lui. Ero in giro per il mondo sulle mie navi, a volte in posti molto pericolosi dove ho appreso altre logiche, altri insegnamenti. »

La situazione era chiara: Bonan aveva il comando delle operazioni sino alle acque territoriali italiane.

« Quando e dove arrivano i due possibili little boy, dottor Bonan? »

Bonan aprì la sua agendina in pelle bianca e nera.

« Sono partiti ieri a mezzanotte. Da Zwara a Lampedusa sono 170 miglia nautiche, il mare è calmo, ci vorranno una trentina di ore. Se le persone di Marlow individuano little boy potrebbero sbarcare domani all'alba. »

« Allora questa sera prendo il volo per Lampedusa. Se li sbarcano voglio essere lì. »

« Non è necessario che lei vada lì, non sappiamo ancora se sbarcano. Dipende dal professor Jazir. »

Aba si alzò.

« Mi scusi, dottor Bonan, visto che sono temporaneamente un suo pari grado vedrò di essere chiara: sbarcano solo se lo dico io e se io sarò lì. E per autorizzare che entrino nelle acque territoriali italiane devo prima ricevere una foto del vero little boy sul mio telefono. »

Bonan si ravviò di nuovo il ciuffo.

« Dottoressa, le ricordo che lei non è una mia pari grado, neanche temporaneamente. E ha una visione molto ristretta del problema, come se la questione little boy riguardasse solo l'Italia. Tipicamente femminile. »

« Mi scusi? »

Giulio Bonan la fissò con i suoi occhi cerulei.

« Lei vuole fare come la moglie del presidente in *House of Cards*, prendere il posto dell'uomo. Ma ha visto come è finita la serie? Quando la moglie è diventata presidente, nessuno ha più guardato *House of Cards*. Non era più credibile, era diventato un fantasy. »

« E quale sarebbe la realtà? »

« Le navi, dottoressa. Settimane, a volte mesi, in spazi ristretti senza donne. Tranne nelle soste a terra, ovviamente. Far muovere una nave è una questione piuttosto complessa, sa? Non è roba per donne. »

Aba guardò la parete, piena di foto di pace e di guerra.

« Perché non le toglie quelle foto delle regate? »

Bonan restò un attimo perplesso.

« Perché dovrei? »

« Perché non hanno nulla a che fare con lei. »

Rodica ha sparecchiato il pranzo e sta già preparando la cena secondo il menu, mi avvisa che Paolo è uscito subito dopo pranzo per andare all'agenzia e che i ragazzi sono chiusi nelle loro rispettive stanze, che Killer quasi non ha toccato i suoi croccantini e che lei ha cercato i maledetti Baulucy anche online senza trovarli.

Tutto normale. E allora che problema c'è, Aba?

Il problema non è lì, non sono loro, è dentro di me: il lento sedimentare delle immagini di Hosni Salah nudo col filo elettrico intorno ai testicoli e al pene, quella donna incinta finta affogata ma oltraggiosa rappresentazione di mille casi reali, il professor Johnny Jazir che tiranneggia le sue mogli bambine mentre si toglie i pezzi di granchio tra i denti con lo stuzzicadenti.

Non ha nulla a che fare con te, Aba, con ciò che sei, con Paolo, Cristina, Francesco, coi nostri valori. È solo il lavoro per cui sei pagata, nient'altro. Appena chiuderai questo caso, tutto tornerà normale.

Intanto posso levarmi di dosso quegli odori, quegli umori, quella sabbia polverosa. Faccio una lunghissima doccia, da bollente a gelata, mi cambio e comincio a riempire la 48 ore per il nuovo viaggio a Lampedusa.

« Mamy, riparti? »

Cristina mi guarda con aria preoccupata e dispiaciuta. So che non è mai accaduto prima, tante partenze ravvicinate. L'abbraccio, e lei se ne sta lì, con le braccia intorno alle mie spalle e la guancia appoggiata alla mia, e ora sono di nuovo serena.

Di questo ho bisogno. Della vicinanza di quelli che amo. Come qualunque essere umano normale.

« Non starò via a lungo. Solo un'altra notte fuori, poi basta. »

« E dove vai, mamy? Almeno questa volta me lo dici? »

« Al Sud. »

« Sardegna? »

La geografia non è mai stata il suo forte, lei è quella scientifica.

« No. Più giù. »

« Potrei saltare un giorno di scuola e venire con te, mamy! »

« Non puoi saltare scuola. Perché non sei andata oggi? »

« Io e Sasha abbiamo fatto tardi in discoteca, ero davvero distrutta. E questa sera ho le prove per il saggio di hip hop, sarà una faticaccia. »

Sono stata io un anno prima a insistere perché si iscrivesse, sperando che servisse a farla dimagrire e a trovare amiche anche fuori dalla cerchia scolastica.

« Non devi mai saltare la scuola senza un vero motivo, Cri. Gli impegni si rispettano sempre. »

Lei annuisce.

« A proposito di impegni, sabato pomeriggio ci vieni al saggio, vero? Io ballo in prima fila, mamy. »

Sento che sarà bellissimo, per lei e per me.

« Tranquilla, ci sarò sicuramente. »

« Non è che poi parti per lavoro? »

Non voglio che si parli più del mio lavoro. Il metodo è sempre lo stesso. E poi devo affrontare quel tema, meglio prima che sia troppo tardi.

« Cri, so che stai uscendo col figlio di Fulvio, ma secondo me... »

Mi guarda, stupita.

« Ma sei pazza? Quello sfigato col piercing che non sa manco farti uno shampoo? »

Sono colta di sorpresa. Da un lato il sollievo, innegabile. Ma certo i termini usati da Cristina non sono il massimo del senso civico.

« È un ragazzino che si guadagna da vivere in quel modo, Cri. Non disprezzarlo. »

Mi guarda con aria poco convinta.

« E se ti dicevo che era il mio ragazzo eri contenta? »

Non è il momento di correggere la grammatica. Anzi, meglio cambiare discorso.

« Tuo fratello? »

« Cambi sempre discorso. E non ti va bene mai niente di me! »

Si volta, dopo un po' sento sbattere la porta della sua stanza.

Dal corridoio arrivano i soliti rumori dalla stanza di Francesco: colpi di mitra, cazzotti, stridio di freni. Busso e non succede nulla. Gli mando un messaggio sul suo cellulare.

Sono fuori dalla tua porta.

Dopo un po' i rumori da dentro si interrompono e lui mi apre, con l'aria colpevole che mi farebbe sorridere, ma ovviamente non è il caso, sarebbe diseducativo.

« Sto per mettermi a studiare, mà. »

« Basta Play, ora studia, perché dopo hai l'allenamento di rugby. »

« Mi giuri che vieni a vedermi domenica mattina? »

« Certo. »

« Allora ci vado e spacco. »

« Bravo. Come ha detto il mister? Feroce? »

Mi abbraccia e fa il verso dell'orso feroce.

Cri torna, ha pianto. L'abbraccio e si aggrappa a noi due, ora siamo un'orsa e due orsetti e io sono Aba e non ho nulla a che fare con Ice.

Quella è rimasta là, dall'altra parte del mare.

Ho bisogno di loro, non è mai stato così forte quel bisogno e mi fa paura.

È normale, sei la madre, puoi anche avere tu bisogno di loro.

Ho tutto il tempo prima del volo serale per Lampedusa, in ufficio non c'è niente che posso fare e pazienza se non studiano per due ore, recupereranno.

« Ci vediamo un film prima che vada all'aeroporto? »

Mi guardano entrambi sorpresi e felici, ma come sempre si preoccupano.

« Stai bene, vero, mamy? »

« Sicura? Non preferisci che faccio latino? »

Li tengo ancora abbracciati.

« Sto benissimo. Vorrei solo stare un po' con voi. »

Ora ridacchiano, felici.

« Io ci sto, ma Shrek non vuole guardare thriller perché ha troppa paura, niente spionaggio perché non capisce niente, anche la fantascienza non le piace. Non mi va di guardare *Genitori in trappola* o *Stranger things* per la millesima volta! »

« Ci sarebbe *Thirteen* da rivedere! »

« Non se ne parla, Shrek! »

Riesco a convincerli che la soluzione migliore è un vecchio film che non hanno mai visto.

Casablanca.

Dopo un po' sbadigliano, ma resistono.

Lo fanno per me. Per farmi contenta. Sono meravigliosi. Nessun little boy potrà mai toccarli.

Due ore dopo, quando Ingrid Bergman sale su quell'aereo e Humphrey Bogart resta sulla pista, Cri mi guarda.

« Quella è proprio di ghiaccio, mamy! Tu al posto della bionda mica te ne saresti andata, no? »

Francesco scuote il capo, guarda sua sorella.

« Tu non la conosci, mamma è molto più cazzuta di quella bionda! »

Mi alzo dal divano. Anzi, mi sollevo dal divano. Non è mai accaduto che dovessi sforzarmi così per staccarmi da loro.

Ci abbracciamo di nuovo. Poi vado.

Nella solitudine del Falcon torna quella paura.

Come farebbero senza di me?

Eppure non ho bisogno di controllare il respiro, non mi aggrappo ai braccioli, non tiro giù il finestrino.

Non ho più paura che l'aereo precipiti. E allora...

È un pensiero che non riesco a razionalizzare del tutto. Il volo è brevissimo e rimane così, in sospeso.

Appena atterro a Lampedusa, riattacco il cellulare personale e trovo il messaggio di Paolo.

Preso libro da T. Buonanotte.

Vorrei chiederglielo subito: « Avete parlato del tuo libro? » Ma sarebbe un errore. Meglio non pressarlo.

Buona notte, a domani.

Provo il cellulare di Pietro Ferrara, ma è sempre staccato. Vado direttamente in albergo e mi chiudo nella mia stanza. Mi tolgo la lunga parrucca con la frangia, quella che secondo JJ mi sta così male. Nello specchio si cominciano a vedere gli effetti anche fisici di quell'ultima settimana: pallore, guance scavate, zampe di gallina agli angoli di occhi e labbra, occhiaie.

Di dormire subito non se ne parla. Ormai il mio corpo si sta abituando a crollare più che ad addormentarsi. Mi siedo sul balcone, guardo il mare scuro.

Lo stavo facendo poche ore prima, dalla stanza al Waddan, dall'altro lato di quel mare.

Da questo lato è diverso.

Il mare è lo stesso, ma la vita no. Qui c'è la normalità, là i bambini con le mosche negli occhi, le mogli col burqa che saltano nel cerchio di fuoco, gli adolescenti col kalashnikov per strada, uomini come little boy, i fratelli Ghali, Johnny Jazir.

Un altro mondo. Noi non saremo mai come loro.

La testa dondola lenta, al ritmo del leggero rumore delle onde che si frangono sulla riva. Le palpebre sono pesantissime, gli occhi si chiudono.

Mi sveglio di soprassalto. Lo smartphone ha fatto *bip*. È Giulio Bonan.

Non hanno ancora risolto, vanno in Sicilia, Pozzallo.

Sento la rabbia salire.

Lo fa apposta per farmi crollare.

Ma non posso e non devo fare nulla.

Calma, Aba. Bonan non ha carri armati sufficienti. È ancora tutto sotto controllo. Puoi sempre bloccare lo sbarco, come vuole Papà Doyle.

MARTEDÌ

Appena arrivò in ufficio, Aba chiamò l'assistente del direttore Maria Giovanna Cordero.

« Il direttore è fuori Roma dottoressa. È stata informata dall'AISE sul ritardo nello sbarco. Mi ha incaricato di dirle di continuare a collaborare con il dottor Bonan. »

Aba cercò di concentrarsi prima di affrontarlo.

La segretaria la fece entrare nella sala riunioni deserta. I quadri con le battaglie navali erano spariti, sostituiti da altre pacifiche foto di barche a vela.

Vuole provocarmi.

« Cosa posso fare per lei? »

Aba sobbalzò. Si voltò e Giulio Bonan era lì, dietro di lei.

« Mandarmi la foto del vero little boy. Oppure far tornare indietro quel barcone. »

Lui non si scompose.

« Non sono questi i nostri accordi. Le persone del professor Jazir a bordo non sono ancora certe tra i due possibili little boy. Così su suggerimento di Marlow abbiamo dirottato il barcone sul Sud della Sicilia per guadagnare altre 24 ore. »

« Chi sono le persone del professor Jazir a bordo? »

« Non l'ho chiesto, non riguarda né lei né me. »

« Io penso che ci riguardi, invece. Lei si fida di Marlow, Ferrara no e io nemmeno. »

Giulio Bonan si strinse nelle spalle.

« È un suo problema, e ora mi scuserà ma ho da fare. »

Aba restò calma, cercando di riflettere. Le era chiarissimo cosa stesse facendo Bonan.

Mi vuole far saltare i nervi per avere campo libero.

Ma come negli scacchi, quello era uno scopo intermedio, in vista di un obiettivo più grande.

Perché corre il rischio che io mi lamenti con MGC? Che deve farci con la libertà d'azione?

C'erano alcune possibili risposte. Poche in realtà. Una sola la preoccupava davvero.

Aveva accesso al dossier di Kebab, dottor Bonan?

Non poteva fare quella domanda a un suo superiore.

Devo passare per la scala gerarchica. Oppure...

Indicò le foto delle regate sulla parete.

« Prima o poi si perde sempre, dottor Bonan. »

Bonan sorrise.

« Suona minaccioso. Secondo me Lisbeth Salander ha rovinato la vostra generazione più di quanto avessero fatto la Atwood con la sua *Ancella* o la Jong con *Paura di volare.* »

Aba gli esibì il suo Maggie Thatcher.

« Lei invece cosa preferisce? *Histoire d'O* o le *Cinquanta sfumature*? »

Bonan non disse nulla, sembrava più sorpreso che irritato. Aba gli voltò le spalle e uscì.

Appena risalì sul taxi Aba riprovò a chiamare Ferrara, ma il cellulare era ancora staccato. Allora chiamò il Policlinico e con molta fatica riuscì ad arrivare sino alla caposala del Pronto Soccorso.

« Mi spiace ma non possiamo dare nessuna informazione per telefono sui nostri ricoverati, è la legge della privacy. Se lei è una parente venga qui con un documento. »

Doveva assolutamente riuscire a sapere come stava Papà Doyle. Chiamò Albert.

« Sai come entrare nel database del Pronto Soccorso del Policlinico, vero? »

« Certo. »

« Vorrei... »

« Lo so cosa vuole, non sono mica scemo. »

Aba sospirò. Era complicato, ma Albert era l'unica soluzione.

« C'è anche un'altra cosa. »

Fece una pausa, e lui reagì.

« Allora? »

« Devi controllare gli accessi al database infiltrati nell'ultimo mese. In particolare la scheda di Kebab. »

« Lei è matta, mi possono licenziare se... »

« Sono io che ti posso licenziare, Albert. »

« E se finisco in prigione? »

« Ti porto le mele. Allora? »

Ci fu una pausa.

« Sa che è più simpatica con le mèches rosse? »

« Albert, davvero, è una cosa... »

« Pericolosa! Comunque non posso scoprire chi ha ufficialmente accesso, è tutto supercriptato. Posso giusto provare a verificare gli accessi esterni. »

« Quanto tempo ti ci vuole? »

« E che ne so? Mica lo faccio ogni giorno! »

« Va bene. Allora aspetto. »

« Guardi, le mando una mia idea per la sua pettinatura con Photoshop... »

Aba chiuse la telefonata. Si chiese se stesse ancora rispettando le procedure e le regole.

Sì. Ho perso un uomo, anzi, era soltanto un ragazzo. Ho il diritto di sapere se qualcuno dall'esterno è entrato illegalmente nella scheda di Kebab. Ora basta. Devo rilassarmi prima di andare a Pozzallo. E devo capire cosa succede con mio marito.

Mando un messaggio a Paolo.

Amore, dove sei?

A casa, sto scrivendo.

Ti passo a prendere. Ho pom libero.

Ok, ti aspetto pranziamo insieme.

Non potremmo fare un pranzetto romantico fuori?

Stai bene, Aba?

Benissimo. Prenoto pranzo e stanza sopra il Colosseo?

C'è una pausa, ma so che non è mancanza di desiderio, è solo incredulità. Non è abituato a questo aspetto spudorato di Ice. Poi arriva la risposta che mi aspettavo.

Ti aspetto lì.

Tre cuoricini.

Forse è diverso dal solito perché è metà settimana, o perché è giorno, o perché è imprevisto. Ma la passione di Paolo a letto è stata come quella di Clark Gable nel primo bacio a Rossella in *Via col vento.*

C'è qualcosa di nuovo, in quell'ardore. Qualcosa di forte, di commovente. Lo sentivo dentro di me, come se non volesse più andarsene.

Mi guarda, sdraiato accanto a me, gli occhi nei miei.

« A che devo la sorpresa, amore? »

« Sabato sera abbiamo saltato e volevo recuperare. »

« Eri indisposta, no? »

È ora di cambiare argomento.

« Sei passato da Tizzy a prendermi il libro sulla battaglia di Azio? »

Sospira.

« Che te ne fai, Aba? Dimmi la verità. Era una scusa per mandarmi da lei, vuoi che Tizzy mi aiuti col libro. »

« Paolo, io voglio solo il tuo bene. Il tuo lavoro ti annoia, hai molto più talento di quei fabbricanti di bestseller come Rondi e Tiziana ti può aiutare, non credi? »

L'allegria e l'ardore sono svaniti. È pensieroso, alla fine annuisce.

« Sì, certo che lei mi può aiutare. Conosce i gusti delle lettrici, è colta, è profonda. Ma non è questo... »

« Ma è solo questo che conta, Paolo! Stai tranquillo, a Tizzy non pesa. E poi me lo deve. »

« In che senso, te lo deve? »

« Sono venticinque anni che le do consigli sui suoi amanti. »

« Lei li chiama fidanzati. Comunque, non mi pare che tu l'abbia consigliata bene. »

Sono colpita. Non è da Paolo quel tipo di giudizi. Ma in realtà non mi interessa, sono molto più interessata a capire se Tiziana lo stia aiutando.

« Tiziana che dice del tuo libro? »

Lui si tira su. Per un attimo, temo che non mi risponda. Poi fa una smorfia.

« Lei suggerisce un triangolo più moderno. Molto più sesso, visto anche dal punto di vista femminile, e meno pensieri. »

Annuisco.

« In fondo i libri oggi li comprano soprattutto le donne, no? »

Lui si stringe nelle spalle.

« Non lo farei mai per motivi solo commerciali, ma il punto è che Tizzy ha ragione, sarebbe un libro più reale. »

Sento l'esultanza salirmi dal cuore al cervello.

« Perfetto! »

Lui scuote il capo.

« Non è così semplice. Ho provato questa mattina, ma scrivere il libro col sesso da un punto di vista femminile mi viene troppo difficile. A meno che... »

Sorrido. Era ciò che speravo.

Ora dirà: a meno che non mi aiuti Tizzy.

« A meno che? »

« A meno che non mi aiuti tu! »

Sarebbe bellissimo, ma ci sono due problemi: Tiziana è molto più competente in materia di libri e di sesso e io ho qualche piccolo problema di lavoro.

« Hai ragione, un punto di vista femminile è essenziale.

Ma io sarei capace di aiutarti? La mia vita è troppo standard, forse potresti chiedere proprio a Tizzy. Lei ha una grande cultura e un'esperienza di uomini che io non ho. »

« Vuoi dire che Tizzy è una facile? »

Qualcosa nell'osservazione e nel tono mi sorprende.

No, è ingenua. Lei va con tutti quelli che le promettono il grande amore, e sono tanti.

Ma non è quello il punto. E se dicessi così lui scarterebbe immediatamente l'idea di farsi aiutare da Tiziana.

« Assolutamente no. Solo che Tizzy ha una vita più intensa della mia, più capacità di valutare gli uomini. »

Lui resta un attimo incerto. È sufficiente. Prendo il cellulare.

« La chiamo. »

Paolo mi fa cenno di no, ma Tiziana risponde subito.

« Ciao Tizzy, sono con Paolo, come va? »

« Gli ho dato il libro che avevi prenotato. »

« Grazie. Dice che gli hai dato anche dei consigli utili per il suo libro... »

Lei risponde con un tono difensivo.

« Be', giusto un'idea, non so se lui... »

« Sì, a lui piace, ma vorremmo parlarne con te, tanto il tuo Roby in settimana è a Milano. »

« Ci siamo lasciati, Aba. »

« Cosa? Quando? Perché? »

Mi aspettavo il tono lacrimoso. Invece arriva una risatina.

« Mi chiedi perché? Proprio tu? Allora dimmi da uno a dieci quanto ti piaceva. »

Decido per la chiarezza.

« Zero. »

« Esatto. Ti si leggeva in faccia, Aba. »

« Ma non hai mai seguito i miei consigli. »

Ora il suo tono cambia, è serio.

« Vero. Come è vero che la vita ci cambia. È così che hai detto l'altro giorno, no? »

Non me lo ricordo e ho troppa fretta per continuare questa strana conversazione.

« Ne parliamo stasera. Alle otto e mezza da Luca e Lucy? »

Resta ancora un attimo incerta.

« Tanto si fa sempre come dice Ice. »

« Grazie, e poi paga Paolo. »

Chiudo, guardo Paolo.

« Ti va bene? »

Lui esita un attimo, si sente il *bip* del mio telefono. È Albert. Rispondo.

« Polmonite. Non è in pericolo di vita ma è isolato, non si può andare a trovarlo. »

« Grazie. E l'altra ricerca? »

« Le ho detto che ci vuole tempo, no? »

Chiudo. È un'ottima scusa per non discutere più della cena con Tizzy. Mi alzo dal letto.

« Una grana in ufficio, Paolo. Ci vediamo direttamente da Luca e Lucy, va bene? »

Lui è ancora un po' incerto.

« Ma dobbiamo proprio uscire con Tizzy? Non è che... »

Lo bacio con trasporto autentico. È un uomo bello dentro e lo sto costringendo.

Ma è per il suo bene.

« Ci divertiremo con lei, vedrai. »

Lui mi porge un libro.

« La battaglia di Azio, ti serve davvero? »

Infilo il libro nella 48 ore.

« Cerco di capire chi fosse un certo Arpax, forse un ammiraglio dell'antichità. »

Paolo scuote il capo.

« Non era un ammiraglio, Aba. Era una nuova arma da guerra, l'uncino a catapulta inventato da Agrippa, l'ammiraglio di Ottaviano. »

« A che serviva? »

«Ad agganciare le navi nemiche e spostarle di fianco per speronarle.»

Ah, ecco. Il vero volto di Giulio Bonan.

Passo a casa, Cristina è a hip hop e Francesco a rugby, Rodica se ne è appena andata. Riempio di croccantini la ciotola per Killer che invece di mangiare mi guarda.

Devo assolutamente trovare i Baulucy.

Mi faccio una doccia, cambio abiti e biancheria, comincio a sentire quel disagio, quel senso di angoscia che peggiora sul taxi per l'aeroporto.

Poco prima del decollo, mando un messaggio a Paolo e Tiziana.

Scusatemi, imprevisto, sono all'aeroporto, buona cena!

Il volo da Roma a Comiso è un lungo attimo che trascorro tra pensieri sconnessi o connessi da logiche che non riesco più a individuare con la solita chiarezza.

Come farebbero senza di me?... No, non cadono gli aerei... Ma allora... che vuol dire senza di me?... senza chi?... Senza Aba...

Non è più solo stanchezza e tensione. Mi sta succedendo qualcosa. Qualcosa si sta insinuando in me, come un gas inodore ma letale in una stanza.

Appena atterro a Comiso mi faccio portare direttamente in albergo. Ho con me una di quelle barrette 40-30-30 per evitare un'altra cena solitaria sotto sguardi curiosi, indagatori o anche sfacciati.

Mi chiudo nella stanzetta del piccolo albergo a Marina di Ragusa. Niente passeggiate, niente cena. Sento di aver fatto un errore. Scrivo di getto.

Arrivata, amore, scusami. Bello oggi pom.

Il messaggio di Paolo arriva qualche minuto dopo.

Con Tizzy abbiamo parlato molto. Tutto ok? Ci sei mancata.

Qualcosa nell'ordine di quelle tre frasi banali mi sembra fuori posto e qualcosa manca.

Provo con una battuta a Tiziana.

Vi siete divertiti in mia assenza?

Nessuna risposta.

Forse si sta seccando per la mia invadenza, ma per una volta nella vita deve essere lei ad aiutare me e non viceversa.

Valuto le diverse opzioni per facilitare il sonno. Resto lì, a fissare quel mare scuro seduta sul letto.

Fatti forza, sei qui per un lavoro importante, siamo quasi alla fine. Poi torni da loro, da Aba.

Le palpebre sono pesantissime.

Sono seduta scalza sulla stuoia del ruvido pavimento in cemento nella casupola di Johnny Jazir, nella tremula luce della lampada a petrolio, uno scarafaggio passeggia sul mio piede ma non ci faccio caso perché l'uomo senza volto ora parla con me in una lingua che non conosco eppure capisco, mi sta dicendo che verrà al saggio di hip hop di Cristina e alla partita di rugby di Francesco e il suo tono è gentile ma io lo so cosa farà...

MERCOLEDÌ

Poco dopo le tre di notte, il *bip* le annunciò un messaggio.

Era Bonan.

Sono al limite delle acque territoriali. Devono sbarcare prima dell'alba su una spiaggia tra le marine di Modica e Ragusa.

C'era un allegato. Prima di aprirlo Aba pensò a Pietro Ferrara. *Aba, non stare seduta sul muretto del pozzo.* Ma erano passati tanti anni e tanta vita, Aba era anche Ice e Ferrara era in un letto di ospedale.

Fai bene il tuo lavoro, Ice.

Si sciacquò il viso ed era già pronta.

Cliccò sull'allegato. Era una foto. Un giovanotto di colore con la testa rasata e una corta barba.

Di nuovo pensò a Ferrara, e poi a suo padre e infine all'uomo in nero che metteva la museruola al cocker che non aveva mai morso.

Ciascuno di loro mi direbbe la stessa cosa: prudenza Aba, non farlo scendere a terra.

Riguardò la foto di little boy. Cercò in quegli occhi scuri un particolare, un qualunque segno di riconoscimento.

Che occhi ha uno disposto a farsi esplodere per ammazzare gli altri?

Come altre decine, centinaia, migliaia di foto che aveva visto, non trovò alcuna risposta.

Potrebbe sedermi davanti in metro mentre legge il Financial Times *o lavarmi il parabrezza della Prius.*

La conclusione razionale era ovvia.

Se rimando indietro little boy non troveremo mai quel covo e tra un mese, o tre mesi, o un anno, lui o un altro little boy sbar-

cherà sulle nostre coste, raggiungerà il covo per rifornirsi di esplosivi e poi bum!

Ineccepibile. Persino più prudente che non farlo sbarcare. Mandò un messaggio a Bonan.

Ok, autorizzo, da qui in avanti ci penso io.

Poi mandò un messaggio a Tony, Leyla e Albert.

Avvertite la Guardia costiera di aspettare e intercettarli sotto costa, poi di scortarli a Pozzallo per lo sbarco. Noi in screen room tra novanta minuti. Foto LB allegata.

Era piena notte, mancavano ancora troppe ore allo sbarco e di dormire non se ne parlava nemmeno. Sentiva l'adrenalina in circolo, ma al momento non c'era nulla da fare e non voleva pensare a tutti quegli uomini: little boy, Paolo, suo padre, JJ, Ferrara, Bonan, i fratelli Ghali, l'uomo col cocker e i Baulucy...

Devo essere lucida, pronta ad agire, efficiente, in piena forma.

Indossò le scarpe da ginnastica e la tuta col cappuccio, per nascondere la mancanza della parrucca che si era tolta dopo il suo arrivo nella stanza e che non voleva indossare anche per correre.

Poco dopo un portiere notturno insonnolito, infreddolito e incredulo, vide una donna incappucciata uscire nella notte.

Dopo una lunga doccia, Aba indossò la parrucca con la frangia sotto un cappello a visiera e andò a piedi al porto di Pozzallo, dove era attesa. Un ufficiale della Guardia costiera la guidò sino a una stanza sullo stesso livello della torretta di controllo che dominava il molo in cui, sulla destra, c'era la banchina per gli sbarchi.

Aba declinò qualunque offerta di caffè, cappuccino, brioche con o senza gelato e chiese di restare sola. Con calma, si dedicò a montare la telecamera a raggi infrarossi fissata sulla balaustra della finestra della stanza. Poi la collegò al suo portatile e stabilì il collegamento con la screen room.

Sentì subito la voce di Albert nell'auricolare.

« Non è capace di mettere a fuoco? »

Aba regolò la telecamera.

« Meglio? »

« Sì, ma non è centrata. Ruoti un po' verso destra. »

Lei eseguì sino a che la voce di Albert la bloccò.

« Stop! »

« Quell'altra ricerca... »

« Ancora niente! »

Lasciò perdere il ragazzino e i suoi modi bruschi, aveva ben altro a cui pensare.

« Ollio è lì con voi? »

Subito udì la voce di Franco Luci.

« Certo, Ice. Se tentasse di filarsela lo seguiamo. »

« Little boy non è così stupido, Ollio. Farà tutta la trafila regolare e sparirà dopo. Teniamolo d'occhio. Eccoli. »

Il barcone stava entrando in porto lentamente, scortato da una motovedetta della capitaneria di porto. Sulla banchina era tutto un brulicare di uniformi. C'erano quelli della Scientifica coi loro giacconi neri e le mascherine, i medici e gli infermieri della Croce Rossa con le loro divise rosse e anche loro con le mascherine. C'erano numerose auto della polizia, due ambulanze e un pullman per il trasporto dei migranti ai centri di prima accoglienza.

Il barcone era ben diverso dalla semplice scialuppa del piccolo naufragio provocato di Zwara. Era un barcone alto, robusto, capiente, che dava l'impressione di potere anche attraversare il mare senza problemi. Aba sentì una punta di inquietudine. Non amava le novità e quel cambiamento non le piaceva.

« Stiamo attenti. C'è qualcosa di strano. »

« Non vedo niente di strano, Ice. »

« La barca, Ollio. È troppo costosa, troppo sicura. »

«Volevi che affondassero, Ice? Avranno pagato per la crociera di lusso, no?»

Aba non gli rispose. Era lucida, attenta a ogni movimento sia sul barcone che sulla banchina.

Decine di migranti in piedi sul ponte seguivano le operazioni di attracco, alcuni le filmavano coi loro cellulari.

Per loro è la fine di un incubo. Per noi...

Aba sentiva l'inquietudine salire dentro di lei. Sapeva benissimo da dove arrivava quella sensazione.

Quando la partita ti sembra molto semplice vuol dire che non hai capito una mossa.

«Albert, segui tutte le chiamate dei cellulari della cellula del porto in tempo reale e avvisami se noti chiamate strane. Tony, confronta tutte le foto man mano che scendono e vedi se sono nei database.»

«E io, dottoressa?»

«Non c'è audio, Leyla. Al momento non puoi aiutarci, ma dopo...»

«So leggere le labbra, dottoressa. Ho fatto numerosi corsi per imparare.»

«Va bene, vedi se capti qualcosa.»

Dopo l'attracco in banchina cominciarono tutte le lente e complesse procedure di sbarco. Appena scesi sul molo i migranti venivano fermati dalla Scientifica, fotografati di fronte e di profilo con accanto un numero che diventava la loro prima identità, in attesa di un successivo controllo dei documenti che ben pochi avevano.

Al ventisettesimo migrante sentì in cuffia la voce di Tony.

«Questo era l'altro candidato al ruolo di little boy, l'altro campione di nuoto taglia extralarge che era arrivato sulla spiaggia dopo il naufragio.»

Aba lo osservò. Un volto come tanti, scuro, ricciuto, niente barba.

«Controlla nei database se lo trovi col riconoscimento facciale.»

« Già fatto. Non c'è assolutamente niente. »

Il deflusso continuò lentissimo mentre ormai cominciava ad albeggiare. Aba sentiva la tensione crescere nel suo stomaco man mano che i migranti scendevano sul molo e ne rimanevano sempre meno sul ponte del barcone. La voce di Albert la riscosse dai suoi pensieri.

« Forse il nostro little boy si sta facendo una nuotatina. »

« Piantala Albert, stiamo lavorando. »

« Ma non è... »

« Stai zitto, mi deconcentri. »

In quel preciso momento Aba vide le due ragazze col burqa avvicinarsi alla passarella per scendere e non riuscì a trattenersi.

« Maledetto irresponsabile arrogante! »

« Irresponsabile sarà lei. Le ho solo detto... »

« Albert, maledizione, stai zitto, non ce l'ho con te. Zooma sulle due donne e confrontale con quelle dell'altra sera, le sorelle di quella annegata. »

« Lei ci ha detto che non era davvero annegata. »

« Albert, per favore, non... »

« Le immagini danno oltre 80 per cento di probabilità di corrispondenza ciascuna. »

Nell'auricolare sentì la voce di Leyla.

« Albert, puoi tornare indietro di trenta secondi? »

« Certo, Leyla! »

Ci fu una pausa mentre Leyla riesaminava la registrazione.

« Dice che si è buttato in mare. »

Aba cercò di concentrarsi.

« Chi lo dice a chi, Leyla? »

« Una delle due donne col velo all'altra, dottoressa. »

Udì ancora la voce nasale e petulante del ragazzino coi capelli rossi.

« Io ve l'ho già detto mezz'ora fa. »

Esasperata, Aba cercò di mantenere un tono neutro.

« Cosa ci hai detto mezz'ora fa, Albert? »

« Che little boy si stava facendo una nuotata. Si è tuffato in vista della costa, prima che la motovedetta affiancasse il barcone. Deve avere dei complici in gommone. »

« Impossibile. Il gommone avrebbe dovuto aspettare che il barcone si allontanasse e con l'acqua gelida di gennaio neanche un buon nuotatore... »

Aba si bloccò di colpo.

Ecco la mossa che ti sei persa, Aba. La mossa invisibile che decide tutto è almeno dieci mosse prima dello scacco matto.

« Tony, cosa ha fatto Hosni Salah quando è arrivato a Zwara l'altro giorno? »

« Dottoressa, cosa c'entra? Non capisco... »

« Dove è andato prima che Marlow andasse a trovarlo per interrogarlo? »

« Non lo sappiamo. Ma... »

Aba vide che non c'erano più migranti sul barcone. Era inutile stare lì a recriminare o rimuginare. Ora bisognava agire, e molto rapidamente.

Ho lasciato entrare little boy in Italia!

« Torno a Roma, ci vediamo in ufficio. »

Chiuse la comunicazione con la screen room e chiamò il taxi per l'aeroporto di Comiso.

Alle dieci Aba entrò nella stanza del direttore dell'AISI Maria Giovanna Cordero. C'erano già Giulio Bonan e Franco Luci.

Aba incrociò lo sguardo di Bonan.

Ha voluto prendere in mano le cose, Ice? Bel risultato.

Ma per la prima volta negli occhi freddi di Giulio Bonan c'era anche una traccia di preoccupazione. Da un lato la cosa le fece piacere, dall'altra la impensierì ancora di più.

MGC non perse tempo in preamboli. Era nota per i suoi modi molto diretti, a volte aspri, che le solite chiacchiere da ufficio attribuivano alla mancanza di un marito e di figli.

« Abbiamo fatto entrare in Italia un terrorista e ne abbiamo perse le tracce. Serve un piano di azione immediato. Dove può essere ora little boy, dottor Luci? »

Ollio era evidentemente a disagio a essere interrogato bruscamente da una donna.

« Signor direttore, little boy dovrà raggiungere i suoi complici nel Nord Italia per avere l'esplosivo e il mezzo più rapido senza documenti di identità è il treno. Andare da Pozzallo a Messina gli farà perdere l'intera giornata di oggi. Poi c'è il tragitto dalla punta della Calabria a Salerno e solo da lì l'alta velocità sino a Milano. Potrebbe arrivarci domani sera. Abbiamo fatto aumentare i controlli sui treni. L'altra ipotesi è che un complice lo porti in auto dalla Sicilia al Nord, anche in questo caso non arriverebbe prima di domani sera e abbiamo fatto rafforzare tutti i controlli stradali su auto con almeno due persone a bordo. Purtroppo, come lei sa, in entrambi i casi potrebbe sfuggirci. Ci resta sempre la speranza di individuare il covo dove little boy è diretto, come sa i carabinieri ci stanno lavorando. »

MGC scosse il capo.

« Se non lo avete già trovato, vuol dire che è introvabile. Quindi dobbiamo individuare noi little boy e seguirlo fino a lì. »

Poi MGC si voltò verso Giulio Bonan.

« Dottor Bonan, mi sono consultata col suo superiore, il direttore dell'AISE Stefano Lanfranchi. Forse possiamo anche agire in Libia per capire dove è diretto little boy. Pensa che l'agente che avete usato, questo professor Jazir, possa ancora darci una mano? »

Bonan guardò Aba, poi annuì.

« Certo. Sin qui, secondo me, il professor Jazir ha fatto un ottimo lavoro. Ma non so se la dottoressa Abate è d'accordo. »

GMC si rivolse ad Aba.

« Perché, dottoressa Abate? »

Aba ripensò a tante cose in pochi secondi.

Non fidarti di Marlow. Ti porterà dove non vuoi andare, senza rendertene conto...

« Signor direttore, io credo che sul professor Jazir dovremmo sentire anche l'opinione del mio capo, il dottor Ferrara. Lui lo conosce bene. »

« Piacerebbe molto anche a me. Purtroppo è ancora in terapia intensiva, non raggiungibile. »

« Allora mi riserverei di decidere dopo aver chiesto al professor Jazir una spiegazione su ciò che è avvenuto a bordo di quel barcone. »

MGC si rivolse ad Aba e Bonan.

« Contattate immediatamente il professor Jazir, insieme. »

Dove *insieme* era un messaggio e un ordine ben preciso a tutti: *qui si lavora insieme, chi sgarra esce...*

MGC si alzò.

« Devo avvertire il direttore del DIS e il ministro che abbiamo un ospite indesiderato in Italia. Fatemi sapere dopo che avrete parlato col professore. »

Aba e Bonan erano entrambi consapevoli del grande problema che avevano contribuito a creare e della necessità di non perdere tempo con recriminazioni reciproche su little boy. E l'ordine di MGC era chiarissimo e indiscutibile: *insieme*.

Aba attivò il collegamento e il volto di JJ comparve sullo schermo, con il cappellino, i Ray-Ban verdi, la sigaretta tra le labbra e l'aria tranquilla di chi ha appena fumato la shisha e bevuto un po' di sidro.

Giulio Bonan andò dritto al punto.

« Cosa è successo, Marlow? »

Lui rispose con la massima tranquillità.

« Le mie mogli dicono che qualcuno sul ponte più basso ha scavalcato la balaustra prima che fossero affiancati dalla

Guardia costiera italiana, ma non sono sicure, era buio, faceva freddo, molti dormivano.»

Bonan protestò.

«Impossibile, a gennaio l'acqua del mare è troppo fredda, sarebbe morto.»

Aba intervenne.

«Aveva una muta sotto i vestiti, gliel'ha comprata Hosni Salah in Italia e gliel'ha consegnata la mattina prima della partenza.»

Bonan la guardò, stupito. Aba notò che c'era un diverso rispetto nei suoi occhi.

Aba si rivolse a JJ.

«Non poteva mettere a bordo qualcuno di più serio di due ragazzine inesperte?»

«Non sono ragazzine inesperte. Avevano individuato il little boy giusto, a quanto pare.»

«Ma se lo sono lasciato scappare!»

«Dovevano identificare little boy, senza insospettirlo. Non certo sorvegliarlo, quello toccava a voi italiani.»

«E come hanno fatto a identificarlo, Marlow?»

«Non lo so. Ve lo dirò dopo averci parlato, al loro ritorno.»

«Preferirei interrogarle io prima che ripartano dall'Italia.»

JJ allargò le braccia.

«Non si può, Ice. Sono già su un aereo per tornare a Tripoli. Può venire qui a parlarci se vuole, le faremo un ottimo cous cous.»

Aba era stufa di quell'uomo. Non si fidava di lui e gli ultimi eventi avevano rafforzato in lei questa sfiducia.

«Niente cous cous. Ora che little boy è in Italia l'operazione passa sotto il mio controllo e io non ritengo più utile la sua collaborazione, Marlow.»

«Non credo che sia una buona idea.»

La voce di JJ era calma e distaccata, come se stessero lì per discutere del caldo di Tripoli e del freddo di Roma.

Bonan aveva assistito in silenzio a quello scambio di battute.

« Perché Marlow? »

« Semplice, Arpax. Perché l'unica persona che può portarci rapidamente a little boy è ospite nella mia casa a Sabratha. »

Ci fu una pausa di silenzio, poi il tono divertito di JJ.

« Ricordate il ladro di auto, vero? Pensavate che fosse morto? Invece siamo diventati vicini di casa, lui e io. »

Cadde un gelido silenzio. Poi Aba si rivolse a JJ.

« Nel caso che il mio capo approvasse voglio interrogarlo io. Di persona. »

« Non è contro le vostre procedure, Ice? E poi lui è qui, non lì, fuori dalla sua giurisdizione, no? Decide Arpax, credo. »

Aba guardò Bonan.

« O si fa come dico io o darò parere negativo al direttore. »

Bonan annuì e rispose a JJ.

« Ice conosce le nostre procedure, nel caso che il direttore approvi verrà lei. »

JJ scrollò le spalle.

« Bene, allora fatemi sapere se devo preparare il cous cous. »

Aba si era già alzata.

« Avrà subito la sua risposta. Resti in linea. »

Tolse l'audio con JJ e formò il numero dell'assistente di MGC.

« Mi spiace disturbare il direttore, ma è una cosa urgente. »

Dopo pochi secondi udirono la voce di MGC nel viva voce del cellulare.

« Avete parlato col professor Jazir? »

Bonan spiegò rapidamente la situazione. Alla fine MGC pose una domanda.

« Lei è favorevole, dottor Bonan? »

« Sì. »

« Anche che sia la dottoressa Abate ad andarci? »

« Sì, lei c'è già stata e non voglio bruciare un agente AISE in loco. »

« Allora date l'ok al professore. E lei dottoressa passi da me prima di partire. »

MGC chiuse e Aba aprì l'audio con JJ.

« Sarò da lei fra tre ore, Marlow. »

« Molto bene, la aspettiamo. »

Maria Giovanna Cordero accolse Aba con un po' più di freddezza del solito. Aba lo percepì sin dalla prima domanda.

« È faticoso per lei andare d'accordo col dottor Bonan? »

I bellissimi occhi verdi risaltavano nel fitto reticolo di rughe.

« Sì. Ma sono pagata anche per questo, signor direttore. I nostri dissapori non danneggeranno l'operazione. »

MGC annuì.

« I vostri dissapori di natura caratteriale mi sono chiari. Bonan è un marinaio che ritiene noi donne poco affidabili e lei è molto affidabile ma un po' suscettibile. Il punto che mi preoccupa non è questo, però. »

MGC si fermò un attimo e Aba capì che c'era qualcosa di peggio in arrivo.

« Perché ha chiesto a un suo sottoposto, un ragazzino ancora in prova, di indagare su chi ha accesso al database degli infiltrati? »

Ci fu un lungo attimo di silenzio, in cui vecchie frasi tornarono alla mente di Aba.

Se devi mentire fallo, ma solo con i cretini. Rispetta sempre la gerarchia. Non sfuggire alle tue responsabilità.

« Gli ho chiesto di indagare solo sugli accessi esterni, quelli illegittimi. Non su chi è autorizzato. »

« Non le sto contestando un'azione illogica o illegittima. Però le avevo detto di non prendere iniziative senza confrontarsi con me, dottoressa Abate. »

Aba annuì. Non era impaurita. Si sentiva lucida, fredda come sempre. Capace di attingere alla memoria.

Scusati senza aggiungere nulla. Lei è intelligente, molto intelligente. Capirà da sola.

« Ha ragione, signor direttore. »

« Lei pensava che io le avrei negato il permesso, vero? »

« Sì. »

« E perché, visto che un controllo sugli accessi esterni è logico e legittimo? »

Perché anche gli interni possono accedere dall'esterno. Anche Giulio Bonan.

« Mi scusi, signor direttore. La sua è una domanda di cui conosce già la risposta. »

MGC inaspettatamente sorrise.

« Suo padre le ha insegnato tanto, dottoressa. Ma non è riuscito a domare del tutto certi aspetti del suo carattere. »

Poi il tono tornò gelido.

« Il suo collaboratore è stato scoperto perché ho già disposto io questa indagine, in modo riservato, sin dal giorno in cui è morto Kebab. »

Quindi anche lei teme che ci sia un traditore qua dentro.

« La prego di non licenziarlo, la colpa è solo mia. »

MGC annuì.

« Lo so. L'indagine è condotta da persone della security che non possono avere accesso diretto a quel database. Riferiranno direttamente al sottosegretario. Chiunque avesse accesso diretto è tra i possibili delatori ed è sotto accertamento interno. Me inclusa. E quindi anche Ferrara e Bonan. E anche lei, dottoressa Abate. »

MGC guardò l'orologio a forma di palma che portava al polso sinistro.

« Lei deve andare all'aeroporto. Ma Pietro Ferrara non sarebbe d'accordo a farla tornare lì in queste circostanze, dottoressa Abate. »

« Lo so, signor direttore. Decida lei. Se non si fida lo capirò. »

MGC per la prima volta accennò un sorriso.

« Sono stata anche io un'allieva di suo padre, come moltissimi qui dentro. Con il professor Jazir si senta libera di fare ciò che le sembrerà più giusto per noi. »

MGC fece una piccola pausa.

« Anche se suo padre le direbbe di no. Buon viaggio. »

Aba passò al piano dell'open space ed entrò nel suo box. Albert la vide e la raggiunse.

« Che c'è, Albert? »

« Ho finito quella ricerca. »

« Guarda, è meglio... »

« C'è un solo accesso esterno alla scheda di Kebab, da un server russo non rintracciabile. »

« Quanti giorni fa? »

« Anni fa. Nel gennaio 2015. »

« Ti avevo detto di guardare solo... »

« Nell'ultimo mese non c'era niente. Per questo sono andato indietro negli anni. »

Aba ripensò alle parole di MGC.

Con il professor Jazir si senta libera di fare ciò che le sembrerà più giusto per noi. Anche se suo padre le direbbe di no.

« Albert, mi serve un moschino. »

« Non un moscone? Vuole solo audio? »

« Sì, mi serve una cosa invisibile. »

« Non esistono oggetti invisibili, solo molto piccoli. »

« Era per rendere l'idea. »

« Per telefono o casa? »

« Casa. Il soggetto conosce questa roba, nel telefono la troverebbe e non credo che avrei l'opportunità di mettercela. »

Lui annuì.

« Va bene, gliela porto tra un'ora, dovrà firmarmi il modulo. »

« Certo. Non voglio causarti altri guai. »

« Che guai? »

« Niente, sbrigati. »

« Cosa scrivo alla voce 'destinazione'? »

« Riservata. »

« Sicuro che si può? »

« Conosco le procedure meglio di te, Albert. »

Appena lui uscì, Aba entrò nel database degli infiltrati, direttamente alla scheda di Kebab, sino all'icona dove si era fermata pochi giorni prima.

Non farlo, Aba. Rispetta le regole. Prudenza.

MGC era stata una tuffatrice olimpica ed era il suo capo. Doveva intendersene di regole e prudenza e le aveva dato un messaggio chiaro.

Le regole valgono qui. Ma con Marlow...

Mentre il taxi si muove per l'aeroporto tra il groviglio del Lungotevere sotto la pioggia, chiamo Paolo.

« Buongiorno, Aba! »

Nessuna domanda su dove mi trovi.

« Allora, come è andata con Tiziana a cena? »

« Be', all'inizio c'è rimasta male che tu non sia venuta, ma poi... »

« Avete parlato del tuo libro? »

Resta in silenzio, per un lungo attimo.

« Era tutto pianificato? Il libro su Arpax, il pomeriggio con vista sul Colosseo, la cena tra me e Tiziana? »

« Il Colosseo non c'entra, volevo stare con te. Il resto sì. »

Sospira, rassegnato.

« Senti, Aba, ne possiamo parlare stasera a cena? »

« Devo ripartire, Paolo, mi spiace. Torno domani e mi racconti tutto. »

Passa subito al tono preoccupato.

« Ma cosa succede? Hai problemi in ufficio? »

Niente di grave. Abbiamo fatto entrare un terrorista in Italia e ne abbiamo perso le tracce. Ma ora vado a Tripoli, scarico un po' di corrente sui testicoli di Hosni Salah e mi faccio dire dov'è little boy.

Non voglio mentirgli, ma certamente non posso dirgli la verità.

« Sì, ho un problema, ma è sotto controllo. Scusami, ora devo lasciarti, sto andando all'aeroporto. »

Il Falcon fila nel cielo sopra il Mediterraneo e io me ne sto lì, pensando al rischio che hanno corso le due ragazze salendo su quel barcone per attraversare il mare e indicarci little boy.

Per far guadagnare tantissimi soldi a un marito che le considera sue schiave.

Poi arriva la paura.

Come faranno senza di me?

L'aereo sobbalza, guardo fuori dal finestrino, nessuna paura che cada.

Come faranno senza di me? Senza la donna normale che si occupa delle loro vite?

Quando atterriamo a Mitiga ho la camicia sudata e incollata alla schiena.

Evergreen aspettava Aba fuori dal terminal con la jeep. Le sorrise e le caricò la borsa sull'auto. Durante il viaggio dall'aeroporto di Mitiga a Sabratha Aba mandò istruzioni dettagliate a Rodica.

Ricordati che Cri odia prezzemolo sulla sogliola. Per Fra bistecca ben al sangue. Per Paolo lascia in forno arrosto così non si fredda. Killer mangia poco, passa al supermercato e chiedi a Claudio se ha trovato Baulucy. Ti ho prenotato visita da specialista per tuo mal di testa, poi ti mando i dettagli.

Quando arrivarono in vista della casetta del professor Jazir il sole rosso del gennaio africano tramontava nel mare blu ed erano gli ultimi minuti di luce. Ruqaia, Kulthum e Fatmah erano nell'orto, i due bambini maschi rincorrevano a piedi nudi una palla sgonfia, una delle bambine spingeva l'altra sul copertone di camion che faceva da altalena, le galline e le capre si aggiravano lì intorno.

Il professor Johnny Jazir se ne stava seduto per terra, in mezzo all'orto, con la sigaretta accesa e i Ray-Ban con le lenti verdi, mentre incitava i due maschi a calciare più forte la palla. Probabilmente le giovani mogli col burqa erano dentro a cucinargli il cous cous.

Aba avvertì immediatamente una sensazione di fastidio e la sola presenza di quel fastidio la fece irritare con sé stessa.

Che me ne importa? Non è la mia vita! Con tutti i problemi che ho?

JJ si limitò a farle un piccolo cenno di saluto e si avvicinò alla jeep.

« Benvenuta, Ice. Prima del cous cous, abbiamo tempo per parlare con quella persona. »

Senza aggiungere altro, lui salì sulla jeep e si sedette dietro. Mostrò a Evergreen un foglietto con la destinazione e la jeep partì.

JJ si chinò su di lei.

« Mi scusi ma la devo bendare, Ice. È per la sua stessa sicurezza. Dove stiamo andando ci sono persone che le saranno molto più amiche se sono certe che lei non può ritrovarle. Stia tranquilla, non le rovinerò questa orrenda parrucca che la fa sembrare una strega. »

Poi lui le mise sopra il velo una mascherina nera da aereo, si accertò che coprisse gli occhi e strinse l'elastico. Per un po' Aba cercò di contare le svolte a destra e quelle a sinistra, sino a che perse il conto e lasciò perdere.

Circa mezz'ora dopo sentì le mani di JJ che le sfilavano la mascherina. La jeep era ferma su un sentiero in mezzo a un uliveto, l'odore delle olive era fortissimo così come quello del concime. Accanto alla jeep c'erano due ragazzi sui vent'anni, in divisa militare, con iPhone ultimo modello e scarpe Adidas, ciascuno con un AK-47.

JJ si avviò tra gli ulivi e Aba lo seguì. Dopo circa duecento metri c'era un edificio di muratura e calce. JJ si fermò.

« Un vecchio frantoio in disuso. A Zizou piace l'odore di olio e di sterco. »

Poi il suo sguardo e il suo tono cambiarono. Ora era serio, decisamente serio.

« Lasci entrare me da solo, poi le riferirò tutto. »

Aba lo guardò, quell'uomo orrendo, terribile, senza scrupoli né morale. Sapeva che attraversare la soglia di quel frantoio era una violazione delle procedure ufficiali. Ma ricordava bene il senso delle parole di MGC.

Le regole si possono anche violare per un interesse superiore, la protezione degli italiani. Anche se suo padre e Ferrara non sarebbero d'accordo.

Solo che tutto ciò riguardava Ice, la spia, non Aba, la moglie, la madre, la donna.

Se entri in quel pozzo, anche se ne esci, non sarai più la stessa, Aba.

Ma subito affiorò il suo vecchio maestro.

Il dovere civico viene sempre prima di qualunque interesse personale.

« Io entro con lei, Marlow. »

JJ si strinse nelle spalle.

« Come vuole, Ice, io l'ho avvertita. Ha la sua orrenda parrucca, si metta anche quei mostruosi occhialoni scuri e li tenga sempre addosso. »

Aba si calcò bene sugli occhi gli occhialoni, strinse ancor di più il foulard intorno al volto. JJ le passò un blocco di fogli a quadretti e una matita.

« Farò io le domande. Se lei ha altre domande me le scriva qui. Non deve dire una parola, non voglio che Zizou senta la sua voce. Tutto chiaro? »

« Decido io se parlare o meno. »

Lui si strinse ancora nelle spalle.

« Come crede, ma pensi ai suoi cari, Ice. Non è il caso che il nostro Zizou si ricordi il suo volto o la sua voce, anche se non credo che avrà mai occasione di parlarne in giro. »

« Noi non uccidiamo nessuno, Marlow. Né ordiniamo di farlo. Dopo che avremo finito lei consegnerà quell'uomo alla giustizia libica e l'Italia chiederà la sua estradizione. »

JJ sputò un pezzo di tabacco nella sua mano e se la pulì sulla manica.

« Qui siamo a casa mia e ho anche io una famiglia da proteggere. Per cui deciderò io in quale fetido buco far scomparire Zizou quando non ci servirà più. E ora muoviamoci. »

JJ fece un cenno e uno dei due ragazzi col Kalashnikov tirò fuori una chiave con cui aprì la porta del frantoio. Per un attimo, un solo attimo, Aba si fermò nella luce dei fari della jeep, davanti al buio dell'interno. La paura dell'aereo tornò, ora più chiara.

Come faranno senza di me? Se varcherò quella soglia non potrò più guardare Paolo, Cri e Fra come prima.

La porta si aprì.

Aba lo aveva letto da qualche parte. Un libro o un manuale di formazione.

L'odore annuncia l'orrore.

Nell'oscurità del frantoio, all'odore di olio e concime si mescolavano quelli di feci, urina, sudore. Nel buio sentì JJ chiudere la porta alle sue spalle. Erano soli, lei e JJ, in quel buio maleodorante, loro due e qualunque cosa ci fosse lì dentro.

C'era ancora il tempo per cambiare idea, per chiedere di riaprire quella porta e uscire. Ma era stata anche lei a far entrare little boy in Italia, non solo JJ, Mansur e Bonan.

JJ pigiò su un interruttore e da qualche parte si accese un faretto che illuminava un angolo del frantoio, lasciando loro due nel buio.

Hosni Salah era come Aba lo aveva visto l'ultima volta. Nudo, i polsi e le caviglie bloccati alla sedia metallica senza fondo, i testicoli e il pene con inquietanti macchie nerastre collegati tramite fili elettrici a qualcosa di terribile che si nascondeva nel buio. Sotto la sedia una fossa raccoglieva le sue feci. Il volto era coperto da un cappuccio nero con una feritoia per la bocca.

« Sei sveglio, Zizou? »

La frase in arabo di JJ non provocò nessuna reazione. Allora JJ si spostò verso l'angolo buio della stanza dove scomparivano i fili elettrici collegati al pene e ai testicoli del prigioniero.

Il corpo di Hosni Salah sussultò sotto la scossa elettrica e lui urlò.

« Ben svegliato, Zizou. Dobbiamo parlare di nuovo. »

Il prigioniero urlò.

« *Din gahba*! Figlio di puttana. »

Aba scribacchiò una nota a matita sul foglio e la passò a JJ.

Le ordino di smettere subito.

Lui scosse il capo e le indicò la porta di uscita dal frantoio. Poi tornò al prigioniero.

« Ci siamo già passati l'altro giorno. Forse il tuo pisellino può ancora alzarsi, ma se non collabori, tra mezz'ora non potrai più usarlo neanche per pisciare. Fai segno con la testa per dirmi se hai capito. »

Lentamente il cappuccio si mosse avanti e indietro, in un gesto di assenso.

« Zizou, non abbiamo tempo da perdere e sono in grado di capire se ci prendi in giro. Ogni volta che esiterai o mi verrà il dubbio che menti, manderò un messaggio al tuo pisellino. Hai capito? »

Di nuovo il cappuccio si mosse, avanti e indietro.

« Bene. Cominciamo dalla Clio che hai portato a Piacenza per consegnarla a Omar Ghali. Perché l'hai rubata a Marsiglia? »

Una piccola esitazione, poi una voce affaticata.

« Perché quando sono in Europa abito lì. »

Il sobbalzo e l'urlo di Hosni Salah fecero sobbalzare anche Aba.

« Forse non mi sono spiegato. Funziona come la macchina della verità, so già la risposta a certe domande. Se menti ancora, allungherò i tempi della scarica. Allora? »

Da sotto il cappuccio arrivava un respiro che somigliava più al rantolo.

« Non so perché. Ma Omar Ghali, Fredo, mi disse che doveva avere una targa francese ed essere un'auto molto comune, non un'auto vistosa. »

Aba annuì verso JJ. Era una scelta prudente, una normale auto straniera è meno soggetta a essere fermata.

Invece è arrivata la telefonata anonima di Zizou.

JJ riprese l'interrogatorio.

« E perché la muta da sub? »

« Ordini di Fredo. »

Questa volta la scarica fu più lunga, le urla più intense, e Aba vide l'urina di Hosni Salah cadere dal suo pene nella catinella.

Si rese conto con orrore che una parte di lei era uscita da sé stessa. Era la sua coscienza che guardava il suo corpo in quella scena dall'alto, da un altro pianeta.

Quella lì sotto con JJ in questo inferno non sono io, non è Aba, moglie di Paolo, madre di Cri e Fra. È soltanto Ice, la spia.

La voce aspra di JJ la riportò a quel presente.

« Vedo che non ci siamo capiti, Zizou. Un'altra scossa? »

Hosni Salah cominciò a urlare.

« No, no, ti dirò tutto, serviva per farlo sbarcare a nuoto appena il barcone arrivava vicino alla costa italiana... »

« Fare sbarcare chi? »

Ci fu una leggera esitazione. JJ uscì dalla zona d'ombra e si avvicinò al prigioniero. Si tolse la sigaretta dalle labbra e avvicinò la punta accesa al pene di Hosni Salah che appena sentì il calore ricominciò a urlare.

« Il *walad saghir*! Il *walad saghir*! »

« Bravo Zizou. E quindi visto che la muta è rimasta sulla Clio l'hai dovuta ricomprare e portare tu in Libia per darla a little boy, vero? »

Il cappuccio si scuoteva lateralmente facendo cenno di no.

« *Lah, lah*! Giuro, non ho mai visto little boy, non so chi sia e neanche che faccia abbia. »

JJ gettò la sigaretta accesa nella fossa sotto la sedia di Hosni Salah e scomparve nell'ombra da cui generava il dolore.

« Ti farò una domanda chiara, Zizou. Se mentirai, il tuo pisellino scomparirà. Hai capito? »

Il cappuccio si mosse avanti e dietro.

« Bene. Voglio sapere chi hai chiamato dal parcheggio a Piacenza subito dopo aver consegnato la Clio a Omar Ghali, il tuo amico Fredo. »

Ora il rantolo si era trasformato in singhiozzi. Hosni Salah stava scegliendo tra il suo pisello nell'immediato e la sua morte in un prossimo futuro. Scelse il primo.

« Ho chiamato Elias Ghali. Sonny. »

Aba scrisse velocemente sul foglietto e lo passò a JJ. Lui fece una smorfia poco convinta, poi girò la domanda a Hosni Salah.

« Perché hai chiamato Sonny? »

« Perché ho riconosciuto l'uomo che era con Fredo, un traditore collaboratore degli italiani. Non facevo in tempo ad avvertire Fredo senza che l'altro si insospettisse. Allora ho avvertito Sonny che mi ha ordinato di chiamare subito i carabinieri. »

« E la muta che hai portato dalla Francia l'hai consegnata a Sonny a Zwara? »

« Sì, appena sono arrivato, era urgente perché little boy si imbarcava quella sera stessa. »

JJ annuì e sorrise ad Aba.

Altre domande, Ice?

Aba scrisse la domanda.

COME?

JJ si accese un'altra sigaretta con il solito metodo e la avvicinò al pene di Hosni Salah che cominciò ad agitarsi e gemere.

« No, no, per pietà, ti ho detto tutto. »

« Non tutto, Hosni. Sonny ti contatta sul tuo bel cellulare francese. Ma se tu hai urgenza di vederlo come lo contatti? »

« Lascio un messaggio per lui in un internet point. »

« Bene. Sai perché non abbiamo toccato il tuo bel faccino, vero? Per farti incontrare Sonny con il tuo bel sorriso ancora intatto. »

Ora da sotto il cappuccio arrivavano solo singhiozzi, gemiti.

« *Lah, lah.* Quello mi dà in pasto ai coccodrilli... »

JJ fece per avvicinare di nuovo la sigaretta accesa al pene di Hosni Salah ma Aba gli tirò il braccio. Ci pensò ancora un attimo. Pensò a cosa le avrebbe detto suo padre, o Pietro Ferrara o Giulio Bonan o l'uomo che metteva la museruola a Lady.

Non farlo, Aba. Regole. Prudenza. Pensa a te, a Paolo, a Cristina, a Francesco, a Killer.

Ma c'era qualcosa di più importante in ballo.

La sicurezza degli italiani, quella per cui mi pagano. E JJ non gliela sta facendo, la domanda più ovvia.

« Hosni Salah, ascoltami. »

La voce femminile che parlava in arabo fece sobbalzare il prigioniero. JJ fece una smorfia ma Aba continuò.

« Prima hai detto che hai riconosciuto Kebab. Come hai fatto? »

Ci fu una leggera esitazione.

« Avevo una sua foto sul mio smartphone. »

« Chi te l'aveva mandata? »

« Sonny! »

« E chi aveva dato a Sonny quell'informazione? »

Nulla. Nessuna risposta. Allora Aba si voltò verso JJ che la fissava con quel mezzo sorriso ironico e sprezzante.

« Vuole che dia a Zizou un incentivo, Ice? »

Non farlo, Aba.

Aba si avvicinò a Hosni Salah. Poteva sentirne l'odore, un misto di sudore, urina, feci.

« Hosni, tra un minuto io me ne andrò da qui. Ti garantisco che se collabori e ci aiuti a trovare Elias Ghali parlerò anche con i francesi e ti troveremo un nome nuovo e un posto sicuro in Italia o in Francia. Se non ci aiuti, ti lascio a questi animali. »

Aba si voltò, aprì la porta e uscì all'aperto. La sera africana era tiepida, piena di rumori di grilli.

JJ uscì dietro di lei, con la sigaretta accesa.

« Evergreen la accompagna, le mie mogli e i bambini la aspettano per il cous cous. Io mi fermo ancora dieci minuti con Zizou, vediamo se ha capito il suo messaggio o se gli serve ancora una scossa. Mi riaccompagneranno questi bravi ragazzi. »

Aba salì sulla jeep ed Evergreen le sorrise e la bendò con molta gentilezza.

Appena arrivarono alla casupola di JJ Evergreen le tolse la benda dagli occhi.

Aba si rivolse a Ruqaia che l'aveva accolta accanto alla jeep.

« Dovrei andare un momento... »

La ragazza annuì.

« Abbiamo un solo bagno in casa, per il professore, vicino al suo studio. »

Un solo bagno. Solo per lui.

« Lo chiamate così? 'Il professore'? »

Lei abbassò lo sguardo.

« Non tra noi, signora. Solo con gli estranei, per rispetto. »

« E tra voi? »

Ruqaia esitò, i suoi occhi nella fessura del burqa erano un po' impauriti.

« Lo chiamiamo Abu, signora. »

« Abu vuol dire padre, ma voi non siete le sue figlie, no? »

Ruqaia si inchinò.

« Mi scusi, signora, devo occuparmi del cous cous. »

La ragazza si dileguò.

Aba attraversò l'abitazione, svoltò nel corridoio e arrivò in fondo, trovò il bagno con il lavandino e la tazza alla turca ma lo ignorò. Provò velocemente la porta accanto. Era chiusa a chiave con una serratura Yale. Ma era venuta con gli attrezzi giusti.

Ci mise meno di trenta secondi ad aprirla. Diede una rapida occhiata circolare: una scrivania con una macchina da scrivere, un telefono a disco, una sedia, nessuna finestra, tre pareti piene di libri. Tutto sommato era davvero la stanza di un professore. Su uno degli scaffali più alti c'erano i volumi di un'enciclopedia sulla storia libica.

Probabilmente non li usa mai, altrimenti non starebbero lì.

Si arrampicò sulla sedia e piazzò il moschino tra due volumi, in modo che fosse del tutto invisibile dal basso.

Poi uscì, richiuse la serratura, tirò lo sciacquone del bagno e tornò all'aperto proprio mentre JJ stava scendendo dalla jeep di Evergreen.

Aba e JJ si sedettero per terra sulla veranda davanti al mare. Fatmah servì il cous cous di pesce e il sidro gelato. Aba le parlò in arabo.

« Avete avuto paura tu e Kulthum sul barcone? »

Lei guardò JJ che annuì, poi Fatmah scosse il capo a occhi bassi, timidamente.

« Come avete fatto a capire quale dei due era quello giusto? »

Di nuovo Fatmah guardò JJ, ma lui batté le mani e la ragazza si dileguò.

« Non poteva lasciarla rispondere? »

JJ sputò una spina di pesce per terra.

« No. Fatmah non ama parlare e il metodo che hanno usato non lo confesserebbe a un estraneo neanche sotto tortura. »

« Be', io pago e voglio saperlo. »

« Sono state brave, ognuna si è messa vicino a uno dei due e ci hanno parlato. Uno dei due era disposto a parlare di sé, della sua famiglia, dei luoghi, aveva addosso una giacca sportiva, canticchiava tutto il tempo roba occidentale. Non era plausibile. L'altro rispondeva a monosillabi. E poi... »

Fece una risatina.

« Sono belle le mie mogli, si capisce anche col burqa addosso che sotto sono ben fatte. »

Aba cominciò a irritarsi.

« Che c'entra? »

« Quello loquace ha accettato di buon grado di scaldarsi dal freddo della notte, allungava anche le mani, mentre quello muto non ha voluto saperne. »

Aba sentì l'irritazione trasformarsi in rabbia.

Lui le ha rese sue schiave. Se serve, anche prostitute. Fanno qualunque cosa per lui.

« Lei le ha costrette a... »

« La pianti, Ice. Sono vive grazie a me, fanno con piacere quello che chiedo. Lo so che per lei è inconcepibile. »

Poi passò al tono divertito.

« Abbiamo portato il nostro amico Zizou all'internet point. Secondo i loro accordi avrà una risposta da Sonny entro 24 ore. »

« Troppo. Con little boy in Italia abbiamo una certa fretta, professore. »

Lui affondò entrambe le mani nella piccola ciotola di acqua e poi nella grande ciotola con il cous cous e se lo portò alla bocca, seguito da un goccio di sidro e da un rutto.

« Ottimo davvero. Lo so che ha fretta, lei ha sempre avuto fretta, Ice. »

Era una provocazione e non aveva né tempo né voglia per avere una discussione sul suo carattere con il professor Johnny Jazir.

« Dove sarà Sonny adesso? »

« Secondo Mansur sta portando un gruppo di migranti dal Mali in Libia. Dovrebbe essere nel Sud della Libia, in Fezzan. »

« Siete organizzati anche lì con Mansur? »

Lui si infilò tra le labbra lo stuzzicadenti.

« Siamo organizzati dovunque, Ice. Ma l'organizzazione di queste cose costa. »

« Quanto? »

« Sarà una cosa complicata. Diciamo altri duecentomila? »

« Diciamo centomila per l'incontro. E centomila se avremo informazioni utili. Dovrò farmi autorizzare. »

« Va bene, Ice. Ma ora basta lavoro. Perché non si rilassa? Si toglie quella brutta parrucca, ci guardiamo il tramonto fumando la shisha e bevendo sidro. Ho anche una stuoia per lei se vuole dormire qui. »

Aba si alzò.

« Dormo a Tripoli. »

Lui aveva quella smorfia di scherno che la mandava in bestia e indicò la jeep ferma sul sentiero.

« Allora vada Ice. Evergreen la porterà dove vuole. »

Sulla jeep scarico i messaggi dal cellulare personale.

Aba, va bene venerdì sera da Anna?

Mamy ti ricordi che sabato ho il saggio di hip hop?

Ciao mà, ricordati rugby domenica!

Se Killer potesse, mi scriverebbe anche lei.

Ti ricordi i Baulucy?

Ma quella è la mia vera vita. *Tutta* la mia vita, a cui non vedo l'ora di tornare.

Chiamo Francesco, la via più semplice.

« Come va, Fra? »

« Sono un po' stanco, in metro ho preso un sacco di freddo e mi sa che ho un po' di febbre e domani c'è allenamento subito dopo scuola, mi sa che lo salto. »

« Prendi un'aspirina ma non saltare, altrimenti domenica il mister non ti fa giocare. »

Lui ride.

« Vado e li spacco? »

« Sì, li spacchi tutti. E in latino? »

« Tranquilla, mà. La peristaltica è andata. Ora è tutto in discesa. »

« Di' a Cri di stare tranquilla che domenica al saggio di hip hop sarò in prima fila. Ma dille anche che deve seguire la dieta. Killer come sta? »

« Rodica dice che mangia troppo poco. Ah, dice che Claudio non ha trovato i cosi, i Baulucy. Che diavolo sono? »

« Niente, ci penso io quando torno. Ora ti saluto. »

A Paolo mando un messaggio, non mi sento di parlare.

Devo fermarmi. Torno domani. Ok da Anna. Buona notte.

Ora tocca a Ice, il lavoro. Scrivo al direttore Maria Giovanna Cordero.

Marlow organizza incontro tra i due amici, resto qui. Vuole altri duecentomila.

La risposta di MGC mi arriva subito.

Ok, il prezzo va bene se avremo informazioni utili. Informo io il capo di Arpax.

Quindi scrivo a JJ.

Duecentomila se avremo informazioni utili.

La risposta è immediata.

Non avevo dubbi.

Quando Evergreen mi lascia di fronte al Waddan, salgo subito in camera e indosso la tuta e le scarpe da ginnastica.

Fuori la notte è fresca, sarebbe l'ideale per correre. Ma non è più possibile addormentare la mente correndo o guardando vecchi film romantici.

Ho mandato Kebab a morire e ora sua moglie è sola col bambino in pancia. Ho fatto entrare little boy in Italia. Ho consentito a JJ di torturare un uomo davanti a me.

Tiro fuori dalla 48 ore il foglietto con l'indirizzo dell'abitazione di Kebab.

Ora non c'è più differenza tra ciò che direbbe mio padre e ciò che mi ha suggerito Maria Giovanna Cordero.

Il coraggio senza prudenza è incoscienza. La prudenza senza coraggio è viltà.

Chiamo MGC e lei risponde al primo squillo.

« Mi serve un'auto sicura, signor direttore. Un taxi non sarebbe adatto. »

« Ora? »

« Sì, è meglio. »

« Avviso l'ambasciatore. »

« Grazie, sono nell'albergo accanto all'ambasciata. »

NOTTE TRA MERCOLEDÌ E GIOVEDÌ

L'autista della Toyota Corolla è Mohammed, un giovane libico molto più loquace di Evergreen e munito di lasciapassare e mance indispensabili per superare i posti di blocco tra Tripoli e Misurata.

Mentre l'auto corre nella tiepida notte africana, mi racconta tutta la storia della sua famiglia: dal nonno che lavorava come autista per Italo Balbo a suo padre che ha fatto lo stesso mestiere ma per uno dei figli di Gheddafi sino a lui, erede della tradizione familiare.

Vedo scorrere immagini di cittadine che ho conosciuto in una vita precedente: Tajura, Zliten, Homs. Sono felice che Mohammed mi distragga da quei ricordi, che risalgono a prima di 9999.

Il 9 settembre 1999. Lo spartiacque.

Dopo oltre tre ore di viaggio entriamo tra le bianche case di Misurata. La città dorme mentre inizia ad albeggiare e la Toyota Corolla parcheggia davanti a un villino bianco, piccolo ma molto ben tenuto rispetto a tutto il resto.

Troppo, per un kebabbaro.

GIOVEDÌ

La ragazza col velo, l'abaya e il pancione uscì alle sette e mezza di mattina. Aba si rivolse a Mohammed.

« Io la seguo a piedi, tu vieni dietro a distanza con l'auto. »

Nell'aria c'era quell'umido tepore e l'odore del mare. Alcune botteghe erano aperte, c'era già un po' di traffico. La ragazza svoltò verso il porto ed entrò nel grande mercato, che era già abbastanza affollato.

Aba la osservò da lontano mentre faceva la spesa: pesce, verdura, frutta. Sempre in contanti. Poi, carica di sacchetti, la ragazza si avviò di nuovo verso casa.

Aba fece segno a Mohammed e risalì in auto.

« Parcheggia lì, dove non c'è gente. »

Ferma nella Toyota, Aba aspettò che la ragazza col velo e il pancione e i sacchetti della spesa le arrivasse accanto. Conosceva il suo nome e vari altri particolari, dalla scheda di Kebab.

« Nadia. »

La ragazza si voltò e vide la donna occidentale con la frangia, gli occhialoni. Aba le parlò in arabo.

« Sono un'amica di suo marito, quella che gli ha fatto curare la mano a Roma nel 2011. »

La giovane donna taceva. Aba le indicò il Toyota con sopra Mohammed.

« Salga, le diamo un passaggio sino a casa. »

La ragazza fece cenno di no con il capo. Aba era preparata a quel rifiuto.

« Suo padre Khalil è in casa? Perché se non parlo con lei devo parlare con lui. »

Ora la ragazza esitò. Aba vedeva quegli occhi impauriti, poteva avere vent'anni, non di più.

Poco più di Cristina. Ma quanta differenza.

Il fatto che provasse pena per lei non poteva cambiare le cose.

Devo proteggere i nostri interessi, i nostri figli.

La ragazza parlò, sottovoce.

« Signora, se qualcuno mi vede salire sull'auto... »

« Sarebbe peggio se vedessero me bussare alla tua porta, Nadia. »

Lei esitò ancora un attimo, poi salì sul sedile posteriore della Toyota Corolla e Aba entrò accanto a lei.

« Mohammed, scendi e vedi che non si avvicini nessuno. »

Doveva sbrigarsi. Sapeva che era pericoloso per Nadia ciò che stava facendo.

« Mi dispiace molto per tuo marito e per te. Vi conoscevate sin da bambini? »

« Sì, eravamo cugini. Poi lui andò a combattere contro Gheddafi e poi in Italia. »

« E tu? »

« Mio padre aveva combattuto anche lui per i francesi contro Gheddafi. Loro gli offrirono di combattere anche in Mali e ci trasferimmo tutti lì. Con mio cugino però ci sentivamo su internet, mi parlava bene dell'Italia. Diceva sempre che un giorno mi avrebbe sposata e portata lì da voi, dove si vive bene, non come qui. »

« Per chi lavora adesso tuo padre Khalil? »

« Non può più lavorare, è invalido di guerra. »

« Lo so. Ma da dove vengono i soldi? »

« L'assicurazione per mio marito... »

« Quella è arrivata adesso. Di chi è la casa dove abiti? »

« Di mio padre. »

« Da quanto tempo abitate lì? »

« Dal 2015. »

Aba annuì. Aveva bene in testa tutto ciò che aveva trascritto lei stessa anni prima nella scheda personale di Kebab, nei lunghi mesi prima di arruolarlo.

«In quella guerra in Mali ha perso le mani, tuo padre?»

Lei scosse il capo.

«Non le ha perse. Gliele hanno tagliate.»

«Lui da che parte stava? Coi governativi o coi ribelli?»

«Con quelli che erano coi francesi, contro i ribelli.»

«Chi gli ha tagliato le mani?»

Lei rabbrividì.

«I suoi nemici.»

«E tua madre e i tuoi fratelli li hanno uccisi i suoi nemici?»

Lei cominciò a piangere.

«Papà mi aveva nascosto dentro il fieno.»

Aba sapeva di doverle evitare di ricordare. Avrebbe fatto male alla ragazza e perdere tempo a lei.

«Se non sai il nome dei nemici devo entrare a chiederlo a tuo padre.»

Ora la ragazza spalancò gli occhi, terrorizzata.

«Signora, se qualcuno la vede entrare...»

«Allora dimmi il nome dei nemici.»

Lei tremava e Aba fu tentata di passarle un braccio intorno al collo per consolarla. Ma non poteva, doveva farla parlare e andarsene molto velocemente. Decise di fare un tentativo.

«Ti aiuto io. Michael, Sonny, Fredo...»

La ragazza impallidì, poi iniziò a tremare violentemente, a respirare con affanno. Si portò le mani sul pancione.

«Il bambino...»

Aba le prese le mani. Erano piccolissime, sembravano quelle di una bambina.

«Tranquilla Nadia. Non ti chiedo più niente. Ora scendi, torni a casa, cucini per tuo padre e per te e il bambino.»

Aspettò che il respiro della ragazza tornasse normale. Poi le lasciò le mani e le aprì lo sportello.

«Non dire niente a tuo padre. Lo faresti solo preoccupare.»

Aba osservò la ragazza col pancione allontanarsi sul marciapiede e rientrare in casa. Poi diede a Mohammed l'ordine di tornare a Tripoli. Erano le otto.

Il messaggio di JJ arrivò ad Aba poco dopo.

I due amici si vedono oggi a mezzogiorno a Sebha, per dare tempo a Hosni di prendere volo da Tripoli.

Lei girò subito il messaggio a MGC.

Zizou e Sonny si vedono a Sebha a mezzogiorno. Penso sia meglio osservare. Lei è d'accordo?

Mi sembra molto pericoloso, Ice.

Aba decise di essere chiara, nei limiti del possibile.

So chi ha venduto Kebab, ma non so a chi.

Passarono pochi secondi.

Va bene, resti a Tripoli. Autorizzo il satellite e avverto io Arpax di informare Marlow che saremo collegati. Lei guida, Arpax sarà in screen room con il suo team, lavorate insieme. Se ha un dubbio, mi chiami.

Era ovvio che MGC non poteva essere in collegamento.

Grazie, signor direttore.

Stia attenta, Ice.

Sarò prudente, signor direttore.

Più attenta che prudente.

Poi lei si rivolse a Mohammed.

«Devo essere a Tripoli prima di mezzogiorno.»

Lui le sorrise.

«Mio nonno lo chiamavano Fangio, mio padre Schumi, a me mi chiamano Hamilton.»

Pochi minuti prima di mezzogiorno, Aba era seduta nella sua stanza al Waddan. Sullo schermo del PC vedeva la screen room. Bonan, Tony, Leyla e Albert sedevano intorno al lungo tavolo, in fondo al quale c'era lo schermo.

Il satellite inquadrava un furgone grigio che si muoveva nell'affollatissimo centro di Sebha. Dopo una decina di minuti il furgone si fermò davanti a un cancello.

Hosni Salah dovrà scegliere tra due paure. Dall'esito di quella lotta dipende la caccia a little boy.

La voce di JJ in cuffia la riscosse da quei pensieri.

« Stiamo parcheggiando, potete vederci, Ice? »

Col puntatore, Tony indicò il camioncino carico di capre che aveva seguito a distanza sin dall'aeroporto il furgone su cui gli uomini di Elias Ghali, detto Sonny, avevano caricato Hosni Salah appena sceso dall'aereo.

« Sì, Marlow. Pronto a entrare col moscone appena gli aprono la porta? »

« Sì, Ice. Il moscone è in volo. »

Sullo schermo videro il furgone entrare dal cancello in un largo spiazzo con in mezzo un caseggiato a due piani, girare intorno al caseggiato e fermarsi. Poi videro la serranda di un garage alzarsi e il furgone sparì all'interno.

« Entrato, Marlow? »

« Sì. »

« Sostituisci, Tony. »

L'immagine sullo schermo passò dalla ripresa esterna dal satellite, confinata in un angolo, all'immagine semibuia dell'interno di un grande garage. Il furgone grigio si fermò mentre il cancello del garage si richiudeva sulla luce esterna. Aba si sforzò di vedere meglio.

« C'è poca luce, Marlow. »

« Il moscone non può accendere la luce, Ice. »

Quattro uomini scesero velocemente dal retro del furgone. Indossavano tutti il passamontagna e una tuta militare verde scuro identica.

« Lui c'è? »

« Sì, il nostro amico è quello che zoppica leggermente. Gli ho chiesto io di farlo, per identificarlo. »

I quattro uomini rimasero lì, fermi nella semioscurità in mezzo al garage.

« Che fanno? »

« Non lo so, Ice. Forse aspettano un'ora ben precisa. »

« Forse il target è già dentro, no? »

« Non credo proprio. Stanno facendo le loro verifiche prima di farlo arrivare. »

Bonan si rivolse a JJ dalla screen room.

« Cosa gli racconterà per giustificare la richiesta di incontro? »

« Che gli italiani sanno già di little boy. Si offrirà, in cambio di molti soldi, di andare ad avvertirlo. Deve cercare di farsi dire dove è quel covo. »

Bonan aveva un tono poco convinto.

« Non mi sembra molto credibile, Marlow. »

Si udì una risatina.

« Che problema c'è, Arpax? Al peggio lo ammazzano. Tanto poi entriamo noi, no? »

Di colpo si udì la voce di Albert.

« Porca troia... »

Aba reagì di scatto.

« Albert, che c'è? »

Vedeva la screen room in un quadratino dello schermo. Il ragazzino coi capelli rossi era assorto nello schermo del suo portatile e digitava a una velocità supersonica.

« Albert? »

Lui rispose continuando a digitare.

« Ho sotto controllo tutto il traffico telefonico rilevabile in quella cella. Incluso il nostro moscone. Ma c'è anche una videochiamata in continuo che è iniziata dall'arrivo del furgone e sta trasmettendo a un altro telefono nella cella. »

Tony aveva già capito, sullo schermo c'era di nuovo la vista dal satellite, con la strada e la villa a due piani, e si vedeva anche il camioncino carico di capre da cui JJ stava manovrando il moscone.

Tony scosse il capo.

« È pieno di gente, non riesco... »

Leyla lo interruppe.

« La donna col burqa sul balcone al terzo piano. In Libia non è come in Italia, le donne non stanno affacciate. »

Tony ingrandì la donna: con una mano teneva uno smartphone puntato sulla strada.

Bonan intervenne.

« Sparisca da lì immediatamente, Marlow. »

Aba cercò di opporsi.

« Perderemo il moscone, Arpax. »

Ma Bonan aveva deciso. E la Libia era il suo territorio.

« Perderemo molto di più se restiamo, Ice. Se ne vada subito, Marlow. »

Videro il camioncino con le capre allontanarsi velocemente e dopo pochi secondi l'immagine all'interno del garage era sparita. Il collegamento fu chiuso e lo schermo divenne blu scuro.

I pensieri di Aba erano cupi.

La pista in Africa finisce qui e qualcuno ha venduto Kebab. Devo avvertire MGC. Dobbiamo avviare una caccia all'uomo su scala nazionale e trovare little boy.

Il suo smartphone di lavoro squillò.

« Che c'è, Marlow? »

« È sola, Ice? »

« No, sono in discoteca. Cosa c'è? »

« Sonny è arrivato adesso nel luogo dell'incontro. »

« Cosa? Le avevamo ordinato di andare via. »

Sentì una risatina.

« L'ha ordinato Arpax, ma lei non sembrava molto d'accordo. Noi siamo pronti, Ice. »

« Pronti a cosa, Marlow? »

« All'ultima possibilità di prendere l'uomo che sa tutto di little boy. »

« Certo. E la sua di guadagnare altri duecentomila euro. È

un quartiere pieno di gente, molti sono civili innocenti. Come pensa di entrare, a cannonate? »

« Preferisce i morti qui o in Italia, Ice? »

Aba sentì il respiro accelerare, il sangue correre più velocemente.

Stai calma. Noi non siamo come loro. Noi non ammazziamo a sangue freddo gente innocente.

« Se ci sono danni ai civili non se ne parla. »

« Ice, ho portato uomini esperti e ben armati e che hanno già combattuto. Mica bombardiamo coi droni come fate voi! Non ci saranno danni ai civili, fuori. »

« E dentro il villino? »

La voce di JJ aveva un tono sprezzante.

« Che gliene frega? Dentro ci sono Zizou, Sonny Ghali e chiunque altro ci sia fa parte di un branco di assassini. »

« In ogni caso dovrei chiedere l'autorizzazione, ci vorrebbe troppo tempo. »

Un risolino.

« Certo, Ice, le procedure, no? Ma io penso che lei sia grande abbastanza da decidere da sola. Vuole trovarlo little boy, vero? L'idea di tutti quei morti innocenti a causa sua in Italia... Come farebbe a sopravvivere al rimorso? »

Aba cercò di trattenere la rabbia e di concentrarsi sui fatti, sulla logica.

La logica va bene per Ice, non per Aba. Come faranno loro tre senza di te?

Ma sapeva di non avere alcun diritto a quel tipo di paure.

Sono problemi personali, il bene comune viene sempre prima.

« Va bene Marlow. Io intanto vado a prendere il volo per Roma. Mi scriva l'esito. »

Il volo è un incubo senza più il timore di precipitare. Per la mancanza di sonno crollo in un dormiveglia agitatissimo, tra pensieri in cui la realtà sfuma nell'irrealtà, pensieri che ora assumono forma e senso comune.

Una casa che non riconosco ma che conosco. Porte chiuse su un corridoio interminabile. Di lato, gli specchi. Chi è questa donna? Perché non la riconosco?

Quando atterro a Ciampino sono esausta. Il messaggio di JJ è lì.

Finito.

Non gli rispondo e chiamo MGC.

Lei ascolta in silenzio il resoconto della seconda parte di ciò che è accaduto a Sebha, dopo l'interruzione decisa da Bonan.

« Non c'era il tempo per avvertirla, signor direttore. »

« Lo so. Ma io le avrei detto di andare avanti, come ha fatto lei. Ci penso io ad avvertire il capo di Arpax. Appena lei sarà in ufficio chiamate il professore. Poi venite subito da me. Insieme. »

Mentre il taxi attraversava il panorama familiare e pacifico dall'aeroporto verso il centro di Roma Aba si sentì gradualmente meglio. Aveva il desiderio di chiamare Cristina, Francesco e Paolo. Aveva bisogno delle loro voci, persino dei loro capricci, della normalità.

Ma qualcosa la frenava, come se avesse bisogno di più tempo per ripulirsi il corpo e l'anima da ciò che aveva fatto, prima in quel frantoio con la tortura a Hosni Salah e poi quella mattina, quando aveva autorizzato un possibile massacro, di terroristi, ma pur sempre un massacro.

Li chiamerò dopo, quando sapremo chi è little boy e dove trovarlo.

Arrivò alla screen room insieme a Giulio Bonan. Non si dissero nulla, non c'era tempo per discussioni e recriminazioni.

Lei pigiò un tasto sul PC e poco dopo apparve sullo schermo il volto di JJ.

Non sembra la faccia di un uomo che ha appena ammazzato qualcuno.

Anzi, il tono di JJ era allegro.

« La scuola è sgomberata. L'allievo era molto preparato, ha risposto a quasi tutte le domande. »

Bonan non era affatto divertito da quel modo di scherzare.

« Sappiamo dove è il covo o little boy? »

« No. Lo sa solo suo fratello Michael, il capo. È lui che ha organizzato tutto. »

« Tutto questo casino e non ha scoperto nulla di utile? »

« Ma certo che ho scoperto qualcosa, Arpax. La gente parla volentieri con me. Michael ha detto a Sonny di far partire tutti quelli che può entro sabato sera. Quindi il big bang è per domenica. Avete ancora un po' di ore per trovare little boy o quel covo. »

« E se non ci riusciamo? »

JJ si ficcò in bocca uno stuzzicadenti.

« Ci riuscirete grazie al passaporto di little boy. »

Il tono gelido di Bonan si alterò di colpo.

« Che diavolo dice, Marlow? Che passaporto? »

« Sonny mi ha detto che suo fratello Fredo aveva mandato a Tripoli un pacchetto per little boy. Dentro c'era il passaporto falso per little boy. »

Aba annuì.

« Fredo l'aveva affidato a Kebab. Che tipo di passaporto, Marlow? »

« Un passaporto non italiano. »

Bonan scattò come una molla.

« Francese? »

« Sì, Arpax. »

Aba intervenne.

« A che nome? »

« Purtroppo questo lo sa solo Michael Ghali. »

Aba non si fidava nemmeno un po'. Era una sensazione

legata a tante cose, anche alla visita a Misurata alla vedova di Kebab.

Devo parlarne a voce con MGC. Senza Bonan.

« Va bene così, Marlow. Le farò trasferire il compenso aggiuntivo. Ora non abbiamo più bisogno di lei. »

JJ si levò di bocca lo stuzzicadenti. Lo puntò verso di loro.

« Meglio per voi. Vi saluto. »

Aba chiuse la comunicazione.

Maria Giovanna Cordero gettò un'occhiata al polso destro, dove due cerchi d'argento, uno per le ore e uno per i minuti, formavano un orologio.

« Quindi abbiamo ancora margine per trovare il covo e little boy. »

Bonan scosse il capo.

« Signor direttore, non troveremo né il covo né little boy senza l'aiuto di Marlow. Ogni progresso che abbiamo fatto è merito suo. Dobbiamo tenerlo d'occhio ma la decisione della dottoressa Abate di allontanarlo dalle indagini... »

Cordero lo interruppe e guardò Aba.

« È sicura che non le serva più il professor Jazir? »

« Vedremo. Prima dovremmo cercare quel passaporto francese e forse troveremo little boy. Altrimenti... »

Bonan la interruppe.

« Signor direttore, il passaporto falso di little boy è francese, la questione non riguarda solo l'Italia ma... »

MGC lo bloccò con un gesto.

« Ne parlerò col suo capo. Ma per il momento teniamo Marlow in standby, facciamo sempre in tempo a richiamarlo. Ora può lasciarmi sola con la dottoressa Abate? »

Gli occhi verdi di MGC affondavano in un mare di rughe e Aba si chiese perché quella donna non facesse nulla per migliorare il suo volto. Eppure quel corpo ancora snello, il trucco raffinato, l'eleganza degli abiti contribuivano a un innegabile charme.

« Penso che lei abbia qualcosa da raccontarmi, dottoressa Abate. »

Aba riferì in dettaglio la visita alla moglie di Kebab a Misurata.

Al termine MGC annuì.

« Quindi il padre era tra i mercenari che combattevano al fianco dei governativi in Mali. E i Ghali gli hanno tagliato le mani e ucciso la moglie e i figli. Questo a cosa ci conduce? »

« Quella guerra finì nel 2014 con la vittoria dei governativi sostenuti dai francesi. I Ghali e quelli dell'Azawad furono sconfitti, ma stranamente rilasciati. L'accesso illecito alla scheda di Kebab è del 2015. »

MGC annuì.

« Se ben capisco, la sua ipotesi è che Kebab potrebbe essersi confidato col futuro suocero sul lavoro per noi, forse si è tradito durante una delle visite, e che questo Khalil lo abbia venduto. Ma sua figlia era incinta di Kebab. Strano, no? »

« Nel 2015 Kebab era solo un cugino che viveva in Italia, signor direttore. Khalil era invalido, aveva bisogno di una casa, di soldi. »

« Ho capito. E a chi lo avrebbe venduto? »

« Non lo so. Ma io penserei a qualcuno di cui si fidava molto. Forse qualcuno che lo aveva già assoldato per combattere contro Gheddafi o contro i ribelli in Mali. »

MGC annuì, lentamente. Poi si alzò. Nonostante gli anni si intravedeva ancora la lunghezza delle gambe, le spalle larghe da nuotatrice, il portamento da modella.

Doveva essere bellissima.

« Mi accompagna a fumare come fa con Pietro Ferrara? »

Aba la seguì sino alla terrazza che dava sul cortile interno. MGC tirò fuori un bellissimo astuccio da sigaretta elettronica.

« Questo me lo ha regalato Pietro durante l'anno in cui siamo stati fidanzati. Come alcuni dei miei orologi più belli. »

Aba restò senza parole. Alla fine scelse una frase assurda, per levarsi dall'imbarazzo.

« Non sapevo che lei fumasse, signor direttore. »

MGC annuì.

« Non fumo, infatti. Ma altrimenti occhi indiscreti si chiederebbero perché siamo qui. E occhi indiscreti e menti allenate comprenderebbero che siamo qui per stare lontane dalle possibili cimici nel mio ufficio. È stata una delle tante idee geniali di Pietro. Così finiamo il ragionamento. Lei di chi sospetta? »

Aba cercò di riflettere. Quella donna era il suo capo, la gerarchia.

Non mentire mai ai tuoi capi, Aba. Tanto meno a tuo padre.

« Il professor Jazir ha combattuto per i francesi in quelle guerre. E se non sbaglio... »

MGC la interruppe.

« Sì, c'era anche l'ammiraglio Bonan con la sua nave. Ora però voglio che lei mi ascolti bene. Il lavoro che ha fatto è di livello eccezionale, del resto Ferrara me lo ha sempre detto, ed è figlia di Adelmo. Ma non deve mai, per nessun motivo, dubitare di un suo collega. »

« Ma signor direttore... »

« No, mi deve ascoltare. Le ho già detto che le regole si possono anche violare. Io ho un amante diverso ogni anno. È una mia regola. Ma a volte lo faccio durare un po' meno, a volte un po' di più. In questo lavoro però non è così semplice, e lei ha già passato troppi confini. Non voglio che ne passi altri. E lo dico non solo per la sua carriera, ma per la sua anima. »

Aba guardò quella donna così bella, con quel corpo ancora magnifico da atleta e indossatrice e quel viso antico, scolpito da rughe di cui non si curava.

Avrei avuto bisogno di una madre così.

Maria Giovanna Cordero dovette intuire i suoi pensieri e il suo tono si addolcì.

« Pietro sta molto meglio, ci ho parlato ma non possiamo ancora andare a trovarlo. »

« Posso chiamarlo? »

« Non ancora. E quando potrà, non lo faccia affaticare e non lo faccia agitare. Non voglio che Pietro Ferrara sappia quali confini ha varcato. »

La voce e il tono di MGC si erano addolciti nell'ultima frase e Aba annuì.

« Certo, signor direttore, non gli dirò nulla sull'indagine. »

MGC guardava la pioggia leggera che continuava a cadere.

« Anche perché non è autorizzata a farlo. Non si dimentichi che Pietro Ferrara, come me e come lei, sapeva che Kebab era un infiltrato. »

Aba la guardò e MGC le sorrise ed era un sorriso bellissimo.

« Siamo tutti sospettabili, ma non deve occuparsene lei. Dica a Papà Doyle che lei troverà little boy. Ma non gli dica che la sua piccola Aba è tornata in quel pozzo. »

Aba restò un attimo a bocca aperta, sul punto di farle una domanda. Poi si rese conto che era una domanda inutile.

« Grazie della chiarezza, signor direttore. Vado a occuparmi di little boy. »

MGC annuì.

« *Solo* di little boy. »

Aba passò davanti alla stanza di Ferrara. Diana l'accolse con un sorriso. Aveva intorno al collo la sciarpa che Aba le aveva regalato.

« Dottoressa, buongiorno. Sa qualcosa del dottor Ferrara? »

« Sono passata apposta per dirtelo. Sta molto meglio, forse la prossima settimana rientra. »

La ragazza sorrise ancora di più e si fece il segno della croce.

«Allora le mie preghiere hanno funzionato! Ho pregato ogni giorno per lui.»

Aba gettò un'occhiata alle tre rose rosse nel vaso sulla scrivania.

«Il tuo corteggiatore segreto?»

Lei arrossì.

«Sì, si ricorda che ho bisogno di un suo consiglio?»

«Certo Diana. Fammi solo finire una cosa e ne parliamo. Puoi dire tu a Tony, Leyla e Albert di venire nel mio ufficio?»

«Certo dottoressa. Grazie, grazie!»

Devo dire due paroline a quel maiale di Ollio.

Aba notò subito che c'erano dei cambiamenti.

Il velo e le unghie di Leyla erano ancora verdi, il cambio dei colori si era fermato. Tony indossava una camicia blu coi polsini rivoltati da cui spuntava qualcosa, un disegno che sembrava un tatuaggio. Albert si era seduto subito, come gli altri due, senza bisogno che lei gli ordinasse di farlo.

Che succede?

Non era certo quello il problema più urgente, perciò Aba riferì subito la novità.

«Little boy si muove con un falso passaporto francese.»

Leyla sembrava più sicura di sé, non chiedeva più nemmeno il permesso per parlare.

«L'auto è stata rubata a Marsiglia. Forse anche il passaporto viene da lì.»

Tony annuì vigorosamente.

«Forse posso trovare il nome sul passaporto falso, dottoressa.»

«Quanto tempo ti ci vuole?»

«Un po', ma se loro due mi aiutano...»

«Certo. Ci lavorate tutti e tre, ma cominciate tu e Leyla. Tu resta un attimo, Albert.»

Tony e Leyla uscirono.

« Oggi ti sei seduto, Albert. »

« Perché sto meglio. Quasi bene. »

« Meglio? »

« Dal morbo di Crohn. Quando peggiora non posso sedermi e devo correre al bagno. »

Lo disse così, tranquillamente, come parlasse di un raffreddore. Aba era incredula.

« Ma è una malattia seria. Sulla tua scheda... »

Lui si strinse nelle spalle.

« Lo so, non l'ho detto alla visita medica. Non mi avreste preso neanche in prova. Se vuole mi può far licenziare. Ma ora sto meglio, vedrà. »

Le vennero in mente Cristina e Francesco.

Asperger. Morbo di Crohn. Ha pochi anni più di Cri!

Sentì una morsa allo stomaco e decise di posticipare il problema.

« Ho piazzato il moschino. Hai iniziato a sentire le registrazioni? »

« Sì. Niente di utile. »

« Qualunque cosa sospetta, avvisi me soltanto, è chiaro? »

Il ragazzino coi capelli rossi e il codino la fissò per un lungo attimo.

« Non fare obiezioni, Albert, se ti ordino una cosa... »

« Le sue mèches rosse... »

« Albert... »

« Ho lavorato la sua immagine su Photoshop. Le starebbero benissimo le mèches biondo cenere. Il rosso non va bene, troppo aggressivo e giovanile. Lei è una donna di classe, tipo quelle attrici francesi, non... »

Aba si alzò.

« Vai subito ad aiutare Tony e Leyla con quel passaporto. Fila via! »

Albert se ne andò.

Aba entrò nel database del personale e aprì la sua scheda. Poi si bloccò e la richiuse, senza aggiungere nulla.

Li guardo attraverso il vetro del box, tutti e tre chini sui loro computer, poco più grandi dei miei figli, entusiasti di quel lavoro complicatissimo ma fragili come Cristina e Francesco.

Resto a osservarli, posso solo aspettare che trovino qualcosa. So che ci vorrà qualche ora, non c'è niente che possa fare qui in ufficio e ho bisogno di distrarmi. Solo che per me distrarmi significa risolvere problemi. Non conosco altro modo. E in ufficio MGC è stata chiara.

Non si occupi di chi ha venduto Kebab. Solo di trovare little boy.

Restano i problemi esterni al lavoro.

I problemi normali. Tranquilli. Di Aba. Molto più semplici da pilotare e tenere sotto controllo.

Mando il messaggio a Tiziana.

Sono tornata, passo per caffè?

La risposta arriva solo dopo un po'.

Caffè già preso e tu non lo bevi ma sono qui in libreria.

Certo, è una risposta un po' fredda. Forse Tiziana si è sentita usata, forzata, con quella trappola della cena da sola con Paolo.

Ma io la aiuto da sempre coi suoi amori infelici. E Paolo ha talento da vendere, gli serve solo un bagno di realtà e un aiuto esperto.

Quando arrivo alla libreria, la commessa mi indica una porticina.

Tiziana è seduta nel suo piccolo ufficio strapieno di libri, davanti al computer. È perfetta in quell'ambiente, con la crocchia in testa, gli occhiali da lettura, il largo maglione a nascondere le tette da quarta misura, quei pantaloni di velluto fuori moda sulle Clark da uomo, la perfetta intellettuale.

Che crede nel vero amore e rimorchia vedovi ai funerali della moglie.

Solleva lo sguardo quando entro.

« Ciao Aba. »

« Ciao. Mi spiace per la storia con Roberto... »

« ... Che somiglia a Enzo. Meglio così, Aba. Alla fine ci sei riuscita! »

« A fare cosa, scusa? »

« Ad aprirmi gli occhi. A farmi vedere il fallimento della mia vita vuota rispetto alla tua. »

Non c'è astio alcuno nel tono, solo un'amarezza che mi sembra persino eccessiva.

« Tizzy, sei una persona eccezionale, ancora giovane. Hai tutto il tempo, se solo... »

« Se mi vestissi come sabato sera a casa tua e cercassi solo uomini seri? Be', non fa per me. E comunque tu non sei qui per questo, no? »

Di colpo succede qualcosa che non è mai accaduto negli anni con lei.

Mi sento a disagio. Nuda.

« Tizzy, io vorrei tanto che tu fossi felice, davvero! »

Ed è vero. Lo è sempre stato.

Tiziana mi sorride. Ora è più calma.

« Lo so, Aba. Ma sei anche terribilmente prepotente. Tu lo sapevi già che non saresti venuta a cena. Volevi che me ne stessi da sola con Paolo a parlare del suo libro, vero? »

Il tono è più dispiaciuto che aggressivo, non le voglio mentire.

« È vero. A Paolo serve il tuo aiuto. Lui non osava chiedertelo. »

Scuote il capo.

« Paolo è in grado di scrivere un bellissimo libro anche

senza di me. Ma non è capace di scrivere un libro basato anche sul sesso. Lo sai come è fatto, no?»

Quella domanda è irritante.

«Lui si sta stufando del suo lavoro e io devo aiutarlo.»

Lei mi guarda negli occhi.

«Aba, non si fa così. La vita non è un'eterna partita a scacchi contro tuo padre e tutto il mondo. Lascia in pace Paolo, lui sa come fare!»

Scuoto il capo, incredula, scioccata, arrabbiata. Solo lei mi conosce abbastanza per ferirmi così, ma non avrei mai immaginato che lo facesse.

«Io ci sto da vent'anni con lui, non come te che ne hai cambiati almeno venti da allora.»

Mi rendo conto che quella frase e quel tono non sono miei.

Sono di Ice, non di Aba.

Cerco subito di rimediare.

«Scusami Tizzy, è che sono stressata per...»

Mi fermo. L'elenco sarebbe lunghissimo, ma nessuno di quei nomi può essere fatto.

Si asciuga una lacrima. Sembra dispiaciuta, non arrabbiata con me.

«Ti prego Tizzy, non piangere.»

«Non piango per me, Aba.»

Poi, di colpo, sorride.

«Va bene, farò come vuoi tu, come sempre. Lo aiuto a finire il libro.»

Il repentino cambiamento mi colpisce. Si è convinta, di colpo.

Come mai?

Arriva il *bip* del messaggio di Tony.

Trovato, la aspettiamo.

Mi alzo, l'abbraccio e lei si lascia abbracciare ma non ricambia.

«Scappo, Tizzy, devo tornare in ufficio, sono di fretta.»

Lei annuisce e sembra triste.

« Lo so, Aba, lo so. Lo sei sempre. »

Tony si era rimboccato le maniche della camicia slim blu cobalto, così Aba vide il tatuaggio: una gabbia con un uccellino dentro e uno fuori.

« Lo hai sempre avuto quel tatuaggio? »

Lui arrossì, un po' confuso.

« No, è da poco. Esiste un solo falsario capace di produrre ottimi passaporti falsi in Francia. Indovini dove? »

Aba prese nota del cambiamento di discorso: stavano imparando da lei, e anche bene.

« Non farmi perdere tempo con gli indovinelli, Tony. A Marsiglia, ovviamente. Dimmi il nome del falsario. »

« Hervé Lemonde. »

« Come ci arriviamo? »

« Ho l'impressione che Monsieur Lemonde sia l'unico falsario a Marsiglia perché è tollerato. »

Aba capì al volo.

Lavora anche per i francesi.

Maria Giovanna Cordero ascoltò la notizia sul passaporto francese di little boy e sul falsario « tollerato ».

« Dobbiamo coinvolgere di nuovo i francesi. Sono stati collaborativi secondo lei? »

« Direi di sì, signor direttore. René Gabin ci ha dato molto, considerato che noi gli abbiamo detto ben poco. Il problema con loro è capire quanto possiamo essere aperti o meno. »

MGC sorrise.

« Certe volte mi chiedo se non avrei dovuto continuare coi tuffi e le sfilate. »

Gli occhi di Aba andarono su quelle due foto: la concorrente a Miss Italia 1971 e la tuffatrice alle Olimpiadi di Monaco 1972.

« Perché ha smesso, signor direttore? »

I magnifici occhi verdi le sorrisero tra le rughe.

« Le interessa davvero, dottoressa Abate? »

Aba annuì.

« Facevo sport a livello agonistico sin da bambina, a diciotto anni ero alle Olimpiadi per la gara dei tuffi e avevo anche firmato un contratto come modella. Avevo già pianificato la mia vita: mollare lo sport e l'università, girare il mondo per le sfilate, conoscere un Principe Azzurro, sposarmi, fare dei bellissimi figli. Lei non ha una data fatale nella sua vita? »

Aba cercò di non impallidire.

9999. Nove settembre millenovecentonovantanove.

Aba non disse nulla e MGC continuò.

« La mia è il 5 e 6 settembre 1972, al Villaggio Olimpico. »

Aba non era ancora nata, ma aveva letto tutto di Monaco 1972. I palestinesi avevano preso in ostaggio gli atleti israeliani, alla fine le forze dell'ordine erano intervenute e c'era stata la strage.

« Quel giorno rinunciai al mio contratto da modella e decisi di cominciare gli studi. Un mio professore all'università mi aveva già parlato di entrare nei Servizi. Quando superai la selezione, quel professore spiegò a me, a Pietro Ferrara e ad altri novellini, tutti gli errori dei tedeschi a Monaco 1972, quelli di cui non si parla mai e che portarono a quel tragico epilogo. »

Poi MGC posò su Aba quegli occhi verdi che potevano essere freddi o dolcissimi.

« Sa di cosa parlo, vero? »

Aba annuì.

« Sì, signor direttore, lo so. »

« I Servizi tedeschi non consultarono i Servizi israeliani. Così non sapevano che quei palestinesi erano di una nuova scuola, i primi disposti a morire. »

E quindi Aba, il male minore. Se vuoi il Nord America cedi il Canada, non il Messico.

« Ho capito, signor direttore. Saremo più aperti coi francesi. Avverto il dottor Bonan. »

MGC annuì. Ora il tono era di nuovo quello professionale.

« L'AISE conosce meglio di noi le questioni internazionali. Che cosa c'è di Bonan che la disturba così tanto? Non può essere solo la misoginia. »

« Le foto delle regate che ha nella sala riunioni. »

« Non capisco. »

« Lui è quello delle battaglie navali, l'uomo pacifico delle regate è solo una maschera. »

MGC approvò lentamente col capo, sembrava contenta.

« Ogni tanto riconosco in lei il professore che mi reclutò. »

Certo, l'uomo che sapeva fare tutto, dagli scacchi al Risiko al mondo intero. Tutto tranne l'amore.

« Sa cosa suggeriva lui per smontare i guerrafondai, vero? »

Aba sorrise, suo malgrado.

« Sì, signor direttore. »

Una lezione. Una sola ma decisiva.

« Bene, vedrà che sarà utile a entrambi, dopo. »

L'assistente di Bonan la informò che lui era al suo circolo per un incontro con un funzionario dell'ambasciata americana.

« Gli ho detto che lei lo sta cercando con urgenza, dottoressa. Purtroppo non può interrompere, ha detto che la richiamerà appena potrà. »

Aba sapeva dove si trovava la sede cittadina del circolo esclusivo frequentato da Giulio Bonan.

Esclusivo in quanto noi donne non siamo ammesse. Ma questo vale per Aba, non per Ice.

In taxi indossò la parrucca con la frangia e gli occhialoni.

Meglio essere comunque prudenti.

Quando il taxi parcheggiò davanti al circolo si rivolse al tassista.

« Mi aspetti qui. Non ci metterò molto. »

Si avviò verso le ampie porte a vetri, dove fu subito bloccata da un usciere dai capelli bianchi con tanto di divisa, che la squadrò da capo a piedi.

« Signorina, questo è un circolo per soli soci. »

Era un vecchietto dall'aria gentile.

« Sono la moglie del dottor Bonan e devo vederlo immediatamente. »

« Non è possibile, signorina. E poi il dottor Bonan è scapolo. »

« Questa è una delle tante stronzate che racconta. Non ha visto che porta la fede? »

Ora il poveretto impallidì. Provò a prenderla dolcemente per un braccio e Aba urlò.

« Non toccarmi, non ti permettere! »

A quel punto si erano già fermati diversi passanti e il poveretto era in preda al panico. Si rivolse ad Aba con tono supplichevole, aprendo la porta.

« La prego signorina, cioè signora... non urli. La faccio entrare. »

Aba si ritrovò in un ingresso con boiserie in legno, tappeti, alle pareti foto di regate con barche di ogni genere.

Uomini dai cinquanta ai centocinquant'anni, per la maggior parte in abito scuro, si voltarono stupiti. L'usciere la guidò subito in un salottino accanto al guardaroba, dove c'erano due poltroncine in pelle.

« Si sieda qui, signorina, signora... Le porto un bicchiere d'acqua? »

« Niente acqua. Chiami mio marito e gli dica che se non viene subito qui entro io a prenderlo. »

L'usciere sparì e Aba sentì girare la chiave con cui la chiudeva dentro.

Pochi minuti dopo la porta si aprì ed entrò Giulio Bonan,

impeccabile come sempre. Aba notò subito che era più stupito che arrabbiato. Si richiuse la porta alle spalle e si sedette davanti a lei.

« Sa che le sta bene questa parrucca? »

« Ottimo, perché c'è a chi non piace. »

« Il nostro usciere sta qui da oltre trent'anni e non credo che abbia mai fatto entrare una donna. Lo ha sedotto? »

Aba ignorò la domanda.

« Era proprio necessaria questa sceneggiata? Le sembra professionale ciò che sta facendo? Qui ovviamente nessuno sa che lavoro faccio... »

« Stia tranquillo. Non mi sono presentata al vostro Aristide come collega di una spia ma come moglie sedotta e abbandonata. »

Lui fece un sorriso ironico.

« Non ne ha molto l'aria, né di sedotta né di abbandonata. Dovrei tornare di là, stavo parlando con una persona importante. »

« Saluti il suo ospite. Dobbiamo tornare in ufficio. »

« Dottoressa Abate, capisco che lei sostituisca Pietro, ma è una cosa temporanea ed esiste una gerarchia. »

« Chiami il suo capo, il direttore dell'AISE. Vedrà che MGC lo ha già informato. »

Una piccola ruga apparve sulla fronte di Bonan. Prese il cellulare, chiamò, ascoltò, richiuse.

Gli è passata la voglia di scherzare.

Sul taxi Aba gli raccontò tutta la questione del passaporto francese che portava a Monsieur Lemonde a Marsiglia.

Un tuono esplose molto vicino e Bonan sussultò.

Aba era quasi piacevolmente sorpresa.

« Ha paura? »

« I tuoni portano i fulmini. E io sono un uomo di mare, non mi piacciono i fulmini. Lei non ha paura di nulla? »

Sembrava di colpo più sincero e Aba si adeguò.

« Dei fulmini, proprio come lei. Specialmente se sono con i miei figli. »

Lui annuì.

« Devo richiamare Gabin. »

« Può dirgli che è urgente parlarne a voce? »

Bonan digitò qualcosa sul suo smartphone e attesero la risposta che arrivò dopo pochi secondi.

« Hervé Gabin viene domani mattina col primo volo. Sarà da noi alle nove. »

Aba notò che dopo lo scontro al circolo era più collaborativo.

Aveva ragione MGC. E anche mio padre.

« Deve togliere le foto delle regate dalla sala riunioni. Rimetta i quadri. »

Entro in casa alle otto, finalmente. Piena di gioia, di volontà di dare e speranza di ricevere.

Killer si avvicina zoppicando e scodinzolando. La ciotola è piena di croccantini.

« Si può sapere perché non mangi, Killer? »

Mi guarda, coi suoi occhi da cocker.

Lo sai perché, brutta stronza!

« Va bene Killer, dopo andiamo giù insieme a cercare quell'essere schifoso coi Baulucy. »

Scodinzola, mi lecca la mano mentre le accarezzo le orecchie, poi la pancia, stando ben attenta a evitare l'anca.

Troverò i Baulucy. E prima o poi guarirai, te lo prometto.

Entro in cucina e trovo la tavola nelle condizioni tipiche del dopo Cri: il suo piatto con gli avanzi della sogliola mangiata solo per metà tra briciole di pane e posate sporche.

Leggo il messaggio di Rodica.

Killer non mangia quasi più. Cri dopo sogliola cercato pacco biscotti, io nascosto come dice lei, ma Cri incazzata. Fra dice bistecca no buona, dice devo comprare solo da negozio buono, no supermercato, allora fatto polpettone pronto in forno. Signor Paolo in suo studio scrive, dice non disturbare nessuno.

Improvvisamente mi rendo conto che qualcosa è cambiato. Ma non lì, in casa, dove tutto è come sempre.

È cambiato dentro di me. Non mi sento né arrabbiata né preoccupata.

Armata di ottime intenzioni mi avvicino alla porta chiusa di Francesco da cui, stranamente, non arrivano i soliti rumori di urla e spari. Mi fermo in ascolto, non voglio più entrare senza permesso. Sto per bussare quando la porta si apre di colpo.

« Ecco mia madre, la spia! »

Per un attimo mi sento mancare. Poi mi rendo conto che non è possibile che il mio cucciolo di orso abbia scoperto chi sono davvero.

« Avevi giurato sulla testa di papà, mà! »

Passo dallo sconcerto al sollievo.

« Non avevo giurato nulla. »

« Avevi promesso di non sollevare problemi a scuola. »

Cerco di restare calma e conciliante.

« Non ho sollevato problemi. »

« Ti sei lamentata con quello stronzo del preside e lui ha fatto il culo ai tre fratelli Grazioli! »

« Non usare quelle parole! Gli ho solo segnalato la questione perché mi fa pena il padre dello spacciatore. »

Lui ha l'aria inferocita e disgustata.

« Gira voce che sia in arrivo la polizia. »

« Ora piantala, Fra. Ho alcuni problemi al lavoro e... »

« Me ne frego dei tuoi problemi da ministeriale! »

Sbatte la porta e si chiude dentro a chiave.

Le mie buone intenzioni cominciano a vacillare un po' mentre mi avvicino alla tana di Cristina. La porta della stanza da letto è aperta, dentro c'è il solito disordine: sul parquet ci sono indumenti, libri di scuola, tre paia di scarpe, un cellulare. Dalla porta del bagno arriva il rumore dell'asciugacapelli.

Busso, nessuna risposta, entro. Cristina è lì davanti allo specchio, in accappatoio, si sta truccando con le cuffie in testa collegate al PC che trasmette *Friends*, l'asciugacapelli in mano. Sobbalza.

« Mamy, non puoi bussare? »

Le faccio segno di togliersi le cuffie e bloccare il PC. Lei esegue sbuffando.

« Ieri sera Killer l'hai portata al parco? »

« Sì, certo. »

« C'era l'uomo nero? »

« L'uomo nero? Dove? »

« Al parco. Quello vestito di nero col cocker nero. »

Mi fissa, preoccupata, e decido di cambiare discorso.

« Esci? »

« Sì. »

« Dove vai? »

« Ancora non lo so, ho detto sì a quelli di scuola ma forse vado con altri al Manolito. »

« Ma domani hai scuola, non sarebbe meglio restare a casa e... »

Getta un'occhiata al mio orologio da polso.

« Sono quasi le nove e mezza? Sasha passa a prendermi tra cinque minuti. »

« Mi avevi detto che non avevi niente a che fare col figlio del parrucchiere. »

« Ancora questa stronzata! Mica è l'unico Sasha al mondo. »

« E quello che ti viene a prendere chi è? »

« Uno di hip hop. Stai tranquilla, non ha né piercing né tatuaggi, è un medico. »

« Uno studente di medicina? Non è un po' grande per te? »

« Ho detto un medico, fa la specializzazione. »

« Ma si può sapere quanti anni ha? »

Mi lancia un'occhiata ostile.

« Vuoi rompermi le palle? Guarda che è stata una giornata

di merda e non è aria. Io mica sto al Ministero a grattarmi la zucca tutto il giorno. »

Parte il ceffone, lei caccia un urlo, Francesco si precipita, Cristina lo guarda piangendo.

« Questa strega mi massacra di botte. »

Gli schieramenti sono immediati, come sempre. Litigano tra loro, si coalizzano contro di me. Solo che oggi c'è qualcosa di più e non è in meglio. Francesco mi guarda con disprezzo.

« Non ti vergogni, mà? Pure Quilintiano diceva che le botte non si danno. »

Ne ho abbastanza. Di little boy, JJ, Zizou, Michael, Sonny, Fredo, Bonan.

E anche di questi due ragazzini viziati.

« Si chiama Quintiliano! E tu sei solo un coglione che va a scuola solo per comprare la droga e accusi tua madre! »

Mi giro e me ne vado, lasciandoli sbalorditi per il tono e la parolaccia.

Mi chiudo in camera mia, mi sdraio sul letto cercando di calmarmi. Ma sono già dispiaciuta, come sempre quando qualcosa non va con loro, la mia vera ragione di vita. Poi mi assale un dubbio, collego lo smartphone a Google.

Quintiliano si oppone fermamente all'utilizzo, molto diffuso al tempo, delle punizioni corporali perché sono inutili e controproducenti.

Per una volta Francesco aveva ragione, ma la sostanza non cambia. Sono viziati e non da me.

Ma sono tutta la mia vita!

Poco dopo sento sbattere la porta di casa. Cristina deve essere uscita col suo medico Sasha.

Ma sono tutta la mia vita!

Solo ora Paolo esce dallo studio ed entra in camera da letto.

« Ho sentito delle urla, ci sono problemi? »

Ma sono tutta la mia vita!

Mi alzo dal letto, sarò stata sdraiata cinque minuti.

« Niente di grave, tutto tranquillo, nessun problema, vado a mettere in forno il polpettone per te e Fra. »

Durante la cena Paolo e Francesco si immergono in una complicatissima discussione tattica sul rugby. È chiaro che Francesco lo fa per punirmi. Touche, pod, rack, pool, 1331 o 2222. Io vengo completamente ignorata, mi limito a riempire i loro piatti di polpettone e patate e a osservarli.

Alla fine del pasto la discussione continua. Parlano del rito propiziatorio di una squadra chiamata All Blacks mentre si mangiano tutta la crostata di Rodica. Potrei interromperli per dire a Paolo che nostra figlia esce con un medico che potrà così curare le sue emicranie. Ma non voglio sentirmi rispondere *Hakuna matata.*

E poi forse ha ragione Paolo, Hakuna matata*!*

Di nuovo mi sento in colpa, reagisco contro me stessa.

Non puoi fregartene! Lasci che tua figlia adolescente vada con un trentenne?

Mi sento leccare la mano. Guardo la mia povera Killer, zoppicante e ora anche inappetente.

Ma sono tutta la mia vita! E anche Killer.

« Andiamo, Killer. Saremo meno soli là fuori. »

Ha smesso di piovere. È come se il cielo si concedesse una pausa solo per lasciarmi portare fuori quella povera bestia malata e affamata.

Tiro il cappuccio della tuta sulla testa mentre Killer mi trascina zoppicando verso il parco. Cerco di calmarmi e riflettere, un problema per volta.

Questa sera Killer, Paolo, i ragazzi, poi domani mattina i francesi per little boy.

Quando arrivo al parco evito il clan proprietari felici di cani geniali e mi dirigo dritta al solito spiazzo.

L'uomo in nero è lì, seduto sulla solita panchina, legge come sempre, sotto i rami della quercia, coperto dal cappellaccio nero, gli occhiali, la barba, il bavero di quell'inquietante mantello nero lungo sino ai piedi.

Non ci sono preliminari, questa volta, e io lascio fare.

Mi sto arrendendo, ma è per una buona causa.

Killer e Lady si corrono incontro, poi trotterellano verso la panchina dove lui ha già tirato fuori la scatola di Baulucy da un grosso zaino in cui intravedo diverse scatole.

Riempie la ciotola. Killer mi fissa. E io, sfinita fisicamente e psicologicamente, rinuncio anche alla mia dignità.

« Mi scusi, il mio cane vorrebbe... »

« Si ingozzi pure quanto vuole! »

Non ha neanche alzato lo sguardo, il lugubre cafone.

Ma chi se ne frega! Basta che Killer mangi.

« Va bene Killer, vai. »

I due cocker si avventano scodinzolando. Ma devo risolvere il problema dei Baulucy alla radice. Mi avvicino a quell'essere sgradevole che ha già ripreso a leggere alla luce della sua lampadina a pila fissata a quell'enorme cappello nero. È incredibile, sta leggendo un altro libro di Dostoevskij: *I Demoni.*

Mi faccio coraggio. Lo devo fare, per Killer.

« Volevo ringraziarla. »

Lui non alza lo sguardo. Nella semioscurità, i suoi lineamenti sono nascosti sotto le sopracciglia nere incredibilmente folte e dalla barba foltissima.

« Anche Lady ha la stessa malattia di Killer. La displasia dell'anca è tipica dei cocker. »

Sono sconcertata.

« Lei è un veterinario? »

« Le sembro un veterinario? »

Non mi dice cosa diavolo è. Forse un angelo, forse il diavolo. Ma io ho bisogno di quei maledetti Baulucy.

« Quei croccantini hanno effetti miracolosi. Killer dopo che li mangia non zoppica. »

« Sì, fanno bene perché sono buoni. »

È una frase che non ha alcun senso. Contraria a tutti gli insegnamenti di mio padre.

Diffida di ciò che è troppo buono, Aba. Quasi sempre fa male.

« Hanno un nome così strano... »

Lui ha ancora quell'espressione sorpresa.

« Perché strano? Non conosce nemmeno i Beatles? »

Mi chiedo cosa c'entrino i Beatles. E poi quel *nemmeno* è molto offensivo. Ma non sono certo arrivata sin qui per offendermi e litigare.

« Non riesco a trovarli al supermercato. E nemmeno su internet. »

Lui annuisce, ancora e sempre come se tutto ciò fosse assolutamente ovvio e io terribilmente stupida.

« Certo. Non li vendono da nessuna parte. »

Indico lo zaino. Forzo il mio orgoglio calpestato.

« Potrebbe vendermeli lei? »

« Non sono in vendita. »

Lui si alza, mette il guinzaglio e la museruola a Lady, ripone il libro in tasca. E io sono lì inerme e disperata.

« *I Demoni* è il terzo della trilogia dei moventi, vero? »

La mia domanda vien fuori da sola. Mi chiedo da dove provenga.

Forse Tizzy, al liceo, quando mi faceva una testa così con Dostoevskij.

« Non è una trilogia. Sono quattro, i moventi. Quando avrà compreso il quarto troverà i Baulucy. »

L'uomo in nero e il cocker nero si allontanano nella notte.

VENERDÌ

Aba arrivò alle nove meno dieci nella sala riunioni di Giulio Bonan. I grandi quadri con le battaglie navali avevano sostituito le regate. Nessuno dei due fece commenti al riguardo e nei pochi minuti di attesa prima dell'arrivo di Gabin parlarono solo dei miglioramenti di Pietro Ferrara.

« Ho capito che sta meglio, vero dottoressa? »

« Sì. Tornerà presto. »

« Meglio così. »

« Ma non la pensa come lui su little boy. »

« Questo non c'entra col rispetto. Anche lei è più d'accordo con me che con lui, no? »

« Forse, sulla caccia a little boy. Ma non su Marlow. »

Bonan sembrava combattuto, come se quelle parole toccassero un nervo scoperto.

« Da cosa deriva la sfiducia di Ferrara per il professor Jazir? »

Aba restò un attimo incerta, poi decise che non si trattava di una notizia riservata.

« Si sono conosciuti molti anni fa, quando Ferrara era all'AISE e doveva liberare due tecnici italiani che erano stati rapiti. Johnny Jazir gli fece da autista, furono vittima di un agguato. »

Aba si fermò. Ora quel racconto di Ferrara le risuonava nella mente in modo diverso.

Quando i colpi cessarono, scesi, i quattro ribelli erano a terra e l'aiutante del mio autista li stava finendo a calci in faccia.

Bonan la osservava coi suoi occhi cerulei.

« E cosa accadde, dottoressa? »

In quel momento la segretaria di Bonan fece entrare René Gabin. Il bretone tozzo e rubizzo era vestito con un doppio petto marrone troppo stretto. Era come se volesse smentire ogni giudizio o pregiudizio sull'eleganza francese. Accettò il caffè espresso ma non altro. Era chiaro che la seconda visita in pochi giorni sarebbe stata meno legata ai ricordi personali e più agli affari. Gabin non sembrava disposto a ripercorrere la manfrina di Cartizze e tiramisù e vecchi ricordi.

« Dov'è Pietro, Giulio? »

« È malato, René, lo sostituisce temporaneamente la sua vice, la dottoressa Abate che già conosci. »

Gabin annuì con un piccolo inchino verso Aba, poi osservò le pareti.

« Cosa è successo alle barche a vela? »

Bonan sorrise.

« Mi è stato detto che erano di cattivo gusto, che davano una falsa idea di me. »

Gabin aggrottò la fronte, poi lasciò perdere i quadri.

« Allora. Mi avete fatto alzare molto presto questa mattina. Volete parlare di un passaporto falso, giusto? »

Aba annuì.

« Creato da Monsieur Hervé Lemonde. »

Monsieur Hervé Lemonde che lavora anche per voi.

In quel momento le squillò il cellulare personale. Era Paolo, e lei decise di silenziarlo. Ma subito dopo l'altro telefono emise un *bip*. Era un messaggio di Paolo.

Siamo al pronto soccorso del Policlinico. Fra si è fatto male alla gamba.

Gabin le stava dicendo qualcosa.

« Per aiutarvi dovremmo sapere chi cercate, Madame. »

Aba chiuse lo smartphone e restò impassibile.

« Maschio, africano, tra i diciotto e i trentacinque anni. »

René Gabin si fece una risata.

« Praticamente il novanta per cento dei passaporti falsi fabbricati in Francia. »

Poi tornò serio e fissò gli italiani.

« Mon ami, siamo alleati o avversari? »

La domanda era rivolta a Giulio Bonan. Aba sapeva che era giusto così. In quel lavoro la gerarchia era essenziale, molto più che altrove. E quella era una domanda strategica per i rapporti tra Servizi di due nazioni che fuori dai rispettivi paesi erano nominalmente alleate ma a volte anche avversarie, in particolare in Libia.

Bonan scelse le parole con molta attenzione.

« Se ci fosse un pericolo anche in Francia non ci sarebbero dubbi, René. E se fosse per te e per me non ci sarebbero dubbi neanche sulla Libia o su qualunque altra cosa. I nostri avversari sono altri e lo sappiamo. »

René Gabin non sembrava molto convinto.

« A essere sinceri, Giulio, da quel che si dice tu sei più amico degli yankees che nostro. Stai cercando di portarli dalla vostra parte in Libia? »

Bonan si ravviò il ciuffo e la sua testa fece quel piccolo scatto all'indietro che Aba aveva ormai classificato.

Segno di nervosismo. Gabin deve aver toccato un nervo scoperto.

Aba aveva fretta di andare al punto.

« Monsieur, questo è un problema di sicurezza interna italiana, non una questione di politica internazionale. »

Gabin scosse il capo.

« No, Madame. L'altro giorno ci avete mostrato la foto dell'uomo che guidava la Clio rubata, Omar Ghali. E gli altri due Ghali operano in Libia e in Niger, paesi che interessano molto anche noi. I fratelli Ghali hanno a che fare con questa storia? »

Aba sostenne lo sguardo di Gabin.

« Per saperlo con certezza dobbiamo parlare con Monsieur Lemonde. Oggi stesso. »

Di nuovo il *bip* dello smartphone personale. Sempre Paolo.

Frattura di tibia e perone, quando arrivi?

Aba sentì il tumulto che si muoveva nel suo stomaco ma riuscì a controllarlo.

René Gabin prese una decisione, o forse l'aveva già presa prima di partire all'alba da Parigi.

Perché altrimenti sarebbe rimasto lì a mangiarsi un croissant con calma.

« Forse conosco questo falsario. Potrei invitarlo questa sera a cena in Costa Azzurra, ho un piccolo appartamento a Montecarlo ed è meglio vederci in un luogo che non sia Italia o Francia. Ma voglio prima chiarire una questione delicata. »

Lo smartphone personale prese a squillare. Era Paolo e Aba lo silenziò con un gesto quasi rabbioso mentre l'ansia le invadeva il cervello.

Bonan era nervoso, il che era del tutto inconsueto.

« Che questione René? »

Gabin si allentò il nodo troppo stretto della cravatta e si passò una mano tra i corti capelli bianchi.

« Il professor Johnny Jazir lavora per voi, vero Giulio? »

Aba scattò.

« No. »

« Non è ciò che mi risulta, Madame. »

« Il professor Jazir ha svolto per noi degli incarichi in questa faccenda, Monsieur. Ora è fuori gioco. Ci spiega perché è importante? »

Gabin scosse il capo.

« No. Ma la mia condizione è che il professor Jazir sia presente all'incontro con Hervé Lemonde e che ci diciate cosa state cercando. »

« Lei si fida del professor Jazir, Monsieur Gabin? »

Il bretone sorrise ad Aba.

« Conosco bene JJ, Madame. Con noi è sempre stato efficiente e puntuale. Un po' esoso, forse. Ma nel nostro mestiere certe cose non hanno prezzo. E con voi, Giulio? »

« Anche con noi, René. Se per te è una condizione non rinunciabile, chiederemo l'autorizzazione ai nostri capi. »

Aba stava per obiettare quando bussarono e Diana si affacciò tutta agitata.

« Dottoressa Abate, scusi. Suo figlio è in ospedale, si è rotto una gamba e lo devono operare. Suo marito la sta cercando ma dice che lei non risponde. »

« Digli che lo chiamo appena finisco. »

Diana annuì e corse via. I due uomini la guardavano. C'era incredulità ma anche rispetto nei loro occhi.

Cosa possono capire loro? Nulla.

Aba si alzò.

« Per me va bene. »

Bonan si alzò e tese la mano a René Gabin.

« Sentiremo subito i nostri superiori, René. Troverai la nostra risposta appena atterri a Parigi. Ti diremo chi ci sarà di noi. »

Anche René si alzò. Fece un piccolo inchino ad Aba.

« Auguri per suo figlio. »

Appena René Gabin se ne andò, Aba mandò un messaggio a Paolo.

Arrivo.

Poi si rivolse a Bonan.

« Viene con me dal direttore? »

« Non dovrebbe correre in ospedale? Riferisco io a MGC. »

« Ci metteremo pochi minuti. »

Bonan scosse il capo ma evitò altri commenti. L'assistente del direttore Cordero li fece entrare immediatamente.

MGC ascoltò il resoconto dell'incontro con Gabin in meno di un minuto.

« Perché secondo lei i francesi vogliono la presenza del professor Jazir, dottor Bonan? »

Lui scosse il capo.

« Non saprei, signor direttore. Ma lo hanno usato in passato e si fidano di lui. »

« Quindi lei è favorevole ad accettare? »

« Sì, signor direttore. »

MGC guardò Aba.

« Il suo parere? »

Aba si prese un attimo e pensò a Pietro Ferrara, nel letto dell'ospedale.

Lo so, Pietro. Ma qui non c'è alternativa. E poi io mi fido di Gabin.

« Senza il professor Jazir i francesi non ci portano a parlare con Lemonde. E senza Lemonde non troviamo little boy e il covo. »

Bonan intervenne.

« Gabin ha posto anche un'altra condizione. Vuole sapere cosa stiamo cercando. »

Un *bip* annunciò il nuovo messaggio di Paolo sullo smartphone. Aba gettò un'occhiata.

Fra vuole te. Corri qui, subito!!!

Il tono e i tre punti esclamativi non erano da Paolo. *Hakuna matata* era ormai un ricordo, insieme a qualcos'altro.

Ma non ho né tempo né forze per pensarci ora...

I due occhi da gatta la fissavano nel volto rugoso di MGC.

« Mi sembra un po' agitata, dottoressa. »

« Mi scusi, signor direttore. »

Bonan si intromise.

« Il figlio della dottoressa si è fatto male. »

MGC guardò Aba.

« Male in che senso? »

Aba cercò di non mettere ansia nella sua voce.

« Pare che si sia fratturato tibia e perone. Ma è tutto sotto controllo, è in ospedale. »

« E lei sta ancora qui? »

« Non sono un chirurgo ortopedico, c'è lì mio marito e stiamo parlando di cose molto più importanti. »

MGC scosse il capo, sconcertata.

« Accettiamo la proposta di René Gabin. »

Aba sapeva che c'era ancora una questione da risolvere.
Chi ci va di noi due?
Bonan la anticipò.
« Suppongo che data la situazione del figlio della dottoressa Abate... »
Aba lo interruppe.
« Preferisco andare io. Little boy è una questione di sicurezza interna, non un caso internazionale. »
MGC la guardò a lungo. Poi annuì.
« La dottoressa Abate ha ragione. Dottor Bonan, lei avvisi Gabin e Marlow. E lei vada da suo figlio, subito. Poi ripassi qui prima di partire. »

Paolo ha l'aria preoccupata. Il che sarebbe normale in un qualunque marito che si preoccupa anche per le indicazioni stradali sbagliate. Ma non per lui, nemmeno in circostanze come queste. Non sbraita, non chiede *dove cazzo eri?* Si limita a fissarmi con l'aria di chi non capisce più cosa sta succedendo a sua moglie.
« Stai bene, Aba? »
« Certo che sto bene, è Fra che si è rotto una gamba. Come è successo? »
« A scuola, è caduto dalle scale. »
« Ma come è possibile? »
« C'è la polizia che se ne sta occupando. »
Resto interdetta.
« La polizia? »
« Una sua compagna di classe ha detto al preside che stava litigando con qualcuno e l'hanno spinto in tre giù dalle scale. Il preside ha chiamato la polizia. »
Chiudo gli occhi e vedo Genny, Ciro, Libano. E il povero generale dei carabinieri Grazioli, colpevole per essersi occupato per troppi anni di proteggere i cittadini dai delinquenti invece di occuparsi prima di tutto della sua famiglia.

Arriva il medico del pronto soccorso che ci fa cenno di avvicinarci. Guarda le lastre, poi fissa me e Paolo.

« È una frattura, niente di grave ma va operato. »

« Oggi? »

Mi guarda come se fossi appena atterrata da un disco volante.

« Appena possibile, signora. »

« Che vuol dire appena possibile? »

Sembra un po' sorpreso dalla mia domanda. Risponde con un tono condiscendente che non mi piace.

« Signora, questo è un ospedale pubblico, le sale operatorie sono limitate e vanno per priorità di urgenza e una frattura alla gamba non è... »

« So che più tempo si aspetta e più difficile è la ripresa. »

Ora l'irritazione è evidente sia nel volto che nella voce.

« Lei è medico, signora? Perché lo so bene che adesso con internet vi sentite tutti... »

« Mi scusi, è che sono un po' di fretta. Non c'è un modo? »

Lui ha pietà del mio stato.

« Ha l'assicurazione sanitaria per farlo privatamente? »

« Sì, quella dei dipendenti pubblici. »

« Mi lasci fare una telefonata. »

Torna dopo pochi minuti.

« Portatelo alla Santi Apostoli con un'ambulanza privata. Il chirurgo si chiama Petrucci, è un mio amico, li sta avvertendo di approntare la stanza per questa notte, lo opera lui appena finisce le altre operazioni. »

« Grazie, dottore. »

Paolo non è molto d'accordo.

« Scusi, dottore. Ma la gente che non può pagare privatamente come fa? »

Lo fulmino con lo sguardo.

« Andiamo alla Santa Apostoli. Chiama subito un'ambulanza privata. »

Il medico guarda me e Paolo con una punta di compatimento. Un quarto d'ora dopo sono in ambulanza con Francesco e un infermiere.

Il mio cucciolone di orso mi guarda.

« Mi dispiace, mà... »

« Lo so. Bei compagni che ti ritrovi! »

« Dicono che li hai denunciati tu al preside, mà. Per questo mi hanno aggredito. »

Penso a quei tre ma più che la rabbia sento la pena per il povero generale Grazioli, padre di Genny, Ciro e Libano, penso che starà molto peggio lui di me. La gamba di Francesco tornerà a posto, ma quei tre delinquenti non sono operabili, ci vorrebbe la lobotomizzazione di Alex in *Arancia meccanica.*

Ricordo l'orrore che provai per quella pratica che trovavo disumana. Ma avevo solo sedici anni quando mio padre mi fece vedere il film come caso di studio e ricordo ancora le sue parole.

In un mondo totalmente razionale, la soluzione più razionale.

Faccio una carezza tra i capelli di Francesco, così simili a quelli del padre.

« Mi dispiace, Fra. Ora però non ci pensare, ti opera un chirurgo bravissimo. »

« Mi fanno l'antenesia totale, mà? »

« Anestesia. »

« Ho paura, mà. Shrek dice che un sacco di gente non si sveglia, dopo. »

« Cri è fifona, lo sai. Ma tu sei il mio orso coraggioso. »

Mi guarda con gli occhioni lucidi.

« Tanto tu stai lì mentre m'addormentano, vero? Perché se ci stai tu so che non mi succede niente. »

Devo fargli coraggio. Gli prendo la mano.

« Non ti succede niente comunque, Fra. »

Anche senza di me.

Arriviamo alla Santi Apostoli e Francesco viene portato nella sua stanza, arriva Paolo che è passato a prendere Cristina a scuola. Lei si precipita accanto al letto del fratello, lo accarezza.

« Ti fa molto male, Fra? »

« No, Shrek, mi hanno dato l'antiestetico. »

Nessuno osa correggerlo. E mentre Cristina lo accarezza e Paolo ci scherza, io so che è il momento adatto. Certo, sarebbe meglio restare qui.

Ma non lascio Bonan andare a Montecarlo coi francesi.

« Faccio un salto in ufficio e torno, Fra. »

Maria Giovanna Cordero li ricevette subito.

« Come sta suo figlio? »

« Forse lo stanno già operando. »

« E lei non poteva restare in clinica e chiamarci? »

Aba scosse il capo. Sentì il ronzio del cellulare personale nella tasca e lo ignorò.

« C'è mio marito, è in un'ottima clinica con un ottimo chirurgo ed è un'operazione di routine. Qui non è routine. »

MGC sospirò.

« Ho parlato col direttore dell'AISE Lanfranchi. Lui ritiene, come me, che sia assolutamente giusto condividere con i francesi tutto, senza remore. Anche little boy. »

Il cellulare continuava a ronzare e la irritava.

« Certo, signor direttore, ma la presenza del professor Jazir... »

MGC le lanciò un'occhiata gelida. Interrompere un superiore in quel lavoro non era proprio previsto.

« Non ho finito, dottoressa Abate. Accettiamo la presenza del professor Jazir ma solo dopo l'interrogatorio del falsario riveleremo la questione di little boy. E solo se lei sarà soddisfatta dell'esito di questo interrogatorio. Va bene così? »

Aba annuì.

« Certo, signor direttore. »

MGC guardò Bonan.

« Ha parlato coi francesi e col professor Jazir? »

« Sì, Gabin è avvertito. Il professore arriverà a Roma da Tripoli in tempo per prendere lo stesso volo per Nizza della dottoressa Abate. »

MGC si rivolse ad Aba.

« Quindi ora torni in clinica da suo figlio. »

Giunta al mio box, chiamo Paolo.

« Aba, ti ho cercato prima... »

« Non potevo rispondere. È in sala operatoria? »

« Non è voluto entrare. »

« Cosa? »

« Prima di entrare vuole almeno vederti un attimo e salutarti, ha il terrore di non svegliarsi dall'anestesia e... »

« Non diciamo stupidaggini, Paolo. È Cri che ha questa fissa e gli ha messo paura... »

« Sono ragazzini, Aba. Dobbiamo accettare le loro paure, anche noi... »

« Parla per te. A me hanno tolto le tonsille a dieci anni e l'appendice a quindici. E non ho mai avuto paura. »

« Si vede che hanno preso da me. Quando mi hanno tolto la cistifellea a vent'anni ero sicuro di morire. Ora però vieni subito, così lo portano in sala operatoria. Se no l'operazione salta per oggi. »

« Va bene Paolo, ci penso io. »

È stata una conversazione illuminante. Forse avremmo dovuto farla anni prima. O forse mai.

Chiudo la chiamata e mando un messaggio a Francesco.

Tra un po' arrivo, Francesco. Ma sei un uomo, non un bambino, non fare capricci, vai in sala operatoria, sarò lì al tuo risveglio.

Poi spengo il cellulare. Esco dal mio ufficio e incrocio Diana, preoccupatissima.

« Come sta suo figlio, dottoressa? Posso fare qualcosa? »

« Tutto sotto controllo, Diana, grazie. »

« E il signor vicedirettore Ferrara? »

« Meglio, tornerà presto. »

Sorride, sollevata. Sorride un po' troppo.

« Poi ci sono uscita, dottoressa. »

Resto di stucco.

Colpa tua Aba. Lei ti aveva chiesto un consiglio.

Non ho tempo per spiegarle. L'unico metodo è quello brutale.

« Lui ti ha detto che è già sposato? »

La vedo impallidire, vacillare. Vorrei consolarla, consigliarla. Ma non posso. Non ora.

« Diana, non ci uscire più. Appena posso ne parliamo. »

Subito dopo mando un messaggio a Franco Luci.

Stai lontano da Diana o ti denuncio all'ufficio del personale.

Entro nell'open space. Albert è seduto al suo PC, con una mèche verde tra i capelli rossi.

Ora basta, è già una giornata schifosa.

« Albert, che novità sarebbe? »

« Cosa? »

« Quella roba verde tra i capelli. Non basta il codino? Dove pensi di essere, in un gruppo rock? »

« È incazzata? »

« Dimmi del moschino. »

« Molte conversazioni tra le mogli di Marlow e altre donne, parenti varie... »

« In arabo, suppongo. »

« No, in cinese! »

« Albert, non ho tempo da perdere, ho mio figlio... »

« In ospedale. E perché non è lì? »

« Stai controllando il mio smartphone? »

« Suo marito ha chiamato sul fisso perché lei non rispondeva e gli ho risposto io. È meglio che vada, no? »

« Fatti aiutare da Leyla a tradurre quelle conversazioni in arabo. E non ti far trovare da Ferrara quando rientra con quella roba verde in testa. »

Francesco è in sala operatoria da oltre due ore e non torna. Noi tre siamo nella sua stanza, ad aspettare. Cristina mi guarda, il trucco disfatto dalle lacrime le cola sulle guance paffute.

« Smettila di singhiozzare, Cri. »

« Fai qualcosa, mamy. Vai giù, chiedi... »

Come sempre, per problemini o catastrofi, si rivolge a me. Paolo, in piedi accanto a lei, le accarezza i capelli.

« Tesoro, stai tranquilla, il chirurgo aveva detto almeno due ore, vedrai che è tutto a posto. »

Proprio in quel momento un'infermiera bussa e si affaccia, sorridente.

« Francesco è uscito dalla sala operatoria, tutto bene. Ora lo riportano su. »

Cristina abbraccia Paolo, lui la stringe a sé. Li guardo, padre e figlia abbracciati. Sono quasi un'estranea in quella stanza.

Perché non sono Aba, sono già Ice.

Portano dentro Francesco, è ancora mezzo addormentato mentre lo depongono sul letto. Cristina se lo abbraccia mentre Paolo gli accarezza i capelli. Ma gli occhi del ragazzone cercano me.

« Mà... »

« Come ti senti, Fra? »

« Bene. »

Cri ora è tranquilla.

« Mi hai messo strizza, stronzetto. Mica voglio essere figlia unica, poi mi tocca apparecchiare sempre io! »

Francesco sorride.

« Avresti la mia parte di cibo, Shrek! »

È così bello vederli scherzare, in armonia. Compensa tutto il resto, la immane fatica di educarli, sopportarli, confortarli e portarli lentamente al momento in cui se ne andranno per sempre da casa e io e Paolo resteremo soli.

Cri prende il suo zaino, bacia suo fratello.

« Vado a hip hop, mamy. Domani pomeriggio c'è il saggio e io sono la prima ballerina. Non ti sei dimenticata, vero? »

« Ci sarò, Cri. Stasera per te c'è il tacchino e per papà l'arrosto. E non ti scordare di portare giù Killer. »

Cri se ne va e Paolo mi guarda, stupito.

« Non sei a casa nemmeno questa sera? Domani è sabato, no? »

Scuoto il capo.

« Parto. È un'emergenza. Torno domani mattina così poi veniamo a trovare Fra e andiamo insieme al saggio di Cri. »

Paolo annuisce, è pensieroso.

« Non ti stanchi a viaggiare così tanto? »

Devo subito bloccare quel tipo di conversazione.

« No, sono viaggi brevi, comodi. Ho una riunione questa sera al Nord, domani mattina presto sono qui. »

« Tanto ho già disdetto da Anna, resto qui da Fra. Domani sera però siamo invitati a cena da Tiziana. Vuole ricambiare l'invito, non darle buca di nuovo come l'altra sera. »

« Avete riparlato del tuo libro? »

Scuote il capo, poi annuisce. Un no e un sì.

« Sì, Tiziana mi ha dato ottimi consigli. »

Il tono è piatto, dimesso.

« E non sei contento? »

Si alza.

« Devo fare un salto in agenzia per lo spot sui profilattici. »

Abbraccia Francesco e se ne va. Mi siedo sul bordo del letto accanto al mio ragazzone, gli prendo la mano. Sono felice, con lui. E determinatissima.

A qualunque costo impedirò a little boy di fare del male ai miei figli o a quelli del nostro paese.

Nella toilette dell'aeroporto Aba indossò la lunga parrucca nera e gli occhialoni. Entrò in aereo per ultima. Aveva ottenuto grazie alla tessera di priorità il corridoio nella prima fila. Non aveva nessuna voglia di incontrare JJ prima dell'arrivo a Nizza e in realtà neanche dopo.

Ma il portello non veniva chiuso e alla fine il professor Johnny Jazir fece la sua entrata per ultimo, con la sua giacca di lino spiegazzata sulla Lacoste sopra i pantaloni di cotone, gli mancavano solo le ciabatte ai piedi e un acchiappafarfalle.

La scavalcò e occupò il posto accanto a lei. Aprì un giornale arabo e non la degnò nemmeno di uno sguardo. Aba sentiva il suo odore di fumo e di sidro e di quella terra rossa impastata di polvere e sabbia.

Da vicino poteva vedere bene i peli grigi tra la corta barba e le sottili rughe agli angoli degli occhi, sui lati delle lenti verdi dei Ray-Ban, e quelle più lunghe su quella fronte alta che terminava in una V formata dai capelli lisci, né radi né folti, le screpolature causate dal sole africano sulle labbra, la pelle abbronzata sul collo.

Fuori si stava scatenando una tempesta di vento e pioggia. I tuoni si intensificarono durante il rullaggio e JJ abbandonò il giornale per guardare nel buio attraverso la pioggia scrosciante che si abbatteva sul finestrino. L'aereo si staccò da terra cominciando a vibrare e ballare durante la salita in quota.

Aba si rese conto con stupore che il suo respiro era calmo, le sue mani non tremavano, nessun pensiero di precipitare le attraversava la mente. Ma la paura cresceva dentro di lei, fortissima.

Come farebbero senza Aba?

Per tutto il volo JJ restò immerso nella lettura del giornale.

Aba chiuse gli occhi e cercò in tutti i modi di non pensare alle parole di Ferrara che Bonan le aveva fatto tornare in mente.

Quando i colpi cessarono, scesi, i quattro ribelli erano a terra e l'aiutante del mio autista li stava finendo a calci in faccia. Quell'autista lavorava per i francesi e per il governo ufficiale del Mali, e aveva comandato una brigata speciale che aveva il solo scopo di sterminare i ribelli islamici. Era il professor Johnny Jazir.

Cominciò ad agitarsi. Si sforzò di tenere le mani aperte e ferme in grembo, resistendo alla tentazione di aggrapparsi ai braccioli. Durante la discesa su Nizza la turbolenza aumentò, le vibrazioni divennero più forti, i vuoti d'aria più profondi. A quel punto le sue mani erano aggrappate ai braccioli.

JJ si voltò a guardarla, per la prima volta. Aba era terrorizzata e si sentiva nuda sotto quello sguardo.

Lui vede oltre i miei abiti, oltre la pelle, la carne, sino all'anima.

« Ieri a Sebha un proiettile mi è passato a pochi centimetri dalla testa, Ice. Non è il mio turno per morire e quindi nemmeno il suo. Non ancora, non oggi. »

Poi tornò al suo giornale da cui non si staccò più sino al momento in cui l'aereo toccò la pista di Nizza.

Appena uscirono dal terminal e si misero in fila per i taxi JJ guardò il cielo da cui scendeva acqua a catinelle.

« Questi francesi! Dicono che qui in Costa Azzurra non piove mai. A proposito, dove andiamo? »

« Abbiamo una cena tra un'ora, passiamo prima in albergo a lasciare i bagagli, ho fatto prenotare anche per lei. »

Quando il taxi si fermò davanti al modesto albergo a tre stelle, JJ si lamentò.

« Speravo avesse prenotato in un posto migliore, Ice. »

« Noi abbiamo un budget da rispettare. »

« Già, ma con gli stessi soldi invece di due stanze a tre stelle potevamo prenderne una sola a cinque stelle all'Hotel de Paris, no? »

Aba scese e si rivolse all'autista del taxi.

« Porti Monsieur all'Hotel de Paris o dove gli pare. »

Poi entrò nella hall e si avvicinò al banco.

« Ho una prenotazione. Posso lasciare la valigetta qui da voi e fare il check in più tardi? »

JJ comparve al suo fianco.

« Ho deciso di sacrificarmi per starle vicino, Ice. E poi se ho capito bene sono invitato anche io a questa cena. »

La receptionist prese in carico la 48 ore di Aba e lo zaino di JJ. Lui si diresse verso il bar.

« Vuole un cicchetto? »

« Non abbiamo tempo per i cicchetti, professore. »

Lui ordinò al barista un Lagavulin liscio, poi le sorrise.

« Non vado a cena senza sapere con chi e perché. »

Aba sospirò.

« Siamo a casa del suo amico René Gabin e con l'uomo che probabilmente ha creato il passaporto falso per little boy. E ora, mentre si beve il suo intruglio, mi dica della pallottola che la stava per uccidere a Sebha. »

« Pallottola? Che pallottola? »

Aba cercò di non spazientirsi, sapeva molto bene quanto quell'uomo fosse capace di esasperarla.

« In aereo mi ha detto che... »

Lui buttò giù tutto d'un fiato il whisky e scosse il capo.

« Ma quello era solo un espediente per tranquillizzarla un po' visto che era terrorizzata. Non rischierei mai di farmi sparare e comunque con Sonny è stato tutto molto civile. »

« Davvero? E ora dove si trova? »

Lui si pulì le labbra dal whisky col dorso della manica.

« Credo che si sia redento dai suoi vizi dopo la nostra conversazione. È sicura di voler sapere i dettagli? »

« Voglio sapere se ho accanto un collaboratore dei Servizi italiani o un assassino. »

JJ si alzò.

« Ora abbiamo fretta, è una storia un po' lunga. Tanto dopo questa cena avremo tutta la notte solo per noi. E spero che quando saremo soli vorrà liberarsi di questa parrucca che le sta così male. »

Lo squillo arrivò sul cellulare di lavoro di Aba. Era Albert. Aba si allontanò da JJ.

« Dimmi. »

« Leyla è bravissima. In una delle conversazioni di questa mattina una delle mogli parla con una cugina che secondo Leyla parla arabo con l'accento francese e le dice che a Nizza piove. »

Quindi c'è un contatto diretto tra JJ e i francesi.

Aba chiuse la conversazione e ordinò al concierge di chiamare un taxi.

La casa di René Gabin era piccola, come quasi tutto a Montecarlo visti gli esorbitanti costi immobiliari, ma il salotto aveva una bella vetrata con in basso la vista del porto.

JJ e René Gabin si abbracciarono come vecchi amici, poi Gabin li fece accomodare su due poltrone e si sedette di fronte a loro.

« Come sta suo figlio, dottoressa? »

Aba fu lieta della domanda. Non era forma, era sostanza. René Gabin ci teneva davvero a sapere di Francesco. Quell'aspetto caratteriale lo rendeva ancora più pericoloso.

Devo stare attenta, ricordarmi sempre che sotto l'aria bonaria da vecchio pensionato c'è un grande agente della DGSE.

« Bene, l'hanno operato poco fa. Una banale frattura. »

Vide JJ aggrottare la fronte.

« L'hanno operato e lei è qui? »

« Sta bene. Allora, siamo pronti? »

Gabin annuì.

« Sì, dottoressa. Dopo questo incontro lei mi dirà cosa state cercando, oui? »

Aba lo guardò freddamente negli occhi.

« No. Glielo dirò subito cosa stiamo cercando. »

Tanto lo sapete già o ve lo dirà JJ se lo pagate abbastanza.

Aba si concentrò. Doveva stare attenta a non rivelare in alcun modo l'esistenza del moschino con cui Albert aveva intercettato la conversazione tra le due donne.

Gabin annuì.

« Mi dica, dottoressa. »

« C'è una condizione. »

Gabin scosse il capo.

« Siamo in Francia, dottoressa. »

« Davvero? Pensavo che fossimo nel Principato di Monaco. »

Gabin scoppiò a ridere.

« Se io non avessi tre nipotini, vent'anni e venti chili di troppo le farei la corte. Quale condizione? »

« Il professor Jazir resterà solo sino a che vorrò io. »

JJ sorrise.

« Me ne andrò a un suo semplice cenno, dottoressa. »

Gabin rivolse il suo sguardo ad Aba.

« Eh bien, Madame. Allora, cosa state cercando? »

« Un petit garçon, Monsieur. »

Gabin sobbalzò leggermente.

Una buona simulazione di sorpresa, ma non ottima. JJ li aveva già avvertiti.

« È già in Italia, Madame? »

« Lei aveva solo posto la condizione di sapere l'obiettivo e le ho già risposto. Il petit garçon non è in Francia, Monsieur. E questo le deve bastare. »

Gabin annuì.

« Però se ci sono di mezzo i Ghali, si deciderà insieme. Se no ci fermiamo qui. »

Aba sapeva che anche i direttori dell'AISI e dell'AISE sarebbero stati d'accordo, non potevano tenere i francesi fuori se la caccia sconfinava oltre i confini italiani.

E poi mi fido di quest'uomo.

« Va bene. »

Il citofono squillò e Gabin andò ad aprire.

« Il nostro Monsieur Lemonde è arrivato. »

Hervé Lemonde somigliava a un ergastolano in libera uscita. JJ fu presentato come professor Yassir e Aba come signorina Bellucci.

« Sorella di Monica Bellucci, Madame? »

Lemonde emise una risata con grugnito poco rassicurante. Gabin cercò di bloccare quella conversazione e versò il Franciacorta ben freddo.

« Vino italiano per ospiti italiani. »

Il telefono di Aba squillò. Vide che era Franco Luci, Ollio.

Hanno trovato il covo!

« Ciao, novità? »

« Nessuna. Ho sempre saputo che sei una grandissima stronza! »

Aba fu certa che tutti avessero sentito, anche perché Ollio urlava.

« Sei impazzito? Che ti prende? »

« Mi vuoi denunciare per una cosa che... »

« Sì, se la tocchi ti denuncio, brutto maiale. E ora fottiti! »

Aba chiuse il telefono. Tre paia d'occhi la fissavano sconcertati.

« Scusate, un problema personale. »

JJ le fece quel sorriso ironico.

« Spero che non stesse parlando con suo marito, poveretto! »

Aba reagì d'impulso, segno di stanchezza.

« E la sua collezione di mogli in burqa come va? »

Lemonde aggrottò la fronte.

«Ma allora lei è musulmano? Ecco perché mi ricorda Django!»

JJ scosse il capo.

«Django non è musulmano, è solo scuro e con la barba corta. Io sono mezzo arabo e mezzo italiano. Arabo in famiglia con molte mogli e italiano sul lavoro.»

Lemonde fece una smorfia disgustata.

«Lei ha molte mogli perché siete incivili. Io sono cristiano, ho una moglie alla volta, molte ex mogli. Tra alimenti per loro e per i figli non so proprio come faccio a...»

Aba lo interruppe.

«Ma sì che lo sa, Monsieur! Vende documenti falsi, no?»

I tre uomini si bloccarono di colpo.

Preferivate Monica Bellucci, lo so. Invece ecco a voi Maggie Thatcher.

René Gabin cercò di riportare un clima migliore, col suo tono gioviale.

«Basta parlare di mogli e mariti. Ora gustiamoci la bouillabaisse e poi parliamo d'affari.»

Dopo la zuppa di pesce, arrivò una crêpe al formaggio che Aba rifiutò, così come la crêpe suzette e il vino che Lemonde continuò a tracannare gettando occhiate al seno di Aba.

Al caffè Gabin decise che era ora di parlare d'affari.

«Allora. Monsieur Lemonde è qui di sua spontanea volontà, per aiutarci, signorina Bellucci.»

Aba annuì.

«E allora prima che sia del tutto ubriaco o che mi salti addosso ci dica il nome su quel passaporto e chi lo ha pagato per farlo.»

Lemonde posò il bicchiere e guardò René Gabin, che annuì per incoraggiarlo a rispondere.

«Creo molti documenti. Come faccio a sapere quale cercate?»

Aba tirò fuori lo smartphone e mostrò a Lemonde la foto di Hosni Salah.

« Conosce quest'uomo? »

Lui scosse il capo immediatamente.

« Mai visto. »

« Sicuro? »

Lemonde indicò il suo smartphone.

« Ho una telecamera nascosta nel mio ufficio, con cui posso fotografare i clienti. Questo tizio non c'è di sicuro. »

« Quanti passaporti falsi ha fatto nell'ultimo mese? »

Lemonde scosse il capo.

« Pochi. »

Aba si rese conto che i mezzi normali non avrebbero funzionato e stava pensando a come sbloccare la situazione quando JJ intervenne.

« Ieri ho fatto una chiacchierata in Libia con un tizio che mi ha già detto il nome dell'uomo sul passaporto falso. »

Aba lo guardò, incredula.

Sta bluffando, maledetto pazzo.

Anche Lemonde si bloccò.

« Se già lo sa cosa vuole da me, Monsieur? »

« Solo una verifica. Se mi dicesse un nome diverso sarei costretto a dubitare della sua amicizia, Monsieur. Purtroppo noi infedeli abbiamo accumulato nel tempo un po' di sfiducia verso i crociati. »

Aba assisteva, incerta. Incrociò lo sguardo di René Gabin che annuì appena. Il messaggio era chiaro.

Lasci fare al professor Jazir.

Lemonde guardò JJ.

« Mi dica il nome che sa, e io poi le dirò se è tra quelli che ho fatto io. »

JJ tirò fuori dalla tasca un rotolo di contanti da cui estrasse una banconota da 500 euro.

« Mi dia la penna che ha nel taschino, lo scrivo su questa banconota e la copro. Se tra i nomi che ci dice c'è questo, avrà altre venti banconote come questa. »

Prese la penna e scrisse qualcosa sulla banconota, la coprì con la mano e sorrise a Lemonde.

« Allora, Monsieur? »

Lemonde esitò ancora un attimo, poi consultò lo smartphone.

« Da quando? »

« Da un mese. »

« Ho fatto solo un passaporto falso nell'ultimo mese. »

JJ sorrise.

« Meglio così. Controlliamo se il nome è lo stesso. »

« Paul Alli. »

JJ girò la banconota da 500 euro. Aba si sporse in avanti.

Paul Alli.

Aba cercò lo sguardo di JJ invisibile sotto le lenti verdi dei Ray-Ban.

Maledetto traditore. Ha sempre avuto ragione Ferrara. Non devo fidarmi mai di Marlow.

Lemonde si rilassò e allungò la mano verso la banconota e il rotolo, ma JJ lo bloccò.

« Non ancora, Monsieur. Su quello smartphone lei ha anche la foto di Monsieur Paul Alli. »

« Lei ha promesso diecimila euro solo per il nome. »

JJ tirò fuori un altro rotolo.

« Altri diecimila euro bastano, Monsieur? »

Lemonde guardò René Gabin che annuì.

« È un'offerta molto generosa, Hervé. Anche a me piacerebbe vedere quella foto. »

Lemonde girò lo smartphone. Videro il volto di un giovanotto sorridente. Era lo stesso ragazzo di colore che già avevano, quello del little boy sparito dal barcone prima dell'attracco a Pozzallo.

Aba si rivolse a Lemonde.

« Mandi la foto sul passaporto a Monsieur Gabin, me la girerà lui dal suo. »

Lemonde annuì e fece per alzarsi.

« Allora io vado. »

La mano di JJ gli bloccò il polso.

« Non ho pagato ventimila euro per avere informazioni che già possedevo, Monsieur Lemonde. Erano solo per vedere se lei dice la verità prima di farle un'altra domanda. »

Il falsario provò a liberare il polso dalla stretta di JJ, ma non ci riuscì.

« Maledetto arabo, che diavolo vuole? »

JJ gettò un'occhiata a René Gabin che si rivolse con molta gentilezza a Lemonde.

« Siediti, Hervé, per favore. »

« René, vi ho detto il nome, vi ho dato la foto, che diavolo vuole quest'arabo? »

Aba aveva riflettuto, in pochi secondi.

Adesso.

« Voglio che lei ci lasci, professore. Subito. »

Tre paia di occhi maschili la fissavano, ma quelli di JJ erano invisibili dietro le lenti.

« A me sono rimasti appena cento euro, vado al Casinò per rifarmi. »

Appena JJ uscì, Aba si rivolse a Lemonde.

« Ora che il professore se ne è andato è più tranquillo? Noi siamo cristiani come lei e siamo dipendenti pubblici della Francia e dell'Italia. Lei con noi non ha nulla da temere. Non sarà accusato di nulla e sarà protetto da fughe di notizie e ritorsioni. »

Lemonde si rivolse a Gabin.

« René, tu sai che... »

René Gabin lo bloccò.

« Puoi parlare Hervé, la dottoressa Bellucci è una nostra alleata e ti confermo che non sarai accusato e sarai protetto. »

Aba si chinò verso Hervé Lemonde.

« Le faccio io la domanda che voleva farle il professore. Chi le ha commissionato quel passaporto, Monsieur? »

Lemonde esitava e Gabin gli posò una mano sull'avambraccio. Era una mano grossa, abbronzata, con le unghie cortissime, da contadino o pescatore.

« Hervé, se tieni alla mia amicizia devi rispondere. »

Lemonde prese lo smartphone e fece scorrere le immagini dei clienti. Poi lo girò verso di loro. La telecamera che riprendeva i clienti non aveva una risoluzione perfetta, ma per Aba non fu difficile riconoscere il volto di Fredo, il più giovane dei Ghali, il castrato ucciso con Kebab dai carabinieri in un incidente provocato da Hosni Salah.

Appena congedarono il falsario, René Gabin si versò un altro bicchiere di Franciacorta.

« Ne ho davvero bisogno. Immagino che lei non beva, dottoressa Abate. »

Aba annuì.

« Le dà fastidio se fumo il sigaro, Madame? »

« Andiamo sul terrazzino. »

« Ma fuori fa freddo e diluvia! E io ho i reumatismi! Abbia pietà di un vecchio! »

Aba gli sorrise.

« Lei si spaccia per vecchio. Va bene, ma non sbuffi il fumo verso di me. »

« Grazie, Madame. Cosa vorrebbe fare dopo le notizie del nostro Lemonde? »

« Ora abbiamo la certezza assoluta che little boy è mandato dai fratelli Ghali, forse viene dalla loro tribù. Che rapporti avete con loro? »

Gabin si mise il sigaro spento in bocca.

« Non le sembra una domanda un po' invadente, Madame? »

« Non tra alleati, Monsieur. Lo ha detto lei, no? »

Lui buttò giù un po' di Franciacorta e le sorrise.

« Non posso farle la corte, vero? »

« No. Lei è sposato, ha i nipotini... »

« Mia moglie mi ha lasciato. La terza, come le prime due. Sono troppo grasso? O forse i miei abiti? »

« Non credo. Anche a me non piacerebbe essere sposata con un agente segreto. »

« Ma loro non lo sapevano! »

« Appunto. Il problema è il segreto. Altrimenti sarebbero molto affascinate. »

« Ma lei lo sa e non è affascinata! »

Aba sorrise. Era rilassante avere a che fare con quell'uomo.

« Su di me non funziona perché sono anche io un agente segreto. Facciamo così: lei si accende il sigaro e mi risponde sui Ghali. »

René Gabin sorrise e si accese il sigaro.

« I Ghali non sono terroristi, sono dei mercenari al soldo di chi li paga meglio. In passato li abbiamo utilizzati anche noi francesi, ma ora non siamo più loro clienti. Abbiamo avuto dei problemi con i loro metodi e con il loro capo, Michael. »

« Potreste parlare e trattare con Michael Ghali per fermare little boy? »

« Temo di no, dottoressa. »

« Perché? »

« Perché non è così semplice parlarci e lui non vuole più avere a che fare con noi. Lo cercano anche gli yankees, da anni, dopo Bengasi. »

« L'attacco all'ambasciata americana nel 2011? »

Gabin annuì.

« I Ghali erano tra gli organizzatori. E sa come sono gli yankees, loro non conoscono compromessi. Vogliono prenderlo, sapere chi c'era dietro la storia di Bengasi e inseguire i mandanti ovunque siano nel mondo. »

« E voi non volete, Monsieur? »

Il francese fece una faccia dispiaciuta.

« Neanche voi, dottoressa. Noi europei latini abbiamo un concetto diverso dagli americani nei rapporti con l'Africa. Sta di fronte a noi, sull'altro lato del mare. Loro pensano di risolvere tutto a modo loro, come Reagan quando fece bombardare Gheddafi. Se lo ricorda come li ricambiò il Colonnello? »

« Sì, con la bomba sull'aereo pieno di soldati americani a Lockerbie. »

« Esatto, Madame. Loro, a parte le Torri, non hanno avuto più nessun little boy a casa loro, troppo lontano e difficile. Noi ce li abbiamo tutti intorno, non possiamo usare gli stessi metodi degli americani, come invece pensa il suo collega Giulio Bonan. »

« Quindi Michael Ghali è protetto da voi? »

Gabin scosse il capo.

« Lo era, sino a quando abbiamo capito che ha iniziato a lavorare contro di noi, per qualcun altro. Lo sospettiamo di due gravi attentati contro i francesi negli ultimi tre anni. »

« E voi non avete reagito neanche dopo due attentati? »

René Gabin fece una smorfia.

« In passato i Ghali ci hanno fatto qualche favore. Inoltre non eravamo certi che i due attentati in Francia fossero opera loro. »

« Ma questa storia è la prova che aspettavate. Noi cercheremo Paul Alli in Italia, ma potremmo non fare in tempo. Dobbiamo cercare Michael Ghali. »

Gabin sbuffò una nuvoletta di fumo in direzione opposta ad Aba.

« Non è così semplice. Michael Ghali si muove nel deserto tra il Sud della Libia, il Mali, il Ciad, il Sudan, il Niger. Vive come un nomade, spostandosi ogni sera, solo in villaggi amici, circondato da un centinaio di fedelissimi. »

« Ma coi satelliti... »

« Hanno una rete infinita di collaboratori, amici, parenti, dovunque. I messaggi tra loro viaggiano a voce. »

« Potrebbe morire molta gente in Italia, Monsieur. »

Gabin annuì, lentamente. Aba lo guardò negli occhi.

Sì, è preoccupato, ci vorrebbe aiutare, ma c'è qualche problema.

« Dottoressa Abate, siamo alleati e io amo il vostro paese. Per arrivare in poche ore da Michael dovrei attivare i nostri amici in Niger, Mali e Libia. Non c'è altro modo. Ma una volta scoperta l'ubicazione, non potremmo fare più nulla, né noi né voi. Quella è Africa, dottoressa, e il colonialismo è finito. Dovrebbe farlo qualcuno del posto, che conosce bene i luoghi e che ha i mezzi e le competenze. Ma deve essere qualcuno di cui ci fidiamo sia noi che voi. »

Aba lo guardò, quell'uomo tozzo e rubizzo, a metà tra il pescatore e il contadino.

Il travestimento di una spia è la normalità, Aba. In più, René ha una cordialità vera, non simulata, e un'intelligenza strategica. Ecco perché ha voluto qui JJ.

« Quindi la vostra condizione per aiutarci è che se ne occupi il vostro amico JJ. »

« Il nostro amico, dottoressa. Lui ha lavorato sia per noi che per voi, ed è l'unico che nel caso potrebbe intervenire velocemente. »

Aba restò in silenzio, combattuta. René Gabin si chinò verso di lei.

« Lo raggiunga al casinò, si scusi con lui e tratti un prezzo di cui noi pagheremo la metà. Poi mi chiami e se la risposta di JJ è positiva attiverò i nostri amici in Africa e fornirò assistenza logistica in loco. Senza quella, neanche JJ potrebbe riuscire. »

Aba si alzò e René Gabin fece subito altrettanto. Quando furono sulla porta le tese la mano.

« Solo un uomo troppo vecchio invita una bella donna ad andarsene. »

Aba non era mai entrata in un casinò e quella sera fu la sua prima volta. Trovò JJ seduto su un divanetto nella sala per fumatori. Lui invece sembrava conoscere benissimo quel posto e pareva molto a suo agio. Non mostrò alcuna sorpresa nel vederla lì dopo che lei l'aveva cacciato dalla riunione con il falsario Hervé Lemonde.

« Lo sa, dottoressa, che l'architetto è lo stesso dell'Opera di Parigi? »

Aba fece una smorfia. Quel palazzo pieno di affreschi e sculture, con un atrio d'oro e di marmo, era agli antipodi dei suoi gusti.

« Il barocco non fa per me. »

JJ annuì.

« Non avevo dubbi. Lo stile tardo impero è troppo strano per lei, troppo irrazionale, vero? »

« Non sono qui per discutere di architettura e vorrei andare a dormire. Perché non ci ha detto che Sonny le aveva già rivelato il nome di Paul Alli sul passaporto di little boy? »

« Perché non mi pagate per questo. »

Lui si alzò, si diresse verso il bar e lei fu costretta a seguirlo.

« Un cicchetto, Ice? »

Lei stava per rispondergli quando lo smartphone personale squillò. Era Cristina e Aba decise di non rispondere.

« Non bevo. »

Lui ordinò il suo Lagavulin e si sedette su uno sgabello, indicando quello libero accanto a lui. Lo smartphone di Aba squillò ancora. Era ancora Cristina, Aba sospirò e silenziò lo squillo.

JJ aggrottò la fronte.

« Come può ignorare sua figlia? »

Aba lo guardò, interdetta.

« Fa controllare il mio numero personale? »

Lui scosse il capo e sicuramente i suoi occhi ridevano dietro le lenti verdastre dei Ray-Ban.

« Non ne ho il potere. Ma ormai un po' la conosco, no? Se fosse suo marito risponderebbe alla seconda chiamata perché si preoccuperebbe. E suo figlio maschio è stato operato oggi, starà dormendo sotto sedativi. Su, richiami sua figlia, poi parleremo di Sonny e Michael Ghali. »

JJ cominciò a sorseggiare il suo Lagavulin e Aba si allontanò di qualche metro e chiamò Cristina. Lei rispose subito.

« Mamy, dove siete? »

« Cri, calmati. Io non sono a Roma. »

« Sono a casa da sola! »

« Tuo padre non è rientrato? »

« No. »

« Sarà da Francesco in clinica. »

« Non è più in clinica da Fra e non risponde al cell. »

Aba gettò un'occhiata all'orologio.

« Sono solo le nove e mezza, Cri. Aveva una riunione in agenzia, vedrai che non risponde per questo. »

« Ma lui è sempre a casa alle otto. E io ho paura di stare a casa da sola col buio! Ora che Fra è in clinica dovete stare a casa, almeno uno dei due! »

Cercai di mantenere un tono che fosse insieme fermo e rassicurante.

« Cristina, hai diciassette anni, non sette. E poi di solito esci con gli amici il venerdì sera, no? »

« Sì, ma non stasera. Non ci sto da sola a casa! »

« Va bene, intanto porta Killer al parco, vedrai che papà sta tornando. »

« Ma sei fuori di testa mamy? Diluvia, si muore di freddo, e se mi ammalo prima del saggio di domani come... »

Aba gettò un'occhiata verso il bar. JJ era sparito.

Little boy è più importante di una ragazzina che fa i capricci.

Chiuse la comunicazione e spense il cellulare.

Aba non ebbe difficoltà a trovare il professor Johnny Jazir. Rimase in un angolo del salone fumatori dove JJ era seduto al tavolo di blackjack con la sigaretta accesa e il Lagavulin. Dopo un po' una bionda vistosa e piuttosto discinta andò a sistemarsi sullo sgabello accanto a JJ.

Aba soppesò le alternative e giunse alla conclusione che non ne aveva molte.

Posso tornarmene in hotel e rinunciare, oppure seguirlo nel suo giochetto preferito.

Andò al bar, ordinò un Lagavulin e un bicchiere di acqua minerale, si avvicinò decisa al tavolo, toccò una spalla alla bionda che stava sussurrando già qualche proposta per la notte nell'orecchio di JJ.

« Questo posto è occupato, Monsieur è con me. »

Lo disse in inglese. Lei la soppesò con sguardo gelido, evidentemente dubbiosa sulle qualità fisiche di quella donna ben oltre l'età per quel tipo di lavoro, vestita da impiegata, con quella ridicola frangia e decisamente un po' sciupata.

La ragazza si rivolse a JJ, in francese.

« Est-ce que tu aimes la gérontophilie? »

Aba le strinse in una morsa l'avambraccio. Non usava la forza da molti anni e non aveva mai pensato che tutti i suoi allenamenti in palestra potessero servire in quel senso.

Si rivolse a JJ in russo.

« Questa puttana non sa cos'è l'FSB, glielo spiego io o tu? »

Ma come ogni russa o ucraina la ragazza sapeva che l'FSB era l'erede del KGB e non stette lì a chiedersi quanto fosse plausibile che un vero agente FSB rivelasse in pubblico la sua identità. Si alzò e sparì a tutta velocità dal salone.

Aba si sedette accanto a JJ.

« Finora ho vinto, Ice. Spero che lei mi porti qualche vantaggio rispetto alla russa, o qui al tavolo o dopo in camera. »

Aba non rispose e si concentrò sul gioco. Il croupier inserì velocemente i nuovi mazzi di carte nella scarpa.

Sei mazzi. 312 carte.

Il gioco andò avanti per un po', le fiches di JJ diminuivano e lui brontolava, continuando ad alzare le puntate. A ogni smazzata il croupier inseriva le carte nella mescolatrice per rimetterle in gioco ed evitare che qualcuno contasse le carte.

Ma io lo faccio in un altro modo.

Aba non faceva nessuna fatica a memorizzare tutte le carte che uscivano in ogni smazzata e che venivano rimesse in gioco. Attese il momento, quando sapeva che ci si stava avvicinando alla carta nera che avrebbe bloccato il gioco e fatto rimescolare tutto. Attese la coppia giusta. Poi toccò il gomito di JJ che si voltò.

« Ice, visto che non porta fortuna come la russa dovrà almeno rimboccarmi le coperte e poi... »

« La pianti e si concentri. Smezzi. »

Lui la guardò, stralunato.

« Lei è impazzita? Ho due dieci, sarò ubriaco ma fa venti. »

« Il banco ha un sette, ci sono un sacco di figure e di dieci, nove e otto in giro. »

« Ma si può sapere... »

Aba separò le due carte ed esibì lo Sharon Stone al croupier che non era abituato a escort di quell'età e dall'aria impiegatizia.

« Split. »

Scoprirono. Avevano un 20 e un 18 contro il 17 del banco obbligato a fermarsi. JJ raccolse una bella pila di fiches da 500 euro, felice come un bambino.

Come un bambino, felice di vincere anche se non gli servono questi soldi.

Lei ne prese una, la gettò al croupier, disse: « *Merci, bonsoir* » e tirò letteralmente su dallo sgabello il recalcitrante professor Johnny Jazir.

Lui protestò.

« Devo pisciare e poi torno a giocare. »

Lei lo condusse davanti alla toilette degli uomini ed entrò con lui nella zona elegante coi lavandini di marmo. Gli indicò una delle porte.

« La aspetto qui, si sbrighi. »

Era divertente vedere la reazione degli uomini che entravano, dai loro occhi, divertiti, sorpresi, preoccupati, ostili.

Ma Aba aveva messo su un sorriso gelido e poco promettente e nessuno si azzardò a protestare per la sua presenza nella toilette maschile.

Quando JJ uscì e andò a lavarsi le mani lei lo prese per un braccio.

« Metta la testa sotto l'acqua, non mi serve un ubriaco. »

Gli spinse la testa sotto il getto, lui la lasciò fare. Poi uscirono dalla toilette e lei lo pilotò verso il bar. Lui fece cenno al barista.

« Lagavulin liscio per Django. »

Aba bloccò il barista con un gesto.

« Niente whisky. Un caffè espresso doppio per Monsieur. Acqua naturale per me. »

JJ fece per protestare, ma fu pilotato da Aba verso un tavolino con un divano e una poltroncina. Fece sedere JJ sul divano e lei prese posto davanti a lui sulla poltroncina.

« Allora, professore. Finiamola con le stupidaggini, abbiamo fatto entrare un little boy in Italia e dobbiamo trovarlo. »

Lui scosse il capo, sorseggiando il doppio espresso con una smorfia di disgusto.

« Io non ho fatto entrare nessuno. Le decisioni le ha prese lei con Giulio Bonan, alias Arpax, il vostro Capitan Uncino. »

Aba si sforzò di non irritarsi e dire solo ciò per cui era tornata a cercarlo.

« Ci serve Michael Ghali, entro domani sera. »

Lui sorrise, beffardo.

« Purtroppo sono già impegnato. Domani le mie mogli preparano l'agnello farcito come piace a me, facciamo dopodomani? »

« La smetta, tanto so cosa vuole. Mi dica le sue condizioni. »

Lui annuì.

« In effetti ho due condizioni. »

Aba sospirò.

« Sentiamo. »

« La prima è che mi deve spiegare come faceva a sapere che c'erano tante carte dall'otto in su... »

« Le carte dall'otto in su sono meno della metà del mazzo, ma erano oltre il sessanta per cento di quelle già uscite e rimesse in circolo. E il banco aveva un sette. »

JJ fece una smorfia.

« Non ci ho capito niente. Ma ho capito che non siamo fatti l'uno per l'altra. »

« Meglio così. La seconda condizione? »

« Che si sieda accanto a me sul divano e si fumi una bella sigaretta con me. »

« Sono due condizioni, ho diritto di rifiutarne una. »

Lui sorrise.

« Lo sapevo. Quale accetta? »

« Non fumo. Inoltre credo che qui sia vietato e mi attengo sempre alle regole. »

Aba si alzò, si sedette accanto a JJ, accavallò le gambe, si tirò il tailleur giù sino al ginocchio.

« Professore, stiamo perdendo tempo prezioso a causa sua. »

« Dovreste cercare Paul Alli in Italia, no? »

« Lo farò appena esco da qui. Ma little boy potrebbe essere già arrivato al covo, potremmo non trovarlo. Si può essere fatto esplodere in un cinema mentre lei giocava a blackjack. »

« Lo saprebbe già sul suo smartphone. »

« Lo potrebbe anche fare nella prossima mezz'ora. »

« A quest'ora i cinema sono chiusi. »

Aba restò fredda.

« Lei non vedrà un soldo se succede qualcosa mentre se ne sta qui... »

« Vi ho già detto che non è per oggi. Sonny ha avuto chiare indicazioni da Michael. L'Italia chiuderà i porti domenica. Quindi l'attentato è per domenica. »

« E se Sonny le avesse mentito? »

Scosse il capo, divertito.

«Credo sempre alla buona fede degli uomini quando hanno un filo elettrico tra il pene e i testicoli.»

«Sonny non le ha detto dove è il covo della cellula?»

JJ scosse il capo.

«Michael è molto attento a non diffondere informazioni se non è indispensabile. Lo sapeva Fredo, che gestiva l'Italia, purtroppo i vostri carabinieri lo hanno ammazzato.»

«Che altro le ha detto Sonny?»

«Quel nome sul passaporto. Paul Alli, lo stesso che ci ha detto Monsieur Lemonde.»

«Nient'altro di utile?»

«Se avessi qualcosa da vendervi chiederei un prezzo. Purtroppo da Sonny non ho saputo altro.»

«Sonny è ancora vivo?»

Aba colse il sorriso dalle piccole rughe agli angoli degli occhi.

«Credo sia meglio per lei non saperlo, Ice. Sa, con le vostre procedure, le vostre regole...»

Aba mantenne la calma.

Ora devo fargli la proposta, sin qui erano solo schermaglie.

«Gabin può trovare Michael tramite i contatti dei francesi in Africa.»

«Fantastico. Poi che fate? Gli mandate una cartolina della Torre Eiffel e del Colosseo?»

«Non le importa proprio niente di aiutarci a eliminare questi fanatici?»

Johnny Jazir si voltò verso di lei, lo stuzzicadenti tra le labbra, gli occhi nascosti dietro i Ray-Ban verdi.

«Lei non vuole capire, Ice. I fratelli Ghali non sono fanatici, dell'Islam non gliene importa assolutamente nulla. Sono seri professionisti della guerra, pagati benissimo da qualcuno. Molto cauti, molto armati, molto protetti, molto pericolosi.»

Non lo troveremo mai. Non coi nostri mezzi. Non con le garanzie di un paese civile, le procedure, i vincoli.

« Lei è un miserabile, professor Jazir. »

Lui tirò fuori una sigaretta e se la ficcò in bocca, senza accenderla.

« Prima che venga arrestato per fumo illegale mi dice perché è così arrabbiata con me? »

Perché schiavizzi le tue mogli, perché sei avido e sporco, perché mi tratti come un oggetto, perché sei l'essere peggiore che...

Scelse una risposta più professionale.

« Perché lei sapeva di Paul Alli ma non ci ha avvertito e per colpa sua lo stiamo cercando solo da un paio d'ore, solo da quando Lemonde ci ha dato la foto. »

« Ma io non avevo la foto. »

« Anche senza foto avremmo potuto iniziare le ricerche ore prima se lei ci avesse comunicato il nome. »

JJ assunse un tono sdegnato.

« Ma che dice! Io quel nome ovviamente l'ho comunicato subito, e nel modo più sicuro e veloce possibile. »

Aba cercò di calmare la rabbia che le saliva dentro.

« E quale sarebbe questo modo sicuro e veloce? »

JJ le si avvicinò per sussurrarle all'orecchio.

« Un piccione viaggiatore. »

Lei si scostò bruscamente da lui e JJ si accese la sigaretta. Lei lo guardò con disprezzo.

« Quanto vuole per catturare Michael Ghali, professore? Un milione, dieci milioni? »

Lui le passò un braccio intorno al collo.

« Lo farei anche gratis, per lei. Ho un volo privato per Tripoli all'alba e poche ore davanti. O le passo giocando a blackjack o torniamo insieme in hotel e lei si toglie questa orrenda parrucca. »

Aba si divincolò. Aveva le guance in fiamme e gli occhi gelidi.

« Mi dica quanti soldi vuole, professore. Tanto è l'unica cosa che le interessa davvero. »

« Un milione. Tanto smezzerete coi francesi. »

Aba si alzò.

« Chiedo l'autorizzazione e le faccio sapere entro mezz'ora. »

Poi si voltò e lasciò il professor Jazir sul divanetto a fumare sotto il simbolo di divieto.

Appena arrivò nella sua stanza in hotel, Aba mandò un messaggio a Maria Giovanna Cordero.

Può chiamarmi?

Il suo smartphone squillò meno di un minuto dopo.

« Mi dispiace di averla svegliata. »

« Non mi ha svegliata. Sono stata all'Opera. A lei piace *La traviata*? »

« No. Violetta è troppo debole. »

« Chissà. Allora, come facciamo a trovare quel ragazzino disperso qui in Italia? »

« Ho un nome sul passaporto e una foto. Glieli mando immediatamente. »

« Bene. E se non riusciamo a trovarlo? »

« Potremmo fare un ultimo tentativo, ma dovremmo usare il professore. »

« Su cui lei ha ancora dei dubbi. »

« Moltissimi dubbi. Ma senza di lui il mio cugino francese non ci aiuterà a trovare Michael. »

« Quanto? »

« Un milione, che divideremo coi cugini. »

Ci fu una lunga pausa.

« Ricorda la regola del bivio in discesa coi freni rotti? »

Aba ricordava a memoria la regola di suo padre.

Se conosci solo una delle due strade prendila, anche se sai che è pericolosa è meglio di quella sconosciuta.

Non disse nulla.

« Non troveremmo mai il ragazzino da soli, Ice. Dica al

suo cugino francese e al professore che va bene. Lei può essere qui domani mattina alle otto? »

« Certo. C'è un volo alle sei di mattina. »

« Allora buona notte. »

Poi chiamò René Gabin.

« Un milione, da dividere tra noi. »

« Va bene, mi attivo subito per le ricerche di Michael, avviso io il professore. »

« Grazie, Monsieur. »

« Auguri per suo figlio, Madame. »

Riattacco lo smartphone personale. Ci sono otto messaggi di Cristina. Apro solo l'ultimo.

Papà era in agenzia, tornato ora. Sei arrabbiata con me?

Funziona sempre così con lei. Prima la rabbia, poi il pentimento e la colpa. Va subito rassicurata, altrimenti dorme male.

Brava! Hai visto che resisti da sola?

Non potresti tornare e dormire con me?

Ci vuole la solita diversione.

Sei pronta per essere la star dell'hip hop?

Ci vieni, vero, mamy?

Certo.

Giuri?

Ok.

Notte mamy.

Apro il messaggio di Paolo.

Fra tutto bene. Quando torni chiama, ti devo parlare prima che andiamo a cena da Tiziana. Buonanotte.

Niente cuoricini. Meglio così. Poi apro l'ultimo messaggio, quello di Francesco.

Quando torni, mà?

Guardo l'ora. L'una di notte.

A casa tutti mi vogliono ancora, mentre qui sono assoluta-

mente inutile. Lì c'è tutta la mia vita, c'è Aba, la sanità mentale, lontano da questi mostri.

Chiamo il concierge.

« Mi passi l'eliporto, *s'il vous plait.* »

Durante il volo nella notte crollo in un dormiveglia favorito dal rumore ritmico delle pale dell'elicottero.

L'auto va giù senza freni per la discesa, Paolo al mio fianco, Cristina e Francesco dietro, alla guida una bambina, sono io. Cantiamo in coro.

Ninna nanna, ninna oh, questa bimba a chi la do,
la darò alla befana, che la tiene una settimana,
la darò all'uomo nero che la tiene un anno intero.

SABATO

Appena atterro a Roma ho una forte sensazione di sollievo. Il cuore si riempie di energia mentre nell'alba della città addormentata il taxi mi trasporta dall'aeroporto alla clinica Santi Apostoli.

Sono le sei di mattina e Francesco sta dormicchiando quando entro nella sua stanza. Prima ancora di vederlo nella semioscurità sento l'odore del mio cucciolone di orso. Lo annuso con la stessa gioia con cui lo annusavo da neonato. Tutta la stanchezza e la tensione di quelle ore mi indurrebbero a sdraiarmi accanto a lui. Non lo facciamo più da anni, da quando era un bambino. E quel desiderio ora così intenso è l'indice del mio stress. Mi appoggio al letto, lui apre gli occhi, mi vede, sobbalza.

« Mà, pure qui entri di nascosto nella mia stanza? »

Gli faccio subito una carezza tra i capelli.

« Come stai? »

Il mio ragazzone sorride. Non mi rimprovera, non mi chiede *dove eri quando stavo morendo di paura, e quando mi hanno riportato in stanza, e ogni volta che gioco a rugby sperando di vederti tra gli spettatori... E questa notte, quando papà e Cri resteranno a dormire qui e tu chissà dove sarai...*

Indica il gambone ingessato.

« Shrek ci sta disegnando sopra il mio duello preferito. »

Getto un'occhiata ai disegni a pennarello sul gesso.

« Il *Trono di Spade*? »

« Ma no, dai. È Anakin Skywalker contro il suo maestro Obi-Wan Kenobi. Il suo passaggio al lato oscuro della forza! Poi lui diventa Darth Vader. »

« Ah. Scusami ma proprio non me lo ricordo, Fra. »

Mi guarda sbalordito.

« Me l'hai fatto vedere tu da piccolo. Non ti ricordi più il pippone che mi hai fatto sul lato oscuro? »

Qualcosa si affaccia nella mia memoria. Dieci anni prima. Cri da una parte coi popcorn, Fra dall'altra con gli occhi incollati allo schermo, mi stringe la mano terrorizzato mentre il suo eroe che è diventato cattivo viene sconfitto dal proprio buon maestro e scivola nella lava infuocata del male.

« Anakin si ribellava al suo maestro per salvare la vita di sua moglie. Tu non lo faresti per salvare papà? »

« Non dovrebbe essere papà a salvare me? »

« Non ti ci vedo né come Biancaneve né come Cenerentola, mà. »

« Ieri papà ti ha tenuto compagnia? »

« Cambi discorso? »

« No, è lo stesso discorso. »

Lui sbuffa.

« Sì, ha portato la chitarra e abbiamo cantato. Mi ha raccontato che ti ha conquistata cantando. »

Un altro ricordo riaffiora, ancora più lontano nel tempo. *Un gruppo di studenti seduti nel prato dell'università, il bel ragazzo che suona la chitarra mentre Tizzy canta.*

« Non è così che mi ha conquistata. Cosa avete cantato? »

« Bah, lui ha un repertorio un po' antiquato. Le uniche canzoni vecchie di cui so le parole sono i Beatles. »

Quei croccantini hanno effetti miracolosi!

Sì, fanno bene perché sono buoni.

Hanno un nome così strano...

Perché strano? Non conosce nemmeno i Beatles?

« Che c'è, mà? »

« Niente. È che al parco quell'uomo col cappello nero e il mantello nero... »

Vedo il suo sguardo allarmato.

« Stai bene, mamma? »

« Sto benissimo. C'è una canzone dei Beatles col nome Lucy, vero? »

« Certo, *Lucy in the sky with diamonds*, quella sugli effetti psichedelici delle droghe. »

Comincia a canticchiare.

Picture yourself in a boat on a river...

« Ha dato dei croccantini drogati a Killer! »

Mi guarda sbalordito. Vedo i suoi occhi dilatarsi, prima stupiti, poi preoccupati.

« Sicuro che stai bene, mamma? »

Mi alzo, bacio frettolosamente mio figlio.

« Già te ne vai? Non puoi restare... »

« Torno a trovarti a pranzo, Fra. »

« Sicuro? »

« Ti ho detto che torno di sicuro. »

« Dicevo sicuro che stai bene! »

« Sto bene. Non devi chiedermelo più. »

Invece Francesco ha ragione a chiedermelo.

Sono entrata in quel frantoio con JJ, quando lui ha torturato Hosni Salah. Ho approvato l'irruzione nel covo di Sonny Ghali. Ho attraversato il confine tra la normalità e il lato oscuro.

Aba trovò Tony, Albert e Leyla ai loro computer, tra cartoni di pizza e lattine. Nessuno dei tre mostrava alcun segno di irritazione per essere stato costretto a lavorare tutta la notte e per essere ancora lì in un giorno festivo.

Seguirono Aba nel suo box e si sedettero tutti e tre con Leyla al centro.

« Tracce di Paul Alli? »

Tony scosse il capo.

« Ci sono controlli in corso su treni e aeroporti. Per ora nulla. »

Albert si tirò la mèche verde tra i capelli rossi.

« Nulla dalle intercettazioni. »

« E l'obiettivo? »

Tony fece una smorfia.

« Dottoressa, sa quanti eventi pubblici con oltre cento persone sono previsti domani tra cinema, teatri, stadi, concerti e altra roba inclusi i matrimoni e i funerali? »

« Ho fretta, Tony. »

Lui fece una smorfia che voleva dire *come sempre.* Leyla intervenne.

« Ho pensato che forse il passaporto francese non gli serve solo per spostarsi dalla Sicilia al covo, ma per l'attentato. Quindi stiamo cercando obiettivi francesi in Italia. »

Aba annuì.

« Fate come dice Leyla, restringete a quelli in cui serve un passaporto per entrare. Albert, altre notizie utili dal moschino? »

« Nulla. Ci sono solo le chiacchiere delle mogli con qualche parente. »

« Hai tradotto tu, Leyla? »

Lei annuì.

« Sì. Parlano solo con zie, cugine... »

« Potete andare, continuate a cercare. »

Leyla fu la prima ad alzarsi.

« Possiamo scendere al bar, dottoressa? Non abbiamo fatto nemmeno colazione e il caffè della macchinetta... »

« Fa schifo, lo so. Scendete, una cosa veloce. Poi continuate a restringere il campo. »

Albert e Leyla si diressero all'ascensore, parlottando.

Tony resta seduto. Ha l'aria stranamente aggressiva.

« E tu non scendi? »

« Ho il mio yogurt. »

C'è chiaramente qualcosa che non va.

« Dottoressa, ho una questione personale. »

Finalmente, meglio una confessione, così possiamo affrontare il problema.

Getto un'occhiata al tatuaggio sul polso, la gabbia con l'uccellino rinchiuso e quello fuori.

« Leyla è quella dentro la gabbia, vero? »

Mi guarda assolutamente sbalordito.

« Che c'entra Leyla? »

« Senti, Tony, non è il momento di... »

« Perché ha detto a Diana che sono sposato? Sta piangendo da ore, poverina... »

Sarebbe bello se potessi vedere la mia faccia per ricordarmene. Sono assolutamente senza parole, e Tony continua.

« So che lei è contraria alle relazioni in ufficio, ma questo metodo, mi permetta di dirglielo... »

« Dille che pensavo uscisse con un altro. Scusatemi. »

Si alza, mi guarda con quell'aria simpatica. Cerca di farsi coraggio.

« Se vuole mi dimetto io. Diana ha bisogno di questo lavoro e quindi... »

« Basta! Ho chiesto scusa! Fuori di qui! »

Lui mi guarda, atterrito. È un bravissimo ragazzo e forse non mi ha mai visto così.

Sparisce rapidamente.

Entro nel database dei tre ragazzi. Resto lì, a fissare ciò che avevo scritto.

Cancello tutto. Mi sento subito molto meglio.

Aba arrivò nell'anticamera di Maria Giovanna Cordero alle otto meno dieci. La segretaria la indirizzò nella sala riunioni deserta.

« Gradisce un caffè, dottoressa? »

« Un tè verde sarebbe possibile? »

« Veramente non... »

« Non si preoccupi, va bene l'acqua minerale. »

Giulio Bonan arrivò dopo pochi minuti. Tese la mano ad Aba. Per correttezza non le chiese nulla sino all'arrivo di MGC ma era evidentemente preoccupato e questo rendeva Aba ancora più inquieta.

MGC entrò alle otto in punto.

« Ho appena incontrato il Presidente del Consiglio e il ministro degli Interni insieme ai direttori del DIS e dell'AISE. Rischiamo di avere molte vittime, dobbiamo cercare di evitarlo ma anche prepararci a gestire il peggio. »

MGC fece una leggera pausa su quella parola.

Il peggio. Vittime. Innocenti, come Paolo, Cristina, Francesco. Che moriranno per caso. Solo per essere nel posto sbagliato al momento sbagliato. E di colpo qualcuno perderà un marito, una madre, un figlio. E la vita finirà così.

Poi MGC continuò.

« Il ministro dell'Interno ha fatto scattare il massimo grado di allerta, abbiamo avvertito anche il Vaticano, ma il papa non rinuncerà ad affacciarsi domani a mezzogiorno a piazza San Pietro. Tra mezz'ora rivedrò i miei colleghi direttori per un piano operativo. Comunque questo è il massimo che si può fare. Almeno qui in Italia. »

Si rivolse a Giulio Bonan.

« Il direttore dell'AISE Lanfranchi mi ha confermato che voi siete favorevoli all'idea di prendere contatto col signor Aghazar Ghali in Niger oggi stesso. »

Bonan annuì.

« Sì, signor direttore. Visto che non abbiamo ancora trovato traccia di little boy o del covo non ci sono alternative. »

« Tuttavia la dottoressa Abate dopo la riunione a Montecarlo ha espresso nuovamente molte riserve sul professor Jazir. Ho capito bene? »

Aba era preparata a quella domanda.

« Il professore è venuto a conoscenza del nome di Paul Alli sul falso passaporto di little boy e non lo ha comunicato subito a noi per metterci più pressione e ottenere altri soldi. »

Bonan scosse il capo.

« Il professore lo ha comunicato a me in quanto suo referente come AISE. Naturalmente lo ha fatto con la giusta cautela, la NSA e altri ormai ascoltano tutto e il professor Jazir non si fida neanche dei telefoni criptati. Ha usato... »

Aba non riuscì a trattenersi.

« Un piccione viaggiatore? Sarebbe questo il metodo? »

Aba notò lo sguardo sconcertato di Maria Giovanna Cordero e Bonan fissò Aba, più sbalordito che irritato.

« Il professor Jazir usa degli assistenti di volo della Libyan Airlines per recapitare delle buste sigillate al posto di polizia a Fiumicino. Li chiama piccioni viaggiatori. Il nome di Paul Alli ci è arrivato in questo modo ieri nel tardo pomeriggio quando la dottoressa Abate era già in volo per Nizza e non c'era un modo sicuro per avvertirla. »

Aba ripensò alla scena sul divanetto, col braccio intorno alle sue spalle e JJ che le sussurrava all'orecchio. Sentì gli occhi di MGC su di lei, erano occhi preoccupati, di chi cominciava a dubitare del suo stato mentale.

« Ha qualcosa da aggiungere, dottoressa Abate? »

Sì. Lui è un assassino al servizio solo di sé stesso e io l'ho sempre saputo. Ferrara me lo aveva detto, ma era una vecchia storia, come tante vecchie storie, solo che il suo aiutante finì quei quattro a calci in faccia perché...

Aba cercò di nascondere la paura che era generata dall'incertezza dei suoi pensieri. Non c'era abituata, non era mai accaduto.

Stai lavorando. Calmati. Ragiona. Ora JJ ti serve per arrivare a Michael e a little boy. Dopo torni a Misurata e verifichi.

Mise la massima calma nella sua voce.

« Nulla da aggiungere, signor direttore. »

MGC si rivolse a Bonan.

« Il professor Jazir usa sistemi un po' insoliti. Ma adesso dobbiamo occuparci di trovare little boy con qualunque mezzo. So che lei ha ricevuto delle novità dai cugini durante la notte.»

Bonan annuì.

«Gabin mi ha confermato che i francesi sono in grado di localizzare dove sarà Michael questa sera, in Niger, ma loro non intendono partecipare in forma diretta. Il professor Jazir è pronto a partire con i suoi uomini per il prezzo pattuito.»

MGC si voltò verso Aba.

«Dottoressa Abate?»

Aba sentiva su di sé quei magnifici occhi verdi, così belli da sembrare finti in mezzo alle rughe.

Diglielo, Aba. Ora o mai più.

Poi pensò al volto sorridente di Paul Alli, little boy, con lo zainetto in spalla tra Cristina e Francesco.

Senza JJ non arriveremo mai a little boy.

«Sono d'accordo col dottor Bonan, signor direttore.»

MGC annuì.

«Bene. Avvisate il professore di partire subito.»

Giulio Bonan si schiarì la voce.

«Signor direttore, c'è un'altra questione di cui il mio capo, il direttore Lanfranchi, mi ha detto di parlarle. All'alba abbiamo ricevuto una comunicazione urgente dal nostro contatto a via Veneto.»

Aba trattenne il fiato. Via Veneto significava l'Ambasciata americana.

MGC fece cenno a Bonan di continuare.

«La CIA ha avuto sentore della questione di Sebha con Sonny Ghali. Pare che malgrado Marlow abbia cercato di essere molto discreto, ci sia stato un po' di rumore.»

MGC intervenne.

«E perché hanno chiamato noi, dottor Bonan?»

«Hanno chiamato sia noi che i francesi. Non sanno ancora a chi fa capo la questione.»

«Cosa vogliono?»

«Vogliono interrogare loro Aghazar Ghali, il nostro Michael. Nel caso che entrassimo in contatto con lui, così mi hanno detto.»

MGC guardò Bonan.

«Cosa ne pensate voi dell'AISE?»

Bonan scrollò le spalle.

«Subito dopo che Marlow avrà parlato con Michael, lo dovrà consegnare ai francesi, siamo in zona loro. Se la vedano loro con gli americani su chi mette in galera e interroga per primo il signor Ghali. A noi bastano le informazioni per bloccare little boy.»

Aba ricordò le parole di René Gabin la sera prima a Montecarlo.

Ha fatto dei lavori per loro.

Ebbe la sensazione immediata che le cose non sarebbero andate in modo così semplice come pensava Bonan. Ma non riusciva a esprimere concretamente quel pensiero.

MGC non voleva perdere altro tempo.

«All'incontro coi francesi in loco dovrà andare uno di noi.»

Giulio Bonan guardò Aba.

«Io sono disponibile. Ma René Gabin ha espresso una preferenza diversa. Visto che la dottoressa Abate era presente a Montecarlo, ci chiede di mandare lei in Niger.»

Aba rimase sorpresa solo per un attimo. Non era un gesto di cortesia, Gabin aveva sicuramente un piano che non voleva discutere con Giulio Bonan, ritenendolo troppo amico degli americani.

MGC si voltò a guardarla.

«Lei se la sente, dottoressa Abate?»

Mille cose le passarono per la testa in pochi secondi. Cose che avevano a che fare con sé stessa, sin da quando era una bambina e suo padre le spiegava che il dovere etico verso gli altri deve sempre prevalere sui propri interessi personali.

Niente pranzo in clinica con Francesco, niente saggio di hip hop di Cristina, niente cena con Paolo da Tiziana.

Doveva allontanarsi di nuovo dalla sua casa, dalla normalità, da Aba, da tutta la sua vita.

Ma è per una giusta causa, riuscirò a trattare con Gabin, è solo un altro giorno di sacrificio, poi cattureremo little boy e tutto tornerà come prima.

« Va bene, signor direttore. »

MGC annuì.

« Ho sentito Pietro Ferrara poco fa. Passi a trovarlo prima di andare a prendere il Falcon per il Niger. »

Bonan intervenne.

« Mi scusi, signor direttore, ma non ritengo opportuno che la dottoressa Abate gli dica che sta andando in Niger e perché. Il dottor Ferrara in questo momento è fuori dall'operazione e... »

MGC lo interruppe.

« Stia tranquillo, dottor Bonan. La dottoressa Abate è stata cresciuta a sicurezza e prudenza. Ora lei può andare. »

MGC guardò Aba negli occhi.

« Devo dirle una cosa, Aba. »

Vide lo sconcerto sul volto di Aba e sorrise.

« La chiamerò Aba solo ora, poi torneremo a dottoressa Abate o Ice. Sa già cosa voglio dirle, vero? »

« Sì, signor direttore. »

« Lasci perdere per un minuto il signor direttore. Voglio che lei si limiti a raggiungere un accordo con i francesi e con Marlow, stabilisca il piano con loro e se ne vada immediatamente da lì, prima che l'operazione inizi. »

Aba annuì.

« Va bene, lo so che non dobbiamo essere coinvolti in alcun modo. »

MGC le sorrise.

« Non è solo per noi. È per la sua famiglia, per la sua sanità mentale, per Aba. Pietro Ferrara mi ha raccontato la storia di quel pozzo, lo sa. Non deve tornarci più. »

MGC smise di sorridere e guardò l'orologio a forma di Colosseo che aveva al polso.

« Ora può andare, dottoressa Abate. »

Papà Doyle è in pigiama, sdraiato sul letto, pallido e dimagrito ma è chiaramente felice di vedermi.

« Come stai, Pietro? »

Sorride, con quella griglia di rughe orizzontali e verticali.

« Sto benissimo. Gli antibiotici hanno quasi mandato via la febbre ma i maledetti medici non mi lasciano andare oggi dalle mie ragazze per allenare il coro. »

« Si vede che hai ancora bisogno... »

« No, sanno che se esco vado allo stadio a vedere il derby questa sera. Domani mattina firmo per uscire anche se non vogliono. Al pomeriggio devo dirigere il coro. Quando vado da loro è come se fosse un appuntamento con la mia Emma. Te la ricordi come era brava a insegnarvi a cantare da bambini? »

« Sì, era eccezionale. »

Ferrara volge lo sguardo fuori dalla finestra rigata dalla pioggia.

« Sai, quei vecchietti e quelle vecchiette non ricordano il loro nome e quelli dei loro figli, ma sanno a memoria tutte le canzoni dello scorso secolo. Allora, come vanno le cose in ditta? »

Lo guardo negli occhi, in silenzio.

Non possiamo parlarne, Pietro. Lo sai.

Lui capisce, annuisce. Mi posa una mano sul braccio. Lo ha sempre fatto quel gesto, ma non l'ho mai sentita così leggera la sua mano. Sento un brivido, ma il riscaldamento qui dentro funziona benissimo. Non sono abituata a non capire, non capita mai.

Ferrara mi guarda negli occhi. Sono occhi diversi da quelli che ho visto ogni giorno in ufficio, quelli del capo paziente e prudente. Sono occhi stanchi, preoccupati, ma durissimi, quelli dell'ex capo dei ROS.

« Ascoltami bene, Aba. Marlow è... »

« Lo so, Pietro. Me lo hai raccontato, ha sparato a quei quattro ribelli a sangue freddo, ha lavorato per le forze speciali del Mali, per i francesi... È un assassino mercenario. Ma ora è indispensabile, credimi. È un avido... Forse ha venduto lui Kebab, ma sempre per soldi. Lo paghiamo e poi... »

« Marlow non è lì per i nostri soldi. Non ti sei chiesta perché uno che guadagna così tanto viva in una casupola? »

Di colpo sono scossa.

Cosa ti è sfuggito, Ice? Cosa hai visto senza capire?

Ho come l'impressione che il mio vecchio zio, Papà Doyle, sia incerto se dirmi o non dirmi qualcosa.

« Cosa c'è Pietro? »

Lui osserva la pioggia che batte sul vetro della stanza.

« Non lo so esattamente. Ma lui tenterà di fregarci e se ci riesce noi non troveremo mai né little boy né quel covo. »

« Come, 'tenterà di fregarci'? »

Si volta di nuovo verso di me. Ora non sono più gli occhi del vecchio zio ma quelli di Papà Doyle.

« Non posso aiutarti se non mi dici cosa succede, Aba. »

Conosco quest'uomo da una vita, mi ha quasi allevato, lui e la sua Emma.

Lui ti tirò fuori da quel pozzo. Puoi fidarti ciecamente di lui.

E così lo aggiorno su tutto ciò che è accaduto, sino all'esito della riunione con MGC e Bonan. Lui ascolta in silenzio, mentre le rughe aumentano sul suo viso già stanco.

« Perché ci vai tu? »

« Perché René Gabin ha chiesto a Bonan che ci vada io. »

Ferrara fa una smorfia.

« Già. »

« Cosa devo fare, Pietro? »

È combattuto.

« Per Aba o per Ice? Per Aba, devi mandarci Bonan e lo sai. »

« E per Ice? »

Lui chiude gli occhi.

« Anche questo lo sai. Abbiamo avuto lo stesso maestro, no? »

« Allora dimmi cosa devo fare laggiù, Pietro. »

« Non perderlo di vista. »

Lui mi guarda dritto negli occhi.

« Mai. Qualunque cosa accada, bambina mia. »

Lui non ha mai fatto così, non mi chiama 'bambina mia' da oltre trent'anni.

Pietro Ferrara mi carezza lievemente la guancia. Poi chiude gli occhi, sfinito. Mi alzo.

« Ci vediamo al coro domani pomeriggio. »

Devo inventare una scusa con Fra per il pranzo, con Cri per il saggio di hip hop, con Paolo per la cena da Tizzy.

Entro in casa senza un piano in mente e trovo Cristina che si sta truccando nel mio bagno.

« Mamy, posso mettermi quel tuo giaccone di pelle verde? »

Non le sta bene, la ingrassa.

« Piove, meglio il mio impermeabile nero. »

Ridacchia.

« Quello da spia? »

Ecco, ci manca anche questo tipo di battute.

« Dove vai Cri? »

Si volta da un'altra parte.

« Con le mie amiche a fare il brunch al Pigneto. »

« Con Sasha? »

« Fra ha detto che vai a pranzo da lui in clinica, poi andiamo insieme al saggio di hip hop? »

Sta diventando brava, come me...

Ma una parte di me si sta staccando dal mio corpo. Ed è quella parte che le avrebbe proibito di uscire con il medico trentenne.

« Dov'è tuo padre? »

« È chiuso nello studio, gli ho fatto io il caffè, non fa altro che scrivere. »

Bene, almeno questa parte funziona.

« Vai pure, Cri. Devo parlare con papà. »

Lei annuisce.

« Ci vediamo dopo pranzo al saggio di hip hop, mamy. »

Si avvicina, mi abbraccia. E io stringo quella figlia fragile in un modo nuovo.

Sono io che mi aggrappo a lei, come un naufrago a un tronco mentre la corrente sta per trascinarlo via.

Dopo un po' lei si scosta, preoccupata.

« Stai bene, mamma? »

« Tutto bene. Vai, divertiti al brunch. »

Cri se ne va.

In silenzio, come una ladra, mi infilo nella stanza da letto, mi faccio una doccia, mi cambio, preparo la 48 ore e in venti minuti sono pronta, il taxi è giù che mi aspetta.

Ma non posso fuggire. Devo dirgli qualcosa.

Mi affaccio nello studio. Paolo è chino sul PC, si volta a guardarmi. Mi sembra davvero diverso, più giovane, più energico, persino più attraente.

Tutto per un libro!

« Come va il libro? »

« Benissimo. »

Il suo tono non è quello giusto. C'è una punta di angoscia.

« Ti devo parlare, Aba. È urgente, prima di andare stasera alla cena da Tiziana. »

Ho un taxi qui sotto, devo andare in Africa e trovare la traccia per bloccare little boy prima che faccia una strage dei nostri ragazzi.

« Non posso venire né in clinica da Fra, né al saggio di Cri, né da Tiziana. »

Rimane a bocca aperta.

« Non puoi? »

« Devo ripartire tra poco, ho il taxi giù in strada. Sono passata a casa per rifare il bagaglio. E per dirtelo. »

Lo conosco da anni e c'è una cosa che so di mio marito, con assoluta certezza.

Se la bontà è definibile lui è un uomo buono.

Annuisce, scuotendo lentamente il capo, mentre io penso, disperatamente, a una scusa plausibile. Ma non ce ne sono, tutto qui.

Non posso dirti la verità. E non ho nemmeno il tempo di inventarmi una scusa che ti lasci tranquillo.

« Sai, Aba, ho sempre avuto un incubo, ce l'ho da quando ti conosco. Ed è... »

« Paolo, non è il momento, possiamo parlarne domani? »

Mi prende entrambe le mani, dolcemente.

« Io sono ancora tuo marito, da oggi non vai più da nessuna parte senza di me. »

Il suo tono è inconsueto: fermo, deciso come se tutto il nostro rapporto si stesse coagulando in quelle poche frasi.

Da oggi non vai più da nessuna parte senza di me.

Cosa dovrei dirgli?

Allora andiamo, c'è un taxi qui sotto, poi un volo militare per il Niger, poi l'assalto armato ad Aghazar Ghali, poi un little boy pronto a far saltare in aria i nostri figli.

Stacco bruscamente le mie mani dalle sue.

« Parleremo al mio ritorno. Avvisa tu Fra e Cri che sono dovuta ripartire. »

Lui non dice una sola parola. Gli volto le spalle e scendo di corsa in strada e sotto la pioggia sferzante mi getto nel taxi.

Non più moglie, non più madre. Oggi non esiste Aba, non può esistere la donna normale. Oggi sono solo Ice, la spia.

Il volo sul Falcon è un lungo incubo. Ogni volta che mi azzardo a chiudere gli occhi, nel dormiveglia appare un'immagine, sempre la stessa e sempre diversa.

In auto, ci sono io alla guida, non più la bambina, io oggi con Paolo, Cristina, Francesco. Ma parlano fra loro quella stessa lingua che parlavano le mogli e i figli di JJ, la lingua che non conosco ma che capisco... Parlano di Aba, la loro moglie e madre... Ne parlano al passato...

Ricorro alle pillole per stare sveglia, l'unico antidoto a quelle visioni. Trascorro le ore immobile, gli occhi ben aperti, perché la realtà è comunque migliore del sogno.

Quando il Falcon atterra ad Agadez su una pista secondaria dell'aeroporto Mano Dayak sento una stanchezza che mi fa piegare le gambe.

Ma non è la stanchezza fisica. È la lontananza da Paolo, Cri, Fra. È il terrore che ogni passo che farò qui mi allontanerà sempre di più. Sino a che Aba non tornerà più.

Scendo col foulard stretto intorno alla solita parrucca e agli occhialoni scuri e mi infilo nel Mercedes bianco coi vetri oscurati che mi aspetta sotto la scaletta con Evergreen alla guida.

Lui come sempre mi sorride muto, mi apre lo sportello posteriore, mi fa accomodare, parte.

Riattacco i cellulari. Su quello personale ci sono i messaggi, in ordine cronologico.

Mamy, ti prego, dimmi che non è vero che non vieni al saggio.

Mà, allora oggi non vieni in clinica?

Ho detto ai ragazzi che sei dovuta partire. Ho chiamato il Ministero per sapere dove sei, una certa Diana ha detto che non risulti in missione.

Qualcosa si ribella dentro di me. Con me stessa. Con la mia incapacità di trovare un inganno che li faccia stare almeno tranquilli.

Non è giusto, Aba. Non puoi farli soffrire così.

Accade una cosa che non mi capita mai. D'impulso chiamo il numero di Paolo, senza nemmeno una strategia in mente su cosa dire. Lui risponde al primo squillo, mentre fuori dal finestrino vedo il deserto.

« Aba, dimmi dove sei, ti raggiungo. »

« Paolo, non voglio che... »

« No, ora basta. Io sono tuo marito. Dimmi subito dove sei e io ti raggiungo e parliamo. Se no avviso la polizia per farti cercare. »

È la prima volta che usa questo tono.

Questa storia ha cambiato anche lui.

Non c'è via d'uscita.

Ice o Aba, la sicurezza degli italiani o la tranquillità della mia famiglia.

« Sono con un altro uomo, Paolo. »

Lui non dice nulla e in quel lungo attimo di silenzio si brucia una vita, i nostri vent'anni insieme.

Chiudo e tolgo la batteria dal cellulare personale.

Poi, mentre imbocchiamo una strada in mezzo al nulla, vedo l'incredibile sul bordo della strada: centinaia di pick-up bianchi tutti uguali. So benissimo a cosa servono, l'avevo letto nei rapporti ma vederli lì è molto diverso.

Sono i mezzi per attraversare il Sahara, i mezzi con cui vengono portati nei campi libici i migranti che sognano la terra promessa, l'altra sponda del mare.

Evergreen mi mostra una benda e sorride con la sua aria gentile. Io accetto volentieri.

Il buio sotto la benda è un sollievo. Mi lascio portare docilmente verso l'inferno, ma Evergreen è molto meglio di Caronte.

Evergreen parcheggiò il Mercedes bianco e Aba si guardò intorno. Erano nel cortile di una villetta grigia in mezzo ad altre dello stesso tipo. Fuori c'erano due uomini di colore di guardia.

Evergreen la scortò sino alla porta di una saletta e le fece cenno di entrare.

La saletta era gelida per l'aria condizionata eccessiva. C'erano solo un tavolo e tre sedie, due già occupate da uomini con cui aveva cenato la sera prima a Montecarlo. René Gabin si alzò per stringerle la mano e darle il benvenuto, mentre JJ abbozzò un cenno di saluto.

Aba non si sognò nemmeno di fare domande tipo *dove ci troviamo.* Si limitò a sedersi e ad accettare il bicchiere d'acqua che le versò René Gabin.

« Come sta suo figlio, Madame? »

« Meglio, grazie. »

JJ sembrava estremamente calmo e riposato, con la sua sigaretta accesa, il bicchierino di sidro, gli occhi nascosti dietro le lenti verdi dei Ray-Ban, un cappellino da baseball sopra una lisa Lacoste beige che non sembrava né stirata né lavata di recente.

Aba guardò i due uomini.

« La situazione? »

JJ indicò l'orologio appeso al muro.

« Qui sono le quattro del pomeriggio, in Italia le cinque. Grazie a René sappiamo dove si trova Michael in questo momento e abbiamo la copertura tecnologica e forze ben armate pronte a intervenire. »

René Gabin tossicchiò.

« Il professor Jazir intende dire che lui ha delle sue forze pronte a intervenire, dottoressa. L'accordo prevede esclusivamente che noi vi aiutiamo a individuare dove si trova Aghazar Ghali ma non abbiamo altro ruolo in quest'operazione. » Poi si rivolse a JJ.

« Anche se tutto va bene avrete solo pochi minuti per catturare Michael Ghali e fuggire, perché non potrete evitare che qualcuno dei suoi dia l'allarme e non farete in tempo a interrogarlo lì. Come pensi di fare? »

« Grazie al vostro generoso supporto economico non abbiamo badato a spese, René. Avremo anche un elicottero d'appoggio. »

Aba intervenne. Era necessario affrontare il problema.

« E dove lo porterete? »

Gabin fece un mezzo sorriso che non era un sorriso.

« Gli americani hanno captato qualcosa e ci hanno gentilmente avvertito che se trovassimo Michael lo vorrebbero interrogare anche loro. Anzi, prima di noi. »

Fece una pausa, poi René Gabin sorrise ad Aba. Aveva sempre quel tono cordiale e scherzoso.

« Per lei non fa differenza, vero, Madame? »

Aba sapeva che quella domanda sarebbe arrivata. Era il motivo per cui Gabin aveva preferito lei a Giulio Bonan. Scosse il capo.

« Noi italiani vogliamo solo le informazioni su little boy. Dopo che ce le avrà date non ci importa se Michael dormirà a Guantánamo o alla Bastiglia. »

Il tono del bretone cambiò.

« Ma per la DGSE fa differenza. Per cui lo porterai via in elicottero in una nostra base nel Mali. Tutto chiaro, professore? »

JJ si strinse nelle spalle.

« Come volete, signori. Voi pagate, io eseguo. »

Gabin si alzò. Si avvicinò ad Aba.

« Spero che prendiate little boy, mi avvisi se le serve altro. »

Aba annuì. Questa volta fu lei a tendere la mano.

« Grazie, Monsieur. È stato un piacere lavorare con lei. »

Gabin fece una piccola smorfia, come se non fosse del tutto convinto.

« Spero che lo penserà anche alla fine. Le auguro ogni bene, sinceramente. »

Appena rimasero soli, Aba indicò l'orologio. Ogni minuto ormai era prezioso e voleva restare solo il tempo indispensabile con Johnny Jazir.

« Fra quanto interverrete? »

« Aghazar Ghali si trova in un accampamento beduino a trenta chilometri da qui, nel deserto, e ci resterà per la notte.

Il satellite e gli uomini sono pronti. Ma ci sono alcuni problemi, Ice. »

« Che problemi? »

« Le mostro il primo. »

JJ digitò sul computer e poco dopo comparve un'immagine sullo schermo, vista dall'alto. Lui zoomò al massimo, in modo che non perdesse fuoco. Si vedevano una ventina di tende beduine, identiche, alcuni SUV, cavalli, cammelli, persone armate ma anche donne e bambini. Poi, al centro, poche casupole in terra e mattoni, e un pozzo tra poche palme, forse un orto.

« Ma è un villaggio con dei civili, non un accampamento di Michael Ghali e dei suoi uomini! »

« Certo, cosa si aspettava? Michael Ghali sa bene di non potersi rendere invisibile ai satelliti e ai droni. Le sue tende e i suoi uomini li piazza in mezzo ai villaggi dei civili. »

« Così non si può fare, professore. »

« Come crede, deve decidere lei cosa preferisce. Qualche bambino morto qui o molti bambini morti in Italia? »

« Non siamo né la CIA, né l'FSB né il Mossad. Nessun europeo approverebbe. »

JJ si mise a ridere.

« So perché avete dominato il mondo, voi europei. Ma so anche come lo perderete. Allora lasciamo perdere? »

Aba cercò di restare calma e riflettere.

Ecco il bordo del pozzo, il confine tra Aba e Ice. Confine invalicabile. Se lo passo non sarò mai più Aba, solo Ice.

« Non se ne parla di rischiare la vita di donne e bambini innocenti. Ma lei mi conosce, sapeva cosa le avrei detto. Avrà un piano per non perdere il suo milione di euro. »

JJ sorrise.

« Sì, potremmo aspettare la notte. Con il buio sarebbe tutto diverso. »

Aba lo guardò, preoccupata.

« Non abbiamo un minuto da perdere. »

Lui la guardò da dietro le lenti verdastre.

« Decida lei. O rischia la vita di donne e bambini o aspettiamo il buio, che comunque rende più probabile il successo dell'operazione. »

« Perché? »

« Per prenderli di sorpresa nel sonno. E poi se attacchiamo in pieno giorno Michael Ghali potrebbe finire ammazzato nello scontro a fuoco o persino spararsi per non farsi prendere. Aspettando il buio avremo anche un complice all'interno del campo. »

« Un complice all'interno? E chi sarebbe? »

« Pensavo che lei non volesse conoscere certi dettagli. »

« In questo caso voglio conoscerli. »

Lui aveva il solito tono beffardo.

« Ci sono due momenti in cui un uomo molto pericoloso è più vulnerabile. Il primo quando è seduto sul cesso. Ma di questo momento non c'è certezza. Il secondo credo che lei sia abbastanza cresciuta per capirlo da sola. »

JJ aveva quel ghigno che lei conosceva. Aba lo ignorò, ma non era tranquilla.

« Chi è la ragazza? »

« La reginetta degli hotel a cinque stelle del mio amico Mansur. Arriverà subito dopo cena, a Michael piace digerire in quel modo. La ragazza sa a che ora attaccheremo e conosce ogni trucco per distrarlo. Sarà pagata molto bene, naturalmente. »

Aba guardò ancora l'orologio.

« Quante ore dovremmo aspettare? »

« Un paio. Nel deserto fa buio presto e si cena subito, poi si va a dormire. »

Aba fece appello a tutta la lucidità che le restava. Era una decisione fondamentale.

Non fidarti di lui. Non è lì nemmeno per i soldi. Il suo aiutante ha finito quei quattro a calci in faccia.

Ma Johnny Jazir era l'unica via per Michael Ghali e quindi per little boy.

Il resto verrà dopo.

C'era una sola scelta razionale.

« Va bene. Aspettiamo il buio. »

JJ le posò una mano sul braccio.

« Le sta davvero male questa parrucca con la frangia, Ice. Accentua il suo pallore, le sue occhiaie. Siamo soli qui dentro per un po', perché non se la toglie? »

Aba scostò il braccio.

« Non voglio restare qui con lei. O esco io o esce lei. »

« Come crede. Nel frigo ci sono dei sandwich. Li ho fatti fare per lei, *no cheese*, giusto? Vuole del tè? »

« No. »

Non perderlo di vista mai. Però MGC me lo ha espressamente proibito, se lo faccio JJ potrà poi dimostrare che era al nostro servizio, ricattarci, chiedere una montagna di soldi.

Ma c'era qualcosa più forte di qualunque ragionamento.

Voglio sapere chi sei ora.

Aba indicò il computer e lo schermo.

« Voglio seguire l'attacco in diretta. »

Lui aggrottò la fronte.

« Non può, Ice. Glielo vietano sia il buonsenso che le sue stesse procedure. Chi guarda è complice, non lo sa? »

Aba rivide il volto emaciato di Pietro Ferrara nel letto di ospedale poche ore prima.

Non perderlo di vista mai. Intendo mai.

« O così o niente. »

JJ restò un attimo incerto, poi annuì.

« Si sta appassionando alle scene di violenza, Ice? Be', in fondo non mi stupisce affatto! Va bene, faremo lo show in diretta. »

Aba tirò fuori dalla 48 ore uno smartphone e lo porse a JJ.

« Questo è criptato e può chiamare solo quello gemello che io ho nella 48 ore. »

Lui lo guardò senza prenderlo.

« Appena iniziate mi chiami. »

JJ prese il telefono e se lo infilò nella tasca della giacca stazzonata.

« Sa che i suoi capi si arrabbierebbero molto se lo sapessero, Ice, vero? »

Poi lui cambiò tono e le strizzò l'occhio.

« Tranquilla. Può contare sulla mia discrezione. Tanto noi due siamo, come si dice, *partners in crime*! »

Più volte mi assale la tentazione di ricollegare la batteria dello smartphone personale, di scrivere a Paolo: *non è vero che ho un altro uomo, ti spiego tutta la verità appena torno, ti amo.* E di confortare Cristina e Francesco per la mia fuga. Ma la mia volontà non cede all'istinto. Non lo fa mai, da oltre vent'anni. Ora sono qui per un lavoro importante che devo finire. Devo concentrarmi solo su questo. Domani torno e tutto sarà come prima.

E così resto lì per ore in quella stanza gelida e spoglia, in un luogo sconosciuto di un mondo estraneo, con il solo rumore della ventola del condizionatore, senza una finestra, sotto la lampada al neon, a fissare un orologio appeso al muro e uno schermo blu, ad aspettare.

In una specie di deliquio dovuto alla tensione, alla fame, alla stanchezza, frasi senza senso comune scorrono nella mente, mescolando le due famiglie.

Le mogli bambine col burqa e l'abaya, i bambini scalzi con i vestiti sdruciti, le capre, le galline, le mosche. Anche io devo parlarti, Aba. È urgente, prima di andare stasera alla cena da Tiziana. Sono con un altro uomo, Paolo.

Lentamente quella paura nata in aereo torna, si definisce e cresce, si esprime.

Domani non sarà come ieri. Non sarai mai più come prima. Chiama Paolo.

Afferro dalla borsetta il cellulare personale, sto per inserirvi la batteria quando dallo smartphone di lavoro arriva il *bip*. È un messaggio del professor Johnny Jazir.

Si parte, Ice. Buona visione e buon divertimento.

Aba guardò l'ora: le sei e mezza locali, le sette e mezza in Italia.

Dal PC inviò il codice per il collegamento e sullo schermo blu apparve il buio della notte africana. Pian piano si avvicinò con lo zoom, il più possibile. Vedeva le lucine delle lampade a petrolio che erano appese ai fili tirati tra le palme e che illuminavano casupole e tende. In mezzo ardeva il fuoco, vicino al pozzo. Due sentinelle sorvegliavano o forse dormivano accanto al fuoco, altre due fumavano davanti a una tenda. Il resto era vuoto e buio.

Poi tutto avvenne come nei videogiochi di Francesco, in pochissimi secondi: ombre scure che scivolarono nella notte coi visori termici notturni, i lampi delle mitragliette, le sentinelle che cadevano, la fuga di cavalli e cammelli tra la polvere, la tenda centrale con le due sentinelle a terra. Poi Aba vide ciò per cui era andata sin là.

Il grande spettacolo del mago Marlow, quello per cui paghiamo. Buon divertimento, Ice.

Quattro uomini armati trascinarono fuori dalla tenda due figure nude. Erano un uomo di colore gigantesco e una giovane donna di colore dal corpo perfetto. L'uomo zoppicava da una gamba ed era tenuto fermo dai quattro uomini armati.

Aba cliccò lo zoom sui volti. La giovane aveva lineamenti dolcissimi, i capelli rasati, un occhio coperto da una benda. Ma ad Aba interessava l'uomo. Puntò sul suo viso, lo affiancò all'unica foto che avevano avuto dai francesi. Il software di riconoscimento facciale ci mise pochi secondi a collegare i punti del viso e a calcolare le percentuali. La risposta arrivò al 79 per cento, era più che sufficiente.

Abbiamo preso Aghazar Ghali, il nostro Michael Corleone.

Avrebbe dovuto esultare. Invece qualcosa nel profondo la stava avvertendo.

Come faranno senza Aba? Senza la moglie, la madre, la donna normale che hanno avuto sempre accanto?

Un uomo in tuta scura col passamontagna, dalla sagoma molto familiare, si avvicinò. Aveva in mano una coperta. Raggiunse la giovane donna, le mise la coperta sulle spalle e la affidò a due ombre scure che la portarono via.

Poi l'uomo col passamontagna tirò fuori dalla giacca della tuta una pistola e la puntò sul pene dell'uomo nudo. Aba avvertì subito il proprio battito accelerare.

Perché lo minaccia e non lo porta via sull'elicottero?

Aba non sentì lo sparo, perché non c'era l'audio in quel videogioco. Vide il corpo di Michael Ghali crollare sulle ginocchia per il dolore, sostenuto per le braccia da due uomini incappucciati. Poi l'uomo col passamontagna si accovacciò accanto al ferito, avvicinò il suo volto a quello dell'altro, forse si scambiarono qualche parola.

Aba sentì l'ansia crescere.

Che diavolo sta facendo Marlow? Deve sbrigarsi a portarlo via subito.

Trascorsero pochi secondi, ma in quei pochi secondi Aba capì.

È sempre stato così, sin dall'inizio, come diceva Papà Doyle. E tu ormai lo sapevi.

L'uomo col passamontagna si alzò e puntò la pistola alla nuca dell'uomo in ginocchio.

La testa di Michael Ghali sobbalzò in avanti e il corpo nudo crollò a faccia in giù sul terreno.

Aba scattò in piedi. Sentiva l'incredulità mescolarsi al terrore come due veleni dentro le sue vene.

Questo è il fondo del pozzo. Che tu sia maledetto, Johnny Jazir.

Rivide per un attimo il volto sinceramente dispiaciuto di René Gabin, le ultime battute che si erano scambiati.

È stato un piacere lavorare con lei, Monsieur. Spero che lo penserà anche alla fine, Madame.

Ma restò lucida e razionale, come era stata addestrata sin dalla culla.

Io sono Ice, la spia. Sono qui per il mio lavoro.

Mandò un semplice messaggio a MGC.

Missione fallita. Torno subito a Roma.

Corse fuori, ma Evergreen e il Mercedes bianco non erano più lì. Le due guardie armate fumavano pigramente appoggiate a un pick-up.

« Airport, now. »

« Not possible. »

Aba sapeva quanto fosse essenziale tornare subito a Roma per organizzare le difese contro little boy. Cercò di pensare razionalmente.

Come li posso convincere? Non ho soldi, non ho armi, ho solo... non dire stupidaggini, non sei una spia da film, sei una donna normale con un marito e due figli... ma devo tornare...

Provava una miscela irresistibile di determinazione e rabbia, senza alcuna paura. Si sbottonò la camicia sino all'ombelico. Poi si rivolse a quello dei due che le sembrava più giovane e inesperto. Gli indicò la porta della villetta.

« You like to come first? »

I due si guardarono stupiti, poi scoppiarono in una risata.

Appena entrarono fece segno al giovane soldato di levarsi i pantaloni. Per farlo lui dovette lasciare sul tavolo la fondina con la pistola. Aba attese il momento in cui aveva i calzoni alle ginocchia per dargli una spinta con tutte le sue forze.

Vedi che alla fine tutte quelle flessioni servono?

Il giovane ruzzolò per terra, lei afferrò la pistola e lo colpì in testa. Forte ma non troppo.

Spero sia solo svenuto.

Poi tolse la sicura e corse fuori. L'altro era lì, sbalordito di fronte alla pistola puntata.

« Drop the gun. »

Il soldato non si mosse e Aba sparò un colpo stando ben attenta a non centrarlo. Lui sganciò immediatamente la fondina e la lanciò a terra. Aba la raccolse e indicò il pick-up.

« Drive. Airport. »

Si sedette dietro, puntandogli la pistola alla nuca. Arrivarono all'aeroporto dove l'aspettava il Falcon coi piloti militari italiani.

Aba intascò le chiavi del pick-up e fece cenno al soldato.

« Go, walk. »

Lo vide allontanarsi di corsa.

Erano le otto di sera ad Agadez, le nove a Roma. Di sabato sera, con i ristoranti e i teatri pieni. Forse Paolo era andato lo stesso a cena da Tiziana. Aba decise di non chiamare.

Devo mettere tempo tra questa sera e domani. Tra Ice e Aba.

NOTTE TRA SABATO E DOMENICA

Mentre il Falcon viaggia nella notte risalendo su per l'Africa cerco di riflettere.

La priorità è bloccare ogni evento pubblico. L'Angelus del papa a piazza San Pietro, lo stadio, cinema, teatri, concerti, anche i ristoranti.

Quanti saranno?

Poi bisognerà inventarsi qualcosa per giustificare una caccia all'uomo, con la foto di Paul Alli su internet, in TV, in ogni strada, negozio, in mano a ogni poliziotto, carabiniere, soldato.

A metà viaggio il mio corpo cede alla tensione e alla stanchezza e crollo in quel dormiveglia agitato che ormai ha sostituito sia il sonno che i sogni.

Sono di nuovo lì, nella casa di JJ a Sabratha, seduta sulla solita stuoia, alla tremula luce della lampada a petrolio. Le mogli di JJ, fantasmi neri nei loro burqa, mi prendono per mano, con molta gentilezza mi fanno alzare, e sono completamente nuda, non mi vedo ma lo so dagli occhi dei quattro uomini di cui non posso vedere i volti... sento le loro voci, in quella lingua sconosciuta che però capisco... Si mescolano le voci di JJ, Bonan, mio padre... Ice non vale niente come spia, avrebbe dovuto restarsene a casa a fare Aba, moglie e madre... Il quarto so che è little boy, lui non dice nulla, ma so cosa pensa di questa donna, corpo senza cervello, che l'ha portato dove non sarebbe mai arrivato, sino al suo obiettivo finale: farò saltare in aria i tuoi stupidi figli viziati...

Mi sveglio di soprassalto quando l'aereo tocca terra a Roma. La fronte è bollente, le gambe deboli, gli abiti umidi di sudore, ma sono di nuovo lucida.

Non c'è più tempo, dobbiamo far scattare la caccia a Paul Alli.

DOMENICA

Il buio cominciava a schiarirsi nelle prime luci di un'alba fredda e finalmente senza pioggia quando Aba entrò trafelata nella sala riunioni del direttore Maria Giovanna Cordero.

Erano lì tutti e due, MGC e Bonan, come poche ore prima. Come se in mezzo non fosse accaduto nulla mentre era accaduto tutto.

Ma ora al tavolo c'era anche il professor Johnny Jazir.

Aba restò impietrita sulla porta della sala riunioni. Per un attimo pensò a una visione, un incubo direttamente dall'inferno. Ma era tutto reale. MGC le fece cenno di sedersi ma Aba restò in piedi.

« Che ci fa lui qui? »

Che stai facendo bambina mia? Prima si pensa, poi si parla.

MGC indicò di nuovo la sedia e anche questa volta Aba non si sedette. Gli occhi di JJ erano invisibili dietro le lenti verdastre dei Ray-Ban, ma Aba non aveva affatto bisogno di vederli.

Lui sa che non posso dire di aver assistito a quel massacro.

MGC usò un tono conciliante ma fermo.

« Dottoressa Abate, lei ha l'aria stravolta e tutti noi la capiamo. Devo tuttavia ricordarle con chi sta parlando, dove lavora e la necessità di mantenere la calma per... »

« Sono calmissima. Ma non capisco perché quest'uomo sia qui. »

MGC le fece di nuovo cenno di sedersi.

« Si sieda e ne parliamo. »

Il tono era ancora gentile ma in qualche modo definitivo e questa volta Aba obbedì.

« Il professor Jazir ha chiamato ieri sera poco dopo le dieci il dottor Bonan per darci le informazioni necessarie ed è qui su nostra richiesta. »

Ad Aba sembrava un incubo. Come se MGC parlasse in quella lingua sconosciuta dei suoi agitati dormiveglia in aereo.

« Mi scusi, ma di quali informazioni parliamo, signor direttore? »

« L'indirizzo del covo che il professor Jazir ha ottenuto da Aghazar Ghali. »

Aba udì con orrore la sua voce, ancor prima che il pensiero riuscisse a bloccarla.

« Ah sì? L'ha ottenuto da un cadavere? »

Sei impazzita?

MGC e Bonan la fissavano attoniti ma prima che qualcuno le chiedesse una spiegazione Johnny Jazir le venne in aiuto.

« La dottoressa Abate dice così perché le ho raccontato di essere stato un po', come dire, pressante, con Aghazar Ghali durante la nostra breve conversazione. »

Non è vero niente. Lui non l'ha nemmeno interrogato, l'ha ucciso a sangue freddo.

Questa volta Aba riuscì a trattenersi. Se lei avesse pronunciato quella frase avrebbe confessato di aver assistito all'assalto ad Aghazar Ghali, contravvenendo a tutte le procedure e all'ordine ben preciso che le aveva dato il direttore Maria Giovanna Cordero.

Verrei licenziata. Denunciata. Finirei in prigione. Non posso contraddire questo demonio, sta salvando entrambi.

Mentre i pensieri affollavano la sua mente, Aba si rese conto che MGC le stava ancora parlando.

« Erano in sei, con un sacco di armi, non siamo riusciti a catturarne vivo nessuno. Per fortuna il covo era un casolare isolato e i media non sapranno mai nulla, ma little boy non era lì, se ne era già andato, forse avvertito del pericolo. »

Poi MGC si rivolse a JJ.

« Michael Ghali ora è coi nostri cugini, professore? »

La domanda di Maria Giovanna Cordero era stata posta in termini neutri, come se Johnny Jazir e Michael Ghali avessero preso un tè insieme.

Mentre la testa le pulsava e la fronte scottava, Aba sentì lo sguardo di JJ su di lei.

Gli occhi del diavolo nascosti dai Ray-Ban verdi.

« Aghazar Ghali è morto in seguito alle ferite riportate. »

Bonan intervenne per la prima volta. Aba notò la barba fatta male, il nodo della cravatta un po' storto, il ciuffo imperfetto.

Ha passato anche lui una notte agitata. E ha l'aria molto scontenta.

« Il direttore della DGSE ce lo ha confermato poco fa, ma i francesi non hanno nessuna recriminazione nei confronti del professor Jazir. »

Poi aggiunse, con una smorfia amara.

« Per i nostri cugini forse è persino meglio così. Immagino che fossero d'accordo su questo esito. »

JJ non rispose all'implicita domanda e si rivolse a Maria Giovanna Cordero.

« Gli americani non saranno contenti. Per questo sono venuto qui. Vi chiedo di cancellare qualunque collegamento tra il mio nome e questa operazione su Aghazar Ghali. »

MGC lo fissava e Aba fu certa che stesse cercando di capire se quell'uomo fosse un angelo o un diavolo.

Io lo so. Ma non posso dirlo.

« Se mai gli americani ce lo chiedessero, e dico se, lei ci sta chiedendo di mentire a dei nostri alleati, professor Jazir. »

« Sì. In cambio di due cose. La prima è che rinuncerò al compenso economico che mi dovete. »

MGC scosse il capo.

« Non è questione di soldi, ma ho l'impressione che la seconda cosa mi interessi di più. »

JJ tirò fuori una sigaretta, sfregò il cerino sull'unghia, se l'accese e aspirò con calma. Poi fissò Aba, sfrontatamente. Lei sentì i brividi della febbre e quelli del ricatto.

So già cosa dirai, perché tu sei il demonio.

Poi JJ si voltò di nuovo verso Maria Giovanna Cordero.

« Le offro la risposta alla domanda più importante. Dove e quando. »

Bonan fece per protestare, ma una semplice occhiata di MGC lo zittì.

« Accetto, professore. Ha la mia parola che se grazie alle informazioni che ci sta per dare eviteremo l'attentato, farò in modo che il suo nome sparisca dall'operazione contro i fratelli Ghali. Ora però non abbiamo un minuto da perdere. »

JJ aspirò un po' di fumo, guardò l'orologio e sorrise.

« Avete un po' di ore, non vi avrei fatto correre il rischio mentre stavamo qui. »

Guardò ancora Aba, con l'aria insolente di chi mente e sa che chi lo ascolta non può smentirlo.

« Prima di crepare, Aghazar Ghali ha confessato che little boy colpirà questa mattina durante le cerimonie di matrimonio in Comune, qui a Roma. Tra i vari matrimoni c'è quello di un'italiana con un famoso rapper francese. Inizia a mezzogiorno, avete tempo per spostare altrove tutti i matrimoni e chiudere la piazza del Campidoglio. »

Ci fu un attimo di silenzio, poi una parola.

« No. »

Aba ricordava molto bene la prima volta in cui aveva interrotto e contraddetto suo padre in pubblico. Era ancora una bambina ed era il giorno prima della sua cresima. Disse a suo padre che non voleva confessarsi perché non aveva peccati da farsi perdonare.

Una domenica intera, Aba. Resterai muta, da ora a quando vai a dormire. Per imparare a pensare prima di parlare.

MGC la guardò freddamente.

« Dottoressa Abate, la prego di rispettare la forma. E comunque che vuol dire col suo no? »

« Signor direttore, il professor Jazir non ha idea di dove andrà little boy. Si sta solo comprando il nostro silenzio con gli americani e vuole farci chiudere quella piazza per impedirci di scoprire il suo bluff. Ma dopo la scoperta del covo little boy è sparito. »

JJ fece un ghigno, spostando lo stuzzicadenti da un angolo all'altro della bocca.

« Davvero, Ice? E se invece fosse tutto vero andrà lei a fare le condoglianze alle famiglie dei morti? »

Aba lo guardò con disprezzo.

« Non cambia nulla, anche se è tutto vero. Se chiudessimo il Campidoglio potrebbe andare al Colosseo o all'Angelus del papa a San Pietro. »

Di colpo Bonan intervenne.

« Signor direttore, questa volta sono pienamente d'accordo con la dottoressa Abate. Se l'informazione del professor Jazir è vera, dobbiamo cercare di catturare little boy per interrogarlo e risalire ai mandanti di questi manovali del terrore. Se invece si rivelerà falsa daremo il suo nome agli americani. »

JJ scosse il capo.

« Voi pensate che basti sapere dove colpirà. Ma questi non sono manovali, non sono negri idioti, violenti e stupidi come pensate voi. Vi faranno a pezzi, tutti... »

MGC aveva ascoltato in silenzio. Con un gesto bloccò JJ.

« Grazie professore, lei ha fatto un ottimo lavoro, le sarà pagato quanto dovuto sino a oggi e rispetteremo il patto con lei. Ora può tornare a casa, decideremo noi cosa fare. »

JJ si tolse lo stuzzicadenti di bocca, lo gettò per terra e si alzò.

« Tenere aperto il Campidoglio è una follia. Buona fortuna. »

JJ uscì e immediatamente dopo anche Giulio Bonan si congedò.

MGC si rivolse ad Aba.

« La vedo insolitamente tesa, dottoressa. »

« Sono solo stanca per i voli, signor direttore. »

« E non c'è nulla che è successo laggiù che non mi ha detto? »

Sì, JJ ha assassinato Michael a sangue freddo e quelle informazioni se le è inventate per salvarsi dagli americani. Oppure...

« No, signor direttore. »

MGC annuì, poco convinta.

« Pietro Ferrara non sarebbe d'accordo di tenere aperta quella piazza. Io e lui siamo della scuola di suo padre, quella della prudenza. Forse little boy non verrà, come dice lei. Ma avviserò il prefetto, il Campidoglio sarà pieno di agenti in borghese, artificieri e telecamere. »

Aba annuì, in silenzio.

MGC la guardò ancora un attimo, vide le occhiaie profonde, le rughe, il pallore.

« Lei ha fatto davvero tanto in queste due settimane, dottoressa Abate, forse anche troppo. Vada a casa dalla sua famiglia per un paio d'ore, ci vediamo in screen room alle undici e mezza. »

Aba trovò Albert che la aspettava davanti all'ascensore.

« Non ho tempo, Albert, non ora. »

Lui le porse una busta.

« Questa notte il moschino ha parlato. »

Prese la busta e la mise in borsa.

« Non ha più importanza. Abbiamo trovato il covo e il luogo dell'attentato. Avverti Leyla e Tony di trovarsi in screen room alle undici e mezza. »

« Ma... »

Guardò la mèche verde tra i capelli rossi del ragazzino.

E togliti quello schifo dalla testa.

Non disse nulla. Si girò e si infilò in ascensore. Dentro, nello specchio, vide una donna.

Chi è?

JJ la aspettava al piano terra. Aba lo ignorò. Usò l'app per chiamare il taxi mentre JJ si accendeva una sigaretta. Rimasero immobili in silenzio, lui a fumare, lei a pensare.

Sapevo sin dall'inizio di non potermi fidare di te. Poi ne ho avuto conferma ogni volta. Perché sono andata sin là?

C'erano due motivi. Il primo era razionale: dovevo proteggere gli interessi dei cittadini, vedere con i miei occhi, sentire con le mie orecchie.

Ma il secondo non era un motivo di Ice. Era un motivo di Aba.

Il taxi si fermò davanti a lei e Aba aprì lo sportello. JJ aveva il solito sorriso divertito.

« Brava, Ice, ho saputo che ha fatto un numero speciale ieri sera, per tornare. Non sa quanto mi sarebbe piaciuto vederlo. »

Lei lo guardò, sprezzante.

« Si levi dai piedi, tanto non la chiudiamo quella piazza. »

« Perché non si fida di me, Ice? »

Resta calma. Questo è solo il tuo lavoro, fallo bene. Parla solo di ciò che serve ora, per capire se davvero little boy si presenterà in quella piazza.

« Perché io c'ero. E Michael Ghali non le ha detto un bel niente, in quei pochi secondi prima di ammazzarlo ha parlato solo lei. »

JJ si strinse nelle spalle con assoluta indifferenza.

« È vero. Gli ho chiesto di andare da qualche parte per una chiacchierata. Ma quando ha capito che ero io sotto il passamontagna mi ha supplicato di ucciderlo subito. »

« Quindi non può averle detto dove colpirà little boy. »

JJ sospirò, come se fosse ovvio.

« Su, Ice, mi aveva già detto tutto Sonny Ghali durante il nostro incontro a Sebha. »

« Quello a cui lei non ci ha fatto assistere spaventandoci con una sua complice sul balcone col telefonino. »

JJ sorrise.

« Già, non ricordo se ho usato Fatmah o Kulthum. »

« Lei mi fa schifo. Sapeva tutto sin da Sebha ma ha taciuto, per arrivare fino a Michael e guadagnare altri soldi da noi e dai francesi che lo volevano. Gliel'ha ordinato Gabin di ucciderlo, vero? »

« Che differenza fa, Ice? Non è morto nessun italiano, no? Almeno finora, se lei non sarà così stupida da tenere aperta quella piazza. »

Aba cercò di trattenere la rabbia, ma lo stress e la collera accumulati contro quell'uomo prevalsero.

« Lei è solo un volgare assassino. Lo so io e lo sa lei. »

La rabbia è debolezza, Aba. La rabbia ti allontana dalla verità.

« Certo, nessuno lo sa meglio di lei, no? «

JJ buttò la cicca accesa per terra e la schiacciò sotto uno dei suoi mocassini sdruciti e impolverati.

« Faccia chiudere quella maledetta piazza. Se no sarà una carneficina, Ice. »

Aba aveva deciso.

Con la razionalità, non con la rabbia.

« Lei mente sempre. Quindi non chiuderemo la piazza. Ma se si fa male qualcuno, anche un cane o un gatto, diremo agli americani che lei ha giustiziato Michael e Sonny Ghali con i soldi e l'aiuto del suo amico René Gabin. »

Poi Aba chiuse lo sportello e quasi crollò sul sedile.

Questa è la soluzione più razionale e prudente. Se JJ mente lo smascheriamo una volta per tutte. Se non mente catturiamo little boy e non muore nessuno.

Ma non era del tutto tranquilla.

La prudenza non coincide con l'ipotesi più probabile, Aba. Ma con quella meno letale.

Il cellulare squillò e lei riconobbe il numero di Pietro Ferrara.

Non farlo, Ice. La sicurezza, prima di tutto.

Ma Papà Doyle non rappresentava un rischio in alcun modo. Era solo l'ultimo porto sicuro che le restava per trovare riparo nella tempesta.

La voce di Ferrara era ancora debole, ma il tono era ben diverso dal giorno prima. Più deciso e pressante.

« Ho chiamato MGC e mi ha detto che sei tornata sana e salva. »

« Già. »

Lui percepì la sua reticenza.

« Non sono tuo zio, sono Papà Doyle e tu sei Ice. »

« Lo so. Ma MGC ti ha detto... »

« Mi ha già raccontato come è andata ieri sera laggiù. Ma quella è solo la versione che le ha riferito Marlow e che tu hai confermato. »

Aba non disse nulla.

« Hai seguito le mie istruzioni? »

Non lo hai mollato neanche per un attimo? Sai cosa ha fatto? È andata come dice JJ? Come ha riferito a MGC?

« Sì, Pietro. »

La testa le girava, il corpo le doleva tutto, la lingua non riusciva ad articolare la verità.

Lui l'ha ammazzato a sangue freddo. Michael Ghali non può avergli detto nulla, né del covo né del luogo dell'attentato. Johnny Jazir sapeva tutto già da Sonny. È un bugiardo. Devo dirglielo...

Ma il momento, quel momento, passò, senza che Aba dicesse nulla e lui continuò.

« Questa idea di tenere aperta la piazza per cercare di attirare lì little boy e catturarlo è una follia, non devi farti condizionare dal parere di Arpax.»

«È anche il mio parere.»

«Il tuo parere?»

Aba si aspettava una reprimenda. Invece arrivò una domanda del tutto inattesa.

«Marlow ha riferito a MGC di aver usato una giovane donna come esca per rendere innocuo Michael. Corrisponde al vero?»

Aba rivide la scena di poche ore prima.

Quattro uomini armati trascinarono fuori dalla tenda due figure nude. Erano un uomo di colore gigantesco e una giovane donna di colore dal corpo perfetto. L'uomo zoppicava da una gamba ed era tenuto fermo dai quattro uomini armati.

«Sì. Lei lo aveva ferito a una gamba per facilitare la cattura.»

«Descrivila.»

«Era giovane, di colore, un bel corpo...»

«Il viso, Ice.»

«L'ho vista solo per un attimo. Aveva i capelli rasati e una benda sull'occhio.»

Ci fu una pausa. Aba ebbe la sensazione che molte cose si stessero decidendo in quel momento. Ma erano troppe.

Devo andare in clinica a vedere come sta mio figlio. E Cri. E Paolo. Ho una famiglia. La mia vita.

«Vengo a vederti al coro più tardi Papà Doyle.»

Non ci fu risposta. Ferrara aveva chiuso.

Quando arrivo in clinica, il passo decelera man mano che mi avvicino alla porta della stanza di Francesco.

Rallento perché non so come mi accoglierà o perché ho paura che non mi riconosca?

Mi fermo davanti alla porta socchiusa e sbircio dentro, come se fossi un'estranea.

Resto interdetta. Il letto accanto ora è occupato da un nuovo paziente, un tipo col cranio rasato a svastica, che peserà tra i centocinquanta e i duecento chili, col braccio ingessato e tatuaggi che mescolano animali feroci, Madonne, asce bipenne. Accanto al letto, su una seggiola, è seduto un agente di polizia.

Cristina è seduta sul bordo del materasso su cui è sdraiato Francesco col suo gambone ingessato. Lei sta mangiando le fette biscottate che hanno portato per lui e ridacchiano.

« Che schifo, Fra, sono integrali! »

« Shrek, se ci finisci tu in ospedale mi sa che muori di fame! »

Resto lì, immobile, una ex madre con in mano una 48 ore che è il simbolo del mio tradimento. Vedo la loro serenità e so che il mio aspetto e il mio stato mentale potrebbero solo alterare quel meraviglioso momento.

Paolo li avrà tranquillizzati, avrà detto loro che sono dovuta partire e che tornerò presto. Non devo farli spaventare con questa faccia, in questo stato.

Resto lì. Sto ferma a guardarli e un pensiero si insinua.

Se i tuoi figli fossero stati tra gli invitati a quel matrimonio, terresti aperta la piazza del Campidoglio?

Il colosso tatuato lancia occhiate continue a Cristina ma non posso certo entrare e ficcargli due dita negli occhi. Dovrei confidare nel fatto che l'agente di polizia tenga tutto sotto controllo. Ma non sono affatto tranquilla. Mi addentro nel corridoio, sino a una stanza da cui sento provenire risa femminili. Mi affaccio e subito una donna dall'aria severa, con la scritta molto ufficiale di CAPOSALA sul camice, mi riprende.

« Non è orario di visite. »

« Mi scusi. Nella stanza con mio figlio avete messo... »

« È una stanza doppia, signora. E anche l'altro ospite paga, come suo figlio. »

A parte che sicuramente il colosso con i tatuaggi paga col

provento di qualche traffico illecito, è il « come suo figlio » a ferirmi davvero.

Vorrei tanto darle una lezione, a questa.

Ma c'è sempre la mia educazione, la mia maledetta razionalità, il senso civico.

Hanno ragione. È nel loro diritto. Non posso abusare del mio ruolo.

Me ne vado, augurandomi che l'agente di polizia sia sufficiente.

Sono di nuovo in casa, una casa deserta in tutti i sensi. Il silenzio è più forte di altre volte.

Esiste una scala del silenzio, certo che esiste. E non dipende dal rumore.

In quell'assenza totale di suoni, le ultime parole di JJ riecheggiano come il monito di Cassandra a Priamo sul cavallo donato dai greci.

Faccia chiudere quella maledetta piazza.

Ho interrotto frettolosamente la chiamata con Pietro Ferrara. Provo a richiamarlo, ma il cellulare è spento.

Crollo sul letto, incapace di cambiarmi, di fare una doccia, di dormire. Incapace di smettere di pensare a quale sia il mio eventuale errore. La mente vaga senza controllo.

Siamo nel grande salotto, davanti al telegiornale. Papà è stato chiuso nel suo studio con altra gente per tutto il giorno, so che stanno decidendo se far cadere o meno il governo che ha messo in piedi lui stesso per farne nascere un altro, di segno e pensiero molto diverso. Chi controlla il passato controlla il futuro. Chi controlla il presente controlla solo il passato. Che voleva dire? Non me lo ricordo, maledizione. Ed eccolo, little boy, sul cavallo bianco, cos'ha in mano? È una spada, la spada dell'Islam. Ma non è little boy, è Marlow e la spada non è una spada, è solo la sua banale piccola pistola con cui spara alla nuca di un uomo inginocchiato, e lì accanto c'è una giovane donna con un occhio bendato. Ma ce n'è anche un'altra, è lì che guarda la scena su un monitor... È giovane, conosce il passato e conosce il futuro...

La sveglia sul cellulare mi avvisa che il passato è ormai presente, sono già le undici. Non mi sono nemmeno cambiata. Ma non ha nessuna importanza. Metto la testa sotto il rubinetto dell'acqua gelida ed è come quando un vetro ricoperto di vapore si asciuga e rimane solo l'immagine della realtà.

Quando Aba entrò nella screen room la guardarono tutti, imbarazzati. Era scarmigliata, con gli stessi abiti impolverati e stazzonati con cui era tornata dal Niger, la stessa aria stravolta, gli occhi un po' dilatati sopra le occhiaie scure.

Vi sbagliate, vedete solo Aba. Ma io sono Ice, e sono pronta.

Andò a sedersi sul lato dove erano già in postazione Tony, Leyla e Albert. Giulio Bonan era sul lato opposto. Sullo schermo in fondo erano proiettate le immagini della piazza del Campidoglio inondata da quel gelido sole inopportuno. Era già piena di turisti che scattavano foto e selfie e di parenti e invitati ai diversi matrimoni che si congratulavano con le spose in abito lungo e con i prossimi mariti in abito scuro.

Quando MGC entrò si alzarono tutti in piedi, ma lei fece subito un cenno e si sedettero.

« Il prefetto mi ha assicurato che la piazza è piena di agenti in borghese con la foto di Paul Alli e ci sono anche degli artificieri. Le telecamere coprono tutto dai due ingressi della piazza, la scalinata e la strada sul retro. »

Gettò un'occhiata ad Aba.

« Pronti? »

Aba annuì.

« Sì, signor direttore. »

Qualcosa nella sua voce evidentemente colpì MGC.

« Ha cambiato idea, dottoressa Abate? »

Bonan intervenne.

« Mi scusi, signor direttore, ma la questione è stata già decisa tra lei e il mio superiore, il direttore Lanfranchi. Non credo che il parere della dottoressa Abate...»

Aba lo interruppe.

«Non ho cambiato idea.»

MGC la guardò a lungo, poi proseguì.

«Allora andiamo avanti.»

Aba attivò il collegamento con la centrale della polizia a cui erano collegati anche tutti gli agenti presenti nella piazza.

«La centrale operativa ci sente in cuffia, signor direttore.»

«Bene, lei ha il comando operativo. Io e il dottor Bonan la interromperemo solo se sarà necessario.»

Albert si sporse oltre Leyla e tirò Aba per la manica, poi le sussurrò all'orecchio.

«Quella specie di professore è partito, vero?»

Aba aggrottò la fronte.

«Non lo so, Albert. Che importanza ha?»

«Lei ha aperto la busta del moschino? Quella che le ho dato?»

Aba se ne era completamente dimenticata.

«Dopo Albert, non ora.»

«Ma cazzo, è urgente!»

Leyla lo bloccò.

«Albert calmati!»

Ma il ragazzino con i capelli rossi e la mèche verde insistette, agitatissimo.

«Dov'è quello lì?»

Il trambusto richiamò l'attenzione di MGC.

«Si può sapere cosa sta...»

«Scusi se la interrompo, signor direttore...»

Tony stava indicando un angolo della piazza dove un uomo con la divisa della nettezza urbana stava vuotando un cestino dei rifiuti in un camioncino di raccolta, parcheggiato accanto alle due auto della polizia che stazionavano sempre lì, sul lato della piazza opposto alla scalinata, quello da cui partiva la strada.

La telecamera non riusciva a inquadrarne completamente il volto, ma era certamente un uomo di colore con folti capelli e senza barba, dal fisico imponente.

Bonan scosse il capo.

« Paul Alli è rasato e senza barba. »

Aba si rivolse a Tony.

« Confronta. »

Tony portò il volto di Paul Alli in un angolo dello schermo e attivò il software di riconoscimento facciale per confrontarlo col volto del netturbino. Bastarono pochi secondi.

« Si è messo una parrucca e tagliato la barba ma il software dà 87 per cento. »

Aba era calma e lucida.

« Centrale operativa, è lui. Avvicinatevi al soggetto e bloccatelo. »

Gli agenti scesero tutti velocemente dalle due auto e in un attimo circondarono l'uomo di colore. Nella screen room si tratteneva il fiato, temendo il peggio.

Bonan intervenne, rivolto ad Aba.

« Non può farli avvicinare. Si farà esplodere, li ammazzerà tutti. »

Aba non si voltò neanche.

« Non si farà esplodere. »

Infatti l'uomo alzò le braccia senza opporre alcuna resistenza. Gli agenti e gli artificieri con i corpetti protettivi e i caschi fecero un cerchio sempre più stretto intorno a lui, sino a portarlo senza dare troppo nell'occhio in un punto lontano dalla folla ignara che continuava coi selfie e gli abbracci ai futuri sposi. Videro gli artificieri armeggiare un attimo sotto la divisa da spazzino di little boy, poi la voce dell'artificiere.

« Era imbottito. Ora disattivato. »

Mentre tutti si distendevano nel sollievo e si congratulavano con lei, Aba restò immobile a fissare lo schermo.

MGC le toccò un braccio.

« Che c'è, dottoressa Abate? »

« Non è finita, signor direttore. »

Le parole di due uomini lontanissimi e vicinissimi si sovrapponevano.

L'attacco migliore al Re non è mai quello evidente. Faccia chiudere quella piazza.

MGC la fissava.

« Perché? »

« Ora sappiamo che l'informazione di Marlow era vera: little boy è arrivato e lo abbiamo preso facilmente. Allora perché Marlow insisteva così per farci chiudere la piazza? Avrebbe dovuto insistere per tenerla aperta, per darci la prova che non mentiva. »

Gli occhi verdi di MGC la scrutavano.

« Cosa mi ha nascosto, dottoressa? »

Aba non rispose.

Sarebbe troppo lungo, direttore. Un'enormità di cose.

Guardò lo schermo: little boy era lì, vinto, disarmato, depotenziato, ora sarebbe stato portato via. Tutto poteva procedere: matrimoni, turisti, foto, selfie. Il blocco del netturbino era passato quasi inosservato.

Aba era concentratissima: la mente lavorava come un elaboratore elettronico, immagini, dati, frasi, tutto scorreva con estrema rapidità.

Non sono negri idioti, violenti e stupidi come pensate voi.

Quello loquace ha accettato di buon grado di scaldarsi dal freddo della notte, allungava anche le mani, mentre quello muto non ha voluto saperne.

Si bloccò.

Un comportamento poco verosimile. Oppure fatto apposta, un inganno.

Riattivò il microfono per comunicare con la polizia sulla piazza.

« Ce n'è un altro! »

La voce secca di Aba fece letteralmente sobbalzare MGC e tutti gli altri.

Aba si rivolse a Tony.

« Trova la foto dell'altro possibile little boy tra le persone sbarcate a Pozzallo, subito. »

« Ma dottoressa, erano più di cento... »

« Era la 27. »

Nessuno fiatava mentre Tony digitava a tutta velocità. Dopo pochi secondi in un angolo dello schermo apparve la foto segnaletica scattata allo sbarco a Pozzallo del secondo possibile little boy, quello che era stato scartato. Ricciuto, senza barba, meno scuro di Paul Alli.

La voce di Tony era incerta, quasi atterrita.

« Dottoressa, ci sono centinaia di persone nella piazza, come facciamo a confrontare una per una con... »

Per Aba tutto era molto chiaro.

« Il gruppetto di giovani di colore dietro la statua di Marco Aurelio. »

« Ma quelli sono gli invitati del rapper francese che si sposa, sono tantissimi... »

Aveva addosso una giacca sportiva, canticchiava tutto il tempo roba occidentale.

« Solo quelli senza smoking. »

Cominciò il confronto, frenetico, uno per uno. Ma Aba fece prima di tutti. Usò il puntatore.

« Quello. Si è tagliato i riccioli e fatto crescere la barba. »

Videro un giovanotto in giacca blu sopra i jeans, scuro di pelle, come la maggior parte degli altri invitati. Tony usò il software di confronto e confermò in pochi secondi.

« È lui. È il secondo possibile little boy, quello scartato dal professor Jazir. »

Il giovanotto teneva il braccio destro disteso lungo il corpo e si muoveva tra gli invitati per raggiungere il rapper. Aba diede l'ordine alla centrale operativa.

« Sotto la statua, giacca blu sui jeans, ha un coltello. »

All'estremità della piazza, dove gli agenti avevano portato via il netturbino, apparvero altri agenti che cercavano con molta difficoltà di fendere la folla per arrivare sino al gruppetto di invitati del rapper francese.

Nella screen room scese il gelo. Era chiaro che ormai non avrebbero fatto in tempo. Il diversivo creato dal primo little boy aveva funzionato, il secondo era ormai a poco più di un metro dal rapper, la vittima designata.

Bonan si rivolse ad Aba.

« Si farà esplodere entro pochi secondi. Ordini ai cecchini... »

Aba scosse il capo.

« C'è troppa gente intorno. »

E non servirà. Questo è l'ultimo atto dello show del mago Marlow. Lui mi conosce bene, sa che mantengo le minacce: se si fa male qualcuno, anche un cane o un gatto, diremo agli americani che lei ha giustiziato Michael e Sonny Ghali.

Tutti udirono l'imprecazione di Giulio Bonan.

« Che diavolo ci fa lui lì? »

Fu un attimo. Aba si aspettava di veder comparire il mago Marlow. Invece, si trovò davanti agli occhi ciò che non avrebbe mai immaginato, neppure nei suoi peggiori incubi.

Papà Doyle, Pietro Ferrara, elegantissimo in un completo grigio ferro con camicia bianca e cravatta rossa, con in pugno una Glock che probabilmente non aveva mai più usato dai tempi dei carabinieri, si frappose fra little boy e il rapper francese. Gridò qualcosa che non poterono udire in screen room, forse un'intimazione tipo *getta il coltello, mani in alto*, qualcosa che gli avevano insegnato ai corsi quando era entrato nell'Arma, perché bisogna sempre dare la possibilità di arrendersi, anche ai delinquenti peggiori.

Ma quello era un little boy, venuto fuori dal cuore nero dell'orrore dell'Africa. Con un gesto velocissimo conficcò il coltello nello stomaco di Pietro Ferrara e si diede alla fuga fendendo la folla.

Aba lo vide correre estraendo dalla tasca della giacca un cellulare. E sicuramente non gli serviva per telefonare.

Ecco il finale, scritto da bestie come Michael, Sonny, Fredo e tutti quelli che li pagano per questo tipo di spettacolo. Il finale che Marlow conosceva.

Ma non era finita. Quello era il giorno che Aba avrebbe ricordato per sempre, il giorno dell'inimmaginabile, molto meglio dello straordinario Cirque du Soleil dove Pietro ed Emma l'avevano portata da bambina.

Un uomo col cappellino da baseball e i Ray-Ban verdi entrò nell'inquadratura a passo molto veloce, diretto verso little boy, accorciando rapidamente la distanza. Sfilò accanto al ragazzo col cellulare, come fosse un qualunque passante, e gli assestò un semplice colpo alla nuca. Un colpo che solo un occhio esperto avrebbe riconosciuto per ciò che era, un vero *kwon* da professionista.

Little boy crollò svenuto sul selciato mentre l'uomo magro col cappellino e i Ray-Ban attraversava a passo svelto la folla sulla piazza e usciva dall'inquadratura dalla parte della scalinata.

Nessuno si era accorto di nulla, alcuni turisti guardavano un po' stupiti il ragazzo di colore per terra mentre un gruppetto si affannava già intorno a Pietro Ferrara.

Aba diede istruzioni in diretta alla centrale operativa.

« Allontanate chiunque tenti di avvicinarsi, niente foto col cellulare. Portate Ferrara al Pronto Soccorso, disattivate il cellulare del secondo attentatore e portate via i due sospetti senza dare nell'occhio. »

MGC era già in linea col prefetto.

« Se qualche giornalista lo verrà a sapere diremo che era semplicemente una lite. Bisogna che tutto il resto prosegua, matrimoni inclusi, non è mai successo. Siamo d'accordo, vero? »

Avuto il consenso del prefetto, chiuse la comunicazione e si alzò. Si mosse per la screen room e si piazzò davanti allo schermo che continuava a rimandare immagini della piazza.

« Non servirebbe, ma vi ricordo che ciò a cui abbiamo appena assistito non è mai accaduto, per oggi e per sempre. Conoscete la legge e le relative pene. E ora voi ragazzi potete andare, grazie. »

Tony, Albert e Leyla si alzarono. Albert prima di uscire sussurrò ad Aba.

« Apra quella cazzo di busta! »

Bonan era pallidissimo.

« Dottoressa Abate, ha detto lei a Ferrara che avremmo attirato little boy in quella piazza? Chi l'ha autorizzata a... »

MGC lo bloccò con una semplice occhiata.

« Ho avvertito io Ferrara. »

« Ma non... »

« Lui voleva chiudere la piazza, noi no. Il compromesso è stato quello di autorizzarlo a essere lì, con un auricolare ci poteva sentire. »

Bonan era senza parole. Non era una procedura scorretta, non era un'operazione sotto il suo controllo, non poteva fare nulla. MGC non aveva nessuna intenzione di perdere tempo a discutere.

« Chiami Marlow, dottor Bonan. Gli assicuri che sarà pagato e che manterremo il patto, ma gli ordini di partire immediatamente, non lo vogliamo qui in Italia. »

Giulio Bonan scosse il capo.

« Eseguo, signor direttore. Ma quanto a mantenere il patto le anticipo che dovrà parlarne col mio superiore e che darò parere negativo, non ritengo utile litigare con gli americani per un volgare traditore. »

Bonan se ne andò. MGC si voltò verso Aba.

« Noi due andiamo in ospedale. »

Venti minuti dopo, Maria Giovanna Cordero e Aba erano al Pronto Soccorso dell'ospedale San Giacomo, a meno di un chilometro dal Campidoglio. Il medico che aveva accompagnato Pietro Ferrara in ambulanza le stava aspettando.

« È già in sala operatoria. »

MGC era calmissima. Invece, Ice era tornata Aba ed era agitatissima. Si rivolse al medico.

«Mi può dire la situazione per favore?»

«Era cosciente, il coltello non dovrebbe aver lesionato organi vitali ma bisogna attendere la fine dell'operazione.»

«Non azzardatevi a lasciarlo morire!»

MGC guardò Aba. Ciò che vedeva non poteva certo rassicurarla.

«Lei oggi è stata eccezionale. Se non avesse individuato il secondo little boy Pietro non avrebbe potuto fermarlo.»

«Ma ora non sarebbe qui.»

«Sarebbe morta un sacco di gente. L'avete salvata voi due.»

«E Johnny Jazir.»

MGC annuì.

«E Johnny Jazir. Ma di questo noi due parleremo più avanti. Ora deve andare a casa e riprendersi. Tanto ora non c'è niente che possiamo fare.»

«Con tutto il rispetto, signor direttore, io non mi muovo da qui.»

Ora il tono di MGC tornò a essere quello calmo ma fermo del capo.

«È probabile che avrò presto bisogno di lei e non mi sarebbe di nessuna utilità in questo stato. Si faccia una doccia, si cambi, si riposi, stia con suo marito e i suoi figli. Resto qui io, l'avviso appena esce.»

Aba annuì.

«Grazie, va bene.»

Non promise di riposarsi.

Arrivo a casa. Tutto è silenzio e semioscurità, come un paio d'ore prima. Ma nel frattempo abbiamo catturato non uno, ma *due* little boy, ed è stato accoltellato l'uomo che mi ha fatto da padre.

Non ho più forze, davvero. Mi sdraio sul letto, vestita ancora con gli abiti impolverati di sabbia del Sahara, con i pensieri che si inseguono, si intrecciano, crollo in quel dormiveglia che somiglia sempre più alla realtà.

L'auto va giù senza freni per la discesa, alla guida una donna giovane, sono io. Qualcuno canta seduto accanto a me. Sul sedile posteriore non ci sono Cristina e Francesco. L'uomo che canta accanto a me non è Paolo, parla quella lingua che non conosco ma che capisco benissimo.

Ninna nanna, ninna oh, questa bimba a chi la do,
la darò alla befana, che la tiene una settimana.

Sono in un bagno di sudore quando lo smartphone squilla, ed è MGC.

Lo so prima ancora di rispondere. Lo so che Pietro Ferrara non dirigerà mai più quel coro. Lo so prima dell'attimo dopo, quello in cui me lo comunica MGC e mi dice che ora si occuperà lei delle incombenze pratiche.

« Aba, ci vediamo più tardi all'obitorio dell'ospedale, le dico quando venire. »

Ora vorrei disperatamente piangere, ma non ci riesco.

Solo i deboli piangono, Aba. Il mondo è dei forti.

Ora c'è lui, seduto accanto a me nell'auto senza freni. Mio padre canta la strofa che mi faceva paura e che Pietro evitava sempre, la canta per allenarmi a combattere la paura.

Ninna nanna, ninna oh, questa bimba a chi la do,
la darò all'uomo nero che la tiene un anno intero.

Dopo una lunga doccia sono pronta.

Per prima cosa mando un messaggio ad Albert con alcune istruzioni che terminano con:

Entro due ore, e senza discutere.

Poi percorro il corridoio, passo davanti alle due porte aperte sulle stanze vuote dei ragazzi, le due porte che sono il centro della mia vita normale, quello da cui mi sono allontanata.

Arrivo alla nostra camera. Dentro è deserto, il letto matrimoniale è intatto. Ma Paolo non l'ha mai rifatto in vita sua, e la domenica Rodica non viene.

Il portatile di Paolo è al solito posto nello studio. Anche la password è sempre la stessa, *kundera*, ma l'icona *Libro* non c'è più, ora ce n'è una nuova.

Rimorsi e rimpianti.

Bene. Ci vedo già la mano di Tizzy. Clicco. Inizio a leggere.

Nella giovinezza, i rimorsi si dimenticano mentre i rimpianti sono atti di viltà. Nella maturità, il principio ispiratore diventa la prudenza. Ma forse è vero ciò che diceva Oscar Wilde: le follie sono le uniche cose che non si rimpiangono mai. Vivo da anni accanto alla prudenza, senza rimorsi e senza follia.

C'è ancora una citazione nell'incipit, probabilmente il compromesso raggiunto tra Paolo e Tizzy, visto che poi parte una scena di sesso inimmaginabile per Paolo.

O forse no?

Sono già oltre trecento pagine, ed erano meno di cinquanta pochi giorni fa.

Vedi come sei stata brava, Aba? Ci sei riuscita!

Premo il tasto DELETE sull'icona, poi vado anche sull'icona del cestino e premo di nuovo DELETE.

Guido sino a casa di Tiziana. Giro per tutto l'isolato, poi per le strade vicine. Lo scooter a tre ruote di Paolo è parcheggiato sulle strisce. Scendo e mi fermo a guardare il triciclo elettrico di mio marito.

L'ha preso nonostante il gelo, vedi come le motivazioni cambiano tutto.

« Come diceva giustamente Oscar Wilde. »

Il passante mi guarda.

« Scusi signora, che dice? »

« Niente. Parlavo tra me e me. »

Guardo la multa infilata nel parabrezza dello scooter, inserita in un sacchettino plastificato per preservarla dalla pioggia.

Ore mezzanotte e quarantacinque.

Solo un marito come il mio andrebbe col suo mezzo di trasporto e per di più lo parcheggerebbe in sosta vietata in simili circostanze. Le multe arrivano tutte da me in ufficio, visto che poi sono io che vado a pagarle in tabaccheria. Tolgo la multa dal parabrezza e la metto in borsa.

Poveretto, si spaventerebbe a morte. Lunedì la pago e non ne saprà mai nulla.

Parcheggio la Prius nel box finalmente libero e chiamo l'ascensore. Apro le porte e me li trovo davanti, quei due cani bellissimi e infelici, col pelo umido il cui odore appesta lo spazio ristretto. Sento la signora snob dell'ultimo piano che parla ad alta voce al cellulare scendendo per le scale.

Sai cara, faccio un sacco di movimento, persino le scale a piedi... Ma oggi li porto al parco in auto, fa troppo freddo...

I cani mi conoscono e io conosco loro. Prendo dalla borsa la cioccolata che uso nei casi disperati per calmare le crisi di Cristina. Li attiro con quella sulla Prius, salgono senza problemi e parto prima che la proprietaria arrivi in garage.

Sono bei cani con gli occhi dolci, calmi, giocosi, incolpevoli del loro olezzo. La colpa è di quell'arpia che li tiene in terrazza, non li lava e li chiude in ascensore.

Loro meritano una vita migliore e io non voglio più sentire la loro puzza.

Guido sino al raccordo anulare, poi svolto nel viale e arrivo allo spiazzo davanti alla villa. Il sole non è ancora tramontato, i vecchietti e le vecchiette girano tra i prati, gli alberi, i fiori, molti col cane. Tolgo i collari ai due cagnoni, gli do l'ultimo pezzo di cioccolata di Cristina, li lascio nella Prius e scendo.

Salgo la scalinata, suono e mi apre Esther, con quei lunghi capelli candidi e il sorriso incantevole. Mi riconosce subito, è felice di vedermi.

« Pietro purtroppo non è venuto a dirigere il coro, mia cara. »

Le spiego con la massima dolcezza che purtroppo il cuore di Pietro si è fermato e che non potrà mai più dirigere il coro. Esther piange in silenzio e io le tengo la mano sino a che non si calma.

« Pietro viveva da solo con due cani e io non posso tenerli, Esther. Sono nella mia auto. »

Esther annuisce, è felice.

« Grazie cara, li tratteremo meglio ancora dei nostri. »

Appena arrivo a casa apro la risposta di Albert. La leggo e gli mando un messaggio.

Bravo.

Risponde subito.

Sta bene?

No. Ma sei bravo.

Poi faccio il numero di cellulare di Franco Luci. Ollio mi risponde al primo squillo.

« Ice, di domenica! Vuoi festeggiare insieme ora che il covo l'abbiamo trovato? »

Mi rendo conto dal solito tono da avanspettacolo che lui non sa nulla della morte di Ferrara e della cattura dei due little boy.

Ed è giusto che sia così. Non è autorizzato a saperlo.

« Ho alcuni problemini che tu puoi risolvere. »

Ridacchia.

« E cosa ci guadagno? »

« Dimmi tu. Una sega, un pompino? »

Silenzio, seguito da altro silenzio e infine da una risatina.

« Dai, Aba, lo sai che dico per dire. »

Ora sdrammatizza, come se quella notte in ascensore e per tutti quegli anni avesse solo fatto per scherzo.

« Certo Ollio, come no. Sai una cosa? Quel ragazzino coi capelli rossi che lavora per me è capace di entrare in qualunque computer o telefono. Chissà cosa troverebbe nel tuo. »

« Già. Ma non puoi Aba. Sono un tuo collega, svolgo bene il mio lavoro e ciò che faccio nel privato sono fatti miei. »

« No, Ollio. Noi non siamo normali impiegati. Se adeschi ragazze minorenni non sono fatti tuoi. »

Silenzio per un po'. Poi l'ovvietà, la frase standard degli uomini vili.

« Che ti serve, Aba? »

« I tuoi contatti in polizia. »

« Ti hanno arrestato per ricatto? »

« Mio figlio è ricoverato alla clinica Santi Apostoli. Quelli della polizia penitenziaria gli hanno messo in stanza un delinquente. »

« Ho capito. Lo faccio spostare in un altro ospedale. »

« Anche direttamente all'obitorio se puoi. Immediatamente. »

« Altro? »

« Devi dare ai tuoi amici della Stradale la targa di un deficiente che guida un SUV con il cellulare all'orecchio e fa come se la strada fosse sua. »

Ricordo ancora benissimo la targa del tizio che mi ha tagliato la strada e gliela detto.

« Che ti ha fatto questo poveraccio? »

« Eccesso di velocità, invasione di corsia, ci vuole una bella multa e fagli sospendere la patente... »

« Ho capito. Altro? »

« Sì. A scuola di mio figlio ci sono tre fratelli che spacciano e il preside ha chiamato la polizia perché forse hanno spinto mio figlio dalle scale. Fai cadere l'accusa per lesioni, solo piccolo spaccio e riservatezza assoluta, non deve uscire il nome sui giornali. »

« Perché? »

« Sono minorenni e sono i figli del generale Grazioli che è una brava persona. Però, quei tre deficienti la devono smettere di spacciare. Ce l'hai qualche amico in polizia adatto a farglielo capire per sempre? »

« Aba, non si può... »

« È illegale dare una ripassata a tre idioti a fin di bene? Più illegale che adescare minorenni su internet? Cosa che smetterai subito di fare, giusto? »

« Va bene, Ice. Abbiamo finito, spero. »

« No. Un'ultima cosa. La più importante. Da ora in poi ti metti in testa che sono una tua collega, molto più brava di te, e mi chiami dottoressa Abate. Per sempre. »

Chiamo Cristina. Non devo neanche sforzarmi per mettere leggerezza nel mio tono, la leggerezza è già lì.

« Mi dispiace per il saggio di hip hop, tesoro. Ho avuto un problema in ufficio. »

« Vabbè, mamy, ma sei l'unica che al Ministero lavora così. »

« Non è vero, tanta gente fa più di me. Sei ancora in clinica da Francesco? »

Lei ridacchia.

« Cambi discorso, eh? Sì, sto qui, vuole le mie coccole questo stronzetto. »

Neanche la parolaccia mi infastidisce.

« Hai fatto bene a restare con lui, brava. »

Ora ha quel tono un po' lamentoso che mi ha sempre irritato un po'.

« Non mi va la verdura lessa stasera. »

Solo che adesso lo trovo normale, non irritante.

È un'adolescente in crescita che ha fame, tutto qui.

« Tranquilla. Per cena vi ordinate due pizze con la mia carta di credito. Adesso c'è il letto libero nella stanza di Fra, vero? »

« Be', sì. Ci avevano messo un bestione tatuato, ma l'hanno appena portato via. »

« Meno male. Domani non vai a scuola, va bene? »

« Mamma, c'è qualche problema? »

« Tranquilla. Voglio solo che resti con tuo fratello. Ora passami Francesco. »

Dopo un secondo arriva il vocione gutturale di Francesco.

« Mà, sei tornata? »

« Quasi, Fra. Scusa davvero per ieri, ho detto a Cri di ordinare le pizze e di restare a dormire da te in ospedale. »

« Mamma, stai bene, vero? »

Sono meravigliosi. Sono esseri umani, veri, vivi, non devono vivere in mezzo alla falsità.

« Benissimo. Ordinate tutta la pizza che volete. Chiama la caposala e passamela. »

Dopo un po' arriva la voce che mi aveva redarguito il giorno prima.

« Buonasera. Volevo dirle che pagherò per l'altro letto, mia figlia deve restare lì questa notte. »

« Questo non è un albergo, signora. »

« Io e mio marito siamo fuori, la ragazza non ha le chiavi di casa. »

Che bello mentire spudoratamente.

La voce si addolcisce.

« Sono madre anch'io, sa? Va bene, ma solo per questa sera. »

« Grazie davvero. »

Chiudo. Finalmente posso urlare. Ho o non ho diritto a uno sfogo ogni tanto?

Stronza! Maledettissima stronza!

Paolo mi risponde col tono neutro di chi non sa cosa aspettarsi.

« Sei tornata? »

Non osa chiedermi con chi sono.

« Dove sei? »

« Da Tiziana, stiamo parlando del libro, sei contenta? »

Senza nessuna esitazione, risposta preparata a una domanda prevista.

Posso ingannare chiunque, Paolo. Nessuno può ingannare Ice. E tu sei commovente come bugiardo.

Per qualche motivo quell'immagine non porta rabbia, solo tristezza.

Per lui, per lei, per me. Per i nostri anni perduti a raccontarci ciò che non è. Ma forse la vita è proprio questo, come essere una spia: una facciata normale.

« Sì, mi fa piacere. »

Ci deve essere qualcosa nel mio tono che lo allarma.

« Aba, stai bene? »

Quante volte, per quanti anni ho catalogato quella domanda nella colonna positiva del bilancio di un uomo sensibile!

Ci siamo accontentati, come tante coppie, di chiamare amore ciò che non era.

« Fingo già nell'altra metà della mia vita, Paolo. »

« Cosa? Che stai dicendo? »

« Non puoi scrivere un libro su una sconosciuta. »

« Aba, davvero, non capisco, vediamoci, parliamo... »

« Domani, Paolo. Ho detto a Cristina di dormire in clinica da Francesco e di saltare la scuola. Domani dopo l'ufficio li vado a prendere e parliamo tutti e quattro. »

« Non possiamo farlo stasera? »

« Stasera non dormo a casa. »

« Sei... »

Si ferma, non osa chiedermelo, *sei con quell'altro?* Ora non ci riesce più.

Vedi come crescono subito i sensi di colpa, amore?

Nel piccolo obitorio dell'ospedale, la salma di Pietro Ferrara era già nella bara. Nella saletta silenziosa c'era solo MGC, seduta in un angolo. Era ancora vestita come al mattino in screen room. Aba andò a sedersi vicino a lei.

« Non si è mai mossa da qui, signor direttore? »

« Sono stata solo a casa di Pietro. »

Vede il mio sguardo sorpreso.

« Le ho già detto che abbiamo avuto una storia una decina di anni fa, no? Emma era morta da molti anni. E, dopo Emma, temo di essere stata la sua prima e ultima storia. Lui ha sempre voluto che tenessi le chiavi di casa sua. Diceva che non avendo parenti qui a Roma, qualcuno doveva occuparsi di vestirlo per il funerale. »

MGC sembrava allegra e proseguì, come se parlasse a sé stessa.

« Un uomo affascinante. Io gli ho fatto la corte per mesi, inutilmente. Poi l'ho fatto capitolare con uno stratagemma da spia. Del resto è quello che siamo, no? »

« Gli ha puntato contro una pistola? »

« No, niente di così drammatico. Il fatto è che a quel tempo lui non sapeva nulla di me, né della modella né della tuffatrice olimpica. Così, una gelida sera invernale, l'ho portato a cena sul Lungotevere e poi, durante la passeggiata su Ponte Milvio, gli ho spiegato la storia dei lucchetti degli innamorati e mi sono dichiarata. Lui ha reagito come immaginavo. Mi ha spiegato che gli piacevo molto ma lui non poteva per non tradire la memoria di Emma. »

Guardo incredula quegli occhi verdi. Lei continua.

« Povero Pietro! Gli è quasi preso un infarto quando mi ha visto lasciare cappotto, scarpe e borsetta e poi salire sulla balaustra e gettarmi nel fiume. Deve aver scatenato in mezzo minuto dai pompieri ai paracadutisti. Sta di fatto che quando mi hanno salvata e riportata a riva viva e vegeta, la prima cosa che ha fatto è stata baciarmi! »

« Ma poi lo avrà scoperto che lei era campionessa di tuffi, no? »

MGC sorride.

« Le mie relazioni durano un anno fisso. Come regalo di addio gli ho dato una copia della mia foto sul trampolino alle Olimpiadi. Abbiamo riso insieme sino alle lacrime. »

Ora le vedo, due lacrime scendere da quegli occhi bellissimi, una per occhio. Lei le asciuga subito con un vezzoso fazzolettino rosa.

Riprende come se nulla fosse.

« Pietro era molto meticoloso. Mi aveva spiegato tutto. L'abito per la bara e nessun funerale, solo una cerimonia privata nell'auditorium dei nostri uffici. A casa sua ho trovato la lista nominativa degli invitati esterni. »

« Invitati esterni? Ma come facciamo, signor direttore? »

I bellissimi occhi verdi di MGC sorrisero.

« Sono i vecchietti e le vecchiette del coro che dirigeva, che conoscono la sua foto ma non ricordano neanche il suo nome. »

Aba annuì.

« Tranne una, Esther. Ci sono andata poco fa, le ho detto che Pietro ha avuto un attacco di cuore. »

« Vuole essere cremato, come Emma. E vuole che la sua urna venga messa nello stesso loculo di quella di lei, ma senza il suo nome sulla lapide, solo una foto di loro due, ha lasciato il negativo. »

« Temo che sia illegale, signor direttore. »

« Forse. Ma è uno dei pochi privilegi del nostro mestiere,

fare cose illegali per un giusto motivo. Ora salutiamo Pietro, devo autorizzare la chiusura della bara. »

Si avvicinarono insieme, come per farsi forza l'una con l'altra. Pietro Ferrara, Papà Doyle era lì, disteso, con uno smoking nero col farfallino rosso.

« Mi ha detto che era vestito così per il matrimonio con Emma e ha fatto allargare i calzoni e la giacca. »

Poi l'espressione di MGC cambiò, il sorriso sparì e ora quegli occhi erano come sempre freddi nel reticolo di rughe.

« A proposito di cose illegali. Gli americani hanno già contattato sia noi che i francesi. I loro informatori in loco o i loro satelliti devono aver captato qualcosa ieri sera in Niger. Vogliono sapere chi ha in mano Michael Ghali e verranno tutti da noi domani, subito dopo la cerimonia funebre di Pietro. »

Aba restò in silenzio. Ormai conosceva MGC e immaginava benissimo ciò che sarebbe accaduto.

Per questo ho fatto in modo che Cri e Fra rimanessero in clinica.

« Devo sapere la verità, dottoressa Abate. Marlow non ha mai interrogato Michael Ghali, vero? »

Non c'è più nulla da difendere, né il posto, né la carriera. Voglio tornare indietro, a essere solo Aba.

« Ha ucciso Michael Ghali a sangue freddo, il luogo dell'attentato lo aveva saputo dal fratello Sonny. Mi spiace non averglielo detto, signor direttore. »

« E lei sa perché lo ha fatto? »

Aba era pronta a quella domanda.

« I francesi hanno pagato Marlow per farlo. Non volevano che Michael cadesse in mano agli americani. »

È vero. Anche se ovviamente non è tutto.

Le dispiaceva ingannare MGC, era un ottimo direttore e una brava persona.

Ma prima di dirle la verità debbo esserne certa.

« Potrebbe anche esserci un'altra spiegazione, signor direttore. »

« Quale? »

« Dovrei prima interrogare Marlow. »

« Sta scherzando? Vuole tornare laggiù? »

« È indispensabile, signor direttore. Partirò questa notte, se mi autorizza a usare il Falcon, così per domani avremo tutte le risposte. »

MGC la guardò a lungo, poi annuì.

« Va bene. Ma stia molto attenta, sono preoccupata. »

« Non mi accadrà nulla, signor direttore. »

« Non mi preoccupa ciò che le accadrà ma ciò che le è già accaduto, Aba. »

Quando torno a casa, Paolo come prevedevo non c'è. Ne approfitta subito. I ragazzi in clinica. Io col mio amante. Lui con Tizzy.

Resta un'ultima questione casalinga da risolvere prima di dedicarmi al professor Johnny Jazir.

Entro in cucina. Killer è accasciata nella sua cuccia e non mi viene incontro come ha sempre fatto. Nella ciotola ci sono i soliti croccantini. Intatti.

Mi guarda negli occhi e ormai lo so benissimo che cosa vuole, me l'aveva detto tante volte e non l'avevo accontentata.

Ma era prima. Quando ero Aba, la donna normale.

« Andiamo a prendere i Baulucy, Killer. »

Di colpo si tira su dalla cuccia, mi lecca e scodinzola.

« Oggi niente guinzaglio. Però, prima, passiamo dal box. »

Il monopattino elettrico che ho proibito a Francesco è lì, lucido e pronto. Lo prendo e mi avvio.

« Questo ci serve dopo, Killer. Ora camminiamo piano. »

L'aria è gelida ma il cielo è finalmente sereno e pieno di stelle. Killer zoppica vistosamente, quasi arranca.

« Dai, Killer, ancora uno sforzo. »

Nella semioscurità dello spiazzo, l'uomo in nero è seduto

sulla solita panchina, intento a leggere, con Lady che gli trotterella accanto.

Killer corre verso Lady e l'uomo non solleva neanche lo sguardo da quel libro. Mi avvicino alla panchina. Mi fermo lì in piedi davanti a lui. Appoggio a terra il monopattino.

Lui pensa che sia la stessa donna.

« Killer ha bisogno dei suoi maledetti Baulucy. »

Lui solleva lentamente lo sguardo dal libro. Da Aba non si aspettava né quel tono né quell'aggettivo.

Senza scomporsi, tira fuori come le altre volte dal grosso zaino nero una scatola di Baulucy. Ora guardo meglio, vedo bene le lettere, sono dipinte a mano sulla scatola di cartone.

Lui versa i croccantini nella ciotola e Killer e Lucy sono già lì, a uggiolare, scodinzolare, mangiare, con quella terribile avidità che mi ripugnava e ora mi affascina.

Poi l'uomo apre lo zaino, indica tutte quelle scatole con la scritta Baulucy dentro lo zaino.

« Servono a lei più che a Killer, no? »

C'è una nota in fondo al suo tono, una nota che ora riconosco molto bene.

Sei davvero disposta a scendere a patti con la coscienza? A rubare? A far finta di non sapere che è droga? Non ci credo, tu sei Aba, educata alla prudenza, all'educazione, alla razionalità.

« Quanto vuole per quello zaino? »

È una domanda inutile. Conosco già il suo prezzo. Lui scuote il capo.

« Le ho già detto che non vendo i Baulucy. Ma sa bene cosa deve fare per averli. »

Non è una trilogia. Sono quattro, i moventi. Quando avrà compreso il quarto troverà i Baulucy.

Guardo il libro posato sulla panchina. Capovolto, il titolo non si vede.

I ricordi tornano, dalla nebbia.

Un pomeriggio assolato, interminabile, papà mi sta spiegan-

do i quattro moventi di Dostoevskij: il denaro, la passione, l'odio politico e infine l'ultimo, i Karamazov: il parricidio.

« Sta leggendo *I fratelli Karamazov.* »

Lui mi guarda, divertito.

« Ora mi dia quella sacca. »

Scuote il capo.

« Non è così semplice nei Karamazov. »

Ci fissiamo, per un attimo o forse di più, io e l'uomo in nero.

Tutto è già stato chiarito, fra noi, tanti anni fa.

Aspetto che lui finisca di mettere guinzaglio e museruola a Lady. Poi lo colpisco al volto con un pugno e lui cade riverso sulla panchina.

Prendo la sacca, salgo sul monopattino e mi avvio di corsa, con Killer che mi corre accanto e non zoppica più.

L'uomo prova a inseguirci, ma non ci può raggiungere. Rido come una pazza e non ho nessuna voglia di tornarmene a casa mentre il monopattino sfreccia sul piazzale del Gianicolo. Vedo le luci di Roma e il fiume, parecchi metri più giù.

Basta Aba, basta con queste storie del pozzo.

Mentre mi lancio per le curve nella discesa dal Gianicolo al Tevere con Killer scatenata al mio fianco sono leggera e felice.

Il parroco mi conosce da anni, sa della natura solitaria delle mie visite alla chiesetta, ma è un po' stupito dall'ora insolita.

« Mi scusi, oggi ho avuto una giornata complicata, non sono riuscita a passare e sto per partire. »

« Va bene, signora. Ma ho già spento il riscaldamento e le luci. »

« Grazie, starò benissimo, solo pochi minuti. »

Così resto lì, sola, stretta nel mio trench, con l'odore di cera fusa che si mescola a quello dell'incenso. Bastano pochi attimi, è come se tutta la polvere che si era depositata sulla verità fosse stata spazzata via da un vento impetuoso.

Le ideologie, le ossessioni, le procedure, le regole. Tutta polvere, solo polvere che si deposita sui confini tra il Bene e il Male.

Quando esco dalla chiesa sono serena, è tutto chiaro nella mia anima e quindi anche nella mia testa. Chiamo René Gabin e lui risponde al primo squillo.

« Madame, mi fa piacere sentirla. »

Già quella frase e quel tono caldo sgombrano ogni dubbio. *Un alleato leale, un uomo leale. Non avrebbe mai detto a JJ di uccidere Michael Ghali senza prima estorcergli ciò che sapeva su little boy.*

« Grazie Monsieur. Immagino che lei sia contento dell'esito. »

Risponde subito, senza tentennamenti.

« Non me ne voglia, Madame. Era l'unico esito possibile. Ma avevo detto a Marlow che lo avrei pagato solo se prima di finire il lavoro si fosse fatto dire tutto ciò che vi serviva. Lui mi ha assicurato di avervi dato molte informazioni utili e Arpax me lo ha confermato. »

Non ho motivi di smentire JJ.

« Sì, è così. »

« E avete trovato il ragazzino? »

« Sì. »

« E magari mi racconta tutto una sera a Montecarlo? »

Lo dice ridendo, è già rassegnato alla risposta negativa.

« Penso di sì. Ora la devo salutare, Monsieur. »

Chiudo. Sono pronta a partire.

LUNEDÌ

Sono solo le nove di mattina quando il taxi che ho preso a Mitiga si ferma sul sentiero tra il mare e la casa isolata di JJ. Lui è scalzo, in mezzo al piccolo spiazzo arido di fronte alla sua casupola e lo spettacolo è il solito, sempre lo stesso.

JJ sta spingendo la figlia piccola sul copertone legato all'albero mentre la figlia più grande e i due maschi stanno giocando una specie di partita di pallavolo con un filo del bucato teso fra due palme.

Mi infastidiva così tanto perché è tutto vero.

JJ ha indosso solo un costume da bagno un po' antiquato, i suoi Ray-Ban verdi e il berretto che indossava il giorno prima nella piazza del Campidoglio.

Si avvicina, ha l'aria sorpresa.

« Bentornata, Ice. A sapere che veniva, l'avrei aspettata per la nuotata. »

Paga il taxi e lo manda via.

« Poi nel caso la riaccompagna Evergreen. »

O mi seppellirai sotto le galline e le capre?

I bambini interrompono la partita, mi corrono incontro festosi, mi sommergono di abbracci. Dalla casa escono anche le tre giovani mogli col burqa: Ruqaia, Fatmah e Kulthum si avvicinano, si inchinano silenziose ma i loro occhi sorridono. Sono sinceramente felici di vedermi, come se io ormai rappresentassi un'aggiunta alla loro famiglia.

E in qualche modo lo sono sempre stata, ma ora è diverso, ovviamente. Ora per loro è davvero così.

JJ prende in braccio la figlia più piccola, pare molto più felice e in un certo senso più giovane dietro i soliti Ray-

Ban verdi, a torso scoperto sotto il sole di gennaio. Sembra più un pescatore, coi solchi sul volto abbronzato dal sole e scavato dal mare, i piedi scalzi e nodosi, i fili grigi tra i capelli e la barba che scintillano al sole, il piccolo tatuaggio di un serpente blu che attraversa l'ombelico.

Persino più pulito.

Invece lui è Marlow, l'agente segreto, il genio del male che ha inventato il piano diabolico per distruggere Fredo, Sonny e Michael Ghali.

Il diavolo che ha causato la morte di Pietro Ferrara anche se ha fatto di tutto per evitarla.

Mi guarda e capisce tutto, come sempre.

Depone la bimba per terra, si infila una canottiera grigia sbrindellata, poi indica la spiaggia, col mare blu scuro e la palla gialla del sole che sale sull'orizzonte.

« Facciamo due passi in spiaggia, Ice. »

Ci avviamo da soli sulla distesa di sabbia. L'aria è fresca ma non fredda, il silenzio è rotto solo dal frangersi delle onde sulla riva mentre le grida di divertimento dei figli di JJ si affievoliscono man mano che ci allontaniamo dalla catapecchia che lui chiama casa. Ora, senza il ghibli, grazie al vento fresco che arriva dall'altra parte del mare, ogni immagine è nitida, luminosa, splendida e precisa.

Come i miei pensieri.

« Ice, mi dispiace molto per Papà Doyle. »

Non gli chiedo come faccia già a sapere che Ferrara è morto, lo offenderei inutilmente. E poi si vede che è davvero dispiaciuto.

« Per questo volevo che chiudeste la piazza. Ma avete distrutto il covo, avete due little boy da interrogare, non ci sono morti fra i civili. Ho fatto un patto col suo direttore e l'ho mantenuto. »

« Le avevo detto che non doveva morire nessuno. »

« Se Papà Doyle non fosse intervenuto avrei bloccato io

little boy. L'hanno mandata qui per farmi il processo e dirmi che non manterrete il patto, Ice? »

Ora il colore del mare si confonde con quello del cielo.

« No. Ho chiesto io di venire. E non per processarla. »

« E per cosa? »

« Per vedere coi miei occhi la verità. »

C'è un attimo in cui penso che quella frase potrebbe costarmi la vita, ma non ho davvero paura.

Non Ice.

JJ sbuffa.

« La sa già la verità. Volevo arrivare a Michael Ghali per incassare i soldi dei francesi. »

Scuoto il capo.

« Sono arrivata a Tripoli a mezzanotte, molte ore fa. Così ho avuto il tempo di passare a Misurata dal suo ex collaboratore. Quello senza mani, che uccise a calci quattro ribelli davanti a Ferrara. Il suocero di Kebab, non credo sia un caso. Solo che non abitano più lì. Li ha sepolti nel frantoio? »

Lui sorride.

« È colpa sua, Ice. I miei uomini sorvegliano quella casa, l'hanno vista quando ci è andata la prima volta. Ho dovuto trasferirli, ma non toccherei mai Khalil e sua figlia, lui ha perso le mani per salvarmi la vita. Ora mi dice che cosa vuole? »

« Fra un po'. Prima le racconto una storia. »

« Una bella storia? »

« Me lo dirà lei alla fine. Pronto? »

Siamo arrivati a un piccolo pontile con una barchetta malandata e un motore da pochi cavalli.

« Prontissimo. Ma devo procurarmi la cena, Ice. Salga. »

Mi aiuta a salire, mette in moto e si dirige verso il largo. Poi si accende una sigaretta e mi guarda, in attesa.

« È vero che lei voleva arrivare a Michael Ghali. Solo che per farlo le servivano i francesi, noi non bastavamo. Lei sapeva che anche loro volevano liberarsi dei Ghali dopo gli attentati in Francia e che, se li portava lì, i francesi le avrebbero chiesto di ucciderlo. Tutto corretto fin qui? »

« Glielo dirò alla fine. »

« Giusto. Lei doveva partire da noi italiani per non insospettire nessuno. Per coinvolgere noi ha fatto agganciare Fredo dal mio infiltrato, Kebab, un altro suo uomo. Lei aveva un collaboratore, Hosni Salah, che aveva contatti con Sonny. Gli ha ordinato di rubare quell'auto a Marsiglia proprio sotto una telecamera, in modo che noi poi coinvolgessimo i francesi. Solo che, naturalmente, lei non poteva permettere che Fredo portasse Kebab e noi al covo, se no finiva tutto lì. Hosni Salah ha fatto quelle telefonate dal parcheggio della stazione solo per farcene trovare traccia, lei sa di cosa siamo capaci con le tecnologie. Ma la sorte di Fredo e Kebab era già decisa. Hosni ha fatto quella telefonata anonima e col furgone è andato a rallentare l'auto di Kebab e di Fredo in modo che i carabinieri arrivassero in tempo. Ora, capisco Fredo, ma Kebab... »

« Kebab era un voltagabbana che spendeva tutto in puttane. La moglie vivrà meglio senza di lui, col vostro indennizzo e il mio aiuto. Prosegua, Ice. »

« E così siamo arrivati a Zizou, che lei ha fatto andare a Zwara solo per portare noi da lui. La scena dell'interrogatorio su quella sedia senza fondo era da pessimo cinema, coi cavi elettrici intorno ai testicoli, le false urla. Da Zizou a Sonny, da Sonny a Paul Alli e Hervé Lemonde e da lì a Gabin. Così i francesi ci hanno portato da Michael e lei li ha fatti contenti ammazzandolo. »

« I francesi avevano mille giuste ragioni e mi hanno pagato benissimo. »

« Sì, ma Gabin è stato leale. Lui le ha detto di interrogarlo per aiutarci, non di ucciderlo subito. »

« E cosa ne ha dedotto, Ice? »

« Che lei non ha fatto tutto questo per soldi. O mi prende per scema? »

« Questa è l'ultima cosa che penso di lei. Penso molto di peggio, penso che lei sia cresciuta senza fame, mosche, sete, violenza, dolore. Una tipica donna occidentale, solo cervello senz'anima, con la vostra finta vita. »

Su questo, solo su questo, il professor Johnny Jazir ha ragione. Il mare che lo separa da me è piccolo, ma tra Aba e JJ diventa un oceano.

Solo ora mi rendo conto di quanto ci siamo allontanati al largo.

Di quanto è lontana la riva.

Sono stanca, a pezzi, non ho mai parlato così tanto, ma ora mi sento finalmente leggera. Era indispensabile che lui capisse che so tutto di lui, proprio come lui sa tutto di me.

JJ ferma la barca in mezzo al mare, spegne il motore ma non getta l'ancora.

Non pensa di fermarsi per molto.

« Le ho mentito, Ice. Come tante altre volte. Non sono qui per tirare su le mie reti, ma per mostrarle due cose. »

JJ si gira verso di me, il sole è alle sue spalle, nei miei occhi. Si toglie quei Ray-Ban, per la prima volta. Un occhio è vivo, profondo come un pozzo, nero come la pece, intenso come può esserlo solo l'inferno. L'altro è immobile, fisso.

« Me l'ha strappato Michael Ghali con le sue mani. »

È il suo ultimo tentativo di depistarmi, perché non si fida di me, la donna normale dell'Occidente, senza cuore.

Avevi ragione. Aba non ti avrebbe mai aiutato.

Scuoto il capo.

« Non ha sterminato i fratelli Ghali né per il suo occhio né per i soldi. Lei aveva un motivo più grande. »

« Se non le ho detto la verità sin dall'inizio, Ice, è perché non l'avrebbe capita e quindi non l'avrebbe accettata. Lei vive in un altro mondo. Non può neanche immaginare cosa hanno fatto quelle belve dei Ghali e i suoi uomini a quelle ragazze e a quei bambini. Erano muti quando li ho riscattati da Michael Ghali in cambio di un milione di dollari e di un occhio. Ci ho messo anni per fargli dire solo qualche parola e Fatmah ancora non parla. »

« E Zubaid perché non l'ha riscattata? »

Maometto ha avuto quattro femmine: Ruqaia, Kulthum, Fatmah. E Zubaid.

Lui tace. Tiro fuori l'appunto di Albert. Il moschino. Glielo porgo.

« Abbiamo registrato la sua telefonata dal Niger qui a casa sua ieri sera, qualche minuto dopo che lei aveva giustiziato Michael Ghali. Poche parole, alle sue tre mogli: *vostra sorella è libera, la mando a casa.* »

Lui non sembra né arrabbiato né sorpreso.

« Michael Ghali si è voluto tenere Zubaid come schiava sessuale per sfregio, perché è la più grande e la mia unica moglie, nel senso fisico che per voi occidentali conta tanto. Ed è la madre di quei quattro bambini. »

Mi restituisce l'appunto di Albert.

« Il moschino lo ha messo nel mio studio, Ice? »

« Tra due libri. »

« Lei è davvero brava, un'ottima spia. Chi ha sentito quella registrazione? »

« Solo un ragazzino che lavora per me. »

« Allora può ordinargli di distruggerla. »

« Non posso distruggere le prove. Posso solo analizzarle e poi formulare un giudizio. Questo è il mio lavoro. Ha detto che voleva mostrarmi due cose. Una era il suo occhio. L'altra? »

La barca è andata leggermente alla deriva, verso un banco di scogli. JJ indica il mare trasparente e ora vedo sott'acqua la lunga serie di gabbie arrugginite.

« Quello è l'ingresso per i tonni, Ice. Entrano e non escono più. Lottano tra loro, in mezzo al loro sangue. I più forti spingono i più deboli in superficie verso gli arpioni dei pescatori. Ma alla fine muoiono tutti. Questo è il mio mondo, ed è diverso dal suo. »

Lo guardo, il professor Johnny Jazir, l'uomo qualunque a metà tra un pescatore e un pastore, l'innocua guida turistica. So benissimo chi è: un assassino, un ex soldato di mille guerre, capace di uccidere a sangue freddo chiunque. Quindi anche me.

Ma dovevo arrivare sin qui per sapere davvero chi è diventato.

« È lì dentro che vuole seppellirmi, Marlow? »

Lui mi guarda a lungo. Sembra quasi incredulo per la mia domanda.

« Sa una cosa, Ice? Mi ha dato del venale, traditore, schiavista, pedofilo, assassino. Ma questa è la prima cosa veramente offensiva che mi ha detto in queste due settimane. »

Riaccende il motore e ripartiamo verso riva. Per un quarto d'ora nessuno parla, JJ fuma in silenzio. Attracca, mi aiuta a scendere dalla barca. Mi guarda, dietro i Ray-Ban.

« E ora ha raggiunto un verdetto, Ice? »

« No. Le ho detto che non sono venuta qui solo per giudicare ma per sentirle dire la verità, almeno per una volta. »

JJ schiaccia la sigaretta sotto il tallone nudo. Sputa per terra.

« E va bene! Ecco la verità. Ieri sera mi sono ripreso ciò che mi appartiene e Michael Ghali ha pagato il conto. Ora è sepolto in una fossa di letame come Sonny, il posto più adatto per loro. Soddisfatta? »

Lui si rimette i Ray-Ban. Si volta verso il giardino con l'orto, le donne, i bambini. Verso la sua casa, la sua famiglia, la sua vita, il suo mondo. Un mondo in cui un uomo forte protegge la sua famiglia con qualunque mezzo.

« Sono venuta qui per incontrare Zubaid. Ho bisogno di vederla un attimo. »

Lui sembra colpito. Non dalle mie parole, ma dal mio tono. Forse avverte quella nota di vera pietà di cui non mi crede capace.

Batte due volte le mani. Quel gesto odioso.

Eppure così semplice, complice, vero.

La quarta ragazza col burqa compare sulla soglia, le altre

sorelle e i bambini si stringono a lei. Dalla fessura del burqa vedo un solo occhio. Lei deve aver vissuto cose che né io né qualunque donna occidentale possiamo immaginare.

« Michael le strappò via un occhio davanti a me, mentre la stuprava. E per ricordarle la sua condizione di schiava la obbligava a radersi il cranio. »

JJ batte le mani di nuovo e tutte le donne e i bambini corrono in casa.

Ora siamo soli, lui e io.

« Zubaid adesso è qui a casa nostra, con le sue sorelle e con i suoi quattro figli. Al sicuro, come è giusto. A meno che voi non tradiate la vostra parola consegnandomi alla CIA. »

« Cosa vuole che faccia? »

« Cancelli quella registrazione. Si dimentichi della mia quarta moglie e di me, per sempre. »

Non c'è ironia né minaccia nel suo tono e io annuisco, senza parole. Lui mi apre la portiera della jeep di Evergreen e io salgo. Lui chiude la portiera.

L'occhio vero mi sorride. È un sorriso sincero.

« Torni a Roma e veda di riconquistare suo marito. Gli dica che ha mentito, che non è vero che ha un altro uomo. Perché lei non ha nessun altro, Aba. »

Il professor Johnny Jazir, Marlow, si volta e sparisce nella sua casupola.

Evergreen mi sorride. Mette una cassetta nel mangianastri.

« Some music, ma'am? »

C'è una trentina di persone nell'auditorium. Per metà colleghi di Pietro Ferrara, scelti dal direttore MGC. Per metà i vecchietti del coro.

Mi mescolo tra loro, lontana dai colleghi, mentre MGC dal palchetto legge il suo discorso.

È lunga la lista degli uomini che hanno dato la vita per il nostro paese, soldati, poliziotti, uomini politici. Alcuni molto noti, altri sconosciuti servitori dello Stato. Ma tutti hanno avuto il riconoscimento del loro sacrificio, con una menzione, una medaglia, una lapide, un monumento, una strada o una piazza.

Pietro Ferrara non avrà nulla di tutto ciò. Resterà un uomo che per quarant'anni ha fatto un lavoro banale nei carabinieri e al Ministero, uno dei tanti oscuri burocrati da scrivania, morto ieri per un attacco di cuore mentre faceva una passeggiata, forse per il troppo fumo e alcol e per i postumi di una polmonite trascurata.

Alle spalle di MGC c'è una grande foto in bianco e nero un po' sgranata. Deve essere quella scelta da lui per la lapide. Pietro ed Emma, lui col costume da Bestia, lei con quello da Bella.

Mi guardo intorno: Leyla col velo nero e le unghie non più dipinte, Tony in camicia e cravatta sotto una giacca sobria, Diana con un maglione accollato e le dita intrecciate a quelle di Tony, Albert coi capelli corti e senza più mèche, Giulio Bonan col rosario tra le mani e il capo chino a sussurrare una preghiera, Franco Luci, Ollio, scosso dai singhiozzi come un enorme bambino troppo grasso.

Poi il direttore Maria Giovanna Cordero, gli occhi verdi scintillanti e senza lacrime, fa un cenno al pianista e i vecchietti iniziano a cantare.

We have all the time in the world
That is all we have
Only time.

Stefano Lanfranchi, direttore dell'AISE, era anche noto come Cary Grant per la sua somiglianza con l'attore, la sua aria distinta e i suoi modi estremamente compiti.

La sua sala riunioni era tappezzata dalle foto delle strette di mano con i Capi degli Stati in cui era vissuto come ambasciatore italiano. Tra queste c'erano quelle con Bill Clinton e con Jacques Chirac.

Era lui il quarto al tavolo riunioni con il direttore dell'AISI Maria Giovanna Cordero, Giulio Bonan e Aba Abate.

Durante il volo di ritorno da Tripoli, Aba si era chiesta se accettare la richiesta di Johnny Jazir: far sparire la registrazione del moschino, tacere di Zubaid, la quarta moglie, dell'esecuzione a freddo di Michael Ghali, confermare la versione della morte inevitabile nello scontro a fuoco, tacere sul ruolo di mente di JJ in tutta quella storia.

Sarebbe stata la via più semplice, ma aveva deciso di no. Lo aveva deciso la sera prima, in quei pochi minuti nella chiesetta deserta, quando il silenzio, la luce delle candele e l'odore di incenso avevano soffiato via la polvere che rendeva indistinta la linea tra il bene e il male.

Doveva riconciliare Aba e Ice, non separarle. E Ice aveva doveri precisi, ineludibili.

Fece un resoconto completo sul suo incontro di quella mattina a Sabratha con il professor Johnny Jazir. Senza omettere nulla, tranne l'invito di JJ a fare pace con suo marito, che giudicò non rilevante.

Stefano Lanfranchi si rivolse a Maria Giovanna Cordero.

« Ho chiamato il direttore della DGSE a Parigi. I francesi hanno detto agli americani che loro hanno solo dato supporto logistico a noi italiani per indagare su un possibile little boy in Italia e che l'azione su Michael Ghali era coordinata e seguita da noi. Tutto ciò, come sappiamo, è vero e non difficile da provare. Gli americani sono qui in anticamera, siamo noi a doverci prendere la responsabilità di cosa dirgli. »

Giulio Bonan tossicchiò.

« Posso dire la mia opinione, signori direttori? »

Stefano Lanfranchi guardò Maria Giovanna Cordero che annuì.

« Prego, dottor Bonan. »

Gli occhi cerulei di Bonan erano gelidi. Aba vi lesse tutta quella ferocia di cui lo sapeva capace, quella nascosta sotto l'impeccabilità e le foto delle regate. Era la ferocia di un uomo onestamente convinto di essere dalla parte del bene. Non un traditore, come Aba aveva persino sospettato, ma esattamente l'opposto, forse ancora più pericoloso.

Un uomo per il quale le regole non possono essere violate neanche in nome della Giustizia.

« Grazie, signor direttore. Io ho la grave colpa di aver suggerito a Pietro Ferrara l'utilizzo dell'agente Marlow, Ferrara era contrario. Ero certo dell'obbedienza di Marlow in cambio di soldi. Mi sento corresponsabile della morte di Ferrara. Ma, alla luce anche di quanto ci ha raccontato la dottoressa Abate, il responsabile principale è il professor Jazir, un volgare traditore. »

Aba sapeva che quel ragionamento era formalmente ineccepibile.

Arpax è un'ottima spia, migliore di Ice.

Lanfranchi si rivolse a MGC.

« Tu cosa ne pensi? »

MGC era chiaramente combattuta tra la lealtà a quanto promesso a JJ e il ragionamento di Bonan. Alla fine annuì.

« Quando ho fatto il patto con il professor Jazir non immaginavo che Pietro Ferrara sarebbe morto per colpa sua. »

Lanfranchi si girò verso Aba.

« Lei desidera esprimere un'opinione, dottoressa Abate? »

« No, signor direttore. »

Lanfranchi annuì, soddisfatto.

« Rispetto la parola che hai dato, Maria Giovanna, ma i buoni rapporti tra noi, la DGSE e la CIA sono decisivi per l'Italia, molto più importanti della sorte di un agente che di certo non si è comportato in modo lineare. »

Maria Giovanna Cordero annuì.

« Va bene, Stefano. Però, prima di cedere agli americani, vediamo che argomenti hanno. »

Erano in tre. Il generale Mayfield, un uomo di colore dalla struttura massiccia. Larry Moll, un giovanotto biondo che era il loro contatto operativo nell'ambasciata a Roma. E poi c'era lei, Jane Wesbach, sulla cinquantina, alta e coi corti capelli grigi. Lei era il capo, quella che conosceva Lanfranchi, e si sedette al centro tra i due uomini.

Gli americani non avevano l'aria soddisfatta e non facevano nulla per nasconderlo.

Solo il biondo Larry Moll accettò il caffè espresso. Il generale Mayfield accettò un bicchiere d'acqua dalla caraffa e Jane Wesbach non volle nulla.

Appena seduta andò subito al punto, parlando nella sua lingua.

« Stefano, i francesi dicono che l'operazione è vostra. »

Lanfranchi annuì.

« Un'operazione interna, gestita dall'AISI. »

« Di cui non intendete parlarci. »

MGC scosse il capo.

« No. Perché non tocca i vostri interessi. »

L'americana gettò appena un'occhiata a MGC e ritornò subito su Stefano Lanfranchi.

« Pensavo che un'operazione condotta in territorio straniero dipendesse da te, dall'AISE. »

Lanfranchi mantenne il tono cordiale.

« In realtà quella in Niger è collegata a un'operazione di sicurezza interna. L'ha condotta Maria Giovanna anche attraverso collaboratori dell'AISE. »

Jane si voltò verso l'uomo di colore.

« Generale Mayfield? »

Il generale guardò un appunto sull'iPad che aveva di fronte.

« L'attacco nel deserto a nord di Agadez sabato notte ha coinvolto mezzi e uomini in misura molto importante. I francesi dicono che non era gente loro. Chi avete utilizzato? »

« Forze locali, nessun occidentale. »

Il generale Mayfield non sembrò per niente soddisfatto della risposta.

« Abbiamo qualche confidente nel villaggio. Pare che siano

stati usati visori termici notturni, mitragliette col mirino laser e persino un elicottero.»

«Certo, era un'operazione complicata.»

«Dove si trova Aghazar Ghali?»

«È morto in seguito alle ferite riportate.»

«Qualcuno l'ha interrogato prima che morisse?»

«Per pochissimo tempo. Le poche informazioni ottenute hanno consentito di sventare un grave attentato qui in Italia.»

Larry Moll intervenne.

«Sappiamo che c'è stato del trambusto in Campidoglio, ieri mattina.»

Lanfranchi si voltò verso MGC, che scosse il capo.

«Questo è un fatto di sicurezza interna. Non riteniamo necessario parlarne.»

Jane Wesbach fece una smorfia e guardò Lanfranchi.

«Lo volevamo vivo, Stefano. Ve lo avevamo fatto sapere.»

Lui allargò le braccia.

«Non è dipeso da noi, Jane. A volte succede in questi casi, lo sai.»

Jane Wesbach indicò Aba.

«La vostra agente era lì sul posto?»

MGC bloccò subito la domanda.

«Mi scusi, questo che c'entra?»

«Forse niente. Ma non rispondere è indice di poca collaborazione.»

MGC fece un cenno, consentendo ad Aba di rispondere.

«Ero in un luogo distante alcuni chilometri, non so quanti.»

Jane Wesbach annuì.

«Con il collegamento video avrà visto come è morto Aghazar Ghali.»

«Sì.»

«Era inevitabile?»

Sì, era inevitabile, esattamente come per voi la morte di Osama Bin Laden. Lui vi aveva buttato giù le Torri. Michael

Ghali gli aveva strappato un occhio, rapito e stuprato la madre dei suoi figli. Quindi era inevitabile.

Tuttavia, mentire avrebbe comportato una conseguenza inaccettabile per il suo senso del dovere: mettere a rischio il rapporto con gli americani che i suoi capi giudicavano fondamentale per gli interessi italiani.

« Non ho abbastanza esperienza operativa per affermarlo con certezza. Ma ritengo che la morte di Aghazar Ghali fosse evitabile. »

Jane Wesbach annuì soddisfatta e Lanfranchi intervenne con il suo tono gentile.

« Jane, ci dispiace. Cosa possiamo fare per voi? »

« Vogliamo il capo del commando. Immagino sia stato lui a interrogare Aghazar Ghali. »

« Non è un cittadino italiano, non vive qui. È un cittadino libico. »

Larry Moll annuì, rivolto a Jane.

« Allora è il professor Johnny Jazir, era tra i nostri nomi possibili, conosce anche i francesi ed è venuto di recente in questi uffici. Giusto? »

Lanfranchi si rivolse a Jane Wesbach.

« È un collaboratore esterno, Jane. Lo usiamo a contratto. »

« Questo lo so, Stefano. Vogliamo parlare col professor Jazir, ma come sapete non ci è possibile farlo a Tripoli. Fatelo tornare qui domani con una scusa. »

MGC intervenne.

« E poi? Qui siamo in Italia. »

Jane Wesbach aveva già pronta la soluzione.

« Lo portate a Sigonella e ce lo consegnate. Da lì in poi è affar nostro. »

MGC era allibita.

« Mi scusi. Cosa vuol dire 'ce lo consegnate ed è affar nostro'? »

« Semplicemente quello. Ce lo consegnate, come avreste

dovuto fare a Sigonella nel 1986 con Abu Abbas e gli altri terroristi dell'*Achille Lauro.* »

Lanfranchi intervenne, col suo tono conciliante.

« Jane, ci sono regole, trattati, dobbiamo... »

Ma Jane Wesbach non era sensibile al suo fascino alla Cary Grant.

« Vi farò avere oggi un mandato di cattura internazionale su Johnny Jazir per terrorismo ai danni degli Stati Uniti. È sufficiente? »

MGC era incredula.

« Ma il professor Jazir non è un terrorista! »

Jane Wesbach non batté ciglio.

« Vi manca un quadro completo per valutarlo. Johnny Jazir era già nei nostri radar. Ora ci ha impedito di interrogare Aghazar Ghali, un terrorista che ha causato la morte di parecchi americani. Questo conferma il nostro sospetto che faccia parte di un ampio complotto terroristico di portata internazionale. »

Stefano Lanfranchi era perplesso.

« Non possiamo chiedergli di venire a Roma senza una scusa plausibile, Jane. »

Larry Moll era preparato su quel punto.

« Non gli avete ancora pagato il compenso per la missione in Niger. Gli potreste dire che prima di pagarlo deve tornare a chiarire alcuni aspetti, qui a Roma. »

Nessuno chiese come facesse la CIA a monitorare i conti in Italia e all'estero dei Servizi italiani.

Lanfranchi scosse il capo.

« Non la berrà, non si fida del tutto di noi come noi non ci fidiamo più di lui. »

Jane Wesbach annuì.

« Stefano ha ragione, i soldi potrebbero non essere sufficienti come esca. »

Poi si voltò verso Aba.

« Quindi lo chiamerà la dottoressa Abate. Gli dirà che i

suoi capi la stanno mettendo molto sotto pressione per i punti oscuri di questa storia, che solo lui può aiutarla a chiarire. »

Aba era pronta. Era stata certa sin dall'inizio che sarebbero arrivati a lei.

Scosse il capo.

« E dovrebbe venire solo per farmi un piacere? »

Gli occhi di Jane Wesbach erano fissi su di lei.

« Forse lei gli piace. Vale la pena di provare, no? »

Jane indicò lo smartphone di Aba, posato lì sul tavolo accanto a lei.

« Lo chiami adesso. »

MGC intervenne ancora una volta.

« La dottoressa Abate risponde a me, non ha alcun obbligo di fare questa telefonata e nessuno la potrà forzare se non vuole farlo spontaneamente. »

Aba le sorrise.

Tu sei la madre che non ho avuto. Tu sai che stanno chiedendo ad Aba, non a Ice.

Per un attimo tornò in quella chiesetta la sera prima.

Le ideologie, le ossessioni, le procedure, le regole. Neanche loro possono annullare il nostro libero arbitrio di scegliere tra ciò che è giusto e ciò che è ingiusto.

Guardò Jane Wesbach negli occhi.

Sono gli stessi occhi di papà, lo stesso metodo, non ci sono regole morali, solo amici o nemici.

Ma lei lo aveva ucciso quella notte, suo padre, quando aveva rubato i Baulucy all'uomo in nero che leggeva il parricidio dei Karamazov.

Sono uscita da quel pozzo, papà. Non quello in giardino, l'altro: il tuo.

Annuì a Jane.

« Va bene, lo chiamo subito. Ma per concentrarmi ed essere credibile ho bisogno di restare sola, tanto potrete ascoltare tutto. »

Vide il dispiacere negli occhi di Maria Giovanna Cordero e un'ombra di dubbio in quelli di Jane Wesbach.

Sono Ice. Posso ingannare chiunque. Anche te.

Sono sola, nel mio box. Loro sono tutti lì, nella sala riunioni di Lanfranchi ad ascoltare ogni mia parola, ogni mia pausa, ogni mio dubbio. Questa telefonata sarà in seguito riascoltata decine di volte, forse centinaia.

Compongo il numero di casa e lui risponde dopo pochi squilli. In sottofondo sento le urla e le risa dei bambini che stanno giocando.

« Ice, stiamo diventando inseparabili. Stavo giocando con Messi e Ronaldo per digerire l'agnello. Che succede? »

Non devo essere troppo ansiosa, non sarei io, lo capirebbe lui e gli americani penserebbero che lo sto avvertendo.

« Qui si stanno creando dei problemi, Marlow. »

« Che problemi? »

« I miei capi sono molto scossi per l'incidente a Papà Doyle e hanno deciso di bloccare il pagamento. »

Si sentono anche le urla e le risate delle bambine.

« Litigano per l'altalena, Ice. Non si preoccupi per i soldi, li lasci riflettere e vedrà che arriveranno alla conclusione che gli conviene pagare. Io posso aspettare, non sono mica un morto di fame, ha visto che bella casa che ho, no? »

Ed eccoci qua. Ora arriva il momento decisivo, quello in cui devo essere capace di convincere tutti, anche Miss Jane Wesbach, la CIA, l'NSA, il Grande Fratello e chiunque nell'universo ci ascolterà.

Deve esserci un piccolo dolore nella mia voce. Il dolore della traditrice.

« I miei mi accusano di complicità. Dicono che mi ero accorta subito di Zizou e di Sonny, che forse ero d'accordo con lei per spartirci i soldi... »

Scoppia a ridere.

« Sarebbe stata una bella società, no? Marlow and Ice. O Ice and Marlow, come preferisce. Si vede che i suoi capi non la conoscono, Ice. Chi dice queste stupidaggini? »

« I direttori dell'AISI e dell'AISE. Erano tutti legati a Papà Doyle, la sua perdita li ha scossi e cercano un capro espiatorio. »

« Non gli basto io? »

« Evidentemente no. »

« Ci sono state pressioni degli americani? »

Rispondo subito, senza esitare.

« Non che io sappia. »

Lui ridacchia.

« Tanto non potrebbe dirmelo, no? La NSA ci ascolta. Ehi, NSA, how are you? »

« Non scherzi, Marlow. Io sono nei guai. »

Lui fa una pausa. Ora è una voce diversa, calma ma cauta.

« Cosa posso fare? »

« Venire qui domani e raccontare ai miei direttori tutta la verità. E cioè che mi ha imbrogliata e che io non c'entro niente con lei e i suoi affari. »

Ora ha di nuovo quel tono divertito.

« Che l'ho imbrogliata e che lei non c'entra niente coi miei affari è vero, Ice. Ma che non c'entra niente con me... Dopo tutto ciò che abbiamo passato insieme... Sa, l'altra sera a Montecarlo quando si è seduta accanto a me sul divano... »

Ecco, questo è il momento in cui devo rischiare, anche se un giorno qualcuno si accorgerà che Ice non reagirebbe così.

« Lei è uno stronzo! Scherza mentre io rischio di perdere tutto. »

C'è una pausa. Sento in sottofondo le donne in burqa che chiamano i bambini, è pronta la cena. Il mio cuore è in tumulto.

Sei una donna normale dell'Occidente, senza veri valori, senza cuore. Devi solo mentire e tradire ancora una volta, lo fai da una vita. Poi vai a prendere i tuoi figli, li porti a casa, scaldi le lasagne e ti sdrai sul divano con loro a guardare la TV senza pensare a cosa faranno a JJ, alle sue mogli, ai suoi figli.

« Va bene, Ice. Sarò da voi domani, verso sera, se Allah vuole. Così poi mi porta a cena in un bel posto. Però si metta la parrucca, gliel'ho detto che la trovo molto sexy con la frangia. »

Il cuore accelera ancora nel mio petto e per un attimo temo che lo sentano persino in sala riunioni. Ma la mente ritorna a quel momento nella chiesetta deserta. Lì ho trovato la pace che cercavo. Il senso di una giustizia che non può essere soltanto terrena.

« Grazie, Marlow. Metterò la parrucca che le piace tanto. »

KHAMIS MUSHAYT, SAUDI ARABIA,
KING ABDULAZIZ AIR BASE,
ROYAL SAUDI AIR FORCE

A duemila metri di altezza sul deserto arabico, nella prima luce del luminoso mattino di fine gennaio, i due uomini camminavano affiancati all'interno dell'hangar, seguiti a distanza dalla scorta di sei uomini armati.

Il più giovane e aitante, sui trentacinque anni, indossava una tuta da pilota militare, gli occhi celati da occhiali scuri sopra un bel viso regolare coperto da una corta barba ben curata. Accanto a lui camminava un uomo, dal volto coperto da un passamontagna, che indossava una galabia nera con un turbante nero e guanti neri di pelle.

Il giovane aitante indicò la schiera di caccia intercettori F-15 ai lati della lunga pista che si vedeva fuori dal capannone.

« Tutti soldi buttati, per far contenti i nostri fornitori americani e i vari presidenti che abbiamo fatto eleggere anche coi nostri finanziamenti. Se ne avessimo mai indirizzato uno su Tel Aviv o sul Cairo ce lo avrebbero abbattuto con una fionda. »

L'uomo in galabia nera sapeva che il Principe aveva pilotato quegli aerei, durante il suo addestramento militare negli Stati Uniti, prima degli studi in ingegneria alla King Saud di Riad, e anche di recente per bombardare gli Huthi in Yemen.

« Infatti, Principe. Non è mai stata quella la via. »

FAST aveva studiato la storia sotto tutti gli aspetti e da tutte le angolazioni. Aveva una sua visione molto chiara. Gli arabi erano dei folli, illusi e infiammati facilmente da presunti leader che erano al massimo degli imbonitori da paese, da Saladino sino a Nasser, Saddam, Gheddafi. Ci avevano provato per secoli a battere militarmente l'Occidente e non avevano capito che non sarebbe mai accaduto. Non era questione di supremazia militare, ma semplicemente di testa e di quelle maledette diversità religiose: per gli occidentali e per gli ebrei c'era un Dio clemente, che perdonava ogni nefandezza, dalla piccola truffa alla bancarotta sino alla guerra per invadere un paese con la scusa di armi chimiche inventate. Ai musulmani questo lusso non era consentito: a Riad tagliavano ancora in piazza la testa agli assassini e le mani ai ladri, lapidavano le adultere. Ma lui aveva una visione per una diversa modalità di conquista di quella maledetta Europa, il ventre molle e viziato dei vecchi cristiani.

Purtroppo, il piano richiedeva la complicità dell'uomo che gli stava accanto. Un uomo con cui era costretto a incontrarsi in gran segreto lì dentro, dove FAST aveva la scusa dell'addestramento e numerosi amici. Per sicurezza, anche l'aereo privato che il Generale pilotava personalmente era parcheggiato lì sotto l'hangar.

Non gli piaceva, il Generale. Ma dalle informazioni riservatissime che aveva ricevuto da amici fidati, l'uomo con il passamontagna era l'unico al mondo che potesse aiutarlo a realizzare la sua visione. Anche se non sapeva chi fosse davvero e quel titolo con cui si faceva chiamare, Generale, probabilmente era acquisito sul campo più che nei ranghi di un qualche esercito.

FAST gettò un'occhiata all'uomo che camminava al suo fianco.

« Ma la sua via per la vittoria è un po' lunga, Generale. »

L'uomo con la galabia nera evitò lo sguardo di FAST. Non voleva che il Principe leggesse il disprezzo che forse lui non avrebbe saputo celare. Il disprezzo che aveva sempre provato per gli uomini che si credono molto più grandi e saggi di quello che sono. Ne aveva conosciuti tanti, a partire dal Colonnello Gheddafi.

« Principe, non deve avere fretta. Il nostro piano è lungo, ma alla fine lei avrà realizzato ciò che tutti gli altri musulmani hanno inseguito inutilmente per secoli. Ora dobbiamo fare un passo alla volta. »

« Ma a Roma qualcosa non è andato come previsto. Avevo capito che ci sarebbero stati dei morti, Generale. »

L'uomo col passamontagna era preparato a quella domanda. Non poteva certo dire a FAST la verità ma neanche mentire del tutto, il Principe aveva molti amici nei Servizi sauditi e forse non solo in quelli.

« All'ultimo momento ho realizzato che i morti avrebbero attirato gli americani. A noi basta la plausibilità, gli italiani hanno abboccato. Ora dobbiamo occuparci di suo cugino, il principe ereditario. »

FAST sorrise.

« Non sarà semplice e c'è anche il problema di quella giornalista tedesca, Brigit Weiss. Potrebbe crearci dei problemi? »

« Non credo, ma nel caso ci penserò io. Direi che è tutto, Principe. »

FAST si tolse gli occhiali da sole.

« Mi piacerebbe sapere di più su di lei, vista la natura degli affari che abbiamo intrapreso. Potrebbe togliersi quel passamontagna, i satelliti non vedono sotto il tetto di cemento di questo hangar. »

La voce dell'uomo col passamontagna e i guanti assunse una sfumatura diversa, appena più dura.

« Vista la natura degli affari che abbiamo intrapreso non le serve ed è meglio di no. Pensi a me come il suo amico Generale. Per il resto le bastano gli estremi dei miei conti correnti a Dubai. »

Il lamento del muezzin arrivò dal minareto nell'aria tersa del primo mattino.

Allah Akhbar.

FAST scrollò le spalle.

« Come crede, Generale. Pregherò Allah per lei, perché abbia ragione. »

L'uomo con la tunica e il turbante nero finse di non aver avvertito la minaccia implicita. Era tranquillissimo.

Ora che ho mandato little boy nelle mani di quegli stupidi degli italiani e dei francesi il primo passo è fatto. Quando lo interrogheranno lui dirà ciò che vogliamo.

Si inchinò verso FAST.

« Se Allah vorrà. »

RINGRAZIAMENTI

Ringrazio innanzi tutto Stefano Mauri e Cristina Foschini per aver fermamente creduto nel mio progetto seriale con un nuovo personaggio e un'ambientazione complessa. Ringrazio poi tutto il team Longanesi per la professionalità e l'entusiasmo, con una menzione particolare per coloro che mi hanno aiutato a migliorare il contenuto di questo romanzo: Giuseppe Strazzeri, Fabrizio Cocco e Alessia Ugolotti.

Ringrazio Vincenzo Nigro, i cui articoli e i cui consigli mi hanno molto aiutato nella ricostruzione della Libia di oggi.

Ringrazio infine altri amici che mi hanno consentito di descrivere con sufficiente realismo e qualche licenza di fiction l'ambiente in cui lavora la protagonista di questo romanzo. Non li nomino, è pur sempre un libro sui Servizi Segreti, ma a loro va il mio grazie.

Questo libro è stampato col sole

Azienda carbon-free

Fotocomposizione Editype S.r.l.
Agrate Brianza (MB)

Finito di stampare
nel mese di gennaio 2020
per conto della Longanesi & C.
da Grafica Veneta S.p.A. di Trebaseleghe (PD)
Printed in Italy